Les ÂMES PERDUES

Pour Jenny

Titre original : *The edge of everything*

Ouvrage initialement publié par Bloomsbury Children's Books,
une marque de Bloomsbury Publishing Plc,
3854 Broadway, New York, NY 10018, USA

18, rue Barbès, 92128 Montrouge Cedex
ISBN : 978-2-7470-8603-5
Dépôt légal : août 2018

Loi n° 49-956 du 16 juillet 1949 sur les publications destinées à la jeunesse.

Jeff Giles

Les ÂMES PERDUES

Les Terres du bas

Traduit de l'anglais (États-Unis)
par Emmanuelle Urien

bayard

Depuis l'aube des temps,
Dans l'enfance, je pensais
Que la douleur signifiait
Qu'on ne m'aimait pas.
Elle signifiait que j'aimais.

Louise Glück, « Premier souvenir »

Prologue

Comme c'est elle qui lui avait donné son nom, elle avait le sentiment qu'il lui appartenait.

Il affirmait que, là d'où il venait, un endroit qu'il appelait les Terres du Bas, on vous arrache votre nom comme une peau morte à l'instant où vous arrivez, juste pour vous rappeler que vous n'êtes rien ni personne. Quand il avait prononcé ces mots, elle s'était un peu rapprochée de lui. Après ce qu'elle l'avait vu faire à Stan, elle aurait dû avoir peur, mais non. Stan méritait son sort, et pire encore.

Le lac était gelé et ils se tenaient presque en son centre. La glace bougeait imperceptiblement sous leurs pieds. Elle émettait des bruits sourds, comme si elle allait céder. Stan avait disparu mais des gouttes de son sang avaient filtré dans le lac, formant devant eux une constellation brunâtre qu'elle se refusait à regarder.

Elle avait proposé quelques noms et il l'avait écoutée en silence, le regard fuyant, une expression blessée sur le visage. Elle avait envie de se rapprocher encore de lui, mais elle craignait de l'effrayer. À la place, elle le taquina.

Aragorn, voilà qui lui irait bien, avait-elle dit – ou alors Fred. Il avait incliné la tête sur le côté, perplexe. Manifestement, son sens de l'humour laissait à désirer.

À part ça, il n'y avait rien à critiquer, chez lui. Ses cheveux noirs emmêlés lui tombaient sur les yeux comme une brassée de lierre. Son visage était pâle, à l'exception des meurtrissures sombres sur ses pommettes. On aurait dit que quelqu'un avait empoigné son visage en y enfonçant ses ongles. Encore et encore, année après année. Elle ne demanda pas qui lui avait fait mal – ni pourquoi on l'avait envoyé dans ces Terres du Bas, quel que soit cet endroit. Il était trop tôt pour ce genre de questions.

Il lui dit que, même si elle lui donnait un nom, les seigneurs des Terres du Bas ne lui permettraient pas de l'utiliser. Elle l'avait entendu hurler sur Stan avec une incroyable férocité mais, avec elle, il était calme et craintif. Il affirma qu'il ne pensait pas mériter un nom après tout ce qu'il avait fait. Ce qu'on l'avait *forcé* à faire.

Lorsqu'elle entendit ces mots, il s'en fallut de peu pour que son cœur se brise.

À présent, il la dévisageait avec intensité, comme s'il pensait qu'elle était la réponse à ses questions.

Elle lui adressa un regard espiègle.

– Sérieux, mec, *arrête* ce truc avec tes yeux ! dit-elle.

Elle affirma que tout le monde méritait d'avoir un nom et que les « seigneurs » feraient mieux de la boucler.

Elle dit que le sien, c'était Zoé Bissell.

Il hocha la tête. Il le savait déjà. Elle se demandait bien comment.

Elle lui dit qu'elle l'appellerait X jusqu'à ce qu'elle sache quel genre de personne il était. X, comme dans *variable inconnue*. Zoé avait dix-sept ans et, avec ce qu'elle avait déjà encaissé dans sa vie, elle savait qu'il était dément de s'attacher à une personne de plus. Mais peut-être que la souffrance d'X, d'où qu'elle vienne, l'aiderait à oublier son propre chagrin.

Elle lui dit que si, dans les Terres du Bas, on lui confisquait *ce* nom, elle lui en donnerait un autre.

– Fred, par exemple, dit-il en esquissant un sourire.

Il apprenait vite.

Première partie
Sauvetage

1

Zoé rencontra X un dimanche de février, alors qu'une tempête venue du Canada approchait. Le ciel était si sombre qu'il donnait l'impression qu'un cercueil géant était en train de se refermer sur le Montana.

Le blizzard n'était pas censé atteindre les montagnes avant une heure, et sa mère était partie faire des courses pour tenir le temps du blocus. Zoé aurait voulu l'accompagner, parce que sa mère ne savait pas choisir à manger. Elle n'avait jamais su. À bien des égards, sa mère était une dure à cuire, mais cela ne l'empêchait pas d'être une végane convaincue : pour elle, un bon dîner se composait de tofu ou de seitan qui, ainsi que Zoé le lui avait maintes fois fait remarquer, avaient le goût de chair d'alien.

Sa mère avait insisté pour qu'elle et son frère Jonah restent en sécurité chez eux, affirmant qu'elle pouvait descendre en ville et en revenir avant que la tempête éclate. Zoé, qui avait déjà conduit dans le blizzard, était certaine du contraire.

Elle n'était pas ravie de rester là à surveiller son frère de huit ans. D'abord parce que Jonah était givré, même s'il lui était interdit de le qualifier de tel, ainsi que le stipulait un panneau affiché par sa mère au-dessus de l'énorme centrifugeuse de la cuisine : « Les termes déplaisants que je ne peux, en toute conscience, tolérer. » Mais surtout, c'était parce que la maison où elle vivait depuis toujours avec sa mère semblait soudain étrange et menaçante. En novembre, leur père avait trouvé la mort en explorant une grotte appelée la Larme noire. Puis, en janvier, deux des personnes que Zoé aimait le plus au monde, un couple de voisins âgés nommés Bert et Betty Wallace, avaient été traînées hors de chez elles par un intrus. On ne les avait jamais revus. À cette pensée, le cœur de Zoé se glaçait. Et ce devait être encore pire pour Jonah.

Dehors, elle entendait son frère courir après Spock et Uhura, en bon hyperactif qu'il était. Il l'avait suppliée de le laisser aller jouer avec les chiens, et elle avait cédé. Et puis, franchement, elle n'aurait pas pu supporter de rester enfermée une seconde de plus avec lui. Si elle avait refusé, il l'aurait harcelée jusqu'à lui écorcher les oreilles (« Laisse-moi juste sortir dix minutes, Zoé ! D'accord, cinq minutes ! Bon, *deux* minutes ! Je peux avoir deux minutes ? D'accord, et pourquoi pas cinq minutes, alors ? »). Même si elle avait réussi à lui clouer le bec, elle aurait été coincée avec ce gosse infernal dans une petite maison isolée au cœur de la montagne alors qu'un blizzard fonçait sur eux comme une armée en colère.

Elle regarda la météo sur Internet. Maintenant que le vent s'était levé, il faisait –23 °C.

Zoé aurait dû ordonner à Jonah de rentrer, elle le savait, mais elle repoussait sans cesse ce moment. Elle ne se sentait pas encore capable d'affronter son petit frère. Au moins, elle l'avait emmitouflé de son mieux : un sweat à capuche, une doudoune, et des gants noirs ornés de crânes qui brillaient dans le noir. Elle avait insisté pour qu'il s'équipe de raquettes afin de ne pas s'enfoncer dans une congère. Ensuite elle avait passé cinq bonnes minutes à essayer de le mettre debout tandis qu'il s'agitait et se tortillait en tous sens comme s'il s'était électrocuté. Parfois, il était vraiment pénible.

Elle consulta son téléphone. Il était 5 heures, et elle avait reçu deux textos.

Le premier provenait de son ami Dallas, avec qui elle était sortie un temps avant la mort de son père.

Il disait : *Les blizzards, c'est de la balle, meuf ! Ça roule ?*

Dallas était un type bien. Il était musclé, un peu comme un joueur de basket – mignon, des fossettes, mais pas forcément son genre. Et puis il avait un tatouage qui cassait un peu le personnage quand il enlevait son tee-shirt. Apparemment, il avait longuement hésité entre *N'arrête jamais !* et *Toujours plus loin !*, et le tatoueur avait fini par s'y perdre. Du coup, la version finale donnait : *N'arrête jamais plus loin !* Et comme Dallas était Dallas, il avait tout de suite adoré et tapé dans la main de l'artiste.

Zoé lui répondit en langage Dallas : *Je suis pas une mauviette, mec ! Merci de demander. Tu assures comme une bête (c'est comme ça qu'on dit ?).*

Le second texto émanait de sa meilleure amie, Val : *Ce blizzard craint à mort. À MORT ! Je vais faire la sieste avec Gloria pour l'oublier. Je ne plaisante pas, pour cette sieste. Tu as besoin de QUOI QUE CE SOIT avant ça ?? Une fois que je serai lancée, je ne serai PLUS DISPONIBLE.*

La copine de Val était extrêmement timide. Quant à Val… c'était tout le contraire. Elle était follement amoureuse de Gloria depuis un an et faisait en permanence des choses magnifiques et un peu dingues pour elle, comme ce Tumblr entièrement consacré aux pieds de Gloria.

Zoé lui répondit : *Pourquoi tout le monde s'inquiète pour moi ? Je vais BIEN ! Va siester, Déesse de la Sieste ! Ça me fera des vacances !!!!*

Avec un sourire, elle ajouta quelques émoticônes : un réveil, un marteau et une bombe.

Val lui répondit à son tour : *Moi aussi, je t'aime, tarée !*

Zoé trouva de l'adhésif dans un tiroir de la cuisine et en colla des bandes sur les vitres du rez-de-chaussée pour qu'elles ne se brisent pas pendant la tempête. Sa mère lui avait dit qu'il était inutile, et peut-être même dangereux, de faire ça pendant un blizzard. Pourtant, ça rassurait Zoé, et ça l'occupait. En jetant un coup d'œil dehors, elle aperçut Jonah et les labradors noirs qui sautaient d'un côté à l'autre du ruisseau gelé en bas de leur jardin. Leur mère avait interdit cette activité, comme l'attestait un autre de ses panneaux : « Les comportements déplaisants que je ne peux, en toute conscience, tolérer. » Zoé fit semblant de n'avoir pas remarqué ce que faisait son frère. Puis elle cessa de le regarder pour ne pas le voir faire d'autres bêtises encore pires. Elle monta à l'étage et colla des bandes adhésives sur les fenêtres, formant de grands X. Elle traça aussi quelques O pour que, quand sa mère rentrerait enfin, elle ait l'impression que des géants étaient en train de jouer au morpion sur les vitres de la maison.

Zoé acheva sa besogne à 17 h 30, juste au moment où la tempête atteignait enfin les sommets. Elle se prépara une tasse de café – noir, parce que sa mère n'achetait que du lait de soja qui, lui, avait le goût de *larmes* d'alien – avant de se diriger vers le salon pour le siroter à la fenêtre. Elle regarda en direction de la forêt, au fond de leur jardin qui s'étendait jusqu'au lac en contrebas. Le terrain familial était pour l'essentiel constitué d'un bout de montagne pelée, mais un bouquet de mélèzes en bordure de la maison leur offrait de l'ombre en été. Le vent les agitait, leurs branches frappaient et griffaient les vitres. On aurait dit que les arbres essayaient d'entrer.

Sa mère était partie depuis deux heures. À présent, la police devait avoir barré les routes et, même si sa mère n'était généralement pas du genre à obéir aux ordres, les flics ne la laisseraient jamais remonter ce soir. Zoé chassa cette sombre pensée pour l'enfermer au fond de son cerveau dans une boîte étiquetée *Ne pas ouvrir*. Elle entrebâilla la porte d'entrée pour appeler Jonah. Quelle idiote elle avait été de le laisser dehors si longtemps ! Là encore, elle refoula cette pensée.

Jonah ne répondait pas. À vrai dire, elle s'y attendait. Elle adorait ce microbe mais, la plupart du temps, elle avait l'impression que le seul objectif de Jonah était de lui pourrir la vie. Elle savait très bien qu'il l'entendait, il voulait juste continuer à se rouler dans la neige avec les chiens. Ceux-ci n'étaient pas autorisés à entrer dans la maison, même par mauvais temps, et Jonah trouvait ça méchant. Un jour, il avait même fabriqué une banderole en signe de protestation.

Zoé cria son nom trois fois de plus : fort, très fort, et à s'en déchirer les poumons.

Pas de réponse.

Elle consulta de nouveau la météo. La température avait chuté à –26 °C.

Derrière la fenêtre, elle ne voyait que du blanc. Tout était devenu informe et croulait sous la neige : le tas de ferraille rouge qui lui servait de voiture, le composteur, et jusqu'au gros ours en bois que Rufus, l'ami hippie de sa mère, avait sculpté pour leur allée. Zoé allait devoir s'emmitoufler et sortir dans le froid pour attraper Jonah par la peau des fesses et le forcer à rentrer. Cette seule idée l'emplissait d'une telle colère que le rouge lui monta aux joues. Sans compter qu'elle n'allait même pas pouvoir s'en plaindre à sa mère vu que, pour commencer, elle n'aurait pas dû laisser son frère quitter la maison.

Jonah arrivait toujours à ses fins. Il était givré mais très intelligent.

De toutes ses forces, elle appela Spock et Uhura. Silence. Spock, qui avait deux ans de moins que son aînée, était un trouillard de première. Zoé supposa qu'il se cachait sous le tracteur dans la grange, épouvanté. En revanche, Uhura était une tête brûlée, elle n'avait peur de rien. Elle aurait dû accourir à toutes pattes.

Zoé soupira. Elle n'avait pas le choix, il fallait qu'elle ramène Jonah.

Elle enfila un gros blouson bleu, des bottes, des gants, une écharpe et un bonnet à pompon que Jonah lui avait tricoté à la mort de leur père (à vrai dire, Uhura avait dévoré le pompon, laissant à sa place un trou qui ne cessait de s'agrandir). Zoé ne s'encombra pas de raquettes : elle ne resterait dehors que le temps de récupérer Jonah. Cinq minutes. Dix, maximum.

Inutile de regretter que son père ne soit pas là pour l'aider à retrouver son petit frère – elle le savait mais le déplorait malgré tout. Des souvenirs de lui l'assaillirent si soudainement que tout son corps se crispa.

Le père de Zoé était maladroit, enthousiaste et affreusement indigne de confiance. Il était obsédé par tout ce qui avait trait aux grottes – chauves-souris et vers cavernicoles inclus. Étrangement, même la boue le passionnait – selon lui, il n'y avait pas mieux pour le teint. Il en rapportait de pleins sacs de congélation pour essayer d'en tartiner le visage de la mère de Zoé qui s'enfuyait avec des cris d'orfraie, faussement horrifiée. Alors, il étalait la boue sur ses propres joues et pourchassait Jonah et Zoé dans toute la maison en poussant des cris de bête.

Alors, certes, son père était bizarre. De toute façon, pour faire de la spéléologie, il fallait déjà une bonne dose de folie. Mais c'était une bizarrerie positive. Stupéfiante, même. Il était extrêmement mince et souple et, lorsqu'il tendait les bras au-dessus de sa tête comme Superman, il était capable de se faufiler dans des boyaux très étroits. Il s'entraînait en tordant des cintres pour former un ovale à travers lequel il se tortillait, ou bien en rampant sous la voiture, d'un côté à l'autre. Il le faisait même en public, quand Val ou Dallas venaient rendre visite à Zoé. Comme Dallas était, lui aussi, adepte de spéléo, il trouvait que ça déchirait. Quant à Val, elle se détournait des étranges activités que pratiquait le père de Zoé en disant : « Je n'ai rien vu – regarde, là, c'est quand je ne vois *rien du tout*. »

Zoé avait commencé à pratiquer la spéléologie avec son père juste après ses quinze ans. En été et en automne, ils partaient explorer religieusement les failles, jusqu'à ce que la neige bloque les entrées et que la glace rende les galeries trop glissantes. Au début, Zoé n'était qu'à moitié convaincue, mais elle avait besoin de passer du temps avec son père et le seul moyen d'être sûre qu'il ne lui ferait pas faux bond, c'était de lui donner un rendez-vous souterrain.

Elle s'était habituée à ses escapades, tout comme elle s'était faite à l'idée qu'il existait certains sujets dont il ne parlait jamais (ses parents, sa maison natale en Virginie, sa jeunesse tout entière – tout ça, c'était *terra incognita*). Son père était un spécialiste des coups d'éclat – il avait adopté le patronyme de son épouse, Bissell, au lieu de lui demander de prendre le sien. Pendant des semaines d'affilée, il pouvait être le père le plus cool de la création. Alors, elle se sentait au chaud et protégée, comme si on avait allumé une bougie ou une lanterne près de son lit. Et puis, sans crier gare, l'atmosphère de la maison changeait, perdait en énergie. Le 4 × 4 de son père disparaissait et, pendant plusieurs semaines, Zoé ne recevait même pas un texto de sa part.

Pour finir, elle cessa de prêter l'oreille aux excuses de son père. En général, elles étaient liées à des affaires quelconques qu'il essayait de faire décoller – pour « ramener un peu de fric », disait-il. Plus jeune, Zoé pensait que c'était à cause d'elle si son père ne restait pas à la maison plus de quelques mois d'affilée. Peut-être n'était-elle pas assez *aimable*. Jonah était encore assez petit pour vénérer son père de manière inconditionnelle. Il l'appelait Superpapa et, pour lui, chacune de ses apparitions était digne d'une visite du Père Noël.

Zoé savait qu'elle et son père partageraient toujours ces expéditions souterraines, et elle cessa d'attendre autre chose de sa part. Aussi, ce jour de novembre où, en se réveillant, elle avait constaté qu'il était parti faire de la spéléo tout seul, elle s'était sentie trahie.

Les flics avaient dirigé les recherches destinées à retrouver son corps. Quant à Zoé, elle avait inventé la boîte *Ne pas ouvrir* pour y enfermer ses pensées négatives.

Pestant contre Jonah, Zoé franchit la porte pour se mettre sur la piste de son frère et des chiens. Elle ne voyait pas à un mètre devant elle et devait reprendre son souffle tous les deux pas. Le vent et la neige étaient tellement déchaînés qu'elle avait l'impression de recevoir des coups à l'estomac.

Pendant ce temps, la lumière déclinait à toute allure. Le cercueil au-dessus du Montana s'apprêtait à se refermer d'un coup sec.

En fouillant dans ses poches, elle eut l'agréable surprise d'y trouver une lampe torche – et elle fonctionnait, en plus !

Il lui fallut cinq bonnes minutes pour zigzaguer jusqu'au ruisseau où elle avait vu Jonah jouer. Aucune trace de lui ou des chiens, en dehors de la silhouette de son frère imprimée par terre et déjà partiellement recouverte, à l'endroit où il avait essayé de faire un ange de neige, et de deux étranges cavités non loin de là – Jonah avait apparemment tenté d'inciter Spock et Uhura à l'imiter.

Elle hurla le prénom de son frère, mais sa voix ne portait pas et le vent la renvoya directement sur elle.

Pour la première fois, elle sentit la peur l'étreindre. Elle s'imagina en train de raconter à sa mère qu'elle avait perdu Jonah et elle eut une vision de son cœur qui explosait, comme l'Étoile de la mort dans *Star Wars*. S'il arrivait quelque chose à ce gosse, sa mère ne s'en remettrait jamais. Zoé tenta de chasser cette pensée de son esprit. Mais la boîte au fond de sa tête avait une contenance limitée, et ça commençait à déborder.

Enfin, Zoé repéra les empreintes de pas de son frère et les suivit de l'autre côté de la maison. Elle progressait lentement car elle devait se pencher comme une bossue, le nez au ras du sol, pour distinguer ses traces. Les branches se détachaient des arbres et balayaient le jardin, portées par le vent. Chaque pas qu'elle faisait l'épuisait, et elle avait beau être transie, la sueur lui coulait dans le dos. Par ce froid glacial, c'était très mauvais, elle le savait : la chaleur de son corps s'évaporait. Il fallait qu'elle accélère, qu'elle trouve Jonah et rentre à la maison. Mais si elle pressait le pas, elle transpirerait davantage, et elle gèlerait encore plus vite.

Pas de place dans la boîte pour cette pensée non plus.

Peut-être Jonah était-il déjà rentré. Oui, c'était sûrement le cas. Zoé se l'imagina, le visage et les mains gonflés et rougis, en train de répandre du chocolat en poudre partout sur le sol de la cuisine. *Tout ça pour rien*, songea-t-elle. Elle continua à suivre ses traces, certaine qu'elles allaient la mener tout droit à la porte de la maison.

Mais, à quelques mètres de l'entrée, elles bifurquèrent vers la colline avant d'être avalées par la forêt.

Zoé s'aventura prudemment dans les bois en appelant son frère à tue-tête, bien qu'elle sache que c'était inutile. Il fallait qu'elle se lance à la poursuite de Jonah et des labradors. Ses joues et ses oreilles la brûlaient comme après un coup de soleil. Malgré ses gants, elle avait les mains figées, telles deux petites sculptures en forme de poing.

Avant, elle vénérait la forêt. Pendant toute son enfance, elle avait couru entre les pins, le soleil éclaboussant le sol autour de ses pieds. Les arbres menaient au lac, près de la maison où avaient vécu Bert et Betty Wallace. Zoé et Jonah les considéraient comme leurs grands-parents. Ils étaient toujours là pour eux, notamment quand leur père partait pour l'une de ses mystérieuses équipées. Lors de sa mort, ils avaient déployé envers eux des trésors de gentillesse. Mais, ces derniers temps, Bert et Betty étaient devenus séniles. L'automne dernier, Zoé tenait compagnie à Bert pendant qu'il découpait des photos d'animaux dans le journal tout en aboyant des trucs bizarres comme « Lâche-moi la grappe, je suis qu'une vieille ganache gâteuse ! ». Quand elle lui avait demandé ce qu'était une ganache, il avait levé les yeux au ciel : « Arrête, c'est comme un vieux schnoque, quoi ! » Jonah, assis par terre en tailleur, apprenait à tricoter avec Betty. À part quand il se rongeait les ongles, c'était l'une des rares occupations qui le détournaient de son hyperactivité et empêchaient son cerveau de vrombir comme un mixeur qui s'emballe. Malheureusement, vers la fin, Betty n'arrivait plus à maîtriser le tremblement de ses mains, et elle avait tout oublié des techniques du tricot – c'était Jonah qui devait les lui apprendre.

Et puis, le mois dernier, les Wallace avaient disparu. Betty, la moins sénile des deux, avait apparemment réussi à échapper à l'intrus qui les avait agressés pour traîner Bertie dans leur pick-up. Du moins, c'était ce qu'avait déduit la police des traces de sang qui maculaient le volant. Le véhicule avait été retrouvé écrasé contre un arbre à trois cents mètres de la maison. Le moteur tournait encore. Les portières étaient grandes ouvertes et il n'y avait pas le moindre signe des Wallace, en dehors du sang. En imaginant l'expression confuse de Bert et Betty devant la grimace meurtrière de leur assaillant, Zoé avait le cœur tellement serré qu'elle avait du mal à respirer.

La maison des Wallace était restée telle quelle, aussi déserte qu'un musée, tandis que les avocats du vieux couple se mettaient en quête de la dernière version de leur testament. Zoé s'était promis de ne plus jamais s'en approcher, c'était trop douloureux. Le lac devant la propriété était recouvert d'une couche de glace d'un gris nébuleux. Même la forêt semblait terrifiante – dense et menaçante, comme celle où la méchante marâtre emmène les enfants, dans les contes de fées.

Pourtant, Zoé était là, à la lisière des bois, en route pour la maison des Wallace. Jonah savait bien qu'il ne fallait pas entrer dans la forêt pendant une tempête. Seulement, si les chiens s'y étaient aventurés, il les avait certainement suivis. Spock et Uhura vivaient avec eux depuis un mois mais, avant cela, ils appartenaient à Bert et Betty. Peut-être s'étaient-ils rués entre les arbres gelés en pensant qu'ils rentraient chez eux.

Il y avait à peine plus de un kilomètre entre les terres des Bissell et la maison de Bert et Betty. En temps ordinaire, il fallait moins d'un quart d'heure pour s'y rendre à pied, et il était impossible de se perdre car Betty avait marqué le tronc des arbres à la hachette pour que les enfants puissent les suivre. En outre, la forêt se divisait en trois parties offrant des repères évidents. Dans la première, des arbres avaient été coupés pour en faire du bois de chauffage – la mère de Zoé préférait dire « sauvagement abattus » –, de sorte que les arbres les plus proches de chez les Bissell étaient tout jeunes, pour la plupart des pins tordus à l'écorce écaillée. Ils étaient plantés si près les uns des autres qu'on aurait dit qu'ils cherchaient à se réchauffer.

La deuxième partie était celle que préférait Zoé : d'immenses mélèzes et des sapins de Douglas – l'équivalent des gratte-ciel dans le Montana. Ils n'avaient que quelques siècles, mais ils semblaient dater d'une ère lointaine.

Quant aux arbres situés tout près du lac, ils avaient brûlé dans un incendie inexpliqué avant la naissance de Zoé. Pourtant, ils n'étaient jamais tombés. Sur quelques centaines de mètres, la forêt était donc constituée de pieux calcinés pointant leur tête morte vers le ciel. L'endroit était sinistre et, bien entendu, c'était celui que préférait Jonah. C'était là qu'il jouait avec ses soldats de l'apocalypse.

CARTE BANCAIRE

A0000000421010
CB
le 28/10/18 a 08:39:55
Pont de Sèvres
RATP 75
PARIS
0133147
77566343801906
20041
************3816
A10E6D70B334B109
595 001 223607
@
MONTANT REEL=
75,20 EUR
DEBIT
TICKET CLIENT
A CONSERVER

Service clientèle
Customer service

3424 Service gratuit + prix appel

Objets trouvés
Lost property

3246 Service 0,80 € / min + prix appel

RATP

Itinéraires, horaires, tarifs...
Journey planner, timetables, fares...

www.ratp.fr

Service clientèle
Customer service

3424 Service gratuit

RATP

Station / gare : Pont de Sèvres
Appareil : 8595 10 A

------ CHARGEMENT SUR PASSE NAVIGO -----

Edité le 28/10/2018 à 08:40:56

Passe Navigo No : 0657737961
Valide jusqu'au : 31/10/2026

Forfait Navigo Mois
novembre
Zones 1 à 5
Prix TTC : 75,20 €

Montant total HT : 68,36 €
TVA 10.0% : 6,84 €
Montant total TTC : 75,20 €

Mode de paiement : CB

Merci de votre visite
A bientôt

+ prix appel

Objets trouvés
Lost property

3246 Service 0,80 € / min + prix appel

RATP

Itinéraires, horaires, tarifs...
Journey planner, timetables, fares...

www.ratp.fr

Service clientèle
Customer service

3424 Service gratuit + prix appel

Objets trouvés
Lost property

3246 Service 0,80 € / min + prix appel

RATP

Pour se rendre jusque chez Bert et Betty, il fallait donc suivre le sentier entre les jeunes arbres, les vieux arbres, puis les arbres morts. Zoé et Jonah avaient parcouru ce chemin des milliers de fois. On ne pouvait pas se perdre – ou du moins, pas longtemps. Pas par beau temps ou en plein jour.

Quand Zoé eut parcouru une dizaine de mètres dans la première partie de la forêt, le silence s'abattit d'un coup. Il ne flottait qu'un murmure léger dans l'air, comme si quelqu'un soufflait dans le goulot d'une bouteille. Elle se sentait protégée et elle avait un peu moins froid. Elle dirigea le faisceau de sa lampe sur le ciel maussade au-dessus d'elle et éprouva soudain l'envie étrange de se laisser tomber dans la neige. Elle secoua la tête pour chasser cette impulsion. Le froid était déjà en train de lui engourdir le cerveau. Si elle s'asseyait, elle ne se relèverait jamais.

Balayant largement le sol de sa lampe torche, elle chercha les empreintes de Jonah. La lumière était faible, peut-être à cause des piles usées ou du froid, mais Zoé finit par les retrouver. Jonah devait avoir dix minutes d'avance sur elle et, comme il portait des raquettes, il progressait plus vite qu'elle. Un vrai problème d'arithmétique : si un train A quitte la gare à 16 h 30 à une vitesse de 145 km/h et qu'un train B part dix minutes plus tard à une vitesse de 110 km/h... Zoé n'était pas en état de le résoudre mais, manifestement, elle était mal barrée.

Jonah connaissait le chemin jusqu'au lac, mais il avait dû suivre les chiens. Leurs empreintes étaient brouillées et partaient dans toutes les directions. Peut-être qu'ils jouaient. Peut-être qu'ils pourchassaient les tétras ou les dindons sauvages qui s'abritaient parfois des tempêtes sous le couvert des arbres. Ou peut-être qu'ils avaient perdu la tête à cause du froid.

Zoé distinguait les traces des raquettes de Jonah derrière celles des chiens. Impossible de dire s'il les avait suivis pour jouer ou si, terrifié, il les avait suppliés de faire demi-tour. Dans sa tête, elle se répéta en boucle : *Rentre à la maison, Jonah. C'est n'importe quoi. Laisse tomber les chiens. Rentre, c'est tout.* Mais elle savait que, même dans la pire des situations, il n'abandonnerait pas les chiens. Ça la mettait en colère et, en même temps, elle ne l'en aimait que davantage.

Elle s'escrima donc à avancer. Une vraie galère. *Arracher le pied droit de la neige, le soulever, l'enfoncer de nouveau. Arracher le pied gauche, recommencer. Et recommencer, recommencer, recommencer.* Elle avait perdu la notion du temps. Il lui fallait une éternité pour parcourir cent mètres – et encore plus lorsqu'elle devait se hisser par-dessus un tronc d'arbre couché sur le sentier. Elle commença à avoir mal aux jambes et aux genoux, puis ce fut le tour de ses épaules et de ses bras. Sans compter qu'elle était obsédée par le trou au sommet de son bonnet, à l'emplacement du pompon disparu. Elle l'imaginait qui s'agrandissait et sentait les doigts glacés du vent dans ses cheveux.

Après avoir sillonné la forêt pendant quelque vingt minutes, Zoé avait les joues brûlantes. Elle songea à retirer ses gants pour arracher la peau de son visage – juste avant de se dire que cette idée était complètement farfelue. Elle et son cerveau ne jouaient plus dans la même équipe, et ça la terrifiait.

Le sol commença à s'aplanir et Zoé aperçut un pin devant elle, aussi vieux qu'immense. *Jeunes arbres, vieux arbres, arbres morts.* Elle avait parcouru presque un tiers du chemin. Elle s'obligea à continuer, à ne s'arrêter sous aucun prétexte jusqu'à ce qu'elle puisse toucher ce premier grand pin. Ainsi, elle reprendrait contact avec la réalité.

À dix mètres de l'arbre, Zoé trébucha sur une branche enfouie sous la neige et partit en vol plané. Une vive douleur explosa dans sa tête. Elle s'était cognée contre une pierre ou une souche et sentait déjà un hématome fleurir sur son front. Ôtant un gant, elle tâta la blessure. Lorsqu'elle retira ses doigts, ils étaient tachés de sang.

Elle décida que ce n'était pas si grave.

Au prix d'un effort surhumain, elle s'agenouilla puis se remit debout. Alors, les yeux rivés sur le repère que constituait le pin, elle avança de quelques pas. En arrivant devant l'arbre, elle s'appuya au tronc et sentit une vague de soulagement l'envahir – la situation avait beau être exécrable, c'était toujours bon d'enlacer un sapin de Noël.

À présent, elle se trouvait dans la deuxième partie de la forêt et il devait lui rester six cents mètres à parcourir. Les arbres immenses s'élançaient vers le ciel, mais ils étaient suffisamment éloignés les uns des autres pour laisser filtrer jusqu'à elle les dernières lueurs du jour. Ici, les traces de Jonah et des chiens étaient claires et nettes. Le trio semblait désormais suivre le sentier. Elle se remit en marche, s'efforçant de ne penser qu'au rythme de ses pas.

Elle s'imagina trouvant Jonah et l'entraînant vers la maison. Elle se vit l'enrouler dans des couvertures jusqu'à ce que, secoué de rire, il hurle : « Je-ne-suis-pas-un-burrito ! »

Zoé était dehors depuis près de trois quarts d'heure, et il devait faire –30 °C. Elle tremblait aussi fort que si elle avait été frappée par un choc électrique. Après avoir parcouru la moitié du chemin serpentant à travers les pins, elle avait mal partout et vibrait comme un diapason. Pour ne rien arranger, la tempête semblait avoir redoublé. La forêt elle-même se démantelait autour d'elle. Le vent arrachait les branches et les projetait dans toutes les directions. Des arbres tout entiers s'étaient renversés et lui bloquaient la route.

À bout de forces, elle s'arrêta pour se reposer contre un sapin. Balayant les alentours de sa lampe torche, elle tenta de déterminer à quelle distance du lac elle se trouvait. Mais ses mains étaient engourdies, et elle laissa tomber la torche dans la neige.

La lumière s'éteignit.

Elle se mit à genoux pour chercher la lampe. Il faisait de plus en plus sombre et elle dut fouiller la neige autour d'elle. Elle tremblait de tout son corps – au début, c'était comme si elle avait touché une clôture électrique mais, à présent, ses nerfs étaient tellement à vif qu'elle avait l'impression d'être elle-même une clôture électrique. Pourtant, elle s'en fichait. Elle se fichait tout autant du bleu et de la coupure qui palpitaient sur son front. Elle se fichait que des aiguilles et des branches se cachent sous la neige et déchirent la peau de ses mains sous ses gants. De toute façon, elle ne sentait pratiquement rien. Au bout de quelques minutes – deux ou dix, elle l'ignorait –, sa main se referma sur un objet dans la neige. Elle s'en empara avec un petit cri de joie pitoyable. Mais ce n'était pas la lampe torche.

C'était un des gants de Jonah.

Le crâne phosphorescent qui y était imprimé brillait dans l'ombre et ses orbites vides la contemplaient comme deux tunnels noirs.

Elle s'imagina Jonah qui trébuchait dans la neige en sanglotant à grand bruit, la main gelée, à vif, douloureuse. En esprit, elle l'entendit supplier les chiens de rentrer (à ce stade, il s'était forcément mis à supplier). L'espace d'une seconde, son visage apparut devant elle. Il ressemblait à leur père, et elle n'arrivait toujours pas à s'y faire : les cheveux bruns en bataille, les yeux qu'on croyait d'abord bleus mais qui, en réalité, étaient d'un étrange vert pâle. La seule différence, c'est que Jonah avait les joues un peu rondes. *Dieu merci, il a toujours sa graisse de bébé*, songea Zoé. Ce soir, cela le sauverait peut-être.

Enfin, elle trouva la lampe torche et – miracle – elle fonctionnait encore. Se redressant, Zoé se remit en marche.

À quelques pas du premier gant, elle trouva le second.

Trois mètres plus loin, elle découvrit le blouson de Jonah.

C'était une doudoune noire rapiécée avec du ruban isolant ; il l'avait étalée sur la souche dentelée d'un arbre.

À présent, Zoé se représentait son frère en train d'errer, confus, la peau brûlante et fourmillante. Elle l'imaginait qui retirait tous ses vêtements et les laissait tomber un à un dans la neige.

Elle était épuisée. Et terrorisée. Affreusement en colère, aussi, contre ces imbéciles de chiens qui n'étaient pas capables de rester près de la maison, qui ne se rendaient pas compte que son amour de petit frère allait les suivre dans la neige, de plus en plus loin. Jusqu'à ce qu'il en meure.

Il fallait qu'elle chasse de son esprit ces images affreuses. Elle fouilla dans sa tête, en quête d'un souvenir heureux. Elle se rappela que Jonah avait coutume de se terrer toujours au même endroit chaque fois qu'ils jouaient à cache-cache avec leur père – le vieux congélateur à viande dans la cave, qui n'avait pas été utilisé depuis des années. Elle se souvint qu'elle et son père faisaient semblant d'ignorer où se trouvait Jonah alors même qu'ils voyaient ses petits doigts soulever le couvercle pour que l'air puisse entrer. Elle se remémora l'expression béate de Jonah quand ils feignaient de renoncer et qu'il soulevait le couvercle d'un coup avant de jaillir du congélateur comme un magicien au terme d'un tour particulièrement périlleux.

– Je suis là ! criait-il, aux anges. Je suis là ! Je suis là ! Je suis là !

Pendant quelques secondes, cette image la réchauffa. Puis elle disparut, comme une étoile qui s'éteint pour toujours.

Zoé parvint à atteindre la lisière de la forêt de pins, là où elle cédait soudainement la place à des troncs carbonisés. Elle portait le blouson et les gants de Jonah roulés en boule contre sa poitrine. Pensait-elle encore pouvoir trouver son frère, ou allait-elle tituber sur quelques centaines de mètres pour aller s'effondrer dans la maison de Bert et Betty ? Elle ne savait plus. Le froid avait tout effacé dans sa tête. Elle s'était transformée en zombie – si elle avançait, c'est qu'elle ne savait pas quoi faire d'autre.

Le faisceau de la lampe se posa soudain sur une masse sombre dépassant à peine de la neige.

Cette découverte aurait dû la ranimer mais, à la place, elle sentit la terreur l'envahir. Quelle que soit la chose cachée dans la neige, elle ne bougeait pas.

Elle ne voulait pas s'approcher. Pas savoir ce que c'était.

Elle ne voulait pas que ce soit son frère.

Il lui fallut une éternité pour parcourir les cinq mètres suivants. Arrivée à quelques pas, alors même que le rayon de la lampe éclairait la chose devant elle d'une lueur jaune et sordide, elle ne comprenait toujours pas ce qui se trouvait là. Son esprit refusait d'analyser et de décoder ce qu'elle avait devant les yeux.

Elle se força à avancer. Se pencha au-dessus du monticule. Baissa les yeux. C'était une masse noire hirsute qui semblait inerte, sans vie. Zoé retint son souffle et se concentra.

Les chiens.

Comme les labradors étaient tous les deux noirs, elle n'aurait pu dire où commençait le pelage de Spock et où finissait celui d'Uhura. Ils lui évoquaient une carpette sombre posée sur la neige. Zoé s'agenouilla. Ils avaient creusé un trou peu profond pour se protéger du vent. Elle retira un gant pour poser la main sur un chien, puis sur l'autre.

Ils respiraient ! Dans son cœur, elle sentit une vibration légère, comme les battements d'ailes d'un oiseau.

Les chiens étaient sonnés, entre sommeil et inconscience. Il leur fallut une bonne minute pour remarquer qu'elle leur frottait le ventre. Enfin, ils se mirent à remuer dans leur lit de glace. Spock éternua, expulsant dans l'air froid un nuage blanc. Uhura tendit le cou vers Zoé. Elle sembla la reconnaître et se réjouir de sa présence. Si Zoé n'avait pas été aussi éreintée, elle aurait fondu en larmes.

Spock et Uhura se tortillèrent encore quelques instants, sortant peu à peu de leur engourdissement. Tandis que leurs deux corps se séparaient et qu'ils redevenaient deux animaux bien distincts, elle vit enfin quelque chose qu'elle aurait dû comprendre tout de suite. Elle s'en voulut d'avoir traité ces chiens d'imbéciles. C'étaient des chiens merveilleux ! De beaux chiens du Montana, courageux et sublimes !

Parce qu'ils étaient allongés sur quelque chose. Sur quelqu'un. Ils avaient creusé avec leurs pattes et l'avaient traîné dedans – elle voyait l'endroit où ils avaient déchiré le sweat-shirt à capuche avec leurs dents. Ensuite, ils s'étaient allongés sur lui. Sur Jonah. Ils s'étaient étendus sur son petit frère pour lui tenir chaud.

2

Jonah était aussi raide qu'un mannequin.

Zoé l'enveloppa dans le blouson qu'elle avait récupéré en chemin. Elle souffla sur ses doigts gelés pour les réchauffer, même si elle en avait à peine la force. Puis elle le souleva dans ses bras. Elle pensa d'abord qu'elle allait devoir revenir chercher Spock et Uhura, mais ils s'ébrouèrent, émergeant de leur fosse comme d'antiques créatures des neiges. Spock poussa un gémissement incrédule devant l'effort qu'on lui demandait. Uhura claqua des mâchoires, comme pour lui intimer de se ressaisir.

Alors, Zoé se mit à courir entre les arbres, en direction de la maison de Bert et Betty. Elle garda Jonah dans ses bras et, quand elle eut l'impression que ceux-ci allaient se briser en deux, elle le fit glisser sur son épaule. Quand son épaule menaça de céder, elle le transféra sur l'autre. Elle tremblait tellement qu'elle n'arrivait pas à maintenir la lampe torche en place, et son faisceau bondissait de façon erratique devant elle. C'était un miracle qu'elle ne fonce pas tête la première dans un arbre. Elle courait comme un animal aux abois. Son cœur battait la chamade, non seulement dans sa poitrine, mais dans ses oreilles – très fort, comme si quelqu'un jouait du tambour sur une casserole.

Le plus drôle, dans tout ça, c'est qu'elle faisait probablement du deux cents mètres à l'heure, à force de tituber dans la neige comme un yéti bourré. Mais elle avançait. Elle gagnait du terrain. Enfin, en apercevant la maison de Bert et Betty à travers les arbres, elle se mit à pleurer de soulagement. Même les chiens lancèrent des aboiements presque joyeux. À vrai dire, Uhura paraissait heureuse, et Spock poussait de petits jappements plaintifs qui semblaient dire : « Quand est-ce qu'on arrive ? »

Zoé éclata de rire et murmura à Jonah :

– Bon sang, quelle mauviette, ce Spock !

Il était trop faible pour répondre, mais elle sentait son corps de petit garçon respirer contre sa poitrine – faiblement, mais sûrement –, et cela lui suffisait.

La maison de Bert et Betty ressemblait à un A majuscule. Elle se situait à environ quatre-vingts mètres du lac, sur à peine un hectare de terrain que le feu avait épargné à l'époque, même si les flammes s'étaient dangereusement rapprochées. Quand Zoé arriva devant les marches de l'entrée, Jonah gigotant dans ses bras, le ciel était noir et le blizzard perdait de sa vigueur. La porte n'était pas verrouillée. Elle aurait dû s'en étonner – la police avait bouclé les lieux et sa mère venait vérifier de temps à autre que tout était en ordre –, mais son cerveau était incapable de traiter cette information. Il était accaparé par une seule idée, celle de trouver un refuge.

Zoé maintint la porte ouverte pour laisser entrer Spock et Uhura, mais ils demeurèrent sur les marches, hésitants. On ne les avait jamais autorisés à pénétrer dans la maison.

– Allez !

C'était tout ce qu'elle avait la force de dire.

Ils échangèrent un regard avant de se glisser à l'intérieur.

Sa lampe torche avait rendu l'âme et elle se rendit donc à tâtons dans le salon obscur. Là, elle déposa Jonah sur un canapé puis le couvrit de couvertures, de coussins, et même d'un vieux couvre-lit de mariage en patchwork qu'elle arracha du mur. Il marmonna fiévreusement un mot (« Moi ? ») avant de s'endormir comme une masse.

Zoé voulut allumer une lampe mais l'électricité était coupée. Le chauffage aussi. Et sans doute l'eau et le téléphone. Mais peu lui importait. Elle alluma quelques bougies qu'elle dispersa dans la pièce, c'était tout ce dont ils avaient besoin. Il faisait tellement plus chaud dans la maison que ce canapé prenait des allures de hamac sur la plage. Et ils avaient réussi. Ils avaient *réussi*. Maintenant qu'elle avait posé Jonah, ses bras étaient si légers qu'ils flottaient.

Par terre, il y avait un tapis de tissu en spirale. Elle le ramassa, le secoua et le posa sur ses épaules comme une cape. Il était raide et rugueux, mais tant pis. Dans la pièce flottait une odeur déplacée de cigarette – elle se convainquit que ça n'avait pas non plus d'importance. Elle remarqua un sac de couchage d'allure crasseuse roulé en boule devant la cheminée, comme une mue abandonnée par un serpent. Ça n'aurait pas dû être là. Et il y avait tout un assortiment de bouteilles d'alcool vides, de différentes marques, qui formaient un panorama miniature sur le parquet. Ça non plus, ça n'aurait pas dû être là. Elle s'en fichait, s'en fichait, s'en fichait.

Les chiens, cependant, étaient sur le qui-vive : ils reniflaient dans tous les coins en laissant échapper des grondements sourds.

Zoé les fit taire.

– Il n'y a personne, ici, à part nous autres petits poulets.

Encore une expression étrange qu'elle avait entendue dans la bouche de sa mère.

Sa mère !

Zoé fouilla dans sa poche, en quête de son téléphone, mais elle se trouvait trop loin dans la forêt pour capter un signal et passer un appel. C'était aussi bien comme ça. Il aurait fallu qu'elle réponde à une kyrielle de questions – sans compter les microquestions, et les micro-microquestions. Elle était trop fatiguée pour expliquer quoi que ce soit, alors *tout* raconter, certainement pas.

Elle savait que sa mère pouvait passer la nuit sur le canapé de son ami Rufus si les routes étaient bloquées. Rufus était gentil, timide, et si mince qu'il ressemblait à une brindille affublée d'une barbe et d'un tee-shirt. C'était un artiste. Sa spécialité, c'était de sculpter à la tronçonneuse des ours comme celui qu'il avait fabriqué pour l'allée des Bissell. Selon la saison, il utilisait du bois de récupération ou de la glace. (« Sculpter la glace, c'est énorme, les mecs, affirmait-il. C'est une aventure qui déchire. ») Zoé était convaincue que Rufus était secrètement amoureux de sa mère. Elle espérait qu'un jour, il lui déclarerait sa flamme. Sa mère jouait les dures devant ses enfants, mais Zoé savait qu'elle croulait sous le poids de la tristesse depuis la mort de leur père. Une tristesse omniprésente, comme une musique de fond.

Il fallait qu'elle prévienne sa mère qu'elle allait bien. L'idée de devoir dépenser encore un peu d'énergie lui arracha un grognement – après tout, elle était sur le point de s'endormir assise, drapée dans un tapis qui ressemblait à une pâtisserie géante. Pourtant, avant de fermer les yeux, elle rassembla ses forces pour entreprendre ses deux derniers gestes de la journée. D'abord, elle jeta un coup d'œil à Jonah. Allongé près d'elle, il ronflait légèrement, comme une petite machine toute molle. Ses joues étaient brûlantes mais, globalement, il semblait aller bien.

Ensuite, elle envoya un texto à sa mère – juste trois mots. Elle savait que le message ne passerait pas, qu'elle allait devoir appuyer sur « réessayer », encore et encore. Mais elle le fit quand même.

Tout va bien, écrivit-elle.

À 19h30, Zoé s'endormit assez longtemps pour faire un rêve intense et terrifiant. Elle se trouvait dans une pièce blanche au plancher de bois brut. Des animaux étaient enchaînés autour d'elle. Elle ignorait à quelle race ils appartenaient – peut-être étaient-ce des créatures imaginaires inventées par son cerveau –, mais ils montraient méchamment les crocs, toutes dents et griffes dehors, et la bave aux lèvres. Ils tiraient sur leurs chaînes, tentant avec fureur de les arracher du mur. Zoé se tenait au centre de la pièce. Les bêtes l'entouraient, tout près, poussant des hurlements stridents. Et puis, sans qu'elle sache comment, la neige se mit à tomber dans la pièce. Levant le visage, elle laissa les flocons se poser sur elle. Pendant un instant, elle se sentit soulagée. Quand elle baissa la tête, elle vit que Jonah était à côté d'elle. Il lui dit qu'il allait se battre contre les créatures et la sauver. Elle le lui interdit et lui ordonna de ne pas bouger, pas bouger du tout. Mais les bêtes hurlaient tellement fort que Jonah ne l'entendait pas. Il crut qu'elle lui disait : «Tu dois les tuer, Jonah, les tuer toutes.»

La dernière chose dont elle se souvint, c'est que Jonah répondait : « Ouais, j'y vais ! », avant de s'avancer vers les crocs luisants.

Il lui fallut une éternité pour s'extirper de son rêve. Et les hurlements la poursuivirent car Uhura, devant la porte, faisait un boucan de tous les diables, aboyant avec une force incroyable. Ce bruit constituait presque une présence physique dans la pièce, au point que Zoé n'arrivait pas à retrouver ses esprits.

Quant à Spock, il se planquait sous un tapis – on ne distinguait de lui qu'une grosse boule frémissante.

Zoé se dirigea vers la porte, hésitant à toucher Uhura alors que la chienne était dans cet état.

– Qu'est-ce qui se passe, ma vieille ? demanda-t-elle à mi-voix. Chut. Tout va bien, tout va bien.

Elle tendit la main pour la caresser mais Uhura montra les dents. Jamais elle n'avait fait une chose pareille, devant personne. Alors, la chienne se jeta contre le battant de la porte à trois reprises, produisant un bruit assourdissant.

– Tu veux aller faire pipi, ou quoi ? demanda Zoé.

Elle ouvrit la porte. Uhura s'élança et Zoé la suivit, soulagée que la chienne ait cessé d'aboyer.

La nuit était sombre et sans lune, mais il devait y avoir de la lumière quelque part car le lac brillait. Le blizzard s'était arrêté d'un coup. Zoé frissonna, remarquant au passage que tout son corps lui faisait mal. La seule chose qui reliait ses os les uns aux autres, c'était la douleur.

Elle balaya les alentours du regard, cherchant à repérer Uhura et se demandant, soucieuse, comment elle allait pouvoir ramener Jonah à la maison le matin venu.

Alors, elle vit un véhicule qui dévalait l'allée menant à la maison, projetant de la neige derrière ses roues.

C'était un vilain pick-up cabossé. Zoé ne distinguait pas le conducteur. Tout ce qu'elle voyait, c'était une main dépassant de la fenêtre, qui tenait une cigarette. Pendant une seconde, elle regarda dans la pénombre le bout incandescent se rapprocher d'elle, comme flottant dans l'obscurité.

Quand elle sortit de sa transe, elle vit Uhura se ruer dans l'allée en direction du pick-up. Elle fondit sur lui sans hésiter, comme si elle avait pu le bloquer de son corps. Zoé n'eut même pas le temps de crier.

Soit le conducteur n'avait pas vu la chienne dans ses phares, soit il s'en fichait. À environ trente mètres de la maison, l'impact se produisit dans un choc affreux. Le corps d'Uhura fut projeté dans une congère.

Le chauffeur continua à rouler jusqu'à la maison. Là, il s'arrêta et descendit sans couper le moteur. Il glissa une autre cigarette dans sa petite bouche répugnante puis, sans un regard en arrière pour voir ce qu'il était advenu d'Uhura, il se tourna vers Zoé.

C'était l'image vivante de la haine. D'âge moyen, il avait les cheveux grisonnants, coupés en brosse, et son visage portait des cicatrices d'acné. Ses vêtements – un pantalon noir à pinces, une chemise blanche à rayures bleues – étaient certainement destinés, autrefois, à faire bonne impression, mais ça n'avait guère dû marcher : à présent, ils étaient tellement sales qu'une machine à laver les aurait recrachés.

Zoé descendit les marches en courant pour aller s'agenouiller dans la neige auprès d'Uhura. La chienne était secouée mais vivante.

L'homme ne prononça pas un mot. En tout cas, il ne s'excusa pas. Il se contenta de rester planté là, son regard courant sur le corps de Zoé, y laissant des traces gluantes comme de la bave d'escargot. Les hommes la regardaient ainsi depuis qu'elle avait douze ans. La première fois qu'elle en avait parlé à sa mère, celle-ci avait dit : « Zoé, assieds-toi une minute. Il est temps que je t'apprenne le sens de l'expression “Espèce de sale pervers minable”. » Zoé lui en restait éternellement reconnaissante.

Le minable en question souriait de toutes ses dents. Zoé bouillait de rage.

– Vous avez renversé mon chien ! s'écria-t-elle. Vous êtes malade, ou quoi ?

Il éclata de rire, puis son regard se durcit.

– C'est pas ton chien, lança-t-il. C'est pas parce que deux vieux se font buter que tu peux rappliquer et leur barboter leurs clébards.

Il jeta son mégot dans la neige de l'allée où il s'éteignit avec un crépitement.

– Il est où, l'autre ? reprit-il. La poule mouillée ?

Il connaissait Spock et Uhura.

– Qui êtes-vous ? demanda Zoé.

– Qui je suis ? Quelqu'un qu'aime pas rester dehors par ce putain de froid. Et aussi, quelqu'un qui déteste les questions. Alors, il est où, ce foutu cabot ?

– C'est une question, ça, dit Zoé.

L'homme émit un rire bref.

– C'est qu'elle a du répondant, la gamine ! Tu sais quoi, ma mignonne, tu peux m'appeler Stan, ça te va ? Comme dans *Stan the Man*. Et toi… Je vais t'appeler Zoé. Ça te botte ?

Et il la connaissait, elle aussi.

– Alors, on fait moins la maline, maintenant ? poursuivit-il.

Uhura s'efforçait de se redresser sur ses pattes. Quand elle y fut parvenue, elle se remit à grogner. Stan avança vers la chienne avec, sur le visage, une expression qui ne disait rien qui vaille à Zoé. Les grognements d'Uhura s'accentuèrent, évoquant une fusée sur le point de décoller. Zoé s'interposa.

– En tout cas, *elle* vous connaît, dit-elle. Et elle ne vous aime pas.

– Ouais, c'est qu'on a un petit contentieux, cette garce et moi, répondit-il. Et puis, je préfère les chats.

Il s'arrêta à quelques pas de Zoé, assez près pour qu'elle sente l'odeur de cigarette qui émanait de sa bouche et l'haleine aigre juste en dessous. À cette distance, ses cicatrices d'acné semblaient si profondes qu'il avait l'air de s'être fait tirer dessus à la chevrotine.

– Tu vas dégager de mon chemin ? demanda-t-il. Je suis venu pour trouver du fric mais on dirait que je vais d'abord être obligé de botter le cul d'un chien.

Zoé était terrifiée et désemparée. Il avait dû le remarquer, car il n'attendit pas sa réponse.

Il lui sauta dessus.

Tout arriva en même temps : Stan fit tomber Zoé dans l'allée ; Uhura bondit sur son agresseur, lui mordant si fort la main qu'il hurla. Dans le genre poule mouillée, Stan n'était pas mal non plus, apparemment.

Uhura refusait de lâcher prise. Stan débita un chapelet de jurons tout en se tordant de douleur. La chienne resta accrochée à sa main alors même que ses pattes avaient décollé du sol.

– Sainte mère de Dieu, glapit Stan. Je vais buter cette saloperie jusqu'à ce que mort s'ensuive !

Alors, venu de nulle part, un objet le frappa à la tête. Une pierre. Du sang se mit à couler autour de son oreille. Il cracha une nouvelle bordée d'injures. Lui et Zoé se tournèrent vers le perron où se tenait Jonah, une expression féroce sur le visage.

– C'était moi, Zoé ! clama-t-il fièrement. Touché ! C'était moi !

D'un pas titubant, Stan se dirigea vers Jonah, mais Uhura refusait de le lâcher, furieuse et incontrôlable. Autant lutter contre un alligator.

Zoé monta les marches quatre à quatre pour rejoindre Jonah. Il lui enlaça la taille et la serra fort puis ouvrit le poing : sa paume rose était pleine de cailloux.

– Je vais encore le toucher, dit-il.

– Jonah, non. Il ne se bat pas à la loyale, alors on ne va pas se battre *du tout*. D'accord ? Dis que tu es d'accord. Je veux te l'entendre dire.

– D'accord, Zoé. Je vais plus le faire. Mais je pourrais !

Stan parvint enfin à se libérer d'Uhura et l'enferma dans son camion. La chienne griffait la fenêtre et son souffle embuait la vitre. C'était affreux à voir. Jonah enfouit son visage dans le manteau de Zoé.

À présent, Stan était en sueur. Il tremblait de rage et se frottait la tête pour essayer de se calmer. Du sang lui coulait sur le côté droit du visage. Sur le côté gauche dégoulinait quelque chose qui ressemblait à du mascara – apparemment, il s'en était servi pour se teindre un sourcil. À mesure que la sueur le délavait, Zoé remarqua que ce sourcil, brun jusque-là, laissait à présent apparaître une touffe de blanc.

Stan marcha vers l'arrière de son pick-up, souleva une bâche alourdie de neige et en retira un objet qui, dans l'obscurité, ressemblait au tisonnier d'une cheminée. Il se dirigea vers Zoé et Jonah.

Il pointait le tisonnier sur eux comme une arme.

– Et maintenant, lança-t-il, le souffle court, où est l'autre… putain… de clébard ?

Zoé ne répondit pas mais Jonah s'enfuit dans la maison, vendant la mèche. Elle lui courut après, fermant la porte derrière eux dès qu'ils furent entrés. De l'autre côté, elle entendit Stan qui gravissait les marches.

Jonah était dans le salon et poussait une table basse sur le seuil pour faire une barricade. Son frère savait construire des forts comme personne. En tout cas, personne n'en construisait *autant*.

Une seconde plus tard, Stan secouait la poignée et cognait contre la porte.

Zoé essaya d'appeler la police. Impossible d'avoir du réseau. Le texto destiné à sa mère était toujours en attente, comme un avion qu'on n'autoriserait jamais à décoller. Si seulement sa mère avait su qu'ils étaient en sécurité pendant le bref moment où ils l'avaient effectivement été !

L'instant d'après, Stan avait repoussé la table basse et entrait en trombe dans le salon, hors d'haleine. Zoé et Jonah se précipitèrent derrière le canapé, ne serait-ce que pour mettre un obstacle entre eux et l'intrus. Jonah brandissait un coussin fleuri devant son torse, comme s'il pouvait le protéger. En dépit de la situation dramatique, Zoé sentit son cœur se serrer devant ce geste attendrissant. Ignorant Zoé, Stan se pencha sur Jonah.

– Eh, bonhomme, je suis Stan the Man, dit-il. Où est l'autre clébard ?

Il attendit la réponse, certain qu'elle allait venir, et vite.

Spock était toujours sous son tapis ; seul le bout de sa queue dépassait. Si Stan avait été plus calme, il l'aurait repéré tout de suite. Zoé s'efforça de ne pas regarder en direction du chien, priant pour que Jonah en fasse autant.

Tandis que Stan restait planté là, haletant, elle remarqua pour la première fois combien sa tête était énorme et grotesque – elle s'agitait maladroitement sur son cou chétif. On aurait dit un tournesol fané.

– N'adressez pas la parole à mon frère, dit-elle.

Ce n'était pas du courage mais du dégoût.

Jonah se rapprocha d'elle. À présent, il n'essayait même plus de jouer les fiers-à-bras, il sanglotait tellement fort que ses épaules étaient secouées de spasmes.

Zoé lui écarta les cheveux des yeux et lui murmura que tout allait s'arranger.

– Lui raconte pas une chose pareille, grogna Stan dont le sourcil blanc se tortillait comme une chenille. C'est ce qu'on appelle un *mensonge*. Parce qu'une chose est sûre : ça va *pas* s'arranger. En fait, ça va carrément être le bordel si vous me dites pas où est ce foutu chien.

Il fit tournoyer le tisonnier comme un bâton de majorette, sans doute pour avoir l'air menaçant, mais il faillit se le faire tomber sur le pied.

Jonah essayait de parler. Enfin, il parvint à articuler quelques mots, bafouillant à travers ses larmes :

– Q-qu'est-ce que vous allez f-faire à Spock ?

Stan émit un ricanement.

– Oh, je vais juste lui faire prendre un bain, bonhomme, dit-il.

– Ne parlez pas à mon frère ! s'écria Zoé.

– J-je vous crois pas. Et m'appelez p-pas *bonhomme*. C'est mon père qui m'appelait comme ça.

Interdit, Stan ne répondit pas tout de suite. Mais quand il parla, ce fut pour dire une abomination :

– Je connaissais ton papa, bonhomme. Je l'ai connu quand c'était une crevette comme toi.

– Ne parlez *pas* à mon frère !

– Ton vieux ne t'a jamais parlé de moi, bonhomme ? Figure-toi qu'à une époque, on était frères de sang. Mais je suppose qu'il a jamais dit un mot sur… Bon sang, sans doute les vingt premières années de sa vie ! Tu le connaissais à peine. Et après, il est mort dans une putain de grotte ? Et vous l'avez laissé pourrir là-bas ? Vous êtes vraiment des moins que rien !

– NE PARLEZ PAS À MON FRÈRE, ESPÈCE DE CRÉTIN PSYCHOTIQUE !

Il y eut un bref instant de silence pendant lequel on n'entendit plus que le vent.

C'est alors que Spock éternua.

Stan fit volte-face et, apercevant la boule sous le tapis, poussa un cri de joie.

– Fabuleux !

Attrapant le chien, il l'enveloppa dans le tapis et fourra le tout sous son bras.

– C'est l'heure du bain pour les poules mouillées, dit-il avec un geste en direction du lac gelé. J'espère qu'il aime l'eau froide.

Il posa le bout pointu du tisonnier par terre, comme s'il s'agissait d'une canne.

– Ne me suis pas, grande sœur, ordonna-t-il à Zoé tout en la dévorant des yeux. Sinon il va y avoir de l'action, et ça va pas te plaire.

Quand il fut parti, Zoé et Jonah s'assirent sur le canapé, abasourdis. Au bout de quelques instants, elle prit le visage de son frère entre ses mains pour s'assurer qu'il l'écoutait.

– Il faut que je sorte, dit-elle. Pour récupérer les chiens. Et je veux que tu restes ici, d'accord, Jonah ? Je veux t'entendre me dire d'accord. Tu peux me le dire – et le *penser* ?

Jonah se tortilla jusqu'à ce que Zoé le lâche, puis il fronça fort les sourcils, comme si un professeur lui avait demandé de se creuser les méninges.

– D'accord, je v-vais pas sortir, dit-il.

– Merci, dit Zoé.

– Mais tu peux pas sortir non plus. Cet homme se b-bat pas à la loyale, alors on se b-bat pas du tout. D'accord ? C'est *toi* qui l'as dit.

– Et si je ne sors que cinq minutes ?

– Non, Zoé.

– D'accord, alors juste deux minutes ?

Elle essayait de le calmer en le taquinant un peu, imitant sa manière de négocier.

– Non, Zoé ! Zéro minute ! Je veux que tu restes là.

S'interrompant, il chercha un instant ses mots.

– Même *moi*, j'ai peur, parfois, finit-il par dire.

Zoé savait que si elle sortait, Jonah allait la suivre, et elle ne pouvait prendre ce risque. Aussi opta-t-elle pour la solution la moins héroïque, tout en se maudissant pour ce choix. Elle s'assit avec lui sur le canapé, passa son bras autour de ses épaules et s'assura qu'il ne regarde pas par la fenêtre derrière eux. Elle n'eut pas autant de mal à le distraire qu'elle l'aurait cru. Ils trouvèrent le panier de tricot de Betty, et Jonah entreprit de réparer le trou au sommet du bonnet de Zoé. Pendant quelques minutes, seul le cliquetis des aiguilles résonna dans le salon – même si, à un moment donné, Jonah s'interrompit pour la réprimander :

– Tu devrais vraiment faire plus attention à tes affaires.

Zoé s'efforçait, elle aussi, de ne pas regarder par la fenêtre. Elle ne se retourna pas quand elle entendit Stan passer près d'eux pour prendre la direction du lac, ses bottes faisant crisser la neige, Spock gémissant à l'intérieur du tapis. Elle ne regarda pas quand Jonah commença à se frotter les yeux en prononçant sa phrase habituelle quand il luttait contre le sommeil : « Je ne suis pas fatigué. J'ai juste mal aux yeux. » Elle ne regarda même pas quand il posa les aiguilles et s'endormit profondément, la tête sur ses genoux.

Mais soudain, elle entendit Stan frapper la glace du lac avec son tisonnier pour essayer de se frayer un chemin jusqu'à l'eau. C'est alors qu'elle regarda.

Il faisait un trou pour y noyer les chiens.

Il y avait des jumelles sur la table basse. Zoé s'en empara. La nuit était noire et sans étoiles. Un grand vide. Le monde s'était… éteint.

Stan travaillait à la lueur des phares de son camion. Il avait du mal à tenir Spock pendant qu'il creusait la glace, de plus en plus profond. Pendant une seconde, le chien parvint à échapper à la poigne de Stan, mais il n'arrivait pas à courir sur la glace. Au terme d'une glissade désespérée, Stan le rattrapa par la peau du cou et le jeta dans le trou.

Puis il poussa la tête de Spock sous l'eau avec son pied.

Quand il fut certain que le chien ne pourrait pas sortir, il retourna chercher Uhura dans le pick-up.

C'est alors que Zoé vit quelque chose qui échappa à Stan.

Il ne vit pas le lac se mettre à luire, d'abord petit à petit – aussi incroyable que ce soit – puis de plus en plus fort, jusqu'à ce qu'il semble recouvert, non plus de glace, mais de feu.

Il ne vit pas non plus, sur la rive opposée du lac, la silhouette qui se déplaçait vers eux, avançant sur la glace avec calme, certes, mais à la vitesse d'un cheval au galop.

À présent, Zoé était à la fenêtre, même si elle ne se rappelait pas s'être levée et avoir marché jusque-là. Plus tard, elle prit conscience que c'était grâce à cette fenêtre qu'elle avait pu découvrir ce spectacle sans perdre l'esprit : non seulement parce que le panneau vitré la séparait de ce qui se passait dehors, mais parce qu'il formait un écran et que, pour être honnête, elle avait vu son lot de bizarreries à la télé.

Elle sortit du salon. Puis de la maison. Comme attirée par un aimant.

Stan claqua la portière de son camion. Il avait bloqué Uhura sous son bras – à son tour de prendre un « bain » – et tenait sa gueule fermée dans une main. La chienne était enragée mais impuissante.

Zoé avait fixé ses jumelles sur Stan quand il se retourna vers le lac qui flamboyait dans l'obscurité – repérant au même moment la silhouette fondant sur lui à une allure folle.

Stan était terrifié.

Pourtant, presque aussitôt, il retrouva son expression prétentieuse et haineuse, comme s'il pensait que sa bêtise pouvait le protéger de tout.

– Merde, c'est quoi ce bordel ? s'exclama-t-il.

À peine avait-il refermé la bouche que la silhouette était sur lui. Il lâcha Uhura pour pouvoir se défendre. La chienne courut vers Zoé qui se tenait un peu en retrait, dans l'ombre, et lui bondit dans les bras.

Stan leva les poings, tâchant de jouer les durs et parvenant simplement à avoir l'air ridicule. Il sautilla autour de l'inconnu comme un boxeur de la vieille école.

L'inconnu était X, même si Zoé ne lui donnerait pas ce nom avant plusieurs jours.

X était si pâle que son visage paraissait diffuser sa propre lumière. De loin, elle ne parvenait pas à deviner son âge, mais elle voyait qu'il avait de beaux cheveux longs, et qu'ils étaient *réellement* en bataille, pas seulement coiffés pour produire cet effet. Il portait un long manteau d'un bleu profond aux reflets iridescents comme ceux d'une bulle de savon. Il n'avait ni bonnet, ni gants, ni écharpe, mais le froid ne semblait pas l'affecter. Une fine pellicule de transpiration luisait sur son visage, comme s'il était fiévreux.

X ne prononça pas un mot. Attrapant Stan par le collet, il l'envoya valser sur la glace étincelante. Il n'agit pas par colère, ni comme un héros de film d'action. Il le fit parce qu'il le *fallait*.

À aucun moment il ne leva les yeux sur Zoé, mais elle savait qu'il était conscient de sa présence.

Stan glissa sur la surface du lac gelé, en direction du trou qu'il avait lui-même ouvert. Là, il s'immobilisa, un côté du visage éraflé par la glace.

En un éclair, X fut auprès de lui.

Stan leva la tête, s'efforçant de comprendre ce qui lui arrivait – et comment il avait pu perdre le contrôle de la situation.

– Je sais pas ce que tu veux, pauvre taré, dit-il, mais tu peux toujours courir. C'est *moi*, le roi de la fête.

X ne répondit pas, et Zoé devina qu'il ne se donnerait pas la peine d'ouvrir la bouche jusqu'à ce que Stan prononce une phrase qui mérite une réponse.

Il avança vers le trou et en retira Spock. Le chien était trempé et frissonnant, comme s'il venait de naître mais, dans les bras d'X, il se réchauffa instantanément. Alors, Spock fit une chose qu'il n'avait jamais faite qu'à Jonah et elle : il lécha la joue d'X. Celui-ci lui tapota maladroitement la tête, l'air de ne pas savoir comment s'y prendre. C'était un geste anodin mais, sans doute à cause de la douleur et des évènements dramatiques qu'elle venait de vivre, Zoé en eut les larmes aux yeux.

Laissant tomber les jumelles dans la neige, elle se rapprocha. Sans savoir pourquoi, elle n'avait pas peur. Elle voulait qu'X la voie. *Qui était-il ? Que faisait-il là ? Pourquoi ne voulait-il pas la regarder ?*

Pendant qu'X réconfortait Spock, Stan tenta de se remettre debout.

X se contenta de secouer la tête, et les jambes de Stan se dérobèrent sous lui. Il retomba lourdement sur la glace.

X retira son manteau. En dessous, il portait une chemise à manches courtes en tissu grossier mais, pour être honnête, Zoé n'avait d'yeux que pour ses bras aux muscles noueux. Ils étaient couverts de tatouages primitifs qui semblaient représenter, entre autres, des animaux qu'elle n'arrivait pas à identifier.

Enveloppant Spock dans son manteau, il le posa doucement par terre. Le manteau scintillait dans l'ombre comme un feu mourant.

Alors, il se tourna vers Stan qui, contre toute logique, continuait à s'accrocher à l'idée que son bagou allait pouvoir le tirer de ce mauvais pas.

– D'accord, pauvre taré, dit Stan. Dis-moi ce que tu veux, et je te le laisserai *peut-être*. Je suis un type raisonnablement raisonnable.

La suite ressemblait au cérémonial d'une société secrète perdue dans les bois, ou peut-être à un rituel moyenâgeux – un procès où tout le monde savait à l'avance que le verdict serait « coupable ».

X tremblait, mais tous ses gestes étaient calmes et méthodiques. Il semblait regretter d'avoir été envoyé au lac. C'était le sentiment qu'éprouvait Zoé : qu'il avait été envoyé ici, peut-être même forcé. Il ne l'avait toujours pas regardée mais, à la façon dont ces pensées s'enracinaient dans sa tête – pas en tant que théories ou hypothèses mais comme des certitudes –, elle se disait qu'il les y avait lui-même implantées. Comment était-ce possible ?

À présent, Stan était à genoux, luttant de nouveau pour se redresser.

X posa une main sur son épaule et, l'instant d'après, Stan était immobile – conscient, mais paralysé par le froid.

X fit quelques pas, tourna le dos à Stan et retira sa chemise. Ses épaules étaient larges et sa taille aussi mince que celle d'un nageur. Contrairement à son visage meurtri, son dos était lisse et sans marques. Une toile vierge. Zoé songea que quelqu'un ou *quelque chose* l'avait épargné, et dans un but bien précis. Elle était incapable de savoir si cette idée lui appartenait ou si elle provenait d'X.

X écarta largement les bras. Ses omoplates brillaient dans l'ombre et son dos s'élargit encore.

Zoé ne put s'en empêcher : elle prit une photo pour pouvoir, plus tard, la poster sur Instagram.

X semblait invoquer quelque chose. Il poussa un cri puissant, comme s'il essayait de chasser une maladie de son corps. C'est alors que son dos s'anima et se couvrit d'images.

Sa peau devint un écran.

Ce qui se déroulait sur le dos d'X ressemblait presque à un film d'amateur, sautillant, étourdissant, chaotique – et surnaturel. Zoé et Stan regardaient, hypnotisés. Stan ne bougeait pas. On aurait dit que l'air lui-même le maintenait pieds et poings liés. Zoé restait dans l'ombre, tout près. Ils regardèrent, choqués d'abord, puis horrifiés, chacun pour ses propres raisons.

Soudain, une pensée traversa l'esprit de Zoé : Jonah s'était sans doute réveillé, il était peut-être en train de contempler ce spectacle depuis le salon. Elle se tourna vivement vers la maison.

Les fenêtres étaient noires. Son frère était-il posté derrière l'une d'entre elles ? Impossible à dire.

Elle reporta son attention sur le film. Bert et Betty y figuraient. Ils étaient recroquevillés dans le salon du grand A majuscule près du lac. Figés de peur. Quelqu'un approchait de la maison et s'apprêtait à y faire irruption.

Zoé distinguait mal le visage de l'intrus – juste un fragment, comme un croissant de lune. Pourtant, elle reconnut la vilaine coupe en brosse et la peau grêlée. Elle vit l'intrus avancer jusqu'à la cheminée. Là, il s'empara du tisonnier aux allures redoutables et le soupesa.

Stan détacha les yeux du dos d'X, incapable de regarder ce qu'il avait fait. Il se tourna vers la maison, en quête d'un quelconque secours.

X s'y attendait. Il tendit la main en direction du long toit pentu et, l'instant d'après, les images y apparurent aussi. Sous le choc, Stan baissa les yeux. X s'agenouilla, la paume sur la glace. La lueur orange disparut et, pendant une seconde, seule l'obscurité régna. Soudain, le film apparut sous leurs pieds et tout autour d'eux – les silhouettes immenses et déformées, les voix retentissantes.

Zoé ne comprenait pas ce qui se disait. Elle n'arrivait même pas à savoir d'où provenait le son même si, à présent, il semblait venir de partout à la fois. Mais elle voyait que Stan, Bert et Betty hurlaient. L'un d'eux de colère. Les deux autres de peur.

Tout à coup, Uhura apparut dans le film, essayant de protéger Bert et Betty. Elle aboyait de toutes ses forces, comme quand le camion de Stan était arrivé. Étrangement, Spock donnait lui aussi de la voix.

Dans le film, Betty prit la main de Bert et le tira vers la porte, pour s'échapper. Bert paraissait aussi perdu qu'un enfant. Alors que Betty tentait de le pousser dehors, il s'arrêta, comme s'il avait tout le temps du monde, et il attrapa un bonbon à la menthe dans un bol posé sur la table basse.

Ils sortirent de la maison avec quelques secondes d'avance sur Stan. En voyant qu'ils lui avaient échappé, même un instant, Zoé sentit son cœur bondir dans sa poitrine. Elle ignorait pourquoi – après tout, elle savait qu'il n'y avait qu'une seule fin possible à ce drame.

Stan les poursuivit, empoignant le tisonnier.

Bert et Betty se ruèrent vers leur voiture, et Betty démarra le moteur, mais les pneus dérapaient dans la neige. Ils parcoururent cent mètres avant que Stan les rattrape, criant et agitant sauvagement son arme.

La voiture heurta un arbre.

Zoé regarda Stan tirer Bert et Betty du véhicule et les frapper avec le tisonnier.

Elle vit Betty dans la neige. Elle vit Bert pleurer comme un gamin. Elle vit les chiens essayer de mordre Stan aux mollets, et elle vit le monstre claquer sarcastiquement des mâchoires tout en leur balançant des coups de pied dans le ventre.

Elle vit le tisonnier se lever et s'abaisser.

Zoé vit Betty mourir.

Elle mourut en essayant de protéger Bert de son corps.

Puis Zoé vit Bert mourir.

Il mourut en sanglotant sur Betty. Il mourut en se cachant le visage entre les mains. Il mourut en suppliant d'une voix aiguë et pleine de terreur : « Arrêtez, je suis juste une vieille ganache. Arrêtez, arrêtez, arrêtez ! »

Stan traîna le corps des Wallace dans le lac, l'un après l'autre.

Quand Zoé comprit ce qu'elle voyait – quand l'horreur de la scène planta ses griffes acérées en elle –, elle se retourna vers la maison, priant de nouveau pour que Jonah dorme encore.

Puis elle tomba à genoux, serrant Uhura contre sa poitrine. Alors, elle vomit dans la neige, jusqu'à ce que sa gorge soit en feu.

Lorsque Zoé fut en état de se relever, X avait laissé ses bras retomber contre ses flancs puis renfilé sa chemise. Les images s'étaient effacées et le lac flamboyait de nouveau. X, l'air malade et épuisé, se pencha pour tirer Stan plus près du trou.

Pendant qu'ils regardaient le film, Stan n'avait pas dit un mot, mais Zoé voyait à son visage qu'une vague d'émotion était en train de déferler en lui. Ce n'était ni de la culpabilité, ni du chagrin – et ce n'était même plus de la peur.

C'était de la rage.

– C'est là que je suis censé dire pardon et tout le toutim ? cria-t-il à l'adresse d'X. Tu peux toujours attendre, pauvre taré ! Ces deux-là, ils étaient vieux comme le monde. Ils servaient plus à personne, merde !

X n'avait toujours pas dit un mot. Il considéra Stan avec patience, comme s'il savait à l'avance tout ce qui allait sortir de sa bouche avant d'être à court de mots.

Stan reprit la parole, plus calmement, cette fois.

– Écoute, dit-il. J'étais pas venu pour leur faire du mal, j'avais même pas pris d'arme. Je voulais juste *emprunter* un ou deux trucs de valeur. Je pensais qu'ils seraient doux comme des agneaux, vu qu'ils avaient le cerveau en marmelade, d'accord ? Ouais, j'étais au courant de ça. Ce cambriolage, je l'ai préparé *méticuleusement*. Il m'a bien fallu un mois pour l'organiser. Je veux dire, j'ai vraiment fait mes devoirs. C'est marrant, d'ailleurs, parce que quand j'étais au lycée, ben je les faisais jamais, mes devoirs.

La peur commençait à le faire radoter.

– En tout cas, reprit-il, ç'aurait pu être une promenade de santé pour tout le monde. Façon de parler. Mais cette vieille peau, c'était une vraie harpie – elle essayait de me tenir à distance de son homme. Elle voulait m'arracher les yeux et tout le bataclan. Et ça, c'était pas prévu. Du coup, c'est devenu un peu plus, euh, *conflictuel* et *agressif* que dans mes plans. Le plus drôle, c'est que j'ai rien trouvé de valable dans la baraque. J'y suis revenu deux ou trois fois depuis, et j'ai toujours pas découvert où ils planquaient leur putain de fric.

Stan cracha bruyamment par terre.

– D'accord, dit-il. J'ai rien d'autre à dire – sauf que si tu veux vraiment me noyer, tu dois détester le bon Dieu.

À ces mots, X sortit de son silence.

Sa voix était rauque à force d'avoir si peu servi. Zoé était incapable de dire de quel pays il venait, ni même de quel siècle.

– Écoute-moi bien, dit-il avant de s'interrompre pour s'éclaircir la gorge et s'essuyer le front. Personne ne respecte davantage l'amour de Dieu que nous autres, damnés des Terres du Bas – car nous connaissons la douleur de vivre sans lui.

Puis, empoignant Stan par le col de sa chemise, il ajouta :

– À présent, c'est ton tour.

Malgré sa fatigue évidente, il parvint à le soulever du sol.

Stan se débattit, s'accrochant à son cou et lui griffant le visage.

X tressaillit puis, rassemblant ses dernières forces, jeta Stan dans le trou irrégulier qui déchirait la glace.

Là, il s'immobilisa un instant – avant de se tourner et de regarder Zoé droit dans les yeux.

Son regard était bouleversant.

Une vague enfla dans la poitrine de Zoé. X semblait lui poser une question muette. Elle pensa que, peut-être, il lui demandait la permission de mettre un terme à la vie de Stan.

Depuis l'eau où il se débattait, Stan s'avisa alors de la présence de Zoé. En la voyant, il lui adressa un sourire écœurant.

– Empêche-le, ma mignonne, supplia-t-il. Merde, je connais ton père !

X rougit violemment, furieux que Stan ose s'adresser à Zoé.

– Tiens ta langue, dit-il, ou je te l'arrache de mes propres mains.

De nouveau, il se tourna vers Zoé. Une fois de plus, elle fut secouée par la force de la connexion qui existait entre eux. Il y avait encore une question dans ses yeux, mais ce n'était pas celle qu'elle pensait, elle s'en apercevait à présent. Il n'avait pas l'intention d'épargner Stan, et il n'avait pas besoin de son avis. Alors, que lui demandait-il ?

Soudain, elle comprit. D'une manière ou d'une autre, X savait combien elle avait aimé Bert et Betty. Il savait que ce qu'elle recelait de bon et de juste en elle, c'était en grande partie à eux qu'elle le devait – et que la haine qu'elle éprouvait envers Stan fourmillait sous sa peau. Il lui demandait si elle voulait le tuer elle-même.

Zoé éprouva une émotion brutale qu'elle n'aurait su nommer. Elle ignorait même si c'était du chagrin ou du soulagement. Mais elle se sentit électrisée.

Elle avança sur la glace en direction d'X et de Stan.

Stan s'agitait frénétiquement dans le lac. L'eau gelée pénétrait dans son affreuse bouche. C'était ce qu'il méritait, Zoé le savait.

Elle marcha aussi vite qu'elle le pouvait sans glisser, plantant ses pieds avec force dans la glace. À chaque pas, elle gagnait de la vitesse. X ne cessa pas un instant de la contempler, soutenant son regard tout ce temps. Zoé ignorait ce qu'elle ressentait exactement. Elle fouilla dans son esprit, en quête du mot juste et, bien que cela semble impossible, elle sentit X chercher lui aussi, dans son cerveau à elle.

Ils trouvèrent le mot au même moment.

Ce n'était ni *rage* ni *vengeance*.

C'était le mot *clémence*.

Une étincelle de surprise s'alluma dans les yeux d'X. Se détournant de Zoé, il s'empressa de poser sa botte sur la tête de Stan, comme Stan l'avait fait avec Spock.

Il était sur le point de l'enfoncer dans l'eau quand Zoé se jeta sur lui.

X était épuisé. Zoé était déterminée.

Elle le renversa sur la glace avant que la botte atteigne sa cible.

3

Zoé ne s'attendait pas à ce qu'X tombe, mais il s'effondra sous elle et ils s'étalèrent de tout leur long sur le lac gelé. Pendant une fraction de seconde, ils restèrent emmêlés l'un à l'autre. La peau d'X sentait le pin et le feu de bois.

Zoé pensait qu'il allait se redresser d'un bond, mais il resta allongé sur le dos, tremblant de douleur. Il avait plus de fièvre qu'elle ne l'avait pensé. Se relevant, elle se dirigea vers Stan qui sanglotait dans l'eau. Sa peau avait pris une teinte bleuâtre. L'idée de le toucher la révulsait mais, malgré ses crimes, il n'était pas juste qu'il meure ainsi.

Tendant les deux mains, elle l'aida à sortir de l'eau. Il resta planté devant elle, secoué de frissons, ses vêtements trempés collés à son corps. Il avait l'air maigrichon et pathétique, comme une bestiole dépouillée de sa coquille.

– Alléluia, mignonne, dit-il. Ton père serait fier de toi.

Elle trouvait répugnant qu'il la remercie.

Zoé ne dit rien, se contentant de le suivre des yeux tandis qu'il se ruait vers son camion, les semelles claires de ses bottes luisant dans l'obscurité.

Le moteur toussa, refusant de démarrer. Zoé savait quel bruit produisait un moteur quand il voulait bien coopérer, et celui-ci voulait qu'on le laisse en paix. Après avoir proféré un long chapelet d'obscénités – dont un bon nombre que Zoé était certaine de n'avoir jamais entendues –, il descendit du pick-up, sortit une couverture de l'arrière et fonça à travers bois comme un animal traqué.

X s'assit sur la glace. Elle s'attendait à ce qu'il soit en colère, mais il se borna à la regarder d'un air triste et perplexe à la fois.

– Qu'as-tu fait ? demanda-t-il.

Zoé ne répondit pas – elle ne savait pas vraiment ce qu'elle avait fait, sauf qu'elle avait agi à l'instinct.

X se retourna pour suivre les traces de Stan dans les bois.

– N'essaie pas de le rattraper, dit Zoé.

C'était la première phrase qu'elle lui adressait et, bien qu'elle ait l'habitude d'enrober ses moindres paroles de sarcasme, cette fois, elle baissa sa garde.

– S'il te plaît, ajouta-t-elle. C'est mal.

X soupesa ses mots.

– Mais si je ne le poursuis pas, dit-il, c'est *moi* qu'on prendra bientôt en chasse.

Pourtant, il ne bougea pas. Il demeura sur la glace en compagnie de Zoé, écoutant les branches craquer tandis que Stan grimpait la colline dans le noir. Pourquoi

X ne se lançait-il pas à sa poursuite ? se demanda Zoé. Pourquoi obéissait-il à sa requête ? Que lui importait ce qu'elle voulait ?

– Si tu le tues, tu es aussi mauvais que lui, dit-elle. Ce n'est pas à nous de punir les gens.

X baissa la tête.

– À *toi*, probablement pas, répondit-il.

D'un pas mal assuré, Zoé retourna chez Bert et Betty pour récupérer Jonah, s'arrêtant juste le temps de prendre une photo de la plaque d'immatriculation du camion lépreux de Stan. Spock et Uhura la suivaient. X aussi. Zoé ne se retourna pas, mais elle l'entendait marcher dans la neige derrière elle. Il n'entra pas dans la maison mais resta sur le perron – par respect ou par timidité, elle n'aurait su le dire. Quand les chiens se mirent à gémir, il les fit taire. Il devait donc savoir que Jonah dormait. Spock et Uhura levèrent la tête et, au bout d'un moment, X comprit que les chiens réclamaient qu'il les caresse sous le menton. S'agenouillant, il les gratouilla avec précaution en murmurant leur nom. Zoé posa une bougie sur le rebord de la fenêtre et les contempla pendant un long moment.

Jonah était toujours allongé sur le canapé. Apparemment, il avait dormi pendant toute la durée du drame. Malgré cela, quand Zoé le souleva, au lieu d'avoir la consistance molle d'une pâte à pain, son corps était tendu.

Zoé avait trop mal aux bras pour le porter – elle n'arriverait jamais à le ramener chez eux de cette façon. Mais elle ne supportait pas l'idée de le secouer et de le forcer à traverser les bois à pied. Il méritait de se réveiller dans son lit – le cauchemar fini, il retrouverait ses pistolets Nerf et ses Stomp Rockets là où il les avait laissés. Jonah avait besoin d'oublier – ce dont elle-même était incapable.

Elle le reposa sur le canapé, soutenant sa tête d'une main comme celle d'un nouveau-né. Puis, se redressant, elle attendit qu'une solution lui tombe du ciel.

Par la fenêtre, elle vit X assis avec les chiens sur ses genoux. Son visage était luisant de sueur et la neige sur son manteau devenait translucide à mesure qu'elle fondait. Spock le mordillait malicieusement, ce qui semblait surprendre X. Était-ce la première fois qu'il jouait avec un chien ? Enfin, il comprit ce que voulait Spock. Agitant ses mains comme les ailes d'un oiseau, il taquina le chien en les faisant monter et descendre, juste hors de sa portée.

X devait s'être aperçu qu'on l'observait car il regarda Zoé à travers la vitre. De nouveau, elle fut frappée de voir qu'il paraissait de plus en plus malade. Pourtant, il ne semblait pas tant réclamer de l'aide qu'en offrir. Avait-il un plan pour les ramener, elle et son frère, jusqu'à leur maison ? Parce qu'en ce moment, rentrer chez elle était son vœu le plus cher. Elle croisa le regard d'X. Elle ne bougea pas, ne remua même pas les lèvres – mais il hocha la tête.

Après cela, elle vit des éclats de ciel et ce qui ressemblait à une vidéo d'arbres floutés par une avance rapide.

X tenait à peine sur ses pieds, aux prises avec une maladie que Zoé ne connaissait pas.

Ce qui ne l'empêcha pas de les porter jusqu'à la maison.

Malgré l'obscurité, Zoé constata que la neige de l'allée était vierge, et cette vision la déprima : sa mère n'était pas encore rentrée. Elle avait hâte de la voir, mais il valait peut-être mieux qu'elle soit encore absente. En effet, Zoé n'aurait su lui expliquer qui était cette étrange silhouette qui venait de les déposer et qui – après avoir refusé de l'eau, un abri, des gants, un bonnet, une couverture, et même des saucisses véganes (mais qui aurait accepté des saucisses véganes ?) – était en train de repartir vers la forêt.

Elle jeta un dernier regard à X. Elle le vit tituber pendant quelques mètres, puis tomber à genoux dans la neige. Elle se força à détourner la tête.

Alors, elle ouvrit la porte de la maison – une manœuvre ardue à présent que Jonah dormait dans ses bras à elle. Elle trouva le Post-it sur le frigo, à l'endroit où sa mère conservait les coordonnées de la police et, le tenant entre ses dents, elle affronta l'escalier, chargée de son frère.

Le lit de Jonah était petit et en forme de coccinelle. Quand Zoé l'y déposa enfin, il roula sur le côté sans se réveiller et se mit à baver sur l'oreiller.

S'asseyant près du lit, elle sortit son téléphone et envoya par e-mail la photo de la plaque d'immatriculation de Stan à la police, accompagnée d'un message qui disait : « Ce pick-up appartient à l'homme qui a tué Bert + Betty Wallace. Avec le tisonnier de leur cheminée. Il s'appelle

Stan quelque chose. Son camion est encore devant chez eux. Il doit avoir quarante-cinq ans + il mesure environ 1,80 m, maigre. Coiffé en brosse. Sourcil bizarre. Ne me remerciez pas. »

Une fois l'e-mail envoyé, elle parcourut les tonnes de textos qui lui étaient enfin parvenus. Il y en avait de Dallas (qui était « gonflé à bloc » de s'être « lâché » dans le blizzard), de Val (qui avait complètement loupé la tempête parce qu'elle faisait la sieste) et de sa mère (globalement hystérique). Bien qu'elle se sente un peu abandonnée, Zoé ne put s'empêcher de sourire en lisant son flot de messages : *Routes impraticables. Peux même pas sortir de l'épicerie. Désolée, Zo... Toujours aussi affreux. Encore désolée... Ne laisse pas J manger de céréales avant d'aller au lit. Essaie les gaufres sans gluten... ARGH, d'après la radio, même les chasse-neige ne sortent pas ce soir. Pas moyen de remonter... Toujours dans l'épicerie ! Vais vivre ici toute ma vie à manger produits chimiques et pesticides comme les vrais Américains... Tu vas bien ?... Tu sais quoi ? Si J veut céréales, il peut... OMG, Rufus vient de me sauver dans son camion géant, comme un chevalier. NON, il n'est PAS amoureux de moi – je t'ai entendue ! Vais dormir sur son canapé... Dis-moi que vous êtes OK ?... Peux pas dormir. M'inquiète pour vous. J a demandé des céréales ?*

Zoé réfléchit au message qu'elle allait lui envoyer.

Tout va bien, écrivit-elle enfin. *Te raconte + tard. J'ai donné à Jonah des Pringles trempés dans du sirop, ça va ? Rufus est OBSÉDÉ par toi. Va dormir, maintenant ! Bisous.*

Elle se connecta ensuite un moment sur Snapchat et Instagram en espérant que la vie allait de nouveau lui paraître normale. Ce ne fut pas le cas. Comment cela aurait-il été possible, après Stan, X et le trou dans la glace ?

Elle traversa l'entrée pour rejoindre sa chambre et resta plantée un instant sur le seuil, éreintée et vacillante. Sur le mur au pied de son lit, il y avait une photo d'elle et de son père lors d'une de leurs sorties spéléo. Ils portaient des combinaisons de vol assorties achetées au surplus de l'armée de l'air à Whitefish pour 17 dollars pièce. Zoé avait une lampe frontale à piles. Comme son père était un peu ringard, il se servait d'une calebombe, une lampe à acétylène démodée qui ressemblait à un chalumeau miniature. Sur la photo, il affichait un grand sourire de premier de la classe et il était tellement échevelé qu'il avait l'air de sortir du lit. Son père avait *toujours* cette coiffure – il appelait ça « de la salade de cheveux ».

Zoé entendait la voix de Stan résonner dans sa tête, elle marquait son cerveau au fer rouge : « Tu le connaissais à peine. Et après, il est mort dans une putain de grotte ? Et vous l'avez laissé pourrir là-bas ? Vous êtes vraiment des moins que rien ! »

Ces mots fusaient dans sa tête comme des oiseaux se donnant la chasse.

Était-ce de *sa* faute si elle n'avait pas mieux connu son père ? Il n'était jamais là ! Zoé n'avait pas eu le choix, elle avait dû compter de plus en plus sur sa mère. Celle-ci avait laissé tomber la fac de médecine et avait pris plusieurs petits boulots pour faire vivre la famille pendant que son mari, le père de Zoé, allait et venait à sa guise. Elle avait mis toute son énergie à être une bonne mère et, grâce à elle, ses enfants étaient forts et avaient du caractère. Lorsque Zoé était bébé, sa mère la vêtait de grenouillères qui portaient des inscriptions comme « Superhéroïne » ou « Premier rôle ». Si l'amour de son père évoquait une bougie ou une lanterne, celui de sa mère, en revanche, ne s'éteignait jamais.

Zoé était trop fatiguée pour réfléchir davantage, bien qu'il ne soit que 21 h 30. Tout son corps lui semblait sale et douloureux. Ses jambes n'étaient pas épilées, elle avait une haleine de chacal, et ses épaules lui faisaient mal à l'endroit où les bretelles de son soutien-gorge avaient mordu sa peau. Elle aurait dû aller se doucher, se brosser les dents, n'importe quoi. Mais elle était incapable de faire un geste de plus ce soir. Elle bascula tête la première sur son lit, comme si on lui avait tiré dessus.

Au milieu de la nuit, sa mère rentra enfin à la maison. Dans son sommeil, Zoé entendit la porte d'entrée s'ouvrir dans un sifflement. Une vague de soulagement l'envahit, et elle se mit aussitôt à rêver qu'elle était redevenue enfant, la tête posée sur les genoux de sa maman. Elle voulait lui parler, mais elle était incapable de s'arracher à sa torpeur. Des heures plus tard, elle fut de nouveau extirpée de son sommeil par des bruits de voix – des voix d'hommes – qui lui parvenaient depuis le rez-de-chaussée.

Elle tenta de les ignorer, refusant d'ouvrir les yeux. Elle essaya de s'accrocher au rêve dans lequel elle était plongée, mais elle ne parvenait plus à en retrouver le fil.

À présent, il y avait de la musique en bas, mais elle était étrangement déplacée – des mélopées bouddhistes, des notes de clavier, de guitares acoustiques et de cymbales. Ce qui signifiait que sa mère cherchait à calmer ses visiteurs. Ou à leur taper sur les nerfs au point de les chasser.

Zoé était collée contre le mur – à un moment de la nuit, Jonah s'était glissé sous les draps avec elle. Il arrivait toujours par le pied du lit pour se frayer un chemin dans le tunnel formé par les couvertures, comme une taupe. Elle percevait la chaleur de son corps dans son dos et ses orteils minuscules contre sa jambe.

La porte d'entrée grinça. Quelqu'un venait de sortir fumer une cigarette. Zoé entendit l'homme tousser et faire craquer la neige sous ses pieds. Elle sentit la fumée s'insinuer par sa fenêtre. L'homme rouvrit la porte – tellement fort que le battant claqua sur le côté de la maison – et rentra sans prendre la peine de secouer la neige de ses bottes.

Zoé se retourna sur le dos. Une douleur brûlante afflua dans sa nuque. Bientôt, il lui fut impossible d'ignorer les voix. En bas, ça jacassait comme des pies. Elle n'allait jamais pouvoir se rendormir. *Bon sang, que se passe-t-il ?* Elle inspira profondément et expira longuement. Puis elle ouvrit enfin les yeux.

Il faisait toujours nuit. Voilà qui était surprenant – elle avait cru que c'était le matin. Il n'y avait pas de lune, pas de vent. La neige diffusait une légère lueur bleutée et les pins calmes et mystérieux, serrés les uns contre les autres, avaient l'air de se faire la conversation. Zoé attrapa son téléphone, en train de charger sur le rebord de la fenêtre. Il était 3 heures du matin.

Lançant l'application lampe torche, elle fit courir le faisceau dans sa chambre. Sa mère avait dû venir à plusieurs reprises : par terre, il y avait des assiettes, des verres et des bols dont les silhouettes dessinaient une ville en ruine. Zoé n'avait aucun souvenir de sa présence. Elle aperçut du poivron rouge, des feuilles d'aloès, des brins de menthe et un bol d'eau où une poudre jaunâtre flottait en suspension, comme un nuage – c'était soit un remède contre les engelures, soit une cérémonie vaudoue.

Juste à côté, un gros livre de poche était ouvert sur une chaise – une histoire de voyage dans le temps à l'eau de rose qui parlait d'un type en kilt. Ses pages frémissaient comme un champ d'herbes hautes dans le vent. Sa mère avait dû les regarder dormir pendant des heures. Elle avait également pansé la coupure sur le front de Zoé – elle était restée juste assez longtemps à la fac de médecine pour être experte en soins de premiers secours.

Zoé pointa la lumière sur Jonah. Ses joues gercées par le froid étaient luisantes de gel d'aloès et ses doigts avaient été bandés un par un. Pendant une seconde, le faisceau s'approcha trop près de ses yeux. Il tressaillit sans se réveiller. Comme toujours, son frère dormait avec *implication*, transpirant à travers ses tee-shirts – celui qu'il portait en ce moment arborait l'inscription « Je fais mes cascades moi-même ». Il affichait généralement une expression affreusement offusquée qu'elle trouvait craquante. Après qui était-il en colère ? Contre qui se battait-il, ou qui protégeait-il, dans ses rêves ?

Alors que Zoé se tournait dans le lit, quelque chose lui tira la jambe. Elle rejeta la couette et les draps. Jonah devait avoir craint qu'elle sorte de la chambre sans le lui dire et, en guise de signal d'alarme, il lui avait attaché un skateboard à la cheville à l'aide de laine à tricoter. Quand il avait peur, il détestait se réveiller seul. Ça le faisait sentir *tout mou dedans*, affirmait-il.

Zoé baissa les yeux sur son frère, assaillie par des sentiments contradictoires de culpabilité, de soulagement, de terreur et d'amour. Il était pelotonné contre elle en chien de fusil, comme un jeune faon. *Trop mignon*, pensa-t-elle. Dénouant le bout de laine de sa cheville, elle attacha le skateboard à celle de Jonah. *Chat, c'est toi qui y es.*

En bas, l'un des hommes brisa un verre sur le plan de travail.

Le bruit faillit réveiller Jonah. Irritée, Zoé envoya un texto à sa mère.

Un seul mot : *Qui ?*

À peine l'avait-elle envoyé qu'elle entendit sa mère repousser sa chaise et se ruer dans l'escalier. Après tout ce qui était arrivé dans le blizzard, le bruit précipité de ses pas était tellement réconfortant que la colère de Zoé s'évanouit aussitôt. Alors, avant même d'avoir pris conscience qu'elle était au bord des larmes, elle se mit à pleurer.

Sa mère ouvrit la porte de la chambre et la referma aussitôt derrière elle, et l'irruption de la lumière du couloir fit brièvement scintiller les trophées alignés le long du mur. Zoé ne voulait pas que sa mère sache à quel point elle était bouleversée. Aussi se comporta-t-elle comme elle le faisait toujours dans les moments d'incertitude : elle lança la première chose qui lui passa par la tête :

– Alors, tu es rentrée des courses ?

Sa mère se mit à rire.

– On dirait, répondit-elle. Quoi de neuf, par ici ?

Ce que Zoé aimait par-dessus tout chez sa mère, c'est qu'elle comprenait ses blagues même quand elles étaient absurdes. Très souvent, elles étaient les seules à en rire pendant que les autres gens dans la pièce regardaient ailleurs, mal à l'aise. Même son père – quand il était vivant, et quand il leur faisait l'honneur de sa présence – n'avait jamais vraiment capté le sens de l'humour de Zoé.

– J'ai un passager clandestin, annonça Zoé en désignant Jonah du menton. Il faut qu'on parle tout bas.

– Je dois pouvoir y arriver, dit sa mère en allant s'agenouiller près du lit.

Zoé distinguait à peine les traits de sa mère dans l'ombre. Pendant un moment, elles gardèrent le silence, et la légèreté de l'instant se dissipa.

– Jonah va s'en tirer ? demanda enfin Zoé.

– Côté engelures, ça ira. Mais il a l'air sacrément secoué par ce qui vous est arrivé.

Elle marqua une pause avant de reprendre d'une voix douce :

– Tu peux me dire ce qui s'est passé ?

Zoé se creusa la tête pour trouver une réponse qui ne semblerait pas complètement délirante. Au rez-de-chaussée, l'un des hommes éteignit les chants orientaux. Les autres poussèrent des grognements soulagés en applaudissant.

– C'est qui, en bas ? demanda Zoé.

– Aucune importance, pour le moment. Mais apparemment, ce ne sont pas des bouddhistes.

Elle attendit que Zoé réponde à sa question toujours en suspens.

– Parle-moi, insista-t-elle.

Instinctivement, Zoé avait envie de tout raconter à sa mère, et elle aurait aimé pouvoir lui assener tous les détails hallucinants de leur aventure – le lac flamboyant, le film des péchés de Stan. Et X. Mais que pouvait-elle dire de lui ? Que savait-elle en dehors du fait qu'il était l'incarnation de la solitude ? Et qu'elle se sentait irrésistiblement attirée par lui ?

Elle refoula les images du visage d'X. Si elle en disait trop, sa mère n'y comprendrait rien, c'était certain.

– Je vais te faire la version courte, dit enfin Zoé. Jonah et les chiens sont allés dans la forêt – et je les ai laissés faire.

Sa mère attendit quelques instants, comme si elle laissait passer un train.

– Écoute, je ne veux pas te harceler, reprit-elle, mais il va me falloir une version un peu plus longue.

– Je ne peux pas, maman. Pas encore.

– Zo…

– La version longue, coupa-t-elle, c'est que je suis *nulle* et qu'il a failli mourir à cause de moi.

– Zoé, arrête, c'est n'importe quoi.

– Quand Jonah va se réveiller et qu'il me verra, il va penser que je l'ai laissé tomber. Et c'est vrai. J'ai lâché ce microbe.

Elle aurait mieux fait de se taire, parce qu'elle se mit à sangloter en produisant d'affreux hoquets. Sa mère tendit le bras au-dessus de Jonah pour lui toucher le visage, mais elle avait du mal à le localiser dans le noir.

– J'essaie de te caresser tendrement la joue, murmura-t-elle. C'est ta joue ? Est-ce que je la caresse tendrement ?

– Non, c'est mon front, hoqueta Zoé. Et ça, c'est mon nez.

– D'accord, alors imagine que je te caresse la joue.

– J'imagine, dit Zoé en riant malgré elle tandis que sa mère lui tripotait le visage à l'aveugle. Maintenant, arrête, Helen Keller[1]. S'il te plaît. C'est mon oreille, là.

---

1. Helen Keller (1880-1968) est une Américaine sourde et aveugle, conférencière et militante politique, qui a inspiré le film *Miracle en Alabama*. (Toutes les notes sont de la traductrice.)

– Zoé, ton petit frère t'aime comme un fou et ça, ça ne changera jamais. Il a attaché un *skateboard* à ta jambe ! Zoé allait répondre, mais elle fut interrompue par un vacarme soudain au rez-de-chaussée. Sa mère et elle tendirent l'oreille tandis qu'un des hommes se levait en faisant crisser sa chaise sur le carrelage. « Ça suffit, les conneries ! », s'exclama-t-il. Elles écoutèrent le bruit lourd des pas de l'homme dans l'escalier. Comme la mère de Zoé interdisait les chaussures dans la maison, ce son leur sembla presque violent.

– J'aimerais pouvoir te donner plus de temps, dit sa mère, mais je ne peux pas, ma chérie. Tu vas devoir aller leur raconter ton histoire. La police est là.

La mère de Zoé chassa le flic hors de la chambre et demanda à sa fille de descendre lorsqu'elle serait prête. Zoé n'avait pas vu la police depuis la mort de son père, et leur présence dans la maison remuait des souvenirs douloureux. C'étaient les flics qui avaient abandonné le corps de son père dans la grotte. Celui qui venait de cogner sur la porte de Zoé – le chef Baldino – avait décidé qu'il était trop dangereux d'aller le récupérer.

Zoé se glissa hors du lit avec précaution pour ne pas réveiller Jonah puis s'habilla dans le noir. Quelques minutes plus tard, elle descendit l'escalier à tâtons et jeta discrètement un coup d'œil dans la cuisine. Sa mère était assise à table avec Baldino et deux de ses agents. Baldino était massif, bravache, désagréable – et effectivement chauve[1]. En ce moment même, il était en train de gratter comme un chien une éruption écailleuse rougeâtre sous le col de sa chemise.

Le chef était assis près d'un agent maigrichon qui s'appelait Maerz. Zoé se rappelait qu'il était un peu bête mais pas méchant. De toute évidence, le chef le détestait.

Le troisième flic présent était le sergent Brian Vilkomerson. C'était le seul qui avait pris la peine de donner son prénom aux Bissell, et le seul à les avoir serrés dans ses bras lors des obsèques de leur père en ville. Quand Zoé entra dans la cuisine, Vilkomerson se leva et tira une chaise pour elle. Contrairement à Baldino et à Maerz, il avait retiré ses chaussures, respectueux des règles de la maison placardées sur chaque porte.

L'agent Maerz avait posé à sa mère des questions barbantes sur Zoé – le lycée qu'elle fréquentait, ses hobbies. La mère de Zoé avait fait traîner les choses pour permettre à sa fille de s'habiller et de réfléchir à ce qu'elle voulait dire, et elle avait posé son ordinateur portable devant elle sur la table. Il était ouvert et, sur l'écran, visible de tous, s'affichait une page intitulée « Les droits des mineurs lors des interrogatoires de police ».

Zoé adorait le côté irrévérencieux de sa mère et elle était fière d'en avoir hérité. Sa mère travaillait six jours par semaine à l'accueil des Sources chaudes de Piping, une petite station thermale minable (« Détendez-vous

---

1. En anglais, *bald* signifie « chauve ».

et retrouvez la forme dans nos bassins miraculeux ! »). Elle était également serveuse au Loula, un café chic de Whitefish, et faisait la circulation dans une équipe de cantonniers chaque fois qu'on repavait la route 93. Malgré cela, Zoé savait qu'elle avait du mal à joindre les deux bouts et avait l'impression de courir sur des rails avec seulement quelques mètres d'avance sur le train derrière elle.

La mère de Zoé était en train d'expliquer à l'agent Maerz que sa fille collectionnait les trophées, ce qui sembla impressionner celui-ci. En réalité, Zoé *collectionnait* bel et bien les trophées, au sens propre du terme. Elle trouvait ça moche, ridicule et génial, alors elle en achetait dans les vide-greniers et dans les dépôts-ventes. Quelqu'un qui serait entré dans sa chambre sans être au courant de cette marotte aurait été stupéfait qu'une seule fille soit aussi douée à la fois en natation, éloquence, tir à l'arc, macramé, montgolfière et élevage de bétail.

Les explications de sa mère confinaient à présent au sublime. Elle était en train d'inventer de A à Z certains des hobbies de Zoé. L'une de ses prétendues collections – 32 des 50 cuillères officielles des États d'Amérique – piqua tellement l'intérêt de l'agent Maerz que Zoé craignit qu'il demande à la voir.

Elle s'assit près de sa mère.

– Je suis à fond dans les cuillères, dit-elle à Maerz. Je commence à avoir peur d'être accro.

Sa mère se mordit la lèvre et lui décocha un petit coup de pied sous la table.

– Ouais, ben c'est pas le tout, grogna le chef Baldino, mais si on passait aux choses sérieuses ?

D'un signe, il indiqua à Maerz que, puisqu'il n'était manifestement pas à la hauteur, il allait prendre lui-même l'interrogatoire en main. Zoé intercepta un regard familier de sa mère, celui qui disait *les mâles alpha sont une plaie*. Maerz se recroquevilla sur sa chaise, l'air vexé.

Baldino fit passer un morceau de papier à Zoé.

– Tu peux me confirmer que c'est bien toi qui nous as envoyé cet e-mail à 21 h 15 hier soir ? demanda-t-il.

Zoé baissa les yeux. Quand elle les releva pour regarder Baldino, elle ne voyait plus que l'homme qui avait abandonné le corps de son père.

– Oui, j'ai bien envoyé cet e-mail, dit-elle. C'est pour ça qu'il y a mon nom dessus.

Baldino chaussa des lunettes de lecture qui semblaient étrangement délicates pour cet homme aux allures de fauteuil trop rembourré, et il lut l'e-mail à voix haute. La mère de Zoé grimaça en entendant le nom de Stan – si son père l'avait connu en Virginie, à l'époque, alors sa mère devait le connaître aussi –, puis au moment où Baldino articula la phrase sarcastique qui concluait le message : « Ne me remerciez pas. »

– Je suppose que ce sont tes propres mots ? demanda Baldino. Vu qu'il y a ton nom dessus.

– Oui, dit Zoé.

– Alors si tu nous disais comment tu sais tout ça ?

Avec ostentation, sa mère fit défiler la page sur l'écran de son ordinateur avant de donner son feu vert à Zoé d'un signe du menton. Celle-ci savait qu'elle ne pourrait dire *toute* la vérité mais du moins elle pourrait essayer de dire *rien que* la vérité.

– Jonah et moi, on essayait de retrouver les chiens, commença-t-elle.

À la dérobée, elle regarda l'agent Maerz qui, depuis qu'on lui avait retiré le pouvoir, prenait des notes d'un air morne, puis le sergent Vilkomerson qui lui adressa un petit hochement de tête encourageant. Quant à Baldino, il croisa fermement les bras sur son torse, ce qui fit saillir son estomac au point qu'il paraissait « enceint » de sept ou huit mois.

– On a été pris dans le blizzard, poursuivit Zoé. On s'est réfugiés chez Bert et Betty pour se réchauffer. Avant, on y allait tout le temps.

Ce souvenir était si douloureux qu'elle ne put s'empêcher d'ajouter :

– Après la mort de mon père. Vous savez, le type dont vous avez refusé d'aller chercher le corps.

Cette remarque laissa Baldino de marbre, mais les autres se tortillèrent sur leur chaise, mal à l'aise. Sa mère se pencha pour murmurer à Zoé :

– Ne fais pas ça, chérie. C'est injuste.

Zoé s'écarta brusquement d'elle, surprise.

– Comment ça, c'est injuste ?

Baldino intervint avant que sa mère puisse répondre.

– Alors comme ça, vous êtes tombés sur Stan Manggold dans l'ancienne résidence des Wallace ?

– Oui – si c'est bien son nom. Il voulait qu'on l'appelle Stan the Man.

– Seigneur, soupira sa mère.

Elle reconnaissait même son sobriquet.

– Et comment sais-tu que M. Manggold est responsable de la mort de Bertram et Elizabeth Wallace ?

– J'ai vu…, commença Zoé avant de s'interrompre brutalement.

Elle était sur le point de dire *je l'ai vu faire*. Voilà qui aurait été du plus bel effet : *Je l'ai vu dans un film projeté sur le dos d'un mec supercanon*.

– Tu as vu quoi, exactement ? insista Baldino.

– Je l'ai vu s'en vanter, dit-elle. Et j'ai vu le tisonnier avec lequel il les a tués. Il croyait que Bert et Betty étaient riches. Il était encore en train de chercher où ils cachaient leur argent. Sauf qu'ils n'en avaient pas – et maintenant, leurs corps sont au fond du lac.

Sa voix tremblait.

– Zoé, intervint Baldino, est-ce que toi et ton frère avez vu quelqu'un d'autre que Stan Manggold pendant que vous étiez près du lac – quelqu'un que vous connaissiez, ou que vous ne connaissiez *pas* ? Je veux que tu réfléchisses bien à ma question. Parce que nous allons noter ta réponse.

À ces mots, l'agent Maerz se tourna vers son chef, comme pour dire : *c'est de moi que vous parlez ?* Baldino leva les yeux au ciel et lança :

– Oui, Stuart : tout ce qu'elle va dire, tu le mets par écrit.

Tous les regards se posèrent sur Zoé, dans l'expectative. Le visage d'X apparut dans sa tête. Elle éprouvait un sentiment protecteur envers lui. *Il les avait ramenés à la maison.*

Au même moment, des bruits se firent entendre dehors. On aurait dit que des animaux étaient entrés dans le garage et avaient renversé les poubelles.

La mère de Zoé se leva.

– Des ratons laveurs. Il va falloir qu'on fasse une petite pause. Pas de questions pendant mon absence, dit-elle en faisant pivoter son portable face aux policiers. Si ça vous pose un problème, vous pouvez le soumettre à legalbeagle.com[1].

– Avez-vous besoin d'aide, madame Bissell ? demanda le sergent Vilkomerson.

– Non, merci, Brian. Ces bestioles vont juste devoir se trouver un nouveau terrain de jeu.

Zoé se leva, les muscles de ses mollets affreusement douloureux, pour se diriger dans le salon vers l'une des fenêtres couvertes de ruban adhésif. Dehors, les nuages s'étaient éloignés et la lune brillait comme un œil dans le ciel. Elle ne distinguait des montagnes que des lignes ondulées qui s'estompaient au loin.

1. Nom de site Internet qu'on pourrait traduire par « Le limier juridique ».

Pour la millième fois, l'angoisse l'étreignit. Elle pensa à Bert et Betty, à son père, à cette situation inextricable.

Elle pensa à X et frappa à la fenêtre, sans savoir pourquoi. Il était là, dehors, quelque part. Elle n'aurait pas dû le laisser partir, mais elle ne pouvait pas non plus le forcer à rester.

En retournant à la table, elle savait ce qu'elle allait dire.

– Nous n'avons vu personne d'autre que Stan. Pourquoi ?

Au moment où elle prononça ces mots, Zoé sut qu'elle avait commis une erreur. Ou fait un mauvais calcul. Même sa mère semblait savoir qu'elle avait menti, mais comment était-ce possible ? Zoé sentit son estomac se nouer, comme si on l'enroulait autour d'une roue.

Elle remarqua que l'agent Maerz n'avait pas noté sa réponse – pas parce qu'il avait oublié, mais parce qu'il savait que, plus tard, on pourrait la retenir contre elle. Zoé trouva que c'était cool et gentil de sa part. Mentalement, elle apposa une étoile près du nom de Maerz, même si elle savait que son petit accès de rébellion était sur le point d'être réprimé.

– Stuart, note ce que vient de dire notre jeune amie, mot pour mot.

C'était Baldino, bien sûr. Souriant, il pianota sur la table et se redressa sur sa chaise. À présent, il n'avait plus l'air d'être « enceint » que de trois ou quatre mois, comme s'il venait juste d'annoncer sa grossesse.

– Brian, reprit-il, montre-leur la photo. Tu l'as sous la main ?

Ainsi, il y avait une photo. Comment était-ce possible ? Et que représentait-elle ? Dans l'estomac de Zoé, la roue se mit à tourner plus vite.

Elle était sur le point de parler quand sa mère les fit tous sursauter en refermant son portable d'un coup.

– Quelle photo ? dit-elle. Pourquoi n'en entendons-nous parler que maintenant – et pourquoi jouez-vous à ce petit jeu avec une fille de dix-sept ans ?

– Je suis désolé, madame Bissell, s'excusa Vilkomerson tout en fouillant dans son portable.

– Pourquoi tu t'excuses auprès de cette femme, nom d'un chien ? demanda Baldino. On a donné à la gamine une chance de nous dire la vérité.

– J'accepte vos excuses, Brian, dit la mère de Zoé. Mais vous (elle désigna le chef Baldino), vous commencez à m'agacer sérieusement.

C'était son post sur Instagram. Brian avait une fille pénible qui avait deux ans de moins que Zoé. En voyant la photo, elle l'avait trouvée géniale et avait laissé un commentaire minable du genre *YESSSS !* Elle l'avait aussi montrée à son père.

L'image montrait X de dos, bras et jambes écartés si largement qu'il ressemblait bel et bien à un X. On voyait son dos, nu et large, éclairé par la lueur qui émanait de la glace. On distinguait aussi les tatouages primitifs qui ornaient ses avant-bras. Et Stan, recroquevillé à ses pieds.

– Je trouve qu'il y a beaucoup de choses bizarres, sur cette photo, dit le chef Baldino. Par exemple, le lac est *orange*.

– C'est juste un filtre, objecta Maerz. Tout le monde en met.

Zoé avait cessé d'écouter. Ce n'est pas X qu'elle contemplait, mais Stan. Sa mère le regardait aussi, l'air abasourdi de le revoir après les décennies qui avaient dû s'écouler. Cet homme était infect avec sa coupe en brosse, son sourcil blanc, sa vilaine tête ronde. Non seulement Zoé l'avait laissé vivre, mais elle lui avait permis de s'échapper. Elle n'arrivait pas à détacher ses yeux de l'image, même en sentant de la bile lui remonter dans l'œsophage.

Baldino se mit à la bombarder de questions :

– Peux-tu confirmer que tu as pris cette photo hier soir ? Peux-tu confirmer que tu l'as prise devant l'ancien domicile de Bertram et Elizabeth Wallace ?

Zoé avait le vertige. Vilkomerson s'en aperçut et il posa doucement la main sur son bras en disant quelque chose qu'elle ne comprit pas. Autour d'elle, tout tournait.

Et Baldino ne voulait pas se taire.

– Nous savons que cet homme, ici, est Stan Manggold, dit-il. Le camion a été volé, mais nous avons analysé ses empreintes et il s'avère qu'il est recherché par l'État de Virginie pour pas mal de sales coups. Ce qu'on ignore, en revanche, c'est qui est l'autre homme sur la photo – celui avec les tatouages. Il ne figure pas dans nos bases de données. Alors si tu arrêtais de nous faire perdre notre temps et si tu nous disais de qui il s'agit ?

– Je ne sais pas, dit Zoé.

– Tu sais s'il est impliqué dans le meurtre de Bertram et Betty Wallace ?

– Il ne l'est pas. C'est certain.

– Comment peux-tu dire ça si tu ne sais même pas qui c'est ?

– Je le sais, c'est tout.

– Et si tu nous racontais tout ce que tu *sais* d'autre à son sujet ?

– Je vous l'ai dit, je ne connais même pas son nom.

Baldino poussa un grognement frustré – il était sûr qu'elle mentait.

– C'est la vérité, dit Zoé. Il est sorti des bois et ensuite il y est retourné. Je n'ai pas échangé deux mots avec lui. *Je ne sais pas qui c'est.*

– Alors pourquoi as-tu menti pour le protéger ?

À présent, Zoé était au bord des larmes. Elle se tourna vers sa mère.

Celle-ci se leva.

– C'est parfaitement inacceptable, dit-elle à Baldino. Vous harcelez une jeune fille qui vous parle de son plein gré. Vous croyez que, parce que je fais du yoga, je ne suis pas capable de trouver un avocat qui va vous botter les fesses ?

Dans le silence qui suivit, un fracas retentit dans l'escalier. On aurait dit un prisonnier avec sa chaîne et son boulet. Tous se retournèrent.

C'était Jonah, et il semblait affreusement déçu. Le bout de ses doigts était recouvert de sparadrap. Il traînait un skateboard attaché à la cheville droite par un bout de laine rouge.

Baldino secoua la tête et lança – à mi-voix, pour une fois, et sans s'adresser à personne en particulier :

– Ces gens-là ne sont pas normaux.

Jonah raconta tout à la police – parce que, comme Zoé l'avait craint, il avait *tout* vu. Il s'était réveillé sur le canapé de Bert et Betty. Il avait appelé Zoé de toutes ses forces. Comme elle ne répondait pas, il avait essuyé la vitre de sa petite main froide et regardé dehors.

À présent, Jonah était assis à table, sur les genoux de Zoé, et il pointait du doigt la photo Instagram.

– C'est Stan, dit-il. Son nom de famille, c'était The Man, mais peut-être qu'il inventait, alors vous devriez vérifier.

Il s'interrompit un instant avant de reprendre :

– Je lui ai jeté une pierre, avoua-t-il en regardant sa mère d'un air contrit. Je suis désolé.

– Ça va pour cette fois, dit-elle. Ton père m'a présenté Stan il y a bien des années, mon chéri, bien avant que vous soyez nés, tous les deux. Moi aussi, j'avais envie de lui jeter des pierres.

– Qu'est-ce que tu peux nous raconter d'autre, mon garçon ? demanda Vilkomerson.

– Stan était méchant, dit Jonah dont la voix, pour la première fois, se brisa. Il a fait du mal à Bert et Betty, et il a *essayé* de faire du mal à mes chiens. Je sais pas pourquoi. L'autre personne sur la photo, celui qui n'est pas très habillé… Je sais pas comment il s'appelle, mais il a des pouvoirs magiques et il les a sauvés. C'est aussi lui qui a rendu la glace tout orange comme ça.

Quand Jonah se tut, chacun sembla réfléchir à ses paroles. Seul l'agent Maerz lança :

– Je vous assure que c'est un filtre.

Baldino se tourna vers Zoé.

– Jeune fille, tu peux corroborer tout ce qu'a dit ton frère ?

– Je peux tout *corroborer*.

Pensait-il qu'elle ignorait le sens de ce mot ?

– Intéressant, dit Baldino en retrouvant ce ton paternaliste qui lui vrillait les nerfs. Même la partie sur la magie ?

– *Surtout* la partie sur la magie.

Le chef Baldino annonça qu'il en avait ras le bol qu'on lui mente – d'être « mené en bateau par une foutue ado » – et bientôt, lui et ses hommes s'éloignèrent dans la nuit. Les Bissell les regardèrent depuis l'entrée jusqu'à ce que l'obscurité avale la voiture de patrouille quelques centaines de mètres plus loin.

La mère de Zoé leur demanda, à elle et à Jonah, de la suivre dans le garage.

– Il va falloir qu'on fasse un peu de ménage, annonça-t-elle.

– Maintenant ? s'étonna Zoé.

Il était 4 heures du matin.

– Maintenant, confirma sa mère.

– Je hais les ratons laveurs, soupira Zoé.

Sa mère sembla ne pas l'avoir entendue – sans doute n'avait-elle pas fermé l'œil depuis 24 heures –, mais elle finit par répondre :

– Hein ? Oui, moi aussi je les déteste.

Le garage se trouvait à l'autre bout de l'allée circulaire. Zoé avait beau avoir vécu toute sa vie sur cette propriété, elle était toujours stupéfaite du calme qui y régnait – un calme sidéral aux allures de science-fiction – une fois la nuit tombée et quand le vent se taisait. Le silence, aimait à dire sa mère, pouvait vous guérir ou vous rendre fou. Tout dépendait de la manière de l'écouter.

Cette nuit, Zoé ignorait ce que ce silence allait lui faire.

– Pourquoi m'as-tu demandé de la fermer quand j'ai dit ce truc au sujet des flics qui n'étaient pas allés chercher le corps de papa ? s'enquit-elle.

– Premièrement, répondit sa mère, je ne te dirais jamais de la fermer, parce que ce n'est pas une façon de parler. Mais ça n'arrangerait rien de remuer cette histoire maintenant. La police n'a pas fait son boulot, fin de l'histoire.

Zoé laissa tomber le sujet et ils continuèrent d'avancer, le pas traînant.

– Je sais que tu crois qu'on a menti au sujet de ce qui s'est passé avec Stan, dit-elle tandis qu'ils traversaient l'allée.

– On mentait pas, maman, intervint Jonah qui s'était arrêté pour creuser des trous dans la neige à l'aide d'un bâton. On mentait *pas du tout*.

– Bien sûr que non, trésor, le rassura sa mère.

– Stan a vraiment fait du mal à Bert et Betty, reprit-il. Et l'homme magique a vraiment sauvé Spock et Uhura.

– Bien sûr que oui, trésor.

Zoé était agacée de la voir acquiescer à tout ce qu'il disait. Elle ralentit le pas pour revenir à la hauteur de son frère qui s'acharnait sur la neige comme si c'était son ennemie jurée.

– Tu peux arrêter ça ? demanda-t-elle. La neige est morte. Tu l'as tuée. Tu as gagné.

Elle adorait Jonah, même pendant ses pires crises. Ce sentiment s'était encore accru. Elle aurait voulu que cette nuit les rapproche encore plus de leur mère et, pendant un instant, elle avait eu l'impression que ce serait le cas. À présent, elle sentait sa mère s'éloigner. Elle contemplait les étoiles comme si Jonah et Zoé n'étaient pas là.

– On a pas menti, maman, répéta Jonah en essayant de la faire revenir à la réalité. Pas du tout.

– Laisse tomber, Jonah, dit Zoé. Ce n'est pas important que maman nous croie. Parce que *nous*, on se croit.

Ils étaient à quelques mètres du garage dont la silhouette se dessinait maintenant dans l'ombre, comme la proue d'un bateau approchant dans le brouillard. C'était un abri bardé de bois bâti pour contenir deux voitures et divisé en son centre par une mince cloison. Jonah était assez fort pour en ouvrir les portes seul. Il s'élança, ravi.

– Laquelle ? demanda-t-il à sa mère.

– Celle de droite, répondit-elle. Mais laisse-moi faire, s'il te plaît.

Le box de gauche était réservé à la Subaru Forester de sa mère. À une époque, la voiture de Zoé – une vilaine Taurus rouge antique qu'elle surnommait la Poussette poussive – était garée dans la partie droite du garage. Mais Zoé avait laissé Jonah transformer son box en mini-skate-park pour qu'il puisse s'entraîner toute l'année. Son frère avait installé un quarter-pipe et une rampe, et il avait couvert les murs de posters « Ride à mort » et « À fond la glisse ! ».

La mère de Zoé poussa un soupir qui forma un nuage dans l'air. Elle demanda à Jonah de reculer. Celui-ci, réticent, frappa du pied dans la neige comme un cheval impatient, mais il obtempéra.

Zoé resta près de son frère, aussi boudeuse que lui. Elle entendait des grattements et des coups sourds qui provenaient du garage, aussi entraîna-t-elle Jonah encore plus loin au cas où les ratons laveurs débouleraient en force. Ces animaux étaient vicieux. Elle ramassa une pelle à neige appuyée contre le mur et la brandit comme une batte de base-ball.

La mère de Zoé s'apprêtait à ouvrir la porte quand elle s'arrêta et se retourna.

– Je vous crois, vous savez, dit-elle. Désolée que vous ayez eu l'impression du contraire.

On aurait dit qu'elle voulait en dire plus mais, au lieu de poursuivre, elle ouvrit la porte. Elle se rabattit dans un grincement métallique.

– Tout à l'heure, vous m'en direz plus sur l'homme magique, ajouta-t-elle. Mais pour le moment…

Zoé entrevit une forme sombre recroquevillée sur le sol du garage. La silhouette se tourna vers elle. Son visage était moite, sublime, et d'une pâleur de craie.

– Pour le moment, vous allez m'aider à le ramener à la maison.

Deuxième partie
Destins croisés

4

X entendit un brouhaha à l'extérieur du garage : des voix ; le froissement de vêtements ; des pas dans la neige.

La porte s'ouvrit dans un grincement tremblotant et le vent s'engouffra dans l'abri. Il se sentait fiévreux, nauséeux, vidé. Chaque son résonnait comme une détonation dans sa tête.

Levant les yeux, il vit trois silhouettes approcher dans un triangle de lumière. C'était la fille du lac et son frère. Une femme se tenait devant eux pour les protéger. Leur mère, sans doute. X tressaillit et ferma les yeux, comme si cela allait les faire disparaître. Il n'avait pas peur qu'ils lui fassent du mal. Il craignait au contraire qu'ils essaient de le sauver.

X savait qu'il ne pouvait pas être sauvé. Les chasseurs de têtes comme lui n'étaient que des prisonniers, et ils étaient soumis aux règles. Il avait agi sans réfléchir, piétinant chacune de ces lois au passage.

Le commandement le plus ancien était « Nul ne doit savoir », ce qui signifiait que les mortels ne devaient jamais apprendre l'existence des Terres du Bas. Elles devaient demeurer une histoire qu'on se transmet par le bouche-à-oreille, la légende d'un lac de feu qu'ils appelaient enfer. Ils ne devaient jamais avoir de *preuves*. Ainsi, les vivants pouvaient être jugés sur la façon dont ils se comportaient vraiment, débarrassés de la crainte d'en subir les conséquences. Les chasseurs de têtes ne devaient être vus que par leur proie. Ils devaient frapper rapidement : dans l'ombre et le silence.

X avait révélé sa présence. Il avait parlé à la fille. Il les avait portés, elle et son frère, à travers la forêt désolée. Pire, il avait laissé s'échapper l'âme qu'il était venu prendre, comme un virus s'évaporant dans l'atmosphère. Un chasseur de têtes avait-il jamais failli à sa mission en rentrant sans l'âme que les seigneurs l'avaient envoyé chercher ? Un chasseur de têtes avait-il jamais *refusé* de faire son devoir ? X n'avait pas connaissance d'un tel affront. Jusqu'à ce qu'il s'en rende lui-même coupable.

Et pourquoi s'était-il montré aussi faible ? Pourquoi avait-il laissé Stan disparaître dans les collines ? *Parce que la fille le lui avait demandé.*

Non, il n'y aurait plus de salut pour lui, désormais. La fièvre qui lui ravageait le corps se nommait le Tremblement. C'était sa punition, et ce n'était que le début.

Ses souvenirs remontaient peu à peu. Il se revit la veille, reclus dans sa cellule des Terres du Bas. Une douleur bien différente commençait à le tarauder.

Il ignorait si c'était le jour ou la nuit – il ne le savait jamais – car la prison était enfouie dans les profondeurs de la terre, telle une tumeur. Il y avait des heures qu'il essayait de dormir, allongé sur le flanc, le corps recourbé en point d'interrogation sur le sol pierreux. Soudain, les marques omniprésentes sous ses yeux se mirent à le brûler. Au début, il s'efforça de ne pas prêter attention à la douleur – tout ce qu'il voulait, c'était dormir. Mais elle s'accrut au point que son visage lui semblait en feu.

C'était un signe – un signal. L'un des seigneurs allait bientôt venir le chercher et le forcer à capturer une nouvelle âme.

X avait entendu parler d'un Pouvoir supérieur qui régnait sur les Terres du Bas, mais les seigneurs étaient les créatures les plus féroces qu'il ait jamais rencontrées. On comptait autant de femmes que d'hommes dans leurs rangs et, autrefois, ils avaient eux-mêmes été des prisonniers. À présent, ils constituaient une race à part. Ils portaient des colliers dorés qui leur enserraient la gorge et des manteaux aux couleurs vives qui brillaient dans l'obscurité. Tout comme les prisonniers sur lesquels ils régnaient, les seigneurs ne vieillissaient pas. Ceux qui avaient été damnés dans leur jeunesse restaient éternellement jeunes. Souvent, ils étaient beaux et imposants. Les plus vieux, en revanche, étaient des cauchemars ambulants. X voyait parfois les anciens arpenter les Terres du Bas, sifflant, hurlant et affûtant leurs griffes sur les rochers. Certains avaient de longs cheveux gris qui leur tombaient dans le dos et des mains osseuses où palpitaient des veines aussi grosses que des vers. Quand X regardait leur visage, il distinguait leur crâne sous la peau.

À présent, il se demandait lequel de ces seigneurs allait venir pour lui – et dans quel coin de la terre on allait l'envoyer.

Les heures s'écoulèrent. X devait s'être endormi sans s'en apercevoir. Il se réveilla en criant.

Son éclat de voix n'échappa pas au prisonnier de la cellule de droite, qu'on connaissait sous le nom de Banger.

– Mauvais rêve, mon pote ? lança-t-il. Je t'ai entendu flipper.

Les âmes n'avaient pas le droit de dévoiler leur véritable nom et Banger avait récolté son sobriquet de la manière la plus simple qui soit : en se cognant le front sur le sol pour soulager l'angoisse qui le dévorait[1]. Banger était autrefois barman à Phoenix. Quelques années plus tôt, dans un accès de rage, il avait poignardé un client dans un bar. Ensuite, il s'était enfui en Amérique du Sud, abandonnant sa femme et sa fille de quatre ans. Banger avait vingt-sept ans quand X l'avait traîné dans les Terres du Bas. Il aurait désormais vingt-sept ans pour l'éternité. Les seigneurs ne permettaient pas aux gardes de battre les prisonniers car ceux-ci en retiraient une distraction bienvenue. Banger, comme beaucoup d'autres

1. De l'anglais *to bang* qui signifie « cogner, frapper ».

âmes dans les parages, en était donc réduit à se faire mal lui-même.

X avança jusqu'à la porte de sa cellule et jeta un coup d'œil dans le couloir, dans l'espoir qu'un garde vienne calmer son voisin. Le plus proche se trouvait à trente mètres de là. C'était un immense Russe boiteux qui portait, on ne savait pourquoi, un survêtement bleu et des lunettes de soleil d'aviateur.

– Tu n'as pas entendu un mot, dit X à Banger, car je n'en ai prononcé aucun.

Une troisième voix se joignit sans crier gare à leur conversation :

– Hypocrite, menteur, hypocrite, menteur !

C'était Ripper, qui occupait la cellule à gauche de celle d'X. Pour se distraire de son propre tourment, elle avait coutume de s'arracher les ongles puis d'attendre impatiemment qu'ils repoussent pour pouvoir recommencer. Au XIXe siècle, à Londres, Ripper avait vu l'une de ses servantes renverser de la soupe sur les genoux d'un invité. Elle s'était levée de sa chaise, avait suivi la jeune femme dans la cuisine puis lui avait fracassé le crâne à l'aide d'une bouilloire, la tuant sur le coup. Ensuite, elle avait ordonné à deux valets d'aller déposer le corps sur les pavés derrière la maison. Elle savait que la police serait trop impressionnée par sa fortune pour la questionner. Ripper avait trente-six ans depuis près de deux siècles.

La plupart des compagnons de captivité d'X étaient des misérables dont l'âme avait été transportée dans les Terres du Bas à leur mort. D'autres, moins nombreux, avaient été arrachés à la vie par des chasseurs de têtes parce qu'ils n'avaient pas été punis par la justice terrestre, comme c'était le cas pour Banger et Ripper.

Ripper faisait les cent pas dans sa cellule en récitant à tue-tête un poème de sa jeunesse : « Hypocrite, menteur / Ton pantalon s'enflamme / Sur quel gibet, sur quelle potence / Seront-ils pendus cette nuit ? »

C'était une femme aussi belle que redoutable. C'est elle qui avait formé X à devenir chasseur de têtes, ainsi que des douzaines d'autres. Pourtant, ces derniers temps, elle semblait à deux doigts de sombrer dans la folie.

X regarda de nouveau dans le couloir. Le garde russe, qui avait entendu les vociférations de Ripper, s'approchait d'eux en traînant la patte.

– Bon sang, Rip, ferme-la ! lança Banger d'une voix sifflante.

– Mais c'est un menteur ! Moi aussi, je l'ai entendu crier !

– OK, concéda Banger. Mais détends-toi, merde. Et au fait, la vraie version de ce truc, c'est « Menteur, menteur / T'as l'pantalon en feu / Pends-le au fil du téléphone ». Ce que j'en dis, hein…

– Certes, ricana Ripper. J'aviserai M. William Blake[1] de sa bévue lors de notre prochaine entrevue.

---

1. Les vers récités par Ripper sont issus d'un poème de William Blake, *The Liar* (« Le menteur »).

À cet instant, le Russe arriva et enfonça sa matraque entre les barreaux de la cellule de Ripper.

– Pourquoi demoiselle sexy parler autant ? demanda-t-il. Fermer sa bouche.

– Je le lui ai déjà dit, mon pote, dit Banger. Je suis sur le coup.

Le garde se traîna devant la porte de Banger.

– Moi pas besoin aide cafard comme toi. S'il te plaît fermer bouche aussi.

– Sinon quoi ? s'enquit Banger. Tu vas me cogner ? Oh, j'oubliais : tu ne peux pas ! Parce que ton boulot craint à moooort. Je parie que t'as même pas d'assurance maladie. En tout cas, vu tes chicots, les soins dentaires sont pas compris.

– Si quiconque mérite d'être frappé, c'est *moi*[1], coupa Ripper. Permettez-moi d'insister, vraiment.

Le garde jura puis revint se poster devant la cellule de Ripper. Après avoir jeté un regard furtif autour de lui, il lui donna un petit coup de matraque. Quand il s'éloigna en claudiquant, elle roucoulait de plaisir.

– Et moi, alors ? s'écria Banger.

– *Niet*, dit le garde. Parce que toi être abruti.

Pendant quelques instants, le silence régna. X se rallongea sur le sol pierreux, les os de son visage palpitant de douleur. Au moment où les battements de son cœur

1. En français dans le texte.

commençaient à s'apaiser, il entendit l'agaçant chuchotement de Banger.

– Parle-moi, mec, dit-il. Raconte-moi ta vie. Je te raconterai la mienne.

X refoula un accès de colère. Il n'avait aucune envie de parler. Pour étouffer la conversation dans l'œuf, il lui lança rudement :

– Banger, ton histoire m'est familière. Oublies-tu que c'est moi qui t'ai acheminé ici ? Ou que c'est moi qui t'ai formé à devenir chasseur de têtes, tout comme Ripper l'a fait pour moi ? Tes crimes ne me sont que trop connus. Je n'éprouverais que dégoût à les entendre de nouveau.

– Merde, s'exclama Banger, t'es pas la moitié d'un con !

Quand le silence se fit de nouveau, X ferma les yeux, regrettant déjà de s'être emporté. Il avait rassemblé quatorze âmes pour les seigneurs de la Terre du Bas, et Banger était loin d'être le pire. Mais X détestait raconter son histoire : cela ne faisait que lui rappeler les injustices qui émaillaient sa vie.

X n'avait commis aucun crime.

Il était innocent.

Contrairement à toutes les âmes qu'il connaissait, il ignorait pourquoi il avait été condamné. Il ne savait pas quel affront il était censé avoir commis – ni comment ou quand il l'aurait commis. Mais au lieu de se sentir pur, X était convaincu, dans sa confusion, que son cœur recelait quelque chose de vil et de corrompu qu'il découvrirait un jour.

La douleur sous ses yeux était devenue atroce.

L'heure était venue.

Même Banger le savait. Il se tenait devant les barreaux de sa cellule, observant les alentours.

– Tu as de la compagnie, beau gosse, dit-il.

X regarda dans le couloir, le cœur battant.

Un seigneur avait bondi de la plaine rocheuse, et il fondait sur lui à travers les airs.

Les prisonniers n'avaient pas non plus le droit de connaître le nom des seigneurs. Mais la créature qui entra dans la cellule d'X avait une prestance digne d'un roi africain et, sous le manteau, on l'appelait Régent – par respect pour la noblesse de son maintien, sa haute taille et sa peau luisante couleur d'ébène.

X s'allongea sur le dos, se préparant au rituel.

Régent s'approcha, le dominant de toute sa hauteur. Le collier doré autour de son cou et sa robe d'un bleu éclatant brillaient dans l'obscurité.

Il posa sa main sur le visage d'X, comme un masque, et entonna un discours qu'X avait entendu bien souvent.

– Les Terres du Bas réclament une nouvelle âme, psalmodia-t-il. C'est un homme mauvais – impénitent et impuni. Je t'apporte son nom détestable. Recevras-tu ce nom, et m'amèneras-tu cet homme à genoux ?

– Qu'il en soit ainsi, répondit X.

– Défendras-tu le secret de notre monde durant ta mission ? Défendras-tu le mur ancien et inviolable entre les vivants et les morts, comme le font tous les chasseurs de têtes depuis l'avènement du temps ?

– Il en sera ainsi.

Le seigneur empoigna le visage d'X de sa main aux griffes acérées. Le crâne d'X sembla prendre feu. La douleur s'achemina dans sa nuque, traversa ses épaules puis continua sa course jusqu'à l'avoir consumé tout entier. Il n'arrivait plus à respirer. Ses quatorze expériences précédentes lui avaient appris que la terreur allait se dissiper, mais il ne pouvait s'empêcher de se débattre. Le seigneur appuyait de plus en plus fort sur son visage.

Pourtant, X ne pensait pas que Régent était cruel. Tout en le maintenant fermement d'une main, le seigneur lui caressait paternellement les cheveux de l'autre, veillant à ne pas lui lacérer la peau avec ses griffes. Soudain, quelque chose derrière les yeux d'X céda comme un barrage, et il ne vit plus qu'un blanc écrasant. Quand il revint à lui, il était dans le Monde du Haut – sur une montagne, en plein blizzard.

Régent avait injecté les péchés d'un homme dans ses veines.

X était comme un chien à qui on a fait flairer l'odeur de sa proie.

Maintenant, il pouvait se mettre en chasse.

Le nom de l'homme était ennuyeux comme la pluie : Stan. Ce n'était pas seulement l'histoire de Stan qui courait dans le sang d'X, mais aussi celle de tous les gens dont il avait détruit la vie. Il y avait un vieux couple appelé

Bert et Betty. Il y avait un garçon perdu dans les bois sans manteau ni gants. Deux chiens.

Et une fille.

X aurait pu invoquer son visage pour se le représenter avec une clarté parfaite, mais il s'en abstint soigneusement. Il se contenta d'une brève image mentale, mais cela lui suffit pour comprendre qu'elle était trop adorable – trop farouche et pleine d'espoir – pour qu'il s'en remette un jour.

5

La fille se tenait devant l'entrée du garage. Elle restait plantée là, les yeux plissés devant X, se frottant le nez, les cheveux ébouriffés d'avoir été tirée du lit. Il était tellement captivé que tout son corps se figea. Ses cheveux châtain clair, bouclés, lui arrivaient tout juste aux épaules. Un grain de beauté noir sur sa pommette gauche attirait l'attention sur ses yeux, immenses et pétillants, qui semblèrent passer du bleu au gris tandis qu'X la contemplait.

Il se détourna, secoué d'une violente quinte de toux. Les péchés de Stan polluaient son corps depuis que Régent les avait libérés dans son sang. Maintenant qu'X avait laissé Stan s'enfuir, la douleur s'était intensifiée. Grâce au Tremblement, les seigneurs s'assuraient que les chasseurs de têtes suivaient leurs ordres et rentraient dans les Terres du Bas avec leur proie.

X n'avait jamais autant souffert jusque-là, parce qu'il n'avait jamais refusé d'accomplir son devoir. Cependant, il savait que cette torture – la fièvre, la douleur, les délires – ne ferait que s'accroître, à moins qu'il se remette en chasse. Même si X était capable de surmonter sa souffrance, les seigneurs enverraient un autre chasseur de têtes pour le ramener – à moins que Régent lui-même débarque, furieux et assoiffé de vengeance.

Quand sa toux se calma enfin, X se retourna vers la fille et sa famille. La mère gardait ses enfants à distance respectueuse. Pourtant, le garçon parvint à se libérer et se précipita vers lui. Instinctivement, X se tendit – personne ne l'approchait jamais à moins de lui vouloir du mal –, mais le garçon voulait seulement le serrer dans ses bras.

– Tu as sauvé mes chiens ! murmura-t-il.

Il étreignit X tellement fort qu'il lui arracha un cri.

– Arrête, tu lui fais mal, dit la fille. En plus, c'est gênant.

– Écarte-toi de lui, Jonah, intervint la mère.

Le garçon obéit. La mère fit quelques pas dans le garage.

– Seigneur, c'est un vrai four, ici ! s'exclama-t-elle. Comment est-ce possible ?

X avait réchauffé l'air simplement en se frottant les mains. Devant l'inquiétude de la mère, il effectua un geste circulaire du bras et, l'instant d'après, un froid glacial régna dans le garage.

– Incroyable, dit la mère, l'air encore plus troublé.

– *Gé-nial !* s'écria le garçon.

La fille ne dit rien. Elle ne s'était pas approchée. Avait-elle peur ? Était-elle dégoûtée ? X l'aurait compris : il se dégoûtait lui-même. Il vit son regard s'attarder sur les marques sous ses yeux, puis elle se détourna vivement.

Il sentit la honte l'envahir. Si seulement elle et sa famille pouvaient s'enfuir ! Il aurait aimé qu'ils brûlent le garage autour de lui. Il ne voulait pas qu'ils scellent leur sort au sien. Maintenant qu'il avait trahi les seigneurs, il n'était plus qu'un corps en chute libre, prenant de la vitesse à mesure qu'il tombait.

X effleura le dos du garçon pour lui signifier qu'il ne lui avait pas fait mal. Il regarda de nouveau la fille à la dérobée, craignant de lire de l'horreur dans ses yeux. Au lieu de cela, il y vit une expression bienveillante qu'il ne sut déchiffrer. Était-ce à cela que ressemblait la pitié ?

Il parvint à parler, ce qui le surprit lui-même. Rassemblant le peu de forces qu'il lui restait, il prononça quatre mots :

– Laissez-moi. Protégez-vous.

Puis, si bas qu'il semblait s'adresser à lui-même, il ajouta :

– Jonah. *Zoé.*

Alors, il commença à perdre conscience, et le noir afflua de toutes parts. Il entendit encore quelques phrases.

– Il connaît notre nom, maman ! s'exclama le garçon, stupéfait. Comment il peut connaître notre nom ?

Et la mère répondit – même si cela ressemblait plus à une prière qu'à une véritable réponse :

– Si seulement je savais ce que je ramène chez moi…

Il fallut dix bonnes minutes à Zoé et à sa famille pour trouver un moyen de transporter X dans la maison.

Pendant ce temps, il errait entre lucidité et inconscience, comme un navire incapable de décider s'il allait flotter ou sombrer. Chaque fois qu'il revenait à lui, il les suppliait de l'abandonner. Il ne parvenait pas à leur faire comprendre les dangers auxquels ils s'exposaient. Enfin, Jonah et sa mère s'éloignèrent pour aller chercher quelque chose dans la maison. Zoé et X étaient seuls.

Malgré la fièvre, X percevait la tension dans l'atmosphère. Il sentit de nouveau le regard de Zoé papillonner sur lui – ses cheveux, ses lèvres, ses yeux – et, une fois de plus, il eut honte en pensant à l'image qu'il devait lui renvoyer. Il en avait déjà vu d'autres comme elle, de loin, et ces filles l'avaient laissé de marbre. Mais Zoé... Il sentait son regard sur lui, même quand il lui tournait le dos – et même quand il fermait les yeux. Son visage irradiait une telle chaleur qu'il en était presque lumineux. L'horreur et la haine, même poussées à leur paroxysme, n'avaient plus d'effet sur X, mais la beauté et la gentillesse le laissaient désemparé.

– Qui es-tu ? *Qu'est-ce que* tu es ? demanda Zoé après un silence atroce.

Puis, s'interrompant, elle eut un petit rire destiné à elle seule.

– Tu fais du skateboard ?

– Plaît-il ?

– Pardon, dit-elle. J'ai un problème, il m'arrive de dire tout haut ce qui me passe par la tête. J'appelle ça des hoquets de cerveau.

La tension, de nouveau, omniprésente et palpable. X mourait d'envie de lui parler, de la mettre à l'aise, de lui laisser entrevoir quelque chose en lui qui ne soit pas pitoyable.

– Je ne fais pas de... skateboard, finit-il par dire.

Sans qu'il comprenne pourquoi, elle éclata de rire, secoua la tête et se prit le visage dans les mains. Puis elle se tourna vers l'obscurité pour voir si sa mère et Jonah étaient de retour. Il n'y avait personne.

– Zoé, dit X en se demandant s'il aurait la force de prononcer les mots qui fourmillaient dans sa tête, vous *devez* m'abandonner. Je ne suis pas comme vous. Tu as vu de quoi je suis capable – et bientôt, des créatures bien plus redoutables vont venir me traquer. Elles exigeront que je capture de nouveau Stan et détruiront quiconque se mettra en travers de leur chemin. Sincèrement, Zoé, je ne peux que vous mettre en péril.

Elle s'agenouilla à ses côtés.

Plus elle s'approchait, plus sa fièvre baissait. Ce phénomène était nouveau pour lui.

– Tu as sauvé mon frère et tu m'as sauvée. Et je peux faire face à un peu de péril, dit Zoé avec un petit sourire. Comment t'appelles-tu ? Je ne connais même pas ton nom.

– Je n'en ai pas, répondit-il.

– C'est bizarre. Bon, écoute, peu importe qui tu es, il n'est pas question qu'on te laisse mourir de froid ici. Tu nous as aidés, Jonah et moi, alors que rien ne t'y obligeait, et tu n'as pas tué Stan alors que tu aurais pu – et c'est *là* que j'ai vu de quoi tu étais capable.

– Zoé, je t'en conjure…

– *Non*. Tu ne conjures rien du tout.

Cette fois, elle avait parlé d'un ton ferme. Il craignit de l'avoir irritée mais il s'aperçut qu'elle luttait contre des émotions conflictuelles.

– Ma famille a passé une année pourrie, dit-elle avant de se ressaisir.

– Tu n'as pas à parler si cela te chagrine.

– Non, j'en ai envie.

Elle marqua une pause avant de reprendre, posément, choisissant ses mots avec soin :

– On a eu une année pourrie. On n'a rien pu y faire, mais on peut faire quelque chose pour *toi*. Alors on va t'aider, quoi que tu dises – et même si tu le dis bizarrement.

X sonda l'esprit de Zoé pour voir si sa volonté était aussi forte qu'il y paraissait. Il le fit lentement, se frayant un chemin dans ses pensées, comme s'il écartait des branches. Presque aussitôt, elle frissonna et lui décocha un regard froid.

– Arrête ça, dit-elle. Pas question de fouiller dans les cerveaux – si c'est bien ça que tu fais. Je veux que tu me le promettes. Ni avec moi ni avec ma famille.

– Je te donne ma parole.

Puis, sans savoir si c'était judicieux, il ajouta :

– Et je n'ai jamais réussi à le faire qu'avec toi.

Cela sembla l'étonner, et elle lui sourit.

La tension se dissipait comme de la fumée.

– Quel nom entends-tu me donner ? demanda-t-il.

– Je vais y réfléchir.

Au loin, la porte d'entrée de la maison claqua – un son creux, sans écho. Se retournant, X vit Jonah et sa mère traverser l'allée. Jonah courait, tout excité. Il portait une luge rouge arrondie, qu'il brandissait devant lui comme un bouclier.

Ensemble, ils firent glisser X jusqu'à la maison. À chaque cahot, il se tordait de douleur. Une fois à l'intérieur, ils manœuvrèrent la luge à travers la cuisine, puis le salon. Zoé et sa mère tiraient la corde pendant que Jonah déblayait le passage en leur criant des instructions parfois contradictoires.

Arrivés en bas de l'escalier, ils parvinrent à remettre X sur ses pieds, comme une équipe d'ouvriers redressant une statue. Zoé et sa mère tenaient ses bras pour le stabiliser pendant que Jonah le poussait aussi fort que possible pour l'empêcher de basculer en arrière. Au bout de cinq minutes éprouvantes, ils atteignirent le palier. Jonah voulait qu'X dorme avec lui dans sa chambre et, en voyant sa mère hésiter, il se mit à scander :

– Soirée pyjama ! Soirée pyjama ! Soirée pyjama !

En définitive, ils décidèrent qu'X dormirait dans le lit de Jonah, même s'il était petit et en forme de coccinelle.

Quant aux Bissell, ils se tasseraient tous par terre – la mère ne voulait pas laisser ses enfants seuls avec lui.

Zoé aida X à s'allonger en posant sa paume sur son torse. X ferma les yeux pour masquer sa surprise. L'encolure de sa chemise formait un V grossier, et l'index droit de Zoé avait touché sa peau nue. Pendant les secondes qui suivirent, plus rien au monde ne compta que les infimes mouvements de sa main tandis qu'elle reculait peu à peu son doigt pour le reposer sur l'étoffe.

X se sentait faible et nauséeux. Dès que Zoé retira sa main, il se laissa tomber de tout son poids sur le matelas, au point de faire frémir les antennes de la coccinelle. Zoé délaça les chaussures d'X et les fourra sous le lit. Quand elle alla suspendre son pardessus dans un placard, il secoua la tête pour l'arrêter.

– Couverture de sécurité ? demanda Zoé avec un sourire.

X ne comprit pas l'expression, mais il perçut l'accent de gentillesse dans sa voix.

De nouveau, Zoé posa la main sur le torse d'X, évitant sa peau avec une telle prudence qu'il sentit son contact encore plus nettement qu'avant.

– Fais de beaux rêves, lui dit-elle avec une étrange douceur.

Comme elle se détournait, il tendit le bras pour la toucher. Jamais il n'en aurait eu le cran s'il n'avait pas été aussi assommé de fatigue et de fièvre.

– Pourquoi vous mettre en danger ? s'enquit-il. Pourquoi faire tout cela pour moi ?

Zoé baissa les yeux sur la main qui étreignait légèrement son bras. Elle lui décocha un sourire qui dessina une trace de lumière dans l'ombre.

– Il n'y a rien de bien à la télé, répondit-elle.

Jonah s'endormit le premier et se mit à se bagarrer contre quelqu'un ou quelque chose en rêve. La mère de Zoé se tourna et se retourna pendant un moment, poussant un petit cri étouffé chaque fois qu'elle roulait sur un jouet que Jonah avait laissé traîner sur la moquette. Puis elle sombra à son tour dans le sommeil, un bras tendrement posé sur son fils.

X demeura étendu sans bruit, incapable de dormir malgré son épuisement. Il se tourna pour faire face à la fenêtre proche du lit. Un insecte battait furieusement des ailes entre les panneaux de verre, piégé pour l'éternité avec le vaste monde sous ses yeux. X savait ce que ressentait cette bestiole. Pendant un moment, il s'autorisa à imaginer sa fuite des Terres du Bas, et ce que serait sa vie. Une *vraie* vie. Il se vit avec Zoé, en été, quand la terre n'était pas durcie par la glace et étouffée de neige. Sans Tremblement. Sans peur.

Il secoua la tête. Cette vision était ridicule – et dangereuse, par-dessus le marché. Plus il retardait son retour dans les Terres du Bas, plus il les mettait en danger.

Pourtant, ici, tout le captivait, même le son de la respiration de Zoé dans le noir. Il était presque 5 heures du matin. Ils étaient les seuls à ne pas dormir. Un instinct protecteur l'empêchait de sombrer avant elle dans le sommeil. Alors, X et Zoé restèrent éveillés, étendus dans l'obscurité. Tandis qu'il écoutait son souffle, attendant qu'il devienne plus profond et plus lent, il eut la sensation étrange qu'elle écoutait le sien.

L'école de Jonah et le lycée de Zoé, malmenés par le blizzard, avaient dû fermer pour plusieurs jours. Le mât s'était cassé en deux avant d'être précipité comme un missile à travers les portes d'entrée. La moitié des vitres de la façade nord avaient été brisées : il n'en restait plus qu'une rangée de minuscules éclats acérés qui ressemblaient à de méchantes petites dents. Quant aux classes de l'école primaire, elles étaient inondées d'une eau boueuse. Les exposés sur le changement climatique et les dessins de chevaux flottaient dans le hall comme des nénuphars dans une mare.

X avait sombré dans un sommeil si profond qu'on aurait dit un coma ; sa poitrine se soulevait régulièrement et ses jambes pendaient au bout du lit coccinelle. Il dormit pendant presque toute la journée du lundi. Il n'était que vaguement conscient des allées et venues en bas. Il entendait des voix, des portes de placard grincer et claquer, des branches qu'on traînait dans la neige et qu'on jetait sur une pile.

Dans l'après-midi, un ami de Zoé arriva dans une camionnette, au son d'une musique assourdissante. X entendit Zoé l'appeler Dallas, mais il n'était pas sûr que ce soit vraiment un nom. Dallas avait apporté un café à Zoé, ce qui sembla la ravir (« Oh mon Dieu, il y a du vrai *lait*, dedans ? Surtout, ne dis rien à ma mère ! »). Pourtant, elle le laissa repartir sans l'avoir invité à entrer. X savait que c'était à cause de lui, et il était assez conscient pour en éprouver de la honte.

Des heures plus tard, il s'éveilla de nouveau : un autre bruit de moteur, un autre ami – non, *une* amie, cette fois. Le ciel était sombre, à l'exception des lueurs jaunes diffuses d'une autre ville à l'horizon. La chemise d'X était trempée de sueur.

Cette amie devait bien connaître Zoé. Elle ne prit pas la peine de frapper, se contentant d'entrer et d'appeler Zoé. Dès que celle-ci tenta de la mettre à la porte, l'amie lança :

– Pourquoi t'es bizarre, comme ça ? Gloria et moi, on se fait une petite sieste de quatre heures – bon, d'accord, cinq, tais-toi – et maintenant, tu me jettes ? Et au fait, c'est quoi l'histoire avec cette photo de dingue sur Insta ? Tout le monde me harcèle avec ça, *moi* !

Malgré sa somnolence et sa fièvre, X sentit Zoé se tendre.

Il entendit le bois d'une marche craquer quand elle s'assit dessus : elle bloquait l'escalier pour empêcher que quiconque s'approche d'X.

– Je vais tout te raconter, Val, finit-elle par dire, mais d'abord, dis-moi ce que tu as entendu.

Val soupira.

– Je déteste ce jeu, dit-elle. Bon, j'ai entendu dire que tu avais résolu le meurtre des Wallace, rencontré un alien sexy et fait pleurer le chef de la police comme une fillette. Si on commençait par l'alien ?

– Ce n'est pas un alien, objecta Zoé.

– Je suis déçue, mais continue.

– Je l'ai rencontré pendant la tempête. Il nous a aidés, Jonah et moi.

– *Et ?* insista Val.

X ne comprenait pas la question mais, manifestement, c'était clair pour Zoé. Sa voix se mua en un murmure, mais elle ignorait combien l'ouïe d'X était fine.

– Il est tellement sexy que t'imagines même pas, avoua Zoé.

– J'ai beaucoup d'imagination, rétorqua Val en gloussant.

– Même moi j'ai du mal à le croire. Demande-moi comment sont ses épaules. Ou ses bras. Je veux dire... Choisis n'importe quelle partie de son corps...

– D'accord, d'accord, je capte, concéda Val. C'est pas parce que je trouve que l'amour hétéro est dégueu et immoral que je ne sais pas reconnaître un mec canon.

Zoé éclata de rire.

– C'est immoral, aussi ?

– La surpopulation et la pauvreté dans le monde, ça te dit quelque chose ? Mais j'essaie de garder l'esprit ouvert. Parle-moi encore de l'alien.

– C'est toujours pas un alien, rétorqua Zoé.

– Je suis toujours déçue, dit Val.

X sombra de nouveau dans le sommeil, comme poussé

dans le lit d'une rivière. Il n'avait pas compris la moitié de ce qu'elles disaient.

Le mardi, il ne s'éveilla que deux fois.

La première, Zoé le redressa contre un oreiller et lui fit avaler du bouillon à la cuillère en murmurant :

– Encore trois... Plus que deux... La dernière... Allez, laisse-toi faire.

La deuxième fois, elle se pencha sur lui, un verre d'eau à la main, et tenta de lui enfoncer quelque chose dans la bouche. Déconcerté, X s'étrangla. Jonah, qui jouait par terre avec des dinosaures et des sorciers, leva la tête pour demander, abasourdi :

– Il ne sait pas boire à la *paille* ?

– Tais-toi, Jonah, dit Zoé. Tu vas le mettre mal à l'aise.

Maintenant qu'il était entre les mains de Zoé, X commença à émerger plus régulièrement de ses rêves. Le Tremblement s'était atténué. Les péchés de Stan s'écoulaient plus discrètement dans ses veines, même s'ils ne disparaissaient jamais complètement.

Parfois, il entendait les Bissell s'interroger tout haut à son sujet quand ils le croyaient endormi. Venait-il de l'enfer, était-ce ce qu'il entendait par les Terres du Bas ? Pourquoi avait-il été envoyé ici ? *Qu'avait-il fait ?* Était-il vivant ? Mort-vivant ? Quels étaient ses superpouvoirs, et quel était son talon d'Achille ? Ces deux dernières questions émanaient de Jonah qui, alors qu'X battait des paupières lors d'un de ses brefs réveils, était venu lui demander à l'oreille s'il faisait partie de l'équipe des Avengers.

La mère de Zoé suggéra qu'ils notent toutes leurs questions par écrit sur des bouts de papier avant de les mettre dans un bol mélangeur en métal qu'elle avait posé sur la table de chevet. Quand il serait guéri, elle s'assurerait qu'il réponde à chacune d'entre elles.

Tout en somnolant, X sentait le bol se remplir de papiers. Il appréhendait de répondre à leurs questions, et ses craintes s'insinuaient dans ses rêves comme une rivière en crue. Il fut assailli de terribles visions : un défilé de toutes les âmes qu'il avait ramenées dans les Terres du Bas ; la peur qu'il inspirait à ses victimes ; ses propres mains, parfois, serrées autour de leur cou. X était certain que plus Zoé en saurait sur lui, plus elle serait dégoûtée. Il n'avait fait que ce que les seigneurs exigeaient de lui – mais il l'avait fait.

Mercredi matin, X eut enfin la force de s'asseoir. Zoé et les autres étaient recroquevillés par terre et marmonnaient dans leur sommeil. À ce stade, le Tremblement aurait dû obliger X à retourner dans les Terres du Bas mais, grâce à la présence de Zoé, la douleur s'était mise en sourdine. Il regarda par la fenêtre, avide de grand air. La rivière gelée scintillait au pied de la colline comme un long ruban.

Il sortit, et le vent glacial chassa les derniers restes de sommeil. Le soleil n'était pas encore visible mais il avait envoyé en éclaireur un flot d'orange et de rouge dans le ciel. X était soulagé que le jour ne soit pas encore levé. Il avait vécu si longtemps enfermé dans une cellule que ses yeux étaient accoutumés à l'obscurité et aux lieux exigus. C'était son moment préféré de la journée, celui où le monde se révélait lentement à lui.

X avait appris à ignorer les beautés du Monde du Haut. On lui avait dit de baisser les yeux ou de regarder droit devant lui, comme un cheval tirant une charrette. Tous les souvenirs qu'il concevrait ici – pas seulement les montagnes et le ciel, mais les chiens qui lui léchaient le visage ou Zoé qui posait sa main sur son torse – ne feraient qu'accroître sa souffrance lorsqu'il reviendrait dans les Terres du Bas.

Et il serait bien obligé d'y retourner, il ne fallait surtout pas l'oublier. Les seigneurs finiraient par le ramener de force à la maison. Ce qui le terrifiait, c'est qu'il ignorait quand ou comment, et quel fléau allait s'abattre sur la famille de Zoé pour la punir de l'avoir recueilli.

X se dirigeait vers le bas de la colline quand il entendit la porte s'ouvrir derrière lui. En se retournant, il vit Zoé qui le rejoignait. Elle avait enfilé un blouson et chaussé des raquettes. Son visage était sombre.

– Tu nous fais faux bond ? demanda-t-elle.

– Faux bond ?

– Tu *pars*. Est-ce que tu *pars* ?

– Non, je t'assure qu'il n'en est rien.

Zoé sembla le croire.

– Parce qu'il y a assez de gens qui sont partis comme ça. Et Jonah t'aime beaucoup. Tu sais qui d'autre il a laissé dormir dans la coccinelle ? Personne, jamais.

– En vérité, Zoé, je ne fais que fortifier mes poumons, dit-il. Veux-tu te joindre à moi ? Ta compagnie me serait agréable.

Dans son regard, il lut qu'elle se demandait si elle pouvait lui faire confiance. Et il vit à quel moment elle décida d'essayer.

– Oui, messire, dit-elle. J'aimerais moi aussi fortifier mes poumons.

– Te moques-tu de moi ?

– *En vérité*, oui.

Ils cheminèrent en silence vers les arbres ployant sous la neige. Zoé ne l'assaillit pas de questions, et il lui en fut reconnaissant. Jamais il n'avait eu l'occasion de marcher simplement aux côtés de quelqu'un sans avancer vers une terrible destination. Jamais personne n'avait été aussi calme en sa compagnie. Zoé n'avait pas du tout l'air d'avoir peur de lui. À un moment donné, alors qu'ils traversaient la rivière gelée, elle le bouscula même, par jeu. Il sentit la chaleur affluer dans tout son corps.

Presque sans s'en apercevoir, ils se retrouvèrent sur le chemin du lac. La partie morte de la forêt s'étendait devant eux, avec ses arbres nus et calcinés qui semblaient rescapés d'une explosion nucléaire. X regarda Zoé contempler le paysage sinistre. Quand il lui proposa de rentrer, elle secoua la tête, comme si c'était une épreuve qu'elle s'obligeait à surmonter. Pour se distraire, elle se mit à chanter : « Rame, rame, rame dans ton bateau / doucement dans la rivière / En vérité, en vérité, en vérité / La vie n'est qu'un rêve. »

– Même moi, je connais cet air, dit X. Mais tu as déformé les paroles, me semble-t-il.

– Vraiment ? demanda Zoé en éclatant de rire. Je ne crois pas.

De nouveau, elle lui donna un petit coup de hanche. Une fois de plus, une brusque chaleur submergea X.

Lorsqu'ils atteignirent le lac, Zoé se dirigea tout droit vers le trou percé par Stan, comme pour se convaincre qu'elle n'avait pas rêvé. X lui emboîta le pas.

Avec le gel, l'ouverture dans la glace s'était presque refermée. On aurait dit une croûte qui se formait sur une plaie.

X aurait voulu entraîner Zoé loin de ce lieu pour la protéger des souvenirs qui, il le savait, allaient s'enfoncer comme des épingles dans son cerveau.

Elle parla avant qu'il ait pu décider de la conduite à tenir.

– Alors comme ça, Stan connaissait vraiment mon père. Cette sale vipère connaissait mon *père*. Je pensais qu'il mentait quand il a dit qu'ils étaient amis.

X se demanda quoi répondre. Il était si peu habitué à parler que, pour lui, construire la moindre phrase revenait à bâtir un mur. Chaque mot était une pierre qu'il devait soupeser.

– Stan ne distille que du venin, dit-il prudemment. Ne laisse aucune de ses paroles pénétrer dans ton sang.

Zoé acquiesça mais il vit qu'elle était distraite et ne l'avait pas vraiment écouté.

– J'aurais cru qu'une fois mon père mort, il ne pourrait plus me décevoir, murmura-t-elle.

Elle s'arrêta pour frapper la glace du bout de sa raquette.

– Encore une théorie bonne à jeter, soupira-t-elle.

Dans ses yeux, X vit la souffrance le disputer à la colère, comme deux tempêtes qui s'affrontaient.

– Pourtant, tu aimais ton père ? demanda-t-il. Si tel n'était pas le cas, les déceptions qu'il t'a causées ne t'affligeraient pas ?

Zoé hésita juste assez longtemps pour qu'X sente ses joues s'empourprer. Il regretta d'avoir parlé.

– Je l'aimais, dit-elle. Parfois, je pense que je l'aimais juste assez pour que ça me bousille pour toujours.

X ne répondit pas tout de suite.

– Tu ne me sembles pas... Tu ne me sembles pas *bousillée*, dit-il.

Zoé éclata de rire.

– Apprends à me connaître !

Cette fois, X parla sans réfléchir :

– Si seulement je pouvais.

Zoé se détourna, sourcils froncés. Était-ce parce qu'il lui avait rappelé qu'il finirait par partir ? Mieux valait qu'elle ne l'oublie pas, décida-t-il. Mieux valait qu'ils s'en souviennent tous les deux.

À présent, elle contemplait la glace. Les bords du trou étaient constellés – presque décorés – du sang de Stan.

Zoé frissonna et releva la tête.

– Il y a autre chose que Stan a dit, et que je n'arrête pas d'entendre dans ma tête. Il a dit que mon père était mort dans « une putain de grotte » et qu'on l'avait laissé pourrir là-bas.

– Encore du venin, commenta X.

– Non, rétorqua Zoé. C'est vrai.

Il y eut un nouveau silence. Comme le vent s'était calmé, il sembla encore plus pesant. X attendait. Zoé se mit à lui parler de son père – du matin où, en se réveillant, elle avait constaté son absence, des recherches entreprises pour retrouver son corps. Elle paraissait étonnée de lui confier cette histoire aussi librement.

– Quand je me suis aperçue qu'il était parti faire de la spéléo sans moi, j'étais en colère, dit-elle. Je veux dire, ce n'était pas seulement notre truc à nous – c'était le *seul* truc qu'on faisait ensemble. S'il pensait que je n'étais pas prête à aller en exploration dans la neige ou je ne sais quoi d'autre, il aurait dû attendre. Il aurait dû m'entraîner. On avait *un* truc, et c'était sacré ! C'était tellement compliqué de s'y tenir ?

Zoé s'interrompit brusquement, et pendant si longtemps qu'X se demanda si elle allait poursuivre.

– Je me suis dit qu'il allait monter à Polebridge, reprit-elle enfin. Il y a deux grottes particulièrement difficiles, là-bas – la Larme noire et la Larme d'argent. On a été une vingtaine, en plus des flics, à aller le chercher. Il faisait un froid pas possible. Mes amis Val et Dallas étaient là. Ils ne peuvent pas se voir, mais j'étais tellement flippée qu'ils ont fait semblant de s'entendre. Dallas avait apporté une grande bouteille du mélange dégoûtant qu'il boit pour la musculation, il a dit que ça allait nous donner « une force de malade ». J'ai refusé d'en avaler une goutte. Jonah est venu aussi. Je veux dire, c'était fou qu'il soit là. Un psy a dit à ma mère que c'était une bonne idée. Ce gosse n'avait que *sept ans*, et il était en train de crapahuter dans les montagnes pour essayer de retrouver son père.

Zoé se tut de nouveau.

– Je suis désolée, reprit-elle après un moment. Tu n'as pas besoin d'entendre tout ça.

– Si, répondit X.

Zoé le dévisagea pour voir s'il disait la vérité.

– C'est une histoire affreuse, dit-elle.

– Si tu la racontes, peut-être perdra-t-elle un peu de son pouvoir.

Elle hocha la tête et poursuivit son récit. X ne comprenait pas tous les mots, certains filaient en tous sens dans sa tête, en banc, comme des poissons exotiques. Pourtant, il sentit le chagrin de Zoé s'infiltrer dans son cœur et devenir sien.

– On a d'abord fouillé les alentours de la Larme d'argent, dit-elle. Sans résultat. Là-haut, les galeries aboutissent à des cavernes très abruptes, avec des dénivelés de trente mètres, alors personne ne s'est aventuré à l'intérieur.

Mais à la Larme noire, on a retrouvé la longe dont mon père s'était servi pour descendre. L'une des extrémités était attachée à un arbre. L'autre disparaissait dans la galerie.

Elle s'arrêta un moment pour regarder X puis reprit :

– C'est Jonah qui a vu la corde. Il avait cette expression de petit garçon ravi sur le visage, tu sais ? Genre : « Je l'ai trouvé, je l'ai trouvé ! »

Elle se détourna d'X.

– Ensuite, Jonah a tiré sur la corde et, quand il a vu le sang à l'autre bout, il l'a lâchée d'un seul coup, comme si c'était un serpent venimeux, et il s'est mis à pleurer, raconta Zoé, les yeux tournés vers le ciel. J'ai arraché la bouteille des mains de Dallas et j'ai tout avalé d'un coup. Pour finir, j'ai vomi partout. Charmant, non ?

X ne trouva rien à répondre.

– Ton père..., dit-il quand le silence fut devenu trop lourd. Est-il tombé dans la galerie ?

– Il a dû s'arrêter pour prendre une photo pendant qu'il descendait en rappel, dit Zoé. Il voulait sans doute me montrer une formation glaciaire, un truc comme ça. C'est justement à cause de ça que...

Elle lutta un instant pour trouver ses mots.

– Tu sais ? Parce qu'il faisait ça pour *moi*. Et tout aurait dû bien se passer, sauf qu'il portait toujours ce vieux casque ringard qui éclairait avec une vraie flamme. Mon père était comme ça : il faisait les choses *justement* parce qu'elles étaient nazes. La flamme a dû brûler la longe. J'adorais que mon père soit si ringard. Sauf que cette fois, ça l'a tué.

Ses paroles résonnèrent dans l'air froid.

X passa son bras autour des épaules de Zoé. Quand avait-il touché quelqu'un de cette façon pour la dernière fois ? Jamais, sans aucun doute.

– Les flics ont promis qu'ils ramèneraient le corps de mon père, mais ils n'ont jamais tenu parole, dit Zoé. Ils se sont contentés de barrer l'accès à la galerie et ils ont laissé son corps en bas, tout désarticulé. Il y a eu un service funèbre en ville, c'était horrible. Jonah voulait enterrer l'un des tee-shirts de notre père. Il a décoré une boîte en carton avec des étoiles rouges – je suppose que c'était censé être un genre de cercueil – et il y a déposé un vieux tee-shirt avec « papa ninja » écrit dessus. On l'a enterré sous un arbre que Jonah pouvait voir depuis sa fenêtre. Le sol était trop dur pour que le trou soit profond. En tout cas, c'était une grande cérémonie. Jonah avait écrit un poème, mais il pleurait trop fort pour le lire, alors on se l'est juste fait passer. Au bout de deux lignes, j'ai fondu en larmes. Les deux premiers vers, je te jure, ça disait quelque chose comme « Maintenant que Superpapa et moi sommes séparés / Mon cœur est tout désespéré ».

Quand Zoé eut achevé son récit, X éprouva l'envie brûlante de lui parler de lui mais chaque pensée, chaque souvenir, chaque sentiment s'étranglait dans sa gorge.

Il le lui dit à sa manière maladroite.

Elle secoua la tête.

– Je ne t'ai pas raconté tout ça parce que je voulais que tu me dises quelque chose en échange. Seulement parce que je te fais confiance.

– La réciproque est vraie, dit X. Et me voici pourtant aussi muet qu'une carpe. Tout ce que je sais de moi-même me fait honte.

Zoé lui adressa un regard si triste qu'X craignit d'avoir augmenté son chagrin.

– Dis-moi une seule chose au sujet de tes parents, dit-elle. Une toute petite chose. Pas forcément un truc énorme.

X réfléchit un instant.

– J'ignore qui étaient mes parents, avoua-t-il.

À ces mots, Zoé prit une brusque inspiration, et X se sentit soudain gêné.

Il lui parla un peu des Terres du Bas, se demandant si elle allait le croire. Quand il vit que c'était le cas, la honte qu'il éprouvait s'accrut. Zoé sembla s'en apercevoir. Avançant d'un pas, elle le serra dans ses bras. Son geste le surprit tellement qu'il ne lui rendit pas son étreinte.

– Il est temps qu'on te trouve un nom, dit-elle. Je pensais à Aragorn – ou à Fred.

Plus tard, ils remontèrent la colline pour rentrer à la maison. Le sol neigeux crissait sous leurs pas. Zoé désigna de la main le saule sous lequel ils avaient enterré le tee-shirt de leur père. C'était un arbre mince que la neige faisait ployer si bas qu'il semblait essayer de ramasser quelque chose. L'image avait un aspect désolé. Alors, X avança pour prendre les branches une à une entre ses mains, et il secoua doucement la neige jusqu'à ce que l'arbre se redresse.

Pendant tout ce temps, il sentit le regard de Zoé posé sur lui.

De retour à la maison, Zoé informa tout le monde que leur hôte avait désormais un nom.

– Techniquement, ce n'est pas un nom, mais va pour X ! s'exclama sa mère en riant.

– Je vais t'appeler *Professeur X* ! s'écria Jonah – qui oublia aussitôt sa résolution.

La mère de Zoé les envoya tous dans le salon et un lourd silence s'installa. Le bol métallique rempli de questions avait été descendu et reposait maintenant sur la table basse. En le voyant, X eut un mouvement de recul. Il redoutait d'en dire davantage sur lui-même. Les Bissell auraient dû le mettre à la porte voilà plusieurs jours et, une fois qu'ils sauraient qui il était vraiment, ils ne s'en priveraient pas.

Zoé était assise à côté de lui sur le canapé.

– Tu n'es pas obligé de nous raconter quoi que ce soit si tu n'en as pas envie, dit-elle d'une voix douce. Et *personne* ne va te juger.

La mère de Zoé saisit le bol pour le tendre à X.

– Il est temps de savoir à qui on a affaire.

Elle ne l'avait pas dit méchamment, mais sa remarque le blessa.

X prit le bol et le posa sur ses genoux. Aussitôt, il se sentit anxieux, comme si un animal affolé venait d'être lâché dans sa poitrine. Zoé avait beau avoir raconté aux autres tout ce qu'elle savait de lui, ils ne connaissaient que des bribes infimes de sa vie. Mais ce n'était pas seulement pour cela qu'il appréhendait la suite.

Il considéra l'amas de papiers sans se résoudre à plonger la main dans le bol. Il se sentait paralysé.

– Choisis-en un ! le pressa Jonah.

X attrapa une bande de papier. Le bol émit un tintement quand sa phalange heurta le bord. Il déplia le ruban et contempla les mots écrits dessus. Comme toujours, les lettres se brouillaient sous ses yeux.

Il regarda Zoé d'un air désemparé.

Elle ne comprenait pas – et puis, d'un coup, elle devina. Se penchant vers lui, elle lui murmura une question.

Mais Jonah la prit de vitesse.

– Tu sais pas lire ?

X eut un mouvement de tête presque imperceptible.

– Écrire non plus, avoua-t-il. Ni dessiner, maintenant que j'y pense.

X sentait le regard de la mère posé sur lui. Était-elle dégoûtée ? Effrayée ? Était-elle en train d'élaborer un plan pour le séparer de ses enfants ?

– Je peux te montrer comment on fait, offrit Jonah. C'est pas si dur, tu sais.

– Merci, dit X.

Zoé lui prit délicatement le papier des mains pour pouvoir le lire tout haut. Sa voix tremblait juste assez pour qu'X sente qu'elle était nerveuse, elle aussi.

– Pourquoi on t'a envoyé dans les Terres du Bas ? lut-elle. Tu as tué quelqu'un ? Tu as tué des tas de gens, genre, avec une catapulte ?

– Celles-là, c'est moi, intervint Jonah.

– On avait compris, s'esclaffa Zoé.

X prit une grande inspiration.

– Je sais que cela dépasse l'entendement, commença X, mais je n'ai commis aucun crime. On ne m'a jamais accusé de quoi que ce soit. Je peux le jurer sur tout ce que vous avez de cher.

De l'autre côté du salon, la mère de Zoé émit un toussotement embarrassé.

– Je suis désolée, dit-elle, mais effectivement, ça... comment dis-tu, déjà ? Ça *dépasse l'entendement*.

– Arrête, maman, lui intima Zoé.

– Ne rabroue pas ta mère à cause de moi, intervint X. C'est sa maison. Elle n'a montré que de la bonté envers moi.

– Merci, X, dit la mère.

C'était la première fois que quelqu'un prononçait son nom pour s'adresser à lui. Malgré les circonstances, il aimait ça. Cela lui donnait le sentiment d'être soudain *présent*, comme une image floue qui se clarifie d'un coup.

– J'ai lu beaucoup de choses sur les religions à la mort du père des enfants, reprit la mère. Dans chacune d'entre elles, j'ai trouvé des éléments qui m'ont aidée. Je suis devenue une sorte de porte-drapeau de la tolérance. Cela dit... Je suis désolée, mais je n'ai jamais entendu parler de gens qu'on envoyait en enfer sans raison.

Zoé ôta le bol des genoux d'X et le posa d'un geste plein de colère sur la table basse où il vibra bruyamment.

– Ce n'était pas une bonne idée, déclara-t-elle. On arrête.

– Non, objecta X. Ta mère dit vrai : personne n'est envoyé sans raison dans les Terres du Bas.

Se tournant vers la mère de Zoé, il soutint son regard.

– Mais, voyez-vous, il se trouve que je n'ai pas été *envoyé* dans les Terres du Bas, reprit-il. J'y suis né.

Le silence se fit tandis que chacun soupesait ses paroles. On n'entendait plus que les aboiements de Spock et d'Uhura au loin. Il en avait coûté à X de prononcer ces mots mais, maintenant que c'était fait, il se sentait libéré.

Zoé piocha dans le bol.

– Ça fait quoi d'avoir au moins trois cents ans ? lut-elle.

À leur surprise, X éclata de rire.

– Et qui est l'auteur de cette question ? demanda-t-il en les regardant tour à tour.

– Moi, dit Zoé. C'est pas pour te vexer, mais tu parles comme Beowulf.

Jonah gloussa.

– Les loups, ça parle pas, Zoé[1] ! s'exclama-t-il avant de s'adresser à X d'un air incertain. Ils ne parlent pas, hein ?

– Je ne crois pas, répondit X. Pour revenir à mon âge, je n'étais qu'un jouvenceau quand une femme que nous

1. Confusion phonétique entre le « wulf » de *Beowulf* (titre et personnage d'un poème épique de la littérature anglo-saxonne sans doute écrit entre la première moitié du VIIe siècle et la fin du Ier millénaire) et *wolf* qui signifie « loup », en anglais.

nommons Ripper a commencé à assurer mon entraînement de chasseur de têtes. Pendant des années, je n'ai littéralement entendu que sa voix. Je suppose que j'ai appris à m'exprimer comme elle – et elle a été arrachée de votre monde il y a près de deux siècles.

– Alors quel âge as-tu ? demanda Zoé.

X décela un accent d'urgence dans sa voix, comme si cette question lui importait plus que les autres.

– Selon Ripper, j'ai vingt ans, dit-il.

– Vingt ans ? répéta Zoé. Pour de vrai ?

– Oui. La seule raison que j'aurais de douter de ses dires, c'est qu'elle n'a plus toute sa raison.

– Vingt ans, super, dit Zoé. Si tu veux, je pourrai t'aider à t'inscrire à la fac.

Reconnaissant dans cette réflexion un de ses « hoquets de cerveau », X ne releva pas.

Zoé déplia une autre question.

– *Où* sont les Terres du Bas ? Et *que* sont-elles ?

– Ce sont mes questions, dit sa mère.

– Bien vu, maman, observa Jonah.

X demeura un moment immobile, s'efforçant d'élaborer une réponse dans sa tête. Enfin, il se tourna vers Jonah et lui demanda de rassembler toutes les petites figurines de sa chambre – soldats, animaux, sorciers, dinosaures, nains – et de les rapporter dans un panier.

– Je ne suis pas certain de pouvoir expliquer les Terres du Bas, dit-il. Mais peut-être puis-je vous les reproduire.

6

Rassemblés dans le jardin, ils regardaient X en se demandant s'il avait perdu la tête. Il était en train de fabriquer une énorme boule de neige et tournait en rond autour d'eux de plus en plus vite, les pans de son pardessus bleu flottant derrière lui comme une cape. Uhura le poursuivait avec enthousiasme, comme si c'était un jeu. Spock était couché non loin de là, occuper à manger de la neige.

– Votre première question était « Où sont les Terres du Bas ? », me semble-t-il, dit X.

À présent, la boule de neige mesurait plus de un mètre de haut, et il s'était enfin arrêté de tourner.

– Oui, confirma la mère de Zoé.

– Ceci est la Terre, déclara X en désignant sa création. Ou du moins, une reproduction aussi fidèle que possible.

Il commençait à prendre sa tâche à cœur. L'appréhension éprouvée plus tôt avait disparu, supplantée par le désir de fournir des informations claires et honnêtes le concernant. Ils méritaient bien cela, et plus encore, pour l'avoir recueilli alors qu'ils avaient toutes les raisons de le craindre.

– Les Terres du Bas, reprit-il, sont *ici*.

Il enfonça son poing gauche au cœur du globe, l'ouvrant en deux avec une telle force que Jonah recula en s'exclamant :

– Putain de Dieu !

X n'avait jamais entendu cette expression – les mots n'allaient pas du tout ensemble –, mais la mère la jugea inacceptable et le dit clairement à son fils.

X commençait à être en nage. Il retira son manteau dont la manche gauche était couverte de neige jusqu'à l'épaule puis le suspendit à la branche basse d'un arbre. Jonah et sa mère, qui avaient croisé les bras sur leur poitrine et sautillaient sur place pour se réchauffer, le regardèrent une fois de plus comme s'il était fou. Zoé se contentait de sourire. Elle semblait s'être accoutumée à sa façon d'être, et X aimait cela.

– La question suivante était « Que sont les Terres du Bas ? », poursuivit-il.

La mère de Zoé acquiesça.

S'agenouillant près des ruines de ce qui, tout récemment encore, représentait la Terre, X fit signe à Jonah de le rejoindre. Ensemble, ils se servirent de la neige tassée pour sculpter un grand mur arrondi qui courait le long d'une plaine.

La mère de Zoé arrêta X alors qu'il empilait des pierres sur la plaine. Elle le prit à part pour lui murmurer quelque chose qu'il fut le seul à entendre.

– Je ne suis pas sûre d'avoir envie que Jonah voie ça, dit-elle.

– J'en ferai un jeu, promit X. Et je m'efforcerai de lui cacher ce que je consens à vous confier : les Terres du Bas sont une abomination.

X invita Jonah à imaginer que la neige était de la roche noire, poreuse et humide. Il lui demanda de graver une série de cavités dans le mur – il les appela « Les chambres où nous dormons » plutôt que « nos cellules » – et de placer une figurine dans chacune d'entre d'elles.

– Garçons ou filles ? s'enquit Jonah.

– Peu importe, répondit X. Les deux.

– Des gars de la guerre de Sécession ou de la Seconde Guerre mondiale... Ou peut-être des chevaliers ?

– Tu peux choisir à ton gré, dit X. Les Terres du Bas recèlent des âmes de toutes sortes, et chacune porte la tenue dans laquelle elle est morte. Quant à moi, je réside *ici*, parmi les chasseurs de têtes.

Il pointa du doigt une cellule située sur une rangée au milieu du mur.

– J'ai deux voisins, reprit-il. À ma gauche vit un homme que j'appelle Banger. Je l'ai ramené dans les Terres du Bas en 2012. À ma droite habite Ripper que j'ai déjà évoquée plus tôt. Elle a rendu son dernier souffle en 1832.

– C'est tes meilleurs amis ? s'enquit Jonah.

– Oui. Si tant est que j'aie des amis.

Il n'avait pas dit cela dans l'intention de s'apitoyer sur son sort mais il remarqua qu'en l'entendant, Zoé avait froncé les sourcils. Elle vint s'asseoir à côté de lui dans la neige.

Peu à peu, les Terres du Bas prenaient vie. Quand les cellules furent pleines d'« habitants », X confia à Jonah qu'ils allaient avoir besoin de cinq ou dix figurines de plus.

– Pour jouer le rôle des gardes, expliqua-t-il avant de se reprendre et de les rebaptiser les « assistants ».

Jonah lui demanda de les décrire.

– Pour que je me fasse une idée, expliqua-t-il.

X lui dit qu'ils étaient gros et souvent simples d'esprit, qu'ils avaient la peau grasse, un nez bulbeux, et dégageaient un fumet nauséabond.

Jonah demanda ce que signifiait « nauséabond ».

– Ça veut dire qu'ils donnent la nausée, dit Zoé.

Cette explication parut satisfaire son frère.

X demanda à Jonah quelle sorte de figurines il lui suggérait pour incarner les assistants. Fronçant les sourcils, le petit garçon plongea dans une intense réflexion.

– Pourquoi pas des orques et des nains ? proposa-t-il enfin.

X demanda à voir un représentant de chaque espèce. Jonah retira quelques figurines du panier pour les tendre à X. Les vilaines créatures reposaient à plat dans sa main ouverte.

– Excellent choix, approuva X.

Ils placèrent les gardes hétéroclites en rang au sommet du mur.

– À présent, reprit X, nous allons avoir besoin d'un fleuve et d'un arbre.

– J'ai un arbre ! s'écria Jonah. C'est l'arbre à miel de Winnie l'ourson. Je ne joue plus avec, *évidemment*.

Il le piocha dans le panier et le tendit à X qui sourit.

– Il est bien plus joli que celui des Terres du Bas, mais il sera parfait pour l'usage que nous souhaitons en faire.

Il déposa soigneusement le jouet sur la plaine, couvrant sa base de neige pour éviter qu'il bascule, puis Jonah et lui se mirent à discuter de ce qui pourrait tenir lieu de fleuve. À court d'idées, ils allaient se résoudre à creuser un long fossé sinueux dans la plaine quand Zoé dénoua son écharpe bleue et la leur offrit. X esquissa une courbette en signe de remerciement – elle crut qu'il le faisait pour plaisanter, mais elle se trompait. Puis il disposa l'écharpe de façon qu'elle serpente sur le sol.

Quand X annonça que leur maquette était presque achevée, Jonah afficha une expression perplexe avant de lever la main, comme à l'école.

– Où habite le diable ? demanda-t-il.

X hésita.

– On dit qu'un Pouvoir supérieur règne sur les Terres du Bas, dit-il. Cependant, je n'ai jamais vu le moindre signe de cette présence, ni entendu deux fois les mêmes rumeurs à son sujet.

Alors, X parla des seigneurs à Jonah. Il avait retardé le moment de les lui décrire parce qu'il ignorait s'il saurait lui cacher à quel point ils étaient terrifiants. En définitive, il se borna à lui expliquer qu'il s'agissait de créatures pleines de colère et que, pour les représenter, ils devaient utiliser les figurines les plus féroces.

Une fois de plus, Jonah leva vivement la main, agitant les doigts avec excitation.

– Des T.-rex ?

Bientôt, une demi-douzaine de dinosaures était postée dans les Terres du Bas miniatures. Certains écumaient la plaine, gueule ouverte, tous crocs dehors. D'autres escaladaient le grand mur pour accéder aux cellules.

– Ce sont les seigneurs qui t'ont envoyé ici ? demanda Zoé.

– Ce sont eux, en effet, répondit X. Ils ont injecté le nom de Stan dans mon sang, comme un poison, en même temps que les pouvoirs requis pour le capturer. Cependant, mes pouvoirs sont infimes, comparés aux leurs et, lorsque je réintégrerai les Terres du Bas, ils m'en dépouilleront.

– Et si tu n'y retournes jamais ? s'enquit Zoé. Si tu restes dans notre monde ?

Ne le lui avait-il pas déjà dit ? Ne comprenait-elle pas qu'il les mettait en danger à chaque instant passé dans le Monde du Haut ? Pourquoi avait-elle tellement de mal à le croire ?

– Je soupçonne, dit-il, qu'ils détruiraient chaque chose et chaque personne qui vous sont chères.

Reproduire les Terres du Bas, même avec de la neige et des jouets, avait plongé X dans une humeur si sombre qu'une fois son œuvre achevée, il eut du mal à se relever pour la regarder. Jonah continua de jouer. X fut touché de voir qu'il libérait les prisonniers dans leurs cellules pour y enfermer seigneurs et gardes à la place.

La mère de Zoé semblait aussi troublée qu'X. Prenant sa fille par le bras, elle l'entraîna devant la maison, ignorant combien l'ouïe d'X était fine.

– Il est mignon, j'en conviens, mais je veux qu'il *parte*, l'entendit-il dire à Zoé.

Malgré le vent, ses paroles parvenaient aussi clairement à X que si elle s'était trouvée juste devant lui.

– Je lui donne encore une journée pour qu'il se remette complètement, ajouta-t-elle. C'est tout.

– Tu veux le renvoyer *là-bas* ? s'exclama Zoé, l'air abasourdi. Alors que tu sais qu'il est innocent ? Et que tu as vu à quoi ressemblaient les Terres du Bas ?

– Oui, il y a des T.-rex, je sais.

– Tu crois qu'il ment ? Tu n'as pas vu comme nous ce qui s'est passé au lac !

– Franchement, je ne sais plus que croire, dit sa mère. Mais la nuit dernière, je me suis réveillée en nage à 2 heures du matin, et je me suis dit que, dans le meilleur des cas, c'était un psychopathe doublé d'un mythomane. En tout cas, c'est *ma* théorie.

Au loin, X entendit une voiture – une camionnette, d'après le bruit – qui changeait de vitesse pour entamer l'ascension de la montagne. Il se sentait tellement à l'abri chez les Bissell qu'il avait oublié qu'ils n'étaient pas seuls au monde. Cette prise de conscience le désarçonnait.

– Je ne te laisserai pas le renvoyer, dit Zoé d'une voix plus forte. Pas question.

– Je ne le renvoie nulle part, répliqua sa mère, je veux juste qu'il s'en aille. Il nous a prévenus qu'il ne fallait pas le recueillir. C'est la première chose qu'il a dite. Écoute, je sais qu'il vous a aidés, Jonah et toi…

– Il nous a sauvé la vie, corrigea Zoé. Il nous a sauvés de Stan – quelqu'un contre qui tu aurais dû nous mettre en garde.

– Ne fais pas ça. J'ai obligé ton père à couper les ponts avec cet homme il y a vingt ans, en Virginie.

– Pourquoi tu ne m'as jamais parlé de lui ? demanda Zoé.

– Parce que ce n'est pas une belle histoire.

– N'empêche que je veux quand même l'entendre. Et tout de suite.

Sa mère soupira.

Le bruit de moteur se rapprochait. X vit le véhicule apparaître. C'était effectivement une camionnette et – contrairement au pick-up de Stan, qui était aussi rouillé et sinistre que son conducteur – ses flancs étaient ornés d'une peinture représentant le sommet d'une majestueuse montagne enneigée. Arrimé au toit, un gros ours en bois sculpté trônait. Sans doute faisait-il partie intégrante de l'étrange équipage, car on l'avait positionné pour qu'il ait l'air d'être le roi de la montagne en question. C'était un ours joyeux, qui souriait et saluait de la patte.

X n'y connaissait rien en transports mais cette camionnette lui paraissait… idiote. Soudain, elle cala. Son moteur toussa, et le pot d'échappement exhala un nuage de fumée, comme quelqu'un qui goûte à sa première cigarette. Le conducteur parvint à redémarrer et reprit son ascension. X s'en voulut : il s'était laissé distraire par la camionnette. Il reporta son attention sur Zoé et sa mère.

– Même quand il était adolescent, Stan était odieux, disait la mère de Zoé. Mais il arrivait à convaincre ton père de faire n'importe quoi. Ils sont entrés par effraction dans la maison d'un prof. Ils ont volé une benne à ordures. Sérieusement : une benne à ordures ! Et tu sais ce qu'ils ont fait avec ? Ils sont juste allés ramasser les poubelles des gens. Ça te suffit, maintenant ? Je peux arrêter, s'il te plaît… *s'il te plaît* ?

– Non, s'obstina Zoé. Je veux tout savoir.

– Sûrement pas.

Pendant un instant, chacune campa sur ses positions. La camionnette continuait son approche.

– Quand ils ont eu dix-huit ou dix-neuf ans, leurs mauvais coups sont devenus de plus en plus détestables, reprit enfin la mère de Zoé. On aurait dit que Stan testait le degré de faiblesse de ton père et qu'il voulait savoir jusqu'où il pouvait le pousser. Ils ont fait des choses tellement moches que ton père en pleurait. Pour finir, lui et Stan se sont fait arrêter – je ne sais même plus pourquoi, je crois que j'ai refoulé ce souvenir – et j'ai donné un ultimatum à ton père : c'est *lui ou moi*. On s'est mariés un an plus tard. Je ne crois pas qu'il ait adopté mon nom par romantisme, juste parce qu'il avait un casier judiciaire. Alors, tu crois vraiment que j'aurais dû te raconter tout ça quand tu étais gamine, Zoé ? Au sujet de ton *père* ? Qui, de toute façon, nous a tous énormément déçus ? Tu penses que je devrais le dire à Jonah ? Il le prendrait comment, à ton avis ?

Zoé ne répondit pas. X soupçonnait qu'elle pleurait. Quand sa mère reprit la parole, sa voix était douce et bienveillante :

– Je suis reconnaissante envers X, et c'est pour ça que je ne l'ai pas dénoncé à la police. Mais je pense que Jonah s'attache trop à lui, trésor. Et je sais que toi aussi.

X attendait encore que Zoé nie quand la camionnette entra dans l'allée des Bissell, une centaine de mètres plus loin. Le moteur produisait un vacarme absurde aux accents de cataclysme.

– Zut, c'est Rufus, dit la mère. Qu'est-ce qu'il fiche ici ?

– À ton avis ? demanda Zoé, encore secouée par leur échange. Il fait une fixation sur toi, et c'est l'heure d'un nouvel épisode des *Techniques de drague les plus lentes du monde*. « Cette semaine, Rufus fait pousser un rosier » !

– Arrête ! S'il t'entendait dire une chose pareille, il serait très gêné.

Rufus s'arrêta près du garage et coupa le moteur.

– Emmène X dans les bois, dit la mère à Zoé. Sauf si tu peux expliquer sa présence à Rufus. Moi, en tout cas, c'est au-dessus de mes forces.

Ces mots firent à X l'effet d'un électrochoc. Pourquoi restait-il planté là, à espionner leur conversation ? Il ne pouvait pas se permettre d'être aperçu par un seul autre habitant du Monde du Haut. Chaque personne qui le voyait était une personne en danger. Autant la suspendre au-dessus d'un brasier.

Il contempla la forêt. Il ne lui faudrait qu'un instant pour l'atteindre mais, s'il se mettait à courir, Jonah risquait de prendre peur. Il baissa les yeux sur le garçonnet. Dos tourné, à genoux dans la neige, Jonah arrangeait la disposition du fleuve-écharpe.

X se dirigea vers les arbres, s'efforçant de marcher lentement. C'était un supplice. Mais Jonah n'était manifestement pas aussi absorbé par ses jeux qu'X l'avait cru. À peine avait-il parcouru trente mètres que le petit garçon se leva, essuya la neige de ses genoux et se mit à crier :

– Rufus ! On est derrière ! Viens voir notre nouvel ami !

Zoé contourna la maison et courut vers X.

– Est-ce qu'il y a une chance pour que tu parles comme une personne normale pendant deux minutes ?

– Je m'emploierai à m'adapter aux exigences de la situation.

– On est *grave* foutus, soupira-t-elle en levant les yeux au ciel.

Rufus, qui avait lui aussi fait le tour de la maison, les aperçut alors. Il avança d'abord vers Jonah en jouant à montrer les dents et à siffler comme un animal.

– Je suis Une-Dent, seigneur ancestral des tribus de chats de la toundra !

– Et moi je suis Plein-de-Dents, l'usurpateur ! s'écria Jonah en retour.

Cet échange les fit éclater de rire et ils coururent l'un vers l'autre pour s'étreindre.

Devant ce spectacle, X fut traversé d'une pointe de jalousie – il ignorait jusqu'alors à quel point il s'était attaché au petit garçon.

Pendant ce temps, la mère de Zoé les regardait d'un air affolé.

– Tout n'est peut-être pas perdu, murmura X à Zoé. J'ai passé des années à écouter Banger dans sa cellule, et il n'y a pas si longtemps qu'il est mort. Il me semble que je peux imiter son langage de façon acceptable.

– Alors commence *maintenant*, intima Zoé.

Rufus se dirigea vers eux, les joues rouges de plaisir, la main tendue pour saluer X. Rufus devait avoir cinq ans de moins que la mère de Zoé. Il avait un visage avenant, une barbe en broussaille aux reflets roux et des cheveux sombres agglutinés d'une étrange façon. En voyant X les observer d'un air curieux, il lui offrit un large sourire, si spontané que la jalousie d'X s'accrut.

– Ouais, je pensais me faire des dreads, dit Rufus. Mais c'est juste un projet, alors ne me juge pas. Tes cheveux sont pas mal non plus, dans le genre, mec. C'est quoi, ton nom ? Je m'appelle Rufus.

X accepta sa main.

Zoé et sa mère le regardaient, dans l'expectative. Il n'avait jamais prononcé son nom tout haut.

– Ça roule, mon pote ? dit-il. Moi, c'est X.

7

Cette nuit-là, après s'être assuré que Zoé était au pays des rêves, X se leva pour aller marcher sans bruit dans la maison silencieuse. Il avait vécu une vie si morne que cet afflux soudain de visages, de voix et d'émotions le rendait nerveux. Il ne trouvait pas le sommeil. En ce moment même, les seigneurs devaient élaborer des stratégies destinées à lui infliger la punition qu'il méritait. Il aurait dû retourner dans les Terres du Bas avant qu'ils frappent, il le savait. Pourtant, Zoé avait presque fait taire le Tremblement. Elle avait presque tout fait taire. Et tout *rempli*. Quand elle l'avait étreint, un instant, sur le lac…

Si seulement il pouvait disposer d'un jour de plus avec elle !

Il se souvint que la mère avait dit que Zoé s'attachait trop à lui. Zoé n'avait pas nié. Était-il possible qu'elle voie en lui autre chose qu'un objet de pitié ? Il ne cessait de se le demander. Cette question lui tournait dans la tête comme un train sur des rails circulaires.

X regarda par la fenêtre du salon. La lune était haute et presque pleine. La glace de la rivière brillait sous sa lueur, superbe dans l'obscurité. Cette beauté rappelait à X sa propre abjection.

Il sortit et descendit la colline. Sous le ciel immense et chargé d'étoiles, il se sentait tout petit. Il n'y avait rien de tel dans son monde. En vérité, il n'y avait rien dans son monde qu'on puisse se plaire à contempler.

Arrivé à la rivière, il s'agenouilla sur la berge. La surface était ornée de volutes nébuleuses, et ponctuée çà et là de pierres et de roseaux emprisonnés dans la glace.

Retirant sa chemise et son pantalon, il les déposa par terre près de lui. Sa lutte avec Stan avait laissé son corps couvert d'hématomes. Il se demanda où était sa proie. L'homme avait-il fui sans se retourner, aussi loin que ses jambes pouvaient le porter ? S'était-il introduit dans la maison d'une famille innocente ? Rôdait-il dans les parages, tremblant de froid entre les arbres ? Grâce à Zoé, il ne restait plus grand-chose de Stan dans les veines d'X. L'homme pouvait se trouver n'importe où.

X se pencha et pesa sur la glace pour évaluer sa résistance puis leva le bras gauche, poing fermé. Il s'apprêtait à l'abattre sur la glace quand il se sentit observé, comme si quelqu'un lui effleurait la nuque du bout des doigts.

Il attrapa sa chemise couverte de neige et s'en ceignit les hanches. Puis, se tournant vers la maison, il balaya les fenêtres du regard. Personne.

Faisant de nouveau face à la rivière, il s'agenouilla et frappa la glace. Elle se brisa aussitôt, et des craquelures se mirent à courir sur la surface gelée de la rivière. Il reposa sa chemise.

L'eau luisait comme de l'huile dans l'obscurité.

Il y entra.

La rivière se referma sur lui tandis qu'il coulait, ses cheveux flottant au-dessus de lui comme des tentacules. Il avait l'impression de voyager à travers la Terre, jusqu'aux Terres du Bas – une dérive lente et trouble, hors du temps. Quand il atteignit le fond, il ramena ses genoux contre sa poitrine et les entoura de ses bras. Il resta suspendu dans l'eau pendant deux ou trois minutes, créature aquatique d'un genre nouveau. Puis il creva d'un coup la surface.

Zoé était là.

– Tu es fou, ou quoi ? demanda-t-elle.

X chercha ses vêtements du regard, gêné.

– Relax, dit-elle. Je ne vois rien du tout.

Malgré cela, X plongea les épaules sous l'eau.

Sa pudeur la fit rire. Elle lui jeta son pantalon et il l'enfila sous l'eau, se sentant ridicule.

– Pourquoi t'enquiers-tu de ma santé mentale ? demanda-t-il.

– Parce qu'il fait un froid de canard, crétin.

– Je ne risque rien. J'ai chauffé l'eau.

Zoé retira un gant pour plonger sa main dans la rivière. Surpris, X recula jusqu'à sentir le bord de la glace dans son dos. Quand Zoé toucha l'eau, il lut de la surprise dans ses yeux.

– J'ai dit vrai, n'est-ce pas ? demanda-t-il.

– Tu as dit vrai, confirma-t-elle.

Elle s'assit dans la neige et contempla les crêtes sombres. Tout était calme. Le seul bruit provenait du clapotis de l'eau autour d'X qui se maintenait sans effort à la surface à l'aide de ses bras tatoués.

– Tu t'es enquis de mon âge, dit-il. Était-ce ton unique question, ou y en a-t-il d'autres qui m'attendent dans le bol ?

– Je n'en ai posé que deux, avoua Zoé. Et l'autre était idiote.

– Ne souhaites-tu pas la partager ?

– C'était au sujet de la première fois que je t'ai vu, quand tu pourchassais Stan. Je voulais savoir pourquoi tu as coloré la glace en orange.

X s'enfonça dans l'eau et resta de nouveau en suspens sous la surface. Quand il émergea enfin, il posa les paumes sur la glace et se hissa hors de la rivière. Le poids de l'eau tirait son pantalon vers le bas, révélant ses hanches. Sentant le regard de Zoé sur lui, il le remonta aussi vite qu'il le put avant de s'asseoir en face d'elle sur la glace.

– Tu n'as pas demandé au bol d'où venaient les marques sous mes yeux, dit-il. Éprouvais-tu de la honte pour moi ? Est-ce pour cette raison que tu as évité cette question ?

– Je n'ai pas demandé parce que je connaissais déjà la réponse, dit-elle après un long moment. Quelqu'un te fait du mal.

X garda le silence.

– Qui ? demanda Zoé. Et depuis combien de temps ?

– Les seigneurs, répondit X. Cela fait partie du rituel des chasseurs de têtes. La douleur est fugace, j'en fais le serment. N'y pense pas.

– Je ne peux pas m'en empêcher. Ça me met en rage. Ils n'ont pas le droit…

Il l'interrompit.

– Non, Zoé, dit-il avec douceur. C'est moi qui n'ai pas de droits. Je suis né parmi eux. Je ne suis le fils de personne, le frère de personne. J'appartiens aux Terres du Bas elles-mêmes. Mes parents… Je ne parviens pas à m'imaginer comment ils sont parvenus à voler ne serait-ce qu'un instant ensemble pour me concevoir, mais ils ont enfreint toutes les règles des Terres du Bas pour le faire. Je ne suis que l'incarnation vivante d'un crime – si tant est que je puisse me considérer comme « vivant ».

X se tut et regarda Zoé qui avait mis ses mains dans les poches de son manteau pour les réchauffer. Elle semblait ne pas savoir que dire.

– Personne ne t'a jamais dit qui étaient tes parents ? finit-elle par demander.

– Ils ne l'ont même jamais révélé à Ripper. Je suppose qu'ils craignaient que je ne me mette à leur recherche. Ce en quoi ils ont raison. Lorsque j'étais jeune, je me consolais en inventant une histoire d'amour entre ma mère et mon père. J'imaginais que ma mère pleurait et que mon père s'arrachait les cheveux quand les seigneurs m'ont enlevé à eux.

Il marqua une pause avant d'ajouter :

– Tu ne t'attendais pas à ce sinistre monologue. Dois-je y mettre un terme ?

– Non, s'il te plaît, le pria Zoé avant de le citer : « Si tu racontes ton histoire, peut-être perdra-t-elle un peu de son pouvoir. »

– Je soupçonne que mon père ignorait mon existence et que ma mère était heureuse d'être débarrassée de moi, reprit X. Après tout, ils étaient presque certainement prisonniers, et d'un caractère farouche. J'ai fort peu de souvenirs de mes dix premières années. Le fait qu'un enfant grandisse parmi les damnés était une anomalie. Je n'en ai jamais rencontré d'autres. J'étais le seul à devoir manger, parce que j'étais le seul à grandir. Le seul à vieillir.

– C'est pour ça que tu ne sais pas lire, souffla Zoé. Parce que personne ne s'est donné la peine de t'apprendre.

– La plupart des prisonniers me haïssaient quand j'étais enfant. Beaucoup me détestent encore. Je leur rappelle sans doute leur propre innocence perdue. Peut-être sont-ils jaloux parce qu'ils pensent que, contrairement à eux, je deviendrai vieux et qu'un jour, je mourrai, échappant ainsi aux Terres du Bas.

– Tu mourras ? demanda Zoé. C'est *possible* ?

– Je ne le sais même pas. Je n'ai nul semblable à qui poser la question. Peut-être pourrirai-je peu à peu sans réellement périr. Je vois que mes paroles te peinent, Zoé, mais mieux vaut que tu saches avec quelle créature tu t'es liée d'amitié.

Il s'interrompit quelques instants avant de reprendre son récit :

– Quand j'étais enfant dans les Terres du Bas, les autres prisonniers me bousculaient et me frappaient. Certains des gardes me battaient ; ils m'en voulaient parce qu'ils étaient obligés de m'apporter de l'eau et de la viande. On me donnait des sobriquets, mais ils ont été effacés les uns après les autres car personne ne s'intéressait suffisamment à moi pour s'en souvenir. Et puis, quand j'ai eu dix ans, l'un des seigneurs m'a jeté chez Ripper en lui disant de m'entraîner à chasser des âmes. « On va voir si ça vaut la peine de le garder en vie », a-t-il dit.

– Ripper, répéta Zoé. Tu l'aimes bien.

– Je lui dois tout. J'ai appris à chasser très vite. Banger fut ma première âme. Je l'ai attrapé alors que je venais d'avoir seize ans. Je l'ai trouvé dans une taverne. Il m'a regardé comme si j'étais un gamin un peu casse-pieds – alors je l'ai frappé à la gorge. Ripper semblait stupéfaite quand je l'ai ramené dans les Terres du Bas et jeté aux pieds des seigneurs. Elle m'a dit que j'étais spécial. Ses éloges m'ont gardé en vie, je te l'assure. Elle ne pouvait m'apprendre à lire, car elle ne possédait ni livres, ni papier, ni crayons. Elle ne pouvait même pas graver des lettres sur la roche avec ses ongles parce qu'elle les avait tous arrachés. Mais elle m'a appris à être rapide, fort et intransigeant – tout comme ta mère te l'a enseigné à toi.

– J'aimerais bien rencontrer Ripper, dit Zoé.

X étouffa un rire.

– Organiser pareil entretien pourrait se révéler complexe, observa-t-il.

– C'est sûr ! approuva Zoé en riant à son tour.

– Mais Ripper t'adopterait sur-le-champ.

À ces mots, Zoé rougit sans qu'X sache pourquoi.

– Tu ne m'as pas expliqué, pour la glace, dit-elle. Pourquoi l'as-tu colorée en orange ?

X sembla peiné.

– Ne puis-je avoir aucun secret ?

– Non, rétorqua-t-elle d'un ton espiègle.

X se leva et s'approcha d'elle. Il la vit sourire et, une fois de plus, lever les yeux au ciel à la vue de ses pieds nus sur la glace. Quelque chose chez cette fille l'apaisait. À sa vue, son corps tout entier se détendait.

Zoé lui tendit sa chemise. Elle se détourna à peine pendant qu'il l'enfilait. Plus ils se rapprochaient, plus l'air qui les entourait semblait vouloir les attirer l'un vers l'autre.

– J'ai enflammé le lac parce que je savais que tu étais là, dit-il. Ce n'était nullement nécessaire.

– Tu frimais pour moi ? demanda Zoé avec un sourire en coin.

– Permets-moi de te laisser à tes conjectures, dit-il. Pour ma part, le sujet est clos.

Zoé se pencha vers lui.

Elle écarta ses cheveux mouillés de ses yeux. Son visage était tout près du sien.

Surpris, X recula brusquement et Zoé baissa la tête, mortifiée.

Aussitôt, X s'en voulut. Elle allait l'embrasser, et il s'était dérobé ! Il avait gâché ce moment.

Mais non, il ne laisserait pas passer cette occasion.

Cette fois, ce fut lui qui s'approcha d'elle.

Il tremblait. Il ne savait même pas ce qu'il faisait. Peu de choses l'effrayaient, dans ce monde comme dans l'autre. Et pourtant, en ce moment, il était terrifié.

Remarquant sa nervosité, Zoé vint à sa rencontre. Au tout dernier moment, elle détourna ses lèvres des siennes et embrassa les marques sous ses yeux, l'une après l'autre.

Le nœud dans la poitrine d'X se désintégra.

Alors, il sut qu'il était amoureux d'elle.

Sortant un stylo de sa poche, elle dessina un grand symbole noir sur le revers de sa main.

– C'est un *X*, dit-elle.

Elle dessina trois petites lettres au-dessus, se contentant de sourire quand il demanda ce qu'elles signifiaient.

Il lui prit le bras, et ils se retournèrent vers la maison. Zoé posa sa tête sur son épaule et ferma les yeux.

Elle ne vit pas que sa mère les observait derrière une fenêtre.

8

Quand X s'éveilla le lendemain matin, la maison était déserte. Il lissa les draps de la coccinelle, comme il avait vu Jonah le faire. Ensuite, pendant une heure, il tourna en rond, s'efforçant de ne pas penser à Zoé et à la douceur de ses lèvres sur sa joue. Il prit de la nourriture dans la grosse boîte métallique ronronnante de la cuisine, laissant l'air froid effleurer plaisamment son visage. Puis il se posta à la porte d'entrée, agitant la main à l'adresse des chiens qui se poursuivaient dans le jardin. Il lança un bâton à Spock, comme Jonah le lui avait appris. Spock courut après, mais il ne semblait pas savoir qu'il devait le ramasser et le rapporter – ce chien ne comprenait visiblement pas le but du jeu.

Plus tard, X s'installa dans le salon pour observer les portraits de la famille. Il fut frappé par la façon dont les traits caractéristiques de Zoé – ses grands yeux pétillants pleins de promesses et de volonté – étaient restés les mêmes à mesure que les années passaient. Ses cheveux poussaient, raccourcissaient, bouclaient, se raidissaient. Pour une raison qui lui échappait, ils étaient même devenus bleus, pendant un temps. Elle demeurait Zoé même quand ses dents étaient couvertes de rails miniatures.

X était subjugué par son visage. Tout ce qu'il savait de la beauté et du charme commençait et s'achevait avec elle.

Il continuait de sentir ses lèvres sur sa peau. Il se repassait ce moment en boucle dans la tête, au point de songer qu'il n'aurait jamais plus d'autre pensée que celle-là. En vérité, il n'en voulait pas d'autre.

Peut-être sa mère allait-elle admettre que Zoé et lui avaient établi une véritable relation. Peut-être pourrait-il rester. Peut-être les seigneurs des Terres du Bas l'avaient-ils oublié. *Il pourrait peut-être rester*. Il n'était qu'une âme dans un océan infini de corps, et – bien qu'il n'ait jamais eu l'audace de le rappeler à ses maîtres – il n'avait rien fait pour mériter d'être damné.

X entendit la voiture des Bissell dans l'allée. Il sortit sur le perron et resta là à attendre, aussi frétillant qu'un chiot. Une pluie froide s'était mise à tomber, mais il s'en fichait. Il était trop content pour s'en soucier. Il contempla la sculpture que Rufus avait faite pour la famille : un ours debout qui levait et agitait la patte, affligé d'un sourire ridicule. Il se sentait des affinités avec lui.

Zoé et les autres sortirent du véhicule en claquant les portières, manifestement d'humeur sombre.

– Tu ferais mieux de le lui annoncer, lança la mère à Zoé tandis qu'ils montaient les marches pour rejoindre X.

Zoé s'attarda sur le perron sans rien dire.

Ce fut X qui rompit cet insupportable silence.

– Elle exige que je parte dans l'instant ? demanda-t-il en baissant les yeux. Je ne peux la blâmer, bien que je me sois enivré de l'illusion que je pourrais rester.

– Il n'y a pas que ça, dit Zoé. On était en ville, et on a croisé un flic qu'on connaît, qui s'appelle Brian.

Elle hésita un instant avant de reprendre :

– La police n'arrive pas à mettre la main sur Stan, et il a tué quelqu'un d'autre. Il pourrait être au Canada comme au Mexique, à l'heure qu'il est, ils n'en savent rien. Ils l'ont peut-être perdu pour de bon.

Cette nouvelle lui fit l'effet d'un coup de poing. Toute trace d'espoir et de joie le déserta sur-le-champ. Quel imbécile il avait été de penser qu'il méritait quoi que ce soit dans ce monde ! Sa colère – envers la cruauté de Stan et sa propre faiblesse – déclencha une vive douleur dans sa tête, comme si quelqu'un avait lâché une abeille furieuse dans son crâne. Il demeura dehors bien après que Zoé fut rentrée, à peine conscient de la pluie qui le détrempait. Il sentait le Tremblement se réveiller dans son sang.

Enfin, Zoé revint, insistant pour qu'il se réfugie à l'intérieur. Elle étala une couverture sur son dos et posa une main consolatrice sur son épaule.

– Stan est parti, annonça-t-elle. Même si tu le voulais, tu ne pourrais pas l'attraper.

X ne pouvait supporter qu'elle le touche. L'abeille dans son crâne avait été rejointe par des douzaines d'autres. Il repoussa Zoé, plus vivement qu'il ne l'aurait voulu.

– Mon devoir est de le traquer, même s'il s'enfuit à l'autre bout de la terre, dit-il. C'est mon unique fonction.

Zoé recula.

– Tu ne vas pas partir ? demanda-t-elle.

– Je ne puis rester ici à faire semblant d'être quelqu'un que je ne suis pas.

Voyant que ses paroles l'avaient blessée, il tenta de s'expliquer, mais elle l'arrêta d'un geste et se laissa tomber sur le canapé, refusant obstinément de le regarder. Dehors, la pluie avait redoublé. Elle gelait au contact du sol, enfermant l'allée, les arbres, le monde entier dans une pellicule de glace.

Bientôt, l'électricité se coupa soudainement, ce qui les surprit tous. La maison était plongée dans le noir. Ils allumèrent des bougies et les disposèrent un peu partout. Leur flamme vacillait et brillait sans les réconforter. Les trois membres de la famille Bissell se pelotonnèrent ensemble sur le canapé pour se réchauffer, écoutant la pluie qui les emmurait goutte après goutte. X s'affaissa contre un mur, la tête entre les mains. La tempête avait enflé au point qu'il était lui-même inquiet.

Tard dans l'après-midi, quand Zoé consulta son téléphone pour voir à quel moment l'orage était censé s'arrêter, elle découvrit qu'il n'y avait aucune annonce de pluie (ni d'averse givrante ni de coupure d'électricité) dans un rayon de 800 kilomètres.

– Les crétins, marmonna-t-elle. Comment font-ils pour ne pas voir cet orage ?

X commençait à se dire que la tempête n'avait été déclenchée que pour eux.

Spock et Uhura donnaient des coups de patte sur la porte pour qu'on leur ouvre. Comme ils avaient fini par avoir leurs entrées chez Bert et Betty, ils tentaient à présent leur chance dans cette maison. Jonah regarda sa mère d'un air si suppliant qu'elle finit par pousser un grognement agacé.

– Bon, d'accord, dit-elle simplement.

Applaudissant d'un air ravi, Jonah courut à la porte – pour découvrir qu'elle était bloquée par le gel. Depuis le salon, X écouta Zoé et sa mère s'escrimer à essayer de l'ouvrir, en vain. Il entendait les gémissements de Spock et Uhura sur les marches et se les imaginait frissonnant sous leur fourrure où s'entrechoquaient des amas de glace.

Au-dessus d'eux, le toit grinça, menaçant de s'effondrer.

Et puis, tout à coup, la pluie cessa.

Mais leur soulagement fut de courte durée. Bientôt, le silence fut déchiré par le bruit des arbres qui, craquant sous le poids de la glace, se fendaient en deux.

Au début, seules une ou deux branches se rompirent avant de choir dans la neige. Mais très vite, le vacarme devint constant et terrifiant, comme si des milliers d'os se brisaient à la fois. Des arbres qui avaient résisté plus d'un siècle explosèrent d'un seul coup. X voyait Zoé et les autres enregistrer chaque perte. Jonah se rua vers une fenêtre qui donnait sur le jardin.

– L'arbre de Superpapa ! cria-t-il.

Le saule n'avait pas rompu mais il ployait de nouveau, risquant de céder à tout moment. X n'avait aucun moyen de les aider. Son cerveau bouillait. Il s'affaissa davantage le long du mur, drapé dans la couverture que Zoé lui avait donnée.

Le blizzard avait abîmé la forêt mais, cette fois, les ravages évoquaient une vengeance à laquelle il était impossible de rester sourd, car il n'y avait ni vent ni neige pour couvrir le vacarme. Même pour X, qui avait entendu les sons les plus affreux que pouvait produire l'univers, la destruction de ces arbres semblait obscène et impitoyable – un véritable massacre.

La mère de Zoé, rongée de colère et d'inquiétude, déclara qu'il n'y avait pas eu de tempête de glace depuis des années.

– Ça n'a aucun sens ! s'exclama-t-elle.

Au même moment, X sentit les marques sous ses yeux se mettre à palpiter.

L'un des seigneurs était venu le chercher.

X entendait son appel. En esprit, il voyait les mains noueuses du seigneur invoquer la tempête et la diriger comme un orchestre. X n'avait pas le choix : il devait rejoindre le seigneur. Pour mettre un terme à ce désastre.

Il fit signe à Zoé de le rejoindre.

– Je t'ai blessée, murmura-t-il.

– Un peu, reconnut-elle.

– J'en suis navré et contrit. Cette tempête, cette pluie – elles n'appartiennent pas à ton monde mais au mien. Un seigneur m'attend dans les bois. Je sens sa fureur dans chaque partie de mon corps. Il est venu me remettre sur le droit chemin.

– Il peut toujours courir, déclara Zoé d'un ton léger qui cachait mal sa peur.

– Je dois finir ce que j'ai commencé, objecta-t-il, et amener Stan à sa place, dans les Terres du Bas. Tu dois me laisser partir.

– Non, dit Zoé.

– Si, contra X.

– *Non*.

– Si, persista X avec un petit rire, amusé malgré lui par l'obstination de Zoé. Allons-nous poursuivre longtemps ce manège ?

– Je peux tenir toute la nuit, rétorqua Zoé avant de s'asseoir par terre à côté de lui. Tu ne vois pas ce que les seigneurs t'ont fait ? Tu étais un petit garçon, totalement innocent, et ça les *bouffait*. Alors ils t'ont obligé à chasser des âmes. Et tu leur en étais reconnaissant, pas vrai ? Parce que, provisoirement, tu avais des pouvoirs. Parce que tu pouvais quitter ta cellule, comme si on te donnait une sorte de laissez-passer surnaturel. Et, pendant tout ce temps – *tout ce temps* –, ils essayaient de te transformer pour que tu deviennes comme eux. Et maintenant, tu penses que ta place est là-bas ! Ce n'est pas vrai. J'en ai marre de perdre des gens, X, ça me rend malade. Je ne veux pas te perdre.

À présent, elle pleurait. X aurait voulu la toucher – elle était la seule preuve qu'il ait jamais eue que le monde était empli de lumière, de vie et de chaleur –, mais s'il l'effleurait ne fût-ce que du bout des doigts, il n'aurait plus la force de partir, il le savait. Il se fondrait en elle, et tout serait perdu.

– J'ai attiré le mal sur le pas de ta porte, dit-il, et je l'affronterai avant qu'il s'approche davantage.

Zoé détourna les yeux, vaincue.

– Restez à l'abri de ces murs quelle que soit la violence de leurs plaintes, poursuivit X. Les seigneurs ne prendront pas le risque d'être vus par quiconque arpente ce monde. C'est une règle imprescriptible. Quant à moi, je suis sur le point de découvrir quel est mon châtiment pour avoir enfreint la loi.

Il s'avança d'un pas mal assuré jusqu'à la porte et respira profondément, rassemblant ses forces afin de briser le sceau de glace qui la maintenait fermée. Puis il leva les yeux vers le plafond, comme si ses visiteurs des Terres du Bas planaient juste au-dessus de sa tête.

– Si vous me voulez, cria-t-il, *laissez-moi sortir* !

Il tira si fort que le bois céda autour des gonds.

La porte s'ouvrit d'un coup.

Spock et Uhura se précipitèrent à l'intérieur, fous de soulagement. Comme X l'avait imaginé, leur pelage était couvert de perles de glace et leurs pattes émettaient des craquements à chaque bond.

Jonah et sa mère fondirent sur les chiens et les enveloppèrent de la couverture tombée des épaules d'X. Ce fut la dernière chose qu'il vit.

Tête baissée, son large dos ployé sous le froid, il avança d'un pas déterminé vers la forêt. Il avait parcouru trente mètres quand il entendit Zoé l'appeler.

– Tu reviendras ? cria-t-elle. Quand tu auras trouvé Stan et que tu l'auras ramené dans les Terres du Bas, tu reviendras ?

Il ne pouvait répondre à pareille question, elle le savait certainement. Malgré sa terreur, il voulut la faire rire.

– Peut-être si je m'inscris à la fac ! hurla-t-il en retour.

Comme Zoé souriait, il ajouta :

– C'était un hoquet de cerveau.

– Oui, je sais ! dit-elle. Sérieusement, tu vas revenir ?

Serait-ce un mensonge de dire oui quand rien ne lui semblait moins sûr ?

Rien ne pourrait le forcer à lui mentir.

Il fit demi-tour. Le seigneur allait devoir patienter un peu.

Quand elle le vit marcher vers elle, Zoé redoubla de sanglots, les épaules secouées de spasmes.

– Si je ne reviens pas, dit-il, c'est parce que non pas un, mais *deux* mondes auront conspiré à m'arrêter.

Zoé descendit les marches, vêtue seulement de sa veste à capuche et de son jean. X parcourut en courant la distance qui les séparait encore. Il retira son pardessus et l'en enveloppa. Le vêtement scintilla brièvement, comme si on attisait des braises.

Prenant le visage de Zoé entre ses mains, il approcha sa bouche de la sienne. Elle avait les lèvres douces et froides.

En s'apercevant qu'elle était en chaussettes sur la neige, il la souleva du sol.

Les arbres semblaient cassants et translucides – une forêt de verre.

X progressait lentement, tiré vers le seigneur par une force invisible. Craignant qu'un simple effleurement fasse voler les branches en éclats, il baissait la tête pour les éviter. Quand les arbres se faisaient plus denses, il rampait. Au-dessus de lui, il entendait la glace craquer et les troncs éclater. Le seigneur était proche.

Il déboucha sur une clairière jonchée d'arbres morts. Le seigneur, dans une rage comme jamais X n'en avait vu, arpentait furieusement le sol en abattant des sapins d'une simple poussée de la main.

– Je vous supplie d'arrêter, dit X. Je suis venu.

Ce n'était pas Régent, le seigneur à la peau d'ébène, mais un autre qu'on surnommait Dervish, qui avait une réputation de folie et de cruauté. Il considéra X d'un regard empli de colère.

– Tu vas BEAUCOUP supplier avant que l'horizon avale le soleil, dit-il.

Dervish se remit à détruire les arbres, arrachant leurs branches et brisant les troncs pour en mettre l'intérieur à nu.

X avança d'un pas hésitant.

– Oui, oui, approche-toi ! hurla Dervish. Regarde bien ce que je fais à ces arbres, et songe que ce n'est rien à côté des violences que je compte t'infliger – à toi, et aux créatures qui t'ont recueilli.

Le seigneur avait les traits pointus d'un rat. Son visage était aussi gris et parcheminé qu'un nid de guêpes.

– Tu espérais que celui que vous appelez Régent allait venir te chercher, sans nul doute ! s'écria le seigneur. Mais lui aussi est doux comme un chaton, vois-tu. Il t'a choyé. Et, en retour, tu l'as humilié en laissant échapper ta proie et en frayant avec des mortels ! Quand tu reviendras dans les Terres du Bas, ne t'étonne pas de voir les os de Régent flotter dans ta soupe.

Il s'interrompit avant d'ajouter avec délectation :

– C'est moi ton maître, désormais.

– Je ferai ce que vous voudrez, dit X à mi-voix. Mais je vous implore d'épargner la famille qui m'a recueilli. Ils ignorent tout de ce que je suis.

À ces mots, le seigneur éclata d'un rire sardonique.

– Et en plus, tu me MENS ? dit-il. J'ai été témoin de chaque instant que tu as passé dans cette maison. J'ai entendu tes miaulements pathétiques. Tu ressemblais à un écolier transi d'amour arrachant les pétales d'une fleur.

X réitéra sa requête d'une voix encore plus basse :

– Épargnez cette famille, je vous en conjure. Je ferai tout ce que vous exigerez.

– Cela ne fait aucun doute, rétorqua Dervish. Et je compte exiger des choses qui te réduiront le cœur en cendres !

Il avança d'un pas lourd vers X.

– À genoux, chasseur de têtes, ordonna-t-il. Il est temps que les péchés de Stan reviennent hanter ton sang.

D'un geste brusque, il prit le visage d'X entre ses mains et commença à réciter le discours familier :

– Les Terres du Bas réclament une nouvelle âme. C'est un homme mauvais – impénitent et impuni.

Tout en poursuivant, Dervish enfonça ses ongles – longs, recourbés et jaunis – dans la peau d'X jusqu'à faire jaillir le sang sur ses joues.

X sentit le pouvoir du seigneur affluer dans son corps. Une fois de plus, l'histoire de Stan le pénétra. Elle était encore plus détestable qu'avant car de nouveaux péchés étaient venus s'ajouter aux précédents. Quand Dervish eut fini, il poussa X sur la neige. Le chasseur de têtes était agité de spasmes, comme sous l'effet d'une syncope.

Le seigneur l'abandonna là pour se diriger à grands pas vers la maison des Bissell, dévastant la forêt sur son passage.

X était terrifié pour Zoé et les siens.

Trouvant la force de se relever, il tituba à travers les bois de plus en plus sombres, se cognant aux branches qu'il s'était donné tant de mal à épargner. Il imagina les mains écœurantes du seigneur se refermer autour du cou pâle de Zoé. À cette pensée, il faillit vomir dans la neige.

Il trouva Dervish à la lisière de la forêt. Le seigneur se cachait derrière la dernière rangée d'arbres pour ne pas être vu depuis la maison. À l'arrivée d'X, il fit volte-face, souriant si largement que ses dents mal alignées brillaient dans le crépuscule.

– Alors c'est là que tu as joué au papa et à la maman avec tes jolis petits mortels, lança Dervish d'une voix doucereuse. Sais-tu combien il me serait facile de tous les assassiner ? Facile, et tellement agréable ?

– Je le sais, dit X, sans ajouter une syllabe de plus de crainte d'attiser la rage du seigneur.

– Apporte-moi l'âme dont le nom baigne dans ton sang, dit froidement Dervish avant de désigner la maison de Zoé. N'échoue pas une seconde fois. Sinon je reviendrai ici demain soir, et c'est dans leur sang à eux que je baignerai.

9

X plongea dans le sol comme si c'était de l'eau. Il fondit à travers la neige, la boue, le roc. La Terre elle-même s'ouvrit devant lui, se refermant sitôt qu'il était passé.

Les péchés de Stan Manggold déferlaient de nouveau dans son sang, mêlés cette fois à la fureur d'X. Il avait relâché cet homme, lui avait montré de la clémence – tout cela pour que Stan commette un autre meurtre. X avait été arraché à Zoé. Désormais, son cœur était un champ de ruines.

Il fusa de la Terre et jaillit de la vase tiède d'un marais, dans une partie du pays qu'il n'avait jamais vue. Il tenta de s'orienter, mais il n'en eut pas le temps : des rumeurs assaillaient déjà ses oreilles. À une centaine de mètres de là, une meute de chiens de chasse aboyait furieusement. Un escadron d'oies se déploya dans le ciel et la pétarade d'une demi-douzaine de fusils éclata, ornant le ciel de fumée.

X avait beau avoir rencontré son lot d'hommes et de femmes ignobles, il n'avait jamais entendu de coups de feu. Ce bruit lui fit un choc qu'il ressentit jusque sous sa peau.

Trois oiseaux chutèrent du ciel. Les chasseurs baissèrent leurs armes et se mirent à deviser du vent et de la lumière. Ils buvaient dans des flasques d'argent qui étincelaient sous les dernières lueurs du jour. Certains d'entre eux avaient déjà des oies mortes suspendues à leur cou, attachées à de grands colliers. Ils lui rappelaient certaines histoires que Ripper lui avait racontées au sujet de cannibales qui portaient des crânes autour du torse. X ne valait pas mieux que ces chasseurs – ni même que ces cannibales. Avec toutes les âmes qu'il avait prises, il aurait tout aussi bien pu arborer quatorze crânes en collier.

Celui de Stan serait le prochain.

Les chasseurs ramassèrent leurs trophées et se remirent en marche. Alors qu'il attendait qu'ils s'éloignent, X sentit ses pensées revenir sournoisement à Zoé. Il l'imagina avec son manteau sous la pluie. Il était heureux de lui avoir laissé un souvenir de lui. Elle allait le porter, même s'il était trop long pour elle, qu'il lui tombait jusqu'aux chevilles. Il en était certain. Et un jour, bientôt, il frapperait à sa porte et dirait…

Que dirait-il ?

Il dirait : « J'ai oublié mon manteau. »

Cela lui plairait. Elle sourirait. Alors, il l'embrasserait pour la deuxième fois. Elle s'attendrait à ce qu'il se montre timide, mais il en avait fini avec la pudeur. Il n'avait pas le temps pour ça.

Quand il n'entendit plus les chiens, X s'extirpa des marais et essora son pantalon. Le sol était plat à des kilomètres à la ronde. Ce paysage ne ressemblait pas du tout au Montana. Des bosquets se dressaient çà et là mais, pour l'essentiel, il n'était constitué que de zones humides où couraient de larges rivières et de minuscules îles vertes et touffues. On aurait dit que le monde avait été inondé et que l'eau commençait juste à refluer.

Il n'y avait aucune route en vue mais X n'en avait pas besoin. Sa colère nourrissait sa volonté, et sa volonté nourrissait sa colère. Sur son passage, l'eau jaillissait en gerbes du sol marécageux. Si quelqu'un l'avait observé, il n'aurait vu qu'une sorte de comète s'élancer à travers la campagne.

Après un peu plus de un kilomètre, X sentit la douleur dans son corps s'accentuer. Le Tremblement le guidait. Il était sur la trace de Stan.

Il le trouva quelques minutes plus tard. Stan arpentait la rue principale d'une ville poussiéreuse, dégustant une glace en regardant la vitrine d'une boutique, l'air aussi innocent qu'un enfant. X fut écœuré par cette vision. Mais il y avait trop de monde dans la rue pour qu'il fonde sur Stan et lui brise la nuque. S'écartant pour ne pas être vu, il attendit que sa proie se dirige vers un endroit plus calme.

X ignorait le nom de la ville. Cinq cents mètres plus tôt, au sommet d'un poteau cerné de vigne vierge, il avait vu un panneau en forme d'armoiries. Il l'avait contemplé, devinant qu'on lui souhaitait la bienvenue dans la ville de Quelque-part, dans l'État de Quelque-chose. Il y avait un X dans le nom de l'État. Il le reconnut grâce à la lettre tracée par Zoé sur le revers de sa main. Il baissa les yeux sur la marque, regrettant qu'elle ne lui ait pas dit ce que les autres lettres signifiaient.

Le message commençait déjà à s'estomper : *Mon X*.

Il chassa Zoé de ses pensées. Stan devait être livré aux Terres du Bas. S'il accomplissait sa mission, il aurait une chance de revoir Zoé un jour. S'il échouait, elle et sa famille ne survivraient peut-être pas jusqu'au matin.

Lorsqu'il releva la tête, Stan avait disparu.

X s'avança sur le trottoir, surprenant son reflet dans une vitrine. Il ressemblait à une créature sauvage. Son pantalon était crasseux, sa chemise déchirée. Quant à ses cheveux… Ses cheveux avaient l'air d'avoir essuyé une tempête de glace et trempé dans la boue d'un marais. Chaque mèche partait dans une direction différente.

Avec cette allure, il ne manquerait pas d'attirer l'attention.

Sur le trottoir, devant un magasin dont la porte était ornée d'un cheval, il trouva un portant chargé de chemises colorées. X jeta un coup d'œil dans la boutique – personne ne le regardait. Il retira l'une des chemises de son cintre. Elle était violette avec un enchevêtrement de broderies blanches sur la poitrine. X l'enfila par-dessus sa propre chemise. Elle était trop petite pour lui et il n'arrivait pas à fermer les boutons de nacre – il la laissa donc ouverte. De nouveau, il se regarda dans la vitrine. Maintenant, il avait l'air d'une créature sauvage vêtue d'une chemise violette.

Secouant la tête, il se remit en chasse.

La douleur lui indiquait le chemin à suivre aussi sûrement qu'une boussole.

Quand il trouva Stan, il le vit mordre le bout de son cône pour aspirer les dernières gouttes de glace. Des traces blanches lui coulaient sur le menton et jusque sur l'estomac.

Stan avala son cône et se dirigea vers la chaussée où stationnaient camionnettes et 4 × 4. Il examina un pick-up vert foncé, probablement pour voir s'il valait la peine d'être volé. Le jugeant sans doute indigne de lui, il se frotta le nez et se remit en marche.

Arrivé au milieu du pâté de maisons, Stan ouvrit la porte d'une boutique dans laquelle il s'engouffra. X le suivit. Il ne pouvait pas lire le nom inscrit sur la vitrine mais, sur la porte, on avait peint une paire de ciseaux et une femme qui se caressait les cheveux.

X jeta un coup d'œil par-dessus les rideaux de dentelle ornant la vitrine. Derrière un bureau brillant à l'avant du magasin se tenait une jeune femme à l'air blasé qui photographiait ses ongles de pied. À l'arrière, une demi-douzaine d'employées en blouse vaquaient à leurs occupations. Stan faisait déjà son cinéma – il sautillait autour d'une jolie femme à la peau brune d'une manière infecte. La femme désigna le fauteuil voisin d'une main nerveuse.

X était si proche de Stan que son corps se mit à frémir. Mais révéler qui il était – *ce* qu'il était – à toutes ces personnes lui semblait une folie. Il appuya son front contre la vitrine en espérant que la douleur passerait.

Il n'en fut rien. Au contraire, elle s'accrut jusqu'au moment où X eut l'impression d'être une marionnette dont le maître secouait les fils avec violence. Il avait enfreint tant de lois des Terres du Bas. Une de plus, quelle différence cela ferait-il ?

Il ouvrit la porte.

À présent, sa souffrance était telle que la femme derrière le bureau n'était qu'une masse floue, ornée de fleurs et de rouge à lèvres.

– Bienvenue dans la Maison de la beauté extraordinaire, dit-elle d'une voix traînante.

Sans laisser à X le temps de répondre, la réceptionniste commenta sa coiffure ridicule :

– Oh, trésor ! s'exclama-t-elle, je pense pas qu'on puisse faire grand-chose à ça.

X tenta de se ressaisir, de reprendre ses esprits. Il entendait Stan déblatérer à l'arrière. Il disait à la femme qui lui coupait les cheveux de l'appeler Stan the Man ou, « si on devient plus intimes », Stan le Mâle.

La fille de l'accueil leva les yeux au ciel.

– Ce type va nous causer des ennuis, dit-elle. Dès qu'il a mis le pied ici, j'ai demandé : « Monsieur, vous avez bu ? » Là, il s'est marré et il a dit : « Ouais, depuis que j'ai quatorze ans ! » Je vais vous dire une chose : s'il embête Marianna, j'appelle le shérif.

Avec un grondement de colère mêlé de douleur, X se dirigea d'un pas incertain vers le fond du salon. Quand la réceptionniste l'interpella, il fit la sourde oreille.

Marianna avait déposé une serviette chaude fumante sur le visage de Stan. Il se laissa aller dans le fauteuil, grognant de plaisir.

– Vous êtes pas belle, mais putain, vous êtes carrément pas moche, dit-il à Marianna. Et si vous veniez vous asseoir sur les genoux du Papa Noël ?

Tendant la main à l'aveugle, il essaya de l'attraper mais elle l'esquiva avec l'aisance d'un torero.

X fit signe à Marianna de garder le silence. Il s'approcha de Stan, dégoûté, furieux et ivre de souffrance.

Il empoigna Stan par le cou.

Marianna étouffa un cri. Les autres femmes décampèrent, la moitié en blouse et les cheveux mouillés. Seule Marianna semblait paralysée.

Stan arracha la serviette de son visage. En voyant X dans le miroir, il se mit à battre des bras et des jambes.

X éclata d'un rire lugubre.

– Mon vœu le plus cher était que tu luttes, dit-il.

– Tu peux compter là-dessus, pauvre taré, rétorqua Stan. Au fait, jolie chemise, cow-boy. Elle est assez serrée pour toi ?

Stan balaya la pièce du regard tandis qu'X resserrait son étreinte autour de sa gorge. Une paire de ciseaux luisait sur le comptoir devant lui. Il les planta dans la cuisse d'X et les fit pivoter cruellement.

X poussa un cri, d'agacement plus que de douleur. Retirant les ciseaux de sa jambe, il les envoya valser par terre, sans lâcher le cou maigrelet de Stan tandis que son pantalon commençait à se gorger de sang.

Puis il se tourna vers Marianna.

– Vous seriez plus en sécurité ailleurs, dit-il aussi gentiment que possible.

Les miroirs autour de lui le reflétaient à l'infini, comme s'il était à la tête d'une armée.

– Qu'est-ce que vous allez lui faire ? demanda Marianna.

– Je vais lui faire traverser le mur, dit X.

À ces mots, Marianna se rua à son tour hors du salon.

Stan continuait à se débattre sans paraître remarquer que, plus il s'agitait, plus X lui serrait le cou.

– Tu m'emmèneras pas, pauvre taré, dit-il d'une voix sifflante. Il faudra d'abord me tuer.

– Certes, confirma X. C'est ainsi que je l'entends.

Stan attrapa tout ce qu'il trouvait sur le comptoir pour le lancer à la tête d'X : aérosols, bouteilles, brosses, sèche-cheveux… X le plaqua contre le dossier du fauteuil. Il le contempla d'un air las, comme on regarde un enfant qui fait un caprice. Quand Stan fut à court de projectiles, X l'arracha du fauteuil et le projeta à terre.

Stan tenta de se relever mais X, levant le pied, abattit sa botte sur son dos. Pendant quelques secondes, ils demeurèrent immobiles. Puis, brisant le silence, un son nouveau s'éleva, terrible.

Stan pleurait.

X n'éprouva aucune pitié.

– Ton courage s'est-il déjà envolé ? demanda-t-il.

Il recula d'un pas. Stan roula sur le dos et prit sa grosse tête dans ses mains en sanglotant lamentablement. X le haïssait trop pour en être touché. À ses oreilles, ces pleurs évoquaient les hurlements d'un vautour.

L'instant d'après, Stan lui faisait la liste des nombreuses raisons pour lesquelles il ne méritait pas de mourir. X avait entendu ce discours maintes fois (à l'exception de Banger qui lui avait simplement demandé si, là où il l'emmenait, on pouvait se faire livrer à manger dans les cellules). Stan gémissait, mentait et se défendait avec une telle véhémence que des postillons de salive jaillissaient de sa bouche. X n'écoutait qu'à demi.

Enfin, Stan se calma. Se redressant, X retira la chemise violette et celle, usée jusqu'à la corde, qu'il portait en dessous.

– Oh, arrête, dit Stan. Tu vas pas me refaire ton numéro de strip-tease ?

X écarta les bras et sentit les péchés de Stan affluer en lui. Des images se mirent à fleurir sur son dos.

Une voiture était en panne sur le bord d'une route sans éclairage. Un vieil homme au visage amical, qui s'était arrêté pour proposer son aide, se dirigeait vers la voiture. Il portait des tongs, une chemise rose Izod et un short de toile. Ses jambes étaient osseuses et aussi blanches que les pattes d'un poulet cru.

Il frappa à la vitre du conducteur.

Ce conducteur était Stan, à l'affût d'un bon Samaritain.

Ouvrant d'un coup sa portière, il projeta le vieil homme sur la route. Celui-ci leva la tête, confus, puis tendit une main pour que Stan l'aide à se relever. Stan lui décocha un coup de pied dans les côtes.

Le vieil homme rampa sur le bitume pour lui échapper. Stan le suivit sans cesser de le frapper, riant à gorge déployée, jusqu'à ce que le vieil homme se retrouve au milieu de la route, la double ligne jaune sous son dos.

Recroquevillé dans le salon, Stan se détourna des images, incapable de les regarder.

X tendit la main vers un miroir, et celui-ci prit vie d'un coup. Le film y était désormais projeté. L'instant d'après, il apparaissait sur la glace voisine, puis sur la suivante, et ainsi de suite tout autour de la pièce, comme si les miroirs prenaient feu tour à tour.

X força Stan à lever la tête pour regarder.

– Je t'ai rendu ta liberté sur le lac ! cria-t-il. Je t'ai laissé en vie ! Et vois ce que tu en as fait !

Dans le film, Stan poussait de petits cris de joie en montant dans le véhicule de sa victime. Il s'éloigna à toute allure.

Le vieillard gisait au milieu de la route. Il tenta de se traîner vers la chaussée, griffant l'asphalte de ses ongles. Ses tongs avaient glissé de ses pieds et reposaient derrière lui sur la route.

Le grondement d'un moteur s'éleva, puis un camion déboucha dans le virage, plein phares. Ses freins hurlèrent.

Même X fut incapable de regarder la suite.

Il serra le poing et le film disparut. Dehors, à cinq cents mètres de là, des sirènes de police retentissaient, stridentes comme des cris de chats. Elles se rapprochaient rapidement.

X considéra Stan avec une étincelle de compassion dans le regard. Alors, Stan comprit qu'il allait vraiment mourir. Il avait si peur qu'il eut du mal à prononcer un mot.

– Maintenant ? demanda-t-il.

– Maintenant, confirma X.

– Tu dois pas me ramener à ce lac ?

– Non. Nous pouvons atteindre notre destination depuis n'importe où. Depuis ce lieu même.

X se rhabilla lentement. Quand il eut fini, il ferma les yeux un instant et la pièce fut aussitôt plongée dans le noir.

– Pourquoi t'as éteint les lumières ? demanda Stan, comme s'il essayait de gagner du temps.

– Par respect pour les morts, dit X.

Comme Stan semblait perplexe, il ajouta simplement :

– Par respect pour *toi*.

Il souleva Stan et le jeta en travers de son épaule.

Puis il se tourna vers le grand miroir rond du poste de travail de Marianna.

– Ça va… Ça va faire mal ? demanda Stan.

– Seulement pour l'éternité, répondit X.

Il bondit sur le miroir. Le verre explosa quand lui et Stan le traversèrent. Au lieu de s'abattre sur le plancher, les éclats furent aspirés à leur suite. X laissa l'enveloppe corporelle de Stan dans le salon – que la police se débrouille avec cette vilaine coquille usée – et emporta son âme dans l'ombre.

10

Ils chutèrent dans un néant semi-obscur. L'air filait si vite autour d'eux qu'il absorbait tous les sons. X y était habitué, mais il savait que Stan allait éprouver une pression atroce dans les yeux et sentir un violent martèlement dans les oreilles. Il le vit paniquer, résister, agripper le vide des deux mains, comme s'il pouvait remonter à la surface. Comme s'il y avait une surface. Le vent les ballottait dans toutes les directions.

X tombait plus vite que Stan. Il s'était roulé en boule, comme un plongeur. En voyant Stan lutter, il déploya son corps et attrapa l'homme par la cheville pour le stabiliser. Stan battit d'abord férocement des jambes puis renonça après un dernier spasme pathétique. X devinait que ses sens étaient submergés au point qu'ils avaient cessé de fonctionner. Stan laissa ses bras flotter au-dessus de sa tête et X l'entraîna vers le bas.

Au bout d'un moment, Stan retrouva un peu son équilibre. X savait ce qui allait se passer ensuite, il pouvait le prédire à la seconde près : Stan allait être frappé d'une tristesse si profonde qu'elle en serait presque aveuglante. Le regret, le remords et la rage allaient avoir raison de lui, comme c'était le cas avec la majorité des nouvelles âmes. C'était toujours à cet instant qu'elles comprenaient qu'elles ne traversaient pas un tunnel divin débouchant sur une lumière chatoyante, mais sombraient au contraire dans un souterrain vers l'oubli.

Stan se remit à sangloter au moment exact où X l'avait prévu. La simple vue de ses traits tordus et de son regard éploré suffit à lui retourner l'estomac. Toutes les âmes qu'on venait de cueillir pleuraient – jamais sur leurs victimes, seulement sur elles-mêmes –, et X jugeait cet auto-apitoiement exaspérant. Quoi que ces gens aient fait, ils se croyaient tous innocents. Tandis que le vent hurlait autour d'eux, Stan pleurait comme une fontaine.

L'air se refroidit d'un coup. C'était l'haleine du fleuve qui remontait pour les accueillir. Leur voyage touchait à son terme.

Baissant les yeux, X aperçut le fleuve qui fendait les Terres du Bas. D'abord, ce ne fut qu'un fil pâle mais qui se rapprochait très vite. Il ne leur restait plus que trois cents mètres avant l'impact. Cent cinquante, à présent. Stan devait lui aussi avoir vu les eaux impétueuses, car il ferma les yeux, gonfla les joues et se pinça le nez comme un gamin qui s'apprête à sauter dans une piscine. À son tour, X ferma les yeux et se représenta le visage de Zoé, doux et ouvert. De nouveau, il se promit de revenir la voir et de prendre ce visage entre ses mains – de lui dire : « J'ai oublié mon manteau. »

L'eau les frappa avec la violence d'un mur.

Comme toujours le fleuve coulait avec fureur, mais X atteignit aisément la berge, même à présent qu'il était dépouillé des pouvoirs dont il avait joui dans les Terres du Haut. Maintenant qu'il avait livré Stan, le Tremblement s'était arrêté, et la douleur disparut en même temps que ses pouvoirs. Pendant un court moment, il allait se sentir soulagé et régénéré.

Derrière lui, Stan hurla en entrant dans l'eau d'un froid polaire. Il lutta pour se rapprocher de la rive, mais le courant ne cessait de l'aspirer. Aux abords du fleuve, quelques gardes se moquaient de lui. Quand il parvint enfin à sortir, ses poumons étaient près d'éclater. Se penchant, il vomit de l'eau (et de la crème glacée) sur la boue. Un garde s'approcha d'un air amical, l'aida à se redresser – puis le jeta aussitôt dans le fleuve.

Les autres se mirent à hurler de rire. Stan nagea vers l'autre berge, mais des gardes l'attendaient là-bas aussi.

Assis par terre, X attendit que quelqu'un lui apporte une couverture et un morceau de pain, comme chaque fois qu'il revenait avec une âme. Il remarqua alors avec un frisson de terreur que Dervish rôdait non loin de là. De nouveau, il regretta de ne pas avoir affaire à Régent.

Inspirant profondément, il se prépara à la confrontation. Il se montrerait soumis, baisserait la tête, implorerait cent fois son pardon. Il était capable d'endurer toutes les humiliations que Dervish inventerait pour lui. Tôt ou tard, son crime serait oublié – comme emporté par le fleuve. On le renverrait dans les Terres du Haut pour ramener une autre âme, et il en profiterait pour voir Zoé. Une heure en sa compagnie lui donnerait de la force pour un an.

Mais Dervish ne lui accorda même pas un regard. Il applaudissait en voyant Stan se débattre. Il sifflait et s'esclaffait quand le courant entraînait sa grosse tête hirsute sous l'eau. Dervish était paré d'une multitude de colliers et de bracelets criards, tous volés à des âmes des Terres du Bas. Les bijoux scintillaient et cliquetaient à chacun de ses pas.

– Bien joué, gardes ! cria-t-il. Bien joué !

À présent, X observait ouvertement Dervish, impatient que sa punition commence. Le seigneur devait encore bouillir de rage, mais il persistait à l'ignorer. Cet accueil inattendu inquiétait X.

La lumière avait quitté son corps. La réalité des Terres du Bas – sa manière d'absorber les doutes et la joie, sa puanteur comparable à l'haleine d'une énorme bête – affluait en lui. Son angoisse s'accrut. Toujours pas de couverture, ni de pain.

X se leva et entra dans le fleuve.

Stan continuait de lutter contre le courant. Son visage était cramoisi, il haletait et hurlait qu'il avait des crampes dans les jambes. X l'attrapa par la taille et, une fois de plus, le balança sur son épaule. Pas besoin de pouvoirs surnaturels pour soulever un corps aussi sec et noueux.

Il le transporta sur la rive.

– Merci, pauvre taré, dit Stan en criant pour se faire entendre par-dessus le grondement du fleuve. C'est tous des cons, ici.

Les gardes les huèrent en voyant que le divertissement prenait fin. X en fut soulagé : la vie des Terres du Bas allait reprendre son cours.

Il allongea Stan par terre et attendit que les gardes fondent sur le prisonnier terrifié.

Enfin, Dervish fendit l'air d'un index à l'ongle démesuré en hurlant :

– EMPAREZ-VOUS DE LUI !

Mais il y avait quelque chose de différent.

Quelque chose d'inquiétant.

Ce n'était pas sur Stan que le seigneur pointait son doigt, mais sur X.

Les gardes se ruèrent sur X de toutes parts, comme des lions sur une gazelle à terre. La gaieté qu'ils avaient montrée jusque-là n'était qu'une ruse. Pendant tout ce temps, ils attendaient le signal du seigneur.

Ils lui arrachèrent sa chemise violette. X la vit circuler de main en main. Il vit les gardes se la disputer, la négocier et, pour finir, l'un d'eux l'emporta triomphalement, comme un trophée fraîchement conquis.

Dervish demanda aux gardes d'amener X près de l'arbre sur la plaine. Son ordre fut accueilli par des protestations – ces hommes étaient tous aussi petits et ronds que des hobbits, et aucun n'était habitué à travailler vraiment. Pourtant, ils s'exécutèrent.

X ne résista pas. Au moins, son châtiment avait commencé, ce qui signifiait qu'un jour, il s'achèverait.

Ce fut une longue marche dans un air vicié et humide. Les gardes grognaient de colère sous leur fardeau – pourquoi la pénitence de ce traître était-elle devenue la leur ? Dervish se pavanait en tête du groupe. Tout en transportant X, les gardes le pinçaient et lui décochaient des tapes. En voyant que, non seulement le seigneur ne s'élevait pas contre ces sévices, mais qu'il les encourageait de la voix à poursuivre, ils le firent *accidentellement* tomber par terre et le traînèrent sur plusieurs mètres.

Les prisonniers des cellules les plus basses sentaient qu'il allait se passer quelque chose. Aux tatouages qui ornaient les bras d'X et aux marques sur son visage, ils savaient que c'était un chasseur de têtes. Il était rare d'en voir un puni – rare, et excitant. La rumeur se répandit dans les cellules du haut et jusqu'aux confins de la prison. Bientôt, l'immense mur noir sembla vibrer tandis que les prisonniers criaient dans des langues issues de centaines de pays et parfois vieilles comme le monde. Tous les mots qu'entendaient X en passant n'étaient que haine et colère. De temps à autre, on entendait une voix supplanter les autres :

– Bon sang, qu'est-ce que t'as fait, mon gars ?

Ripper et Banger reconnurent X tandis qu'on le transportait à travers la plaine. Bouleversée, Ripper se mit à tourner en rond dans sa cellule. Elle pleurait et crachait, maudissant ses ongles de n'être pas encore assez longs pour qu'elle puisse se griffer.

– Relax, t'es tendue comme un string ! lança Banger, ajoutant à sa confusion.

Il entreprit alors de faire baisser d'un ton les prisonniers qui l'entouraient en les traitant de pantins et d'enragés.

La procession atteignit enfin l'arbre. Haut de dix mètres, il était hideux et gris. Son tronc était formé d'une douzaine de fûts enchevêtrés. Ses branches marbrées ployaient et se dispersaient dans toutes les directions, comme si elles cherchaient quelque chose qu'elles ne trouveraient jamais. Ses racines s'enfonçaient dans le sol comme des veines sales.

Les gardes plaquèrent X contre l'arbre et l'y attachèrent, ce qui leur valut une salve d'applaudissements de la part des prisonniers dans leurs cellules. La corde mordait la peau d'X, mais il n'avait pas l'intention de se plaindre. Quand les gardes eurent achevé leur besogne, ils s'écartèrent, et Dervish s'approcha.

– Ravi de te revoir parmi nous, X ! dit-il d'un ton enjoué. Tu permets que je t'appelle X, comme le fait ta nouvelle petite amie ?

Le seigneur fit le tour de l'arbre pour vérifier le travail de ses hommes.

– Je crains que cette corde ne soit un peu lâche, commenta-t-il. Sois gentil, X, et demande aux gardes d'avoir la bonté de la resserrer. J'ai terriblement envie que tu sentes son étreinte.

Il y avait quatre gardes, mais ils avaient l'air d'une bête unique à têtes multiples. Leur peau était grêlée et ils dégageaient une odeur fétide. Leur tenue était constituée d'un étrange patchwork car, comme les seigneurs, ils se vêtaient de tout ce qu'ils pouvaient voler aux prisonniers. Ils portaient des maillots effilochés, des chemises froissées noires de crasse, des pantalons à rayures ou des jeans, et même une écharpe ou deux en dépit de la chaleur. L'un des gardes – le plus petit et le plus trapu de tous, dont le nez avait été cassé si souvent qu'il paraissait aplati sur son visage – semblait être le chef. Il arborait un pull à col roulé blanc et une cravate rouge.

– Gardes, dit X, voulez-vous avoir la bonté de resserrer mes liens ?

Les hommes éclatèrent d'un rire gras, comme s'il venait de faire une blague paillarde.

– Pour sûr, mon joli, dit le trapu. Ce s'ra un honneur !

Les gardes s'acharnèrent sur la corde qui, en réalité, aurait difficilement pu être plus ajustée – X sentait son sang se figer sous ses liens. Dervish la testa une nouvelle fois et approuva d'un signe de tête.

Alors, le seigneur se retourna pour faire face au grand mur emprisonnant les âmes qui continuaient d'injurier X. D'un geste de la main, il leur intima le silence.

– VOICI UN HOMME QUI SE JUGE MEILLEUR QUE VOUS ! aboya-t-il. VOICI LE CHASSEUR DE TÊTES QUI SE FAIT APPELER X !

De nouveaux cris jaillirent des cellules.

– Peut-être est-il CELUI-LÀ MÊME qui vous a arrachés à la vie et emportés ici ! poursuivit le seigneur, encouragé par les hurlements. Et même si ce n'est pas lui, il l'aurait fait avec joie. À présent, semble-t-il, notre noble chasseur de têtes s'est LASSÉ de notre compagnie. Il a tenté de fuir – parce qu'il est TOMBÉ AMOUREUX ! Qu'en pensez-vous, âmes des Terres du Bas, dois-je le libérer ?

Même Dervish ne s'attendait pas à la tempête d'obscénités qui explosa alors des cellules.

Il se tourna vers X, les yeux brillants de plaisir.

– Bon sang ! s'exclama-t-il. On dirait qu'ils ne te portent pas dans leur cœur !

Puis, faisant de nouveau volte-face, il cria :

– Je crois que vous devriez punir vous-mêmes cet homme. VOUS AIMERIEZ ÇA ?

Nouveau concert de hurlements.

X sentit l'étreinte glacée de la peur lui serrer la gorge.

Dervish appela les gardes qui patrouillaient sur le mur. Il leur ordonna de relâcher certains prisonniers de leurs cellules.

– Une petite centaine, disons ? Qu'ils descendent jusqu'ici et lui infligent la punition qu'il mérite !

La soif de sang des prisonniers n'était plus seulement audible, à présent – X sentait aussi son odeur aigre s'exhaler des cellules. D'un coup, il se rappela Zoé expliquant à Jonah que « nauséabond » signifiait « donner la nausée ». Ce souvenir le réchauffa.

Cela n'échappa pas à Dervish.

– Regardez comme il sourit ! tonna-t-il. LE CHASSEUR DE TÊTES N'A PAS PEUR DE VOUS !

Les portes des cellules s'ouvrirent bruyamment. Les prisonniers se ruèrent dans les escaliers. Les âmes hurlaient leurs imprécations, impatientes de faire couler le sang d'X.

– Je dois prendre congé, dit le seigneur. J'abhorre la violence.

La première vague de prisonniers se rua sur lui à travers la plaine. Tout le mur semblait trembler sous leurs pas.

Les gardes décampèrent sans demander leur reste.

– J'suis pas assez bien payé pour cette merde, s'exclama le trapu en s'enfuyant.

– T'es *payé* ? s'étonna un autre.

– C'est comme qui dirait une figure de style.

Les premières âmes à atteindre X se contentèrent de lui cracher dessus ou de lui assener un unique coup. Il regarda chacune d'entre elles dans les yeux, refusant de baisser la tête.

Bientôt, les coups se firent plus violents. X s'efforça de penser à autre chose. Il se rappela avoir bâti les Terres du Bas avec de la neige et des jouets. Il revit Zoé, Jonah et sa mère rassemblés autour de lui dans un jardin bordé de pins frémissants.

Une voix qu'il connaissait le sortit de sa rêverie :

– Mec, réveille-toi ! C'est un vrai bordel !

C'était Banger qui le dévisageait d'un air soucieux. Ripper se tenait près de lui. Dans sa robe dorée et sale, elle dansait comme si elle se trouvait dans un bal de la haute société londonienne.

– Pourquoi me réveillerais-je si c'est pour émerger dans pareil cauchemar ? demanda X. Rien ne peut empêcher ces hommes d'en faire à leur tête.

– Ferme-la, dit Banger. C'est rien que de la pensée négative.

– Ferme-la, en effet ! intervint Ripper, s'interrompant au milieu d'une pirouette pour regarder X dans les yeux. Tu es en train de réduire à néant ce qui promet d'être une formidable opération de sauvetage !

X avait toujours soupçonné que la folie de Ripper était largement feinte. On aurait dit qu'elle s'attendait encore à être jugée pour avoir assassiné sa servante avec une bouilloire et entendait plaider la folie au tribunal. Malgré ses accès de démence, X voyait toujours en Ripper la femme d'acier qui l'avait entraîné. À présent, une douzaine de chasseurs de têtes se tenaient près d'elle, le visage marqué, comme celui d'X, par les doigts des seigneurs. Ripper les avait tous formés – et ils avaient répondu à son appel.

– Je vous sais gré de votre amitié, dit X. Mais en me libérant, vous ne faites que remettre mon châtiment à un jour prochain et vous vous mettez en danger. Je vais endurer ces tortures, et nous n'en parlerons plus.

– Cesse donc de jouer les fiers-à-bras, répliqua Ripper. Tu me portes sur les nerfs.

Elle marqua une pause, l'air de réfléchir à un plan.

– Si tu ne nous laisses pas te libérer, dit-elle enfin, permets-nous au moins de te faire un bouclier de nos corps. Tu es l'un d'entre *nous*, et nous ne les laisserons pas te réduire en charpie sans broncher.

Ripper héla les chasseurs de têtes.

– Déployez-vous en cercle, mes agneaux ! s'écria-t-elle. Et par pitié, tâchez d'avoir l'air au moins un peu féroces !

Les chasseurs formèrent une chaîne humaine autour de l'arbre. Banger et Ripper se placèrent devant eux, établissant une première ligne de défense. X était surpris – et touché – qu'autant de ses confrères soient venus à sa rescousse.

Les prisonniers jaillis de leur cellule croissaient en nombre. L'occasion de se frotter à un ou deux chasseurs de têtes était alléchante, et ils voulaient tous tenter leur chance d'atteindre X. La chaîne humaine, censée constituer une mesure de protection, prit bientôt l'allure d'un défi.

À lui seul, Banger vint à bout d'une demi-douzaine d'hommes mais, très vite, les prisonniers l'attaquèrent deux par deux. Ripper venait fréquemment à son aide, leur sautant sur le dos, plantant ses doigts dans leurs yeux et tentant de leur arracher les doigts à coups de dents (à vrai dire, elle y parvint une fois, jetant le doigt sur la poitrine de sa victime abasourdie en s'exclamant :

«Allons, ne pleurniche pas, petit, ta nounou va te le recoudre !»). Bientôt, les prisonniers en eurent assez de perdre. Dans un élan collectif, ils prirent l'arbre d'assaut, évitant Banger comme Ripper et attaquant la chaîne des chasseurs de têtes avec des pierres et des branches.

X tira sur la corde, mais elle ne fit que s'enfoncer plus profondément dans ses chairs. Quelques hommes firent pleuvoir sur lui une pluie de coups : un géant barbu abattit une pierre sur le côté de son crâne ; un homme minuscule, aussi rose qu'un ver, le frappa à tour de bras avec un bâton, à l'endroit précis où Stan avait planté les ciseaux de la coiffeuse. X était sur le point de perdre conscience quand il entendit une voix si furieuse et autoritaire qu'elle ne pouvait appartenir qu'à un seigneur :

– Assez ! Le prochain à donner un coup en recevra cent de ma part !

C'était Régent, le seigneur aux allures de prince. Le silence enveloppa la plaine. Épuisé, Banger se plia en deux, les mains sur les genoux, tentant de reprendre son souffle. Ripper essuya du sang sur ses lèvres, l'air furieux de n'avoir pu sectionner davantage de doigts.

Tandis que Régent s'approchait d'X, les chasseurs de têtes s'écartèrent pour se fondre dans la foule. Le seigneur portait sa robe bleu roi mais aucun bijou. Il n'avait rien volé aux âmes. De tous les seigneurs, il semblait être le seul à se souvenir qu'il avait lui-même été prisonnier, autrefois.

Régent ordonna aux gardes de reconduire les prisonniers dans leur cellule. Ceux-ci protestèrent, mais ils savaient que toute résistance était inutile. Banger et Ripper furent les seuls à rester, refusant d'abandonner leur ami. Les gardes ne les en empêchèrent pas.

Régent dénoua la corde qui enserrait X et, quand son corps brisé tomba en avant, il le rattrapa pour le déposer à terre avec douceur.

– Je suis désolé pour le mal qui t'a été fait, dit-il. Dervish est un scélérat d'avoir organisé cette torture, et il aura bientôt une petite conversation avec mes poings.

– Mille mercis, dit X. Mais j'ai enfreint les lois de ces lieux et je méritais d'être châtié.

Le seigneur secoua la tête.

– Tu ne méritais pas cela, dit-il. À aucun moment.

Derrière eux, un hurlement inarticulé retentit.

Ce ne pouvait être que Dervish.

En l'entendant, Banger grogna :

– Ce type fait chier.

Ripper se tourna vers Régent.

– Vous n'avez qu'un mot à dire, déclara-t-elle, et je soulagerai ce seigneur enragé de ses doigts.

– N'en fais rien, répondit-il. Je réglerai cette affaire moi-même.

À peine arrivé, Dervish se mit à vociférer :

– Comment oses-tu libérer mon prisonnier ? dit-il à Régent. Comment oses-tu seulement te qualifier de seigneur ? Tu penses vraiment être mon égal, immonde créature ?

Sans un mot, Régent frappa Dervish à la bouche, l'envoyant valser sur la plaine rocailleuse.

Les prisonniers en route vers leur cellule s'arrêtèrent pour observer la confrontation. Bientôt, une douzaine de seigneurs affluèrent des tunnels, se déplaçant si vite qu'ils semblaient voler.

– J'ai dit à ton jeune ami que tes os baigneraient bientôt dans sa soupe, dit Dervish. Et maintenant, c'est moi qui vais la boire.

À ces mots, Ripper éclata de rire.

– Je vous en prie, dit-elle à Régent. Ses doigts ? Je peux ?

– Ton offre est tentante, répondit-il. Mais non.

Les autres seigneurs s'attroupaient maintenant autour d'X, hommes et femmes, dans leurs vêtements et leurs bijoux bariolés. Dans les escaliers, les prisonniers étaient stupéfaits de voir autant de seigneurs ainsi regroupés, tels des oiseaux au plumage bigarré. Même les gardes étaient hypnotisés.

Les seigneurs observaient l'étrange scène en silence. Régent se tenait devant X, comme pour le protéger. Quand Dervish tenta de se relever, il le propulsa à terre d'un coup de botte, ce qui fit glousser les prisonniers et les gardes – et même quelques seigneurs. X fut soulagé de voir que son protecteur jouissait d'un tel statut, mais il craignait que cette humiliation n'accroisse encore la détermination de Dervish. Il ne voulait aucun ennemi ici et ne souhaitait se faire remarquer en aucune manière afin de conserver ses chances de retourner dans le Monde du Haut et de revoir Zoé.

Les seigneurs se mirent à débattre des mesures à prendre. Ils parlaient trop bas pour que les prisonniers puissent entendre.

Ces atermoiements mettaient Dervish en rage. Pointant le doigt sur Régent, il s'écria :

– Abattez cette grossière créature !

Les seigneurs l'ignorèrent.

– Pourquoi tergiverser, imbéciles ? hurla Dervish. J'aurai satisfaction !

Alors, Régent s'éclaircit la gorge pour s'adresser à son tour aux seigneurs, sans se soucier que les prisonniers sur les marches l'entendent :

– Cet homme a été maltraité de façon abominable, dit-il en se dirigeant vers X. A-t-il violé nos lois ? Oui. Ses actes doivent-ils être châtiés ? Oui. Mais il ne méritait pas les horreurs que cet affreux simulacre d'homme (il se tourna vers Dervish) lui a réservées. Je défendrai n'importe quelle âme contre pareils sévices, et cet homme n'est pas n'importe quelle âme.

X n'avait pas la moindre idée de ce qu'entendait Régent par ces mots. Aussi fut-il stupéfait d'entendre les seigneurs murmurer leur assentiment.

Enfin, Dervish se releva. Il fit la grimace, comme s'il avait un goût amer dans la bouche.

– Que diable entends-tu par ces inepties ? demanda-t-il. Si X… et au fait, avez-vous conscience qu'il s'est octroyé un nom, ce qui est un outrage à part entière ? Si X, donc, si ce troglodyte devant moi est meilleur que la dernière des âmes, j'aimerais bien qu'on me dise pourquoi.

– Tu sais très bien pourquoi, rétorqua Régent. Ne fais pas semblant d'être plus bête que tu ne l'es. Ta stupidité est déjà phénoménale.

– Alors si, moi, je sais pourquoi il est tellement spécial et que toi, tu le sais aussi, lança Dervish d'un air provocant, pourquoi ne pas simplement le dire tout haut ?

– Parce que les lois des Terres du Bas l'interdisent, et tu le sais parfaitement, répondit froidement Régent. Mais comme tu sembles particulièrement en verve, aujourd'hui, peut-être souhaites-tu éclairer toi-même notre lanterne ?

– Tu crois que j'ai peur ? demanda Dervish.

D'un geste, il désigna les seigneurs qui se rapprochaient en lui lançant des regards d'avertissement.

– Tu crois que j'ai peur d'*eux* ? Ils sont faibles. Ils n'ont même pas le droit de se gratter le cul si la décision n'a pas été votée et approuvée en haut lieu !

X ne pouvait plus tenir sa langue.

– Qu'ai-je de si choquant que personne n'ose en parler ? s'enquit-il.

Dervish s'apprêtait à ouvrir la bouche mais les seigneurs l'arrêtèrent du regard.

– Cet être abject que tu appelles Régent croit que tu es spécial, dit-il malgré tout, parce qu'il pense que ta mère est spéciale.

À ces mots, les seigneurs se ruèrent sur Dervish pour l'entraîner à l'écart. Il se débattit, furieux qu'ils osent le toucher.

– Qui était ma mère ? s'écria X à la cantonade, avant de s'adresser à Régent. *Qui était ma mère ?* Je vous en prie !

Régent le considéra d'un air de regret, sans répondre.

Dervish eut le temps de lancer quelques mots avant qu'on le fasse taire :

– Ta mère n'était *rien* ni *personne*, comme ton père ! hurla-t-il. Ton père un moins que rien. Ta mère était une traîtresse… Et une putain !

X n'avait pas besoin d'en savoir plus. Le souffle court, il était au bord des larmes.

Régent devait l'avoir pris en pitié car il lui saisit le bras et se mit à le guider lentement vers les grandes marches de pierre.

– Dit-il la vérité au sujet de mes parents ? lui demanda X.

– Cette souris racornie ne sait absolument pas qui était ton père, répondit calmement Régent. Je peux en revanche t'assurer que ta mère n'était pas une putain. Elle est désormais prisonnière ici, dans un lieu secret mais, autrefois, elle fut une véritable amie pour moi. Dervish a raison sur un point : c'est parce qu'elle est spéciale que, selon moi, ton cas n'est pas désespéré.

Il s'interrompit, et le temps sembla s'arrêter avec lui.

– Ta mère était un seigneur.

11

Quand X reprit conscience, sa tête reposait sur les genoux de Ripper qui soignait ses blessures. Il fut choqué de la trouver dans sa cellule, sans gardes pour les surveiller. Il pensait qu'on ne laissait jamais deux prisonniers ensemble, même un instant. Régent avait dû intervenir.

Ripper était assise les jambes repliées sous elle ; sa robe dorée en lambeaux formait une corolle. À côté d'elle reposait un bol de pierre rempli d'eau médicinale. Elle tamponnait le visage d'X à l'aide d'un linge tout en chantonnant d'un air absent. Une lanterne métallique diffusait une lueur crue qui projetait son ombre contre le mur.

Quelque chose dans cette ombre et cette chanson rappela un souvenir à X.

– Tu m'as déjà soigné, dit-il. Quand j'étais enfant. Tu chantais ce même air.

Ripper plongea le linge dans l'eau et l'essora au-dessus du bol.

En voyant ses mains, maigres et noueuses, X tressaillit. Le peu d'ongles qui lui restaient étaient incarnés et encroûtés de sang séché. Pourtant, ses gestes étaient doux et il émanait d'elle une lumière qu'il n'avait pas vue depuis son enfance.

– C'est l'une des rares chansons dont je me souvienne, dit-elle. Et ne me demande pas quelles en sont les paroles car elles se sont effacées de ma mémoire. Des mièvreries au sujet d'un moineau, sans nul doute.

Elle posa le linge sur le front d'X.

– Ils ne t'ont jamais dit que ma mère était un seigneur ? demanda X. Vraiment ?

– Jamais, j'en fais le serment. Je savais que tu avais quelque chose de spécial, et je m'en suis ouverte à toi. À dix-sept ans, tes talents de chasseur de têtes avaient déjà dépassé les miens – et, comme tu le sais, je suis une véritable légende.

Lorsqu'elle eut lavé les plaies d'X, Ripper banda les plus graves en commençant par la balafre sur sa jambe. X n'avait pas la force de lever la tête pour évaluer les dégâts. Il savait cependant que la blessure était profonde, car il vit son amie grimacer.

– Ce carnage sur ta jambe me préoccupe, dit-elle. C'est un gouffre de chairs déchiquetées et de sang. Cela te brûle-t-il ?

– Oui, acquiesça X. Comme un fer rouge. Et, par pitié, abstiens-toi de me décrire cette plaie.

– Je te prie de m'excuser. Je crains qu'elle ne soit infectée – même si je ne suis pas médecin, mais simple criminelle.

Serrant les dents pour juguler son malaise, X leva les yeux sur Ripper. Les deux siècles passés dans les Terres du Bas avaient à peine abîmé son teint, et elle était toujours d'une grande beauté. Ses traits étaient fermes et bien dessinés, une fossette ornait son menton décidé, et ses yeux bleus étaient sans âge. Comme elle n'avait pas chassé d'âme depuis des décennies, même les marques sous ses yeux s'étaient estompées. Aujourd'hui, ses cheveux étaient rassemblés en chignon au sommet de sa tête ; une unique mèche argentée y sillonnait telle une guirlande.

– Cela te manque d'être mère ? lui demanda X après un moment.

Parler le soulageait, et il pressentait qu'il allait devoir nourrir cette conversation comme on nourrit un feu.

Ripper hocha la tête.

– J'étais une excellente mère, dit-elle. Alfie et Belinda avaient toujours bonne mine. Malheureusement, les enfants ont tendance à moins aimer leur mère une fois qu'ils l'ont vue fracasser le crâne d'une servante avec une bouilloire.

X lui demanda si elle était allée les voir pendant ses chasses – si elle les avait épiés derrière une fenêtre ou, déguisée, depuis le bord d'une route.

Ripper secoua la tête d'un air las.

– Je n'aurais pas pu voir mes enfants sans les embrasser, dit-elle. Je n'aurais pas survécu à cette épreuve.

Pendant quelques instants, elle se perdit dans ses pensées. Puis elle poursuivit :

– Un siècle après mon arrivée ici, un autre chasseur de têtes a découvert pour mon compte ce qu'il était advenu de ma famille. Mon mari a pris une nouvelle épouse – une Américaine, c'est le comble ! –, et ils se sont embarqués pour la Nouvelle-Angleterre, comme ces affreux pèlerins. Quand Alfie a eu onze ans…

Ripper s'interrompit, hésitant à poursuivre.

– Quand Alfie a eu onze ans, reprit-elle, il a péri dans l'incendie d'une étable, piégé sous une poutre ou un pilier. Belinda a tenté de le dégager mais, à seulement neuf ans, elle n'en avait pas la force. Elle ne s'en est jamais remise, m'a-t-on dit. On l'a internée dans une sorte d'asile parce que la nouvelle femme de mon mari était indisposée par ses pleurs.

– Ton mari, dit X, l'aimais-tu ?

Cette question sembla dissiper d'un coup l'humeur chagrine de Ripper.

– Bonté divine, non ! Quand il s'abstenait de parler – et de mettre ses pattes moites sur moi –, c'était un compagnon assez plaisant. Mais je suppose qu'une plante verte aurait aussi bien fait l'affaire.

X ferma les yeux. Il entendit Ripper déchirer une bande de tissu.

– Je crois…, commença-t-il.

En sentant ses joues s'empourprer, il laissa sa phrase en suspens.

– Oui ? l'encouragea Ripper. Que crois-tu donc ?

– Je crois que je… Je crois que je suis amoureux.

Si Ripper avait ri, souri, ou même laissé ses paroles résonner dans la cellule, X aurait refusé d'en dire davantage.

Elle n'en fit rien.

– Oui, c'est bien le sentiment que j'avais, dit-elle. Sinon tu n'aurais pas enfreint la plupart des règles que je t'ai enseignées. Tu sais, je m'attendais presque à ce que les seigneurs me punissent, moi, pour tes transgressions. Et peut-être l'auraient-ils fait s'ils ne me croyaient pas irrémédiablement folle.

– Moi-même, je te croyais folle, avoua X.

– À vrai dire, ce fut presque le cas, pendant un temps. Quand j'ai eu vent de cet incendie dans l'étable, je veux dire. Depuis lors, j'ai pu constater que simuler la folie a du bon.

Elle se leva pour jeter le contenu du bol dans le couloir dans un geste théâtral. L'eau éclaboussa les prisonniers des cellules inférieures et un chœur d'imprécations s'éleva, ce qui fit ricaner Ripper.

Puis elle vint se rasseoir auprès d'X.

– Parle-moi de cette fille dont tu es amoureux, dit-elle. Mais fais vite – le garde va bientôt venir me chasser d'ici.

– Si tu m'avais dit que pareille personne pouvait exister, répondit-il, je t'aurais traitée de menteuse.

– Vraiment ? s'étonna Ripper en fronçant les sourcils. Sans réfléchir, cite-moi trois qualités que tu apprécies particulièrement chez cette incroyable créature.

X ne répondit pas aussitôt.

– *Sans réfléchir*, insista Ripper. Il me semblait que les règles de ce jeu étaient pourtant simples.

– Sa force, commença X. Mais trois, c'est trop peu pour lui rendre justice.

– Oh, cesse de gémir !

– Très bien. Sa force. Ses hoquets de cerveau. Son visage.

– Ses hoquets de cerveau ?

– Je ne peux pas les décrire.

– Surtout, n'en fais rien ! s'exclama Ripper. Tout ceci ressemble fort à de l'amour, en effet – du moins, tel qu'on me l'a autrefois décrit. Comme je te l'ai dit, l'amour n'est pas un terrain sur lequel je me suis personnellement aventurée.

À ce moment, un garde entra dans le couloir en faisant claquer sa matraque contre les barreaux des cellules. Ripper rassembla ses affaires, s'apprêtant à partir, et X se souleva sur les coudes pour balayer la cellule du regard.

La chemise violette aux broderies blanches lui avait été rendue. Elle était pliée par terre, près de la porte. Il fut surpris de la voir.

– Un garde l'a rapportée pendant ton sommeil, dit Ripper. Le fait que tu as un seigneur pour mère n'est désormais plus un secret.

X se rallongea. Dehors, les pas se rapprochaient. Ils étaient inégaux, et X devina qu'il s'agissait du Russe boiteux.

– À ton avis, quel sort me réservent les seigneurs ? demanda-t-il.

– Il y aura une sorte de procès, je pense, répondit Ripper. Dervish va exiger que tu sois mis en pièces par des lions, ou tout autre châtiment spectaculaire. Cela dit, tu es une âme innocente – et fils de seigneur. Ton cas est donc particulier. En vérité, je me demande même si les seigneurs disposent de l'autorité nécessaire pour punir quelqu'un comme toi. Comme tu le sais, il existe un Pouvoir supérieur qui règne sur ces lieux, et les seigneurs tremblent devant Lui – ou Elle, comme je me plais à l'imaginer.

Le garde était tout près. Ripper se mit à parler plus vite.

– Pendant le procès, on ne t'autorisera à prendre la parole qu'une seule fois. Demande pardon pour tes actes de manière aussi mielleuse que possible. Peut-être te permettront-ils de demeurer chasseur de têtes – et ils finiront par garder le dos tourné assez longtemps pour que tu rendes visite à ton amie au cerveau qui hoquette. Contrairement à nous tous, tu vieillis. Il me déplairait de te voir moisir dans cette cellule jusqu'à ce qu'il ne te reste plus assez de peau pour emballer tes os.

Son discours achevé, elle posa la main sur la joue d'X dans un geste maternel. Sa paume était rêche, mais elle dégageait une chaleur réconfortante.

– J'ai pris grand plaisir à cette conversation, reprit Ripper. Il y a des années que je n'ai pas aligné autant de paroles cohérentes d'un coup.

– Merci pour tes conseils, dit X avec un sourire reconnaissant.

Comme elle allait partir, il la retint un instant :

– Ripper ? demanda-t-il.

– Oui ?

– Je voulais te dire, commença-t-il gauchement, je voulais te dire que j'aime beaucoup ta robe.

– Eh bien, merci, messire, répondit-elle d'un air ravi en époussetant les broderies fanées de sa jupe. En vérité, elle ne m'a jamais particulièrement plu. Mais en l'enfilant ce matin-là, j'ignorais que je m'habillais pour l'éternité.

Au même moment, le Russe fit tourner la clé dans la serrure et entra. La lanterne éclaira son survêtement bleu pastel d'une lueur blafarde.

– C'est l'heure, annonça-t-il. Fête finie. Maintenant, on pleure, bouh.

Ripper adressa à X un dernier signe de tête, puis elle se mit à grimacer, affichant le masque de folie qu'elle s'était inventé pour les Terres du Bas. À présent, on aurait dit qu'elle était habitée par une personne différente.

X la regarda avec admiration tandis qu'elle virevoltait en sifflant sur le garde comme un chat sauvage avant de réintégrer sa cellule.

Les jours passèrent, mais les ecchymoses d'X tardaient à s'estomper – des nuances vives de violet, de jaune et de bleu se mêlaient sur sa peau. Pourtant, il fut bientôt assez fort pour arpenter sa cellule et faire un peu d'exercice physique. La pensée de Zoé l'accompagnait tout le jour mais, comme une ville détourne le cours d'une rivière, il parvenait à détourner l'idée de sa perte pour qu'elle se mue en espoir.

Un jour – comme de coutume, il était incapable de dire si c'était le matin ou le soir –, X s'éveilla en entendant une clé rouillée griffer la serrure. Une escouade de gardes se tenaient dehors, serrés les uns contre les autres. C'étaient ceux-là mêmes qui l'avaient abandonné sur la plaine. Le chef, en pull à col roulé et cravate rouge, s'avança en tendant la main pour aider X à se lever.

– J'voulais m'excuser, pour sûr, dit-il. Moi et mes hommes, on s'est pas bien conduits avec toi. Comme des lâches, ouais. Tu mérites mieux.

Ce garde ne lui léchait les bottes que parce qu'il avait appris que sa mère était un seigneur. Mais X n'était pas de nature cruelle.

– Merci, dit-il. Je n'aurais pu rêver d'excuses plus sincères.

– J'me suis entraîné, dit le garde.

Il lui fit signe de le suivre en direction du large escalier de pierre. Sur leur passage, les prisonniers secouèrent les barreaux en braillant.

– Où m'emmenez-vous ? demanda X.

L'expression du garde s'assombrit.

– J'ai promis de pas le dire.

– Je comprends.

– Mais comme t'as été bien aimable, j'vais l'dire quand même. La cascade qu'alimente le fleuve, tu vois ?

– Oui, confirma X.

– Eh ben, juste derrière, y a un tunnel, et au bout d'ce tunnel y a comme qui dirait une salle de réunion. Très grande, pour sûr. Les seigneurs font leurs p'tites affaires là-bas – ils crient, ils font des lois, tout ça.

Il marqua une pause pour aider X à descendre la première marche, puis reprit :

– Paraîtrait qu'ils t'attendent tous là-bas. Ils ont plein d'histoires de toutes sortes au menu, mais toi, t'es le plat principal.

La cascade déferlait avec une telle violence qu'X eut toutes les peines du monde à la traverser. Enfin, avec l'aide de deux gardes, il émergea dans un long tunnel de pierre qu'il voyait pour la première fois.

Personne ne parlait. Les seuls bruits provenaient du crépitement des torches, de l'écho des bottes et du bruissement des vêtements. X savait qu'ils devaient s'approcher de la salle. Le rassemblement de tous ces seigneurs dégageait une énergie caractéristique – une pulsation qui évoquait des abeilles dans une ruche.

Comme pour confirmer les soupçons d'X, le tunnel changea peu à peu d'allure. Au début, ses parois de pierre étaient brutes et grises. Mais plus le groupe avançait, plus elles devenaient polies – jusqu'à briller comme de l'argent. Il y avait aussi d'énormes pierres précieuses incrustées dans les murs, scintillant à la lueur des torches brandies par les gardes.

Au bout du tunnel se dressait une porte bleue ornée de gravures, gardée par deux sentinelles armées de terrifiants fusils noirs.

Ces sentinelles, d'une race supérieure à celle des gardes bedonnants et maladroits, les saluèrent à peine. Se tournant vers la porte dans un mouvement d'une précision chorégraphique, elles l'ouvrirent sans un mot.

X entra, et une lumière vive l'assaillit. Lui et les gardes venaient de pénétrer dans un impressionnant amphithéâtre blanc entièrement fait en marbre. Les seigneurs – ils étaient des centaines – se tenaient assis en cercle autour d'une petite estrade. Leurs vêtements étaient si chamarrés et si délicats qu'ils ressemblaient à un plumage. En apercevant X, ils se turent d'un coup pour le regarder monter les marches de l'estrade, encadré par les gardes.

L'estrade était vide, à l'exception d'un siège de pierre et d'une tribune. Pour impressionner les seigneurs, les gardes poussèrent brutalement X sur le siège puis descendirent les marches sans demander leur reste.

Les yeux d'X s'habituaient peu à peu à la lumière. Les murs ressemblaient à l'intérieur d'une pyramide – des milliers, peut-être des millions de mots et de dessins y étaient gravés, ainsi qu'une immense carte qui semblait représenter la prison dans ses moindres détails. Le plafond était constitué d'un vaste dôme transparent sur lequel le grand fleuve des Terres du Bas coulait sans bruit.

X venait à peine de s'asseoir que le siège se mit à tourner sur lui-même. Ainsi, quelle que soit leur position dans la salle, les seigneurs auraient tous le loisir de le regarder bien en face. Cependant, l'assemblée se lassa rapidement du spectacle et des centaines de conversations se mirent à bruire. Le siège continuait de tourner. Il bougeait lentement, puis plus vite, et de nouveau lentement. X écouta les cris belliqueux, les rires saccadés et le claquement rageur des talons sur le sol. L'estomac barbouillé, il regardait les visages défiler sans fin, attendant que le procès commence. Et soudain, il comprit.

C'était ça, le procès.

Refoulant la panique qui menaçait de le submerger, il fouilla vainement la foule du regard pour repérer Régent. Il était forcément là. Il ne l'aurait pas abandonné maintenant, non ? Il continua de chercher. Il y avait tant de seigneurs ! Les pans de leur robe claquaient. Les colliers dorés autour de leur cou étincelaient. Dervish était assis au milieu d'une rangée, ricanant méchamment avec d'autres seigneurs. Se moquaient-ils d'X ?

Enfin, au beau milieu de cette confusion, un seigneur à peine plus grand qu'un enfant monta sur l'estrade. X le regarda avancer vers la tribune et faire taire l'assemblée. D'une voix aiguë et nerveuse, il annonça qu'ils allaient maintenant entendre la plaidoirie finale avant de procéder au vote : le prisonnier devait-il rester chasseur de têtes ou être enfermé pour toujours ?

La plaidoirie finale !

L'esprit d'X se figea. La rotation du siège lui donnait la nausée. Sa chemise violette était humide de sueur. La plaie de sa jambe palpitait sous son bandage.

Il ferma les yeux. Lorsqu'il les rouvrit, il aperçut Régent. Enfin ! Le seigneur se leva et s'avança vers l'estrade.

Avant de s'adresser au public, il se pencha sur X et lui confirma les dires de Ripper : il allait être autorisé à parler, mais une seule fois. La compassion qu'X lut dans le regard de Régent le toucha. Sans réfléchir, il murmura :

– Vous avez été si bon avec moi. Puis-je connaître votre véritable nom ?

Choqué, le seigneur se détourna sans répondre.

Régent déclara à ses confrères qu'il jugeait répugnant d'envisager de châtier davantage l'âme qui se trouvait devant eux. Il rappela à l'assemblée que, même si X n'avait commis aucun crime, il avait passé sa vie dans les Terres du Bas. Il avait appris à ramper, à marcher et à parler dans une cellule à peine assez grande pour le contenir. Évidemment qu'il avait été tenté de s'enfuir ! Évidemment qu'il était tombé amoureux !

Les paroles de Régent étaient émouvantes. Les seigneurs semblaient suspendus à ses lèvres.

Il évoqua la mère d'X, le sang rare qui coulait dans ses veines et la torture immonde qu'il avait endurée sur la plaine.

X était impatient de parler pour son propre compte mais redoutait de ne pas être à la hauteur. Ripper lui avait recommandé de se montrer soumis. Il répéta mentalement son discours : *Messeigneurs, j'ai commis des actes scandaleux. Je vous en supplie humblement, permettez-moi de rester chasseur de têtes pour que je puisse continuer de vous servir. Je renonce à toute autre chose et à toute autre personne. Mon unique amour, ce sont les Terres du Bas.*

Il haïssait chacun de ces mots et n'en pensait aucun.

Quand Régent acheva sa plaidoirie, des applaudissements éclatèrent çà et là. Dervish, qui semblait être dans un état de rage perpétuelle, était tellement scandalisé qu'il ne prit même pas la peine de monter sur l'estrade pour prononcer son réquisitoire. Écartant les seigneurs voisins, il se mit à hurler depuis l'allée :

– Ce valet NE DOIT PAS et NE PEUT PAS rester chasseur de têtes. Il nous a DÉJÀ trahis. Pourtant, certains d'entre nous voudraient qu'il demeure chasseur et parcoure le Monde du Haut à son gré ? Moi, je dis non ! NON, NON, NON !

Dervish s'attendait à ce qu'on l'applaudisse à son tour. Pourtant, après son enchaînement de « non » stridents, la seule réaction qu'il obtint fut une réflexion de Régent :

– Pardonnez-moi, clama-t-il, un âne est-il entré dans la salle ?

La plupart des seigneurs se mirent à rire.

Dervish se tenait au milieu de l'allée, épaules basses, recalculant son angle d'attaque. X devina à l'expression de son regard qu'une pensée venait de le frapper.

– LA VÉRITÉ, aboya l'infâme seigneur, c'est que ce valet ne DÉSIRE même pas rester chasseur de têtes. Tout ce qu'il souhaite réellement, c'est tripoter cette TRAÎNÉE ! J'aurais dû la TUER quand j'en avais l'occasion – et je vais peut-être le faire !

X se leva de son siège, presque aveugle de colère.

Régent tenta de le calmer :

– Il bluffe dans l'espoir de te faire sortir de tes gonds. Ne le laisse pas te provoquer.

X n'entendait plus que le sang qui battait ses tempes. Il descendit de l'estrade en titubant et s'avança vers la rangée où se tenait Dervish.

– Si tu poses la main sur Zoé, cria-t-il, je rendrai ton visage plus laid encore – à coups de pierre !

– Tu n'es guère en position de m'en empêcher, opposa Dervish. Je lui lécherai la nuque si tel est mon désir.

Régent se rua sur les marches pour retenir X. Celui-ci, aussi étourdi qu'un enfant qu'on a fait tourner sur lui-même pendant une fête d'anniversaire, décocha un coup de poing à Dervish.

Mais c'est Régent qu'il atteignit.

Des cris jaillirent dans l'assemblée. Les sentinelles se précipitèrent, fusil au poing. X regarda Régent dont le visage était tordu d'une colère mêlée de surprise.

– Je n'ai jamais eu l'intention…, commença X.

Régent leva la main pour lui intimer le silence.

– Tu ne peux prendre la parole qu'une fois, dit-il d'une voix soudainement froide et impersonnelle. C'est fait.

X s'effondra sur le siège de pierre. Tout était perdu. Il ne serait plus jamais chasseur de têtes. Il ne reverrait plus jamais Zoé. Son insolence allait probablement coûter la vie à sa famille.

Il baissa les yeux sur sa jambe bandée. Le sang traversait l'étoffe, formant une petite flaque. Pour se distraire, il appuya sur la plaie du bout des doigts et sentit la douleur affluer en lui. Peut-être, avec l'aide de Ripper, pourrait-il empêcher que cette blessure guérisse. Ainsi, il pourrait se mortifier pour l'éternité – ce serait un rappel permanent de tout ce qu'il avait perdu.

Quand le moment du vote arriva, Régent l'aida à se lever du siège.

– Quoi qu'il arrive, n'ouvre pas la bouche, lui dit-il. J'ai fait tout ce que j'ai pu.

X se força à contempler ses juges. Peu d'entre eux soutinrent son regard, et il en déduisit que son sort était scellé.

Le tout petit seigneur qui avait ouvert les débats appela au vote officiel de sa voix flûtée :

– Cette âme doit-elle demeurer chasseur de têtes – oui ou non ?

Quelqu'un cria « non », puis un autre, puis deux de plus.

X avait l'impression de voir son avenir avec Zoé se dissiper sous ses yeux. Il lui avait promis de revenir la voir à moins que non pas un, mais deux mondes conspirent à l'arrêter – quelle promesse présomptueuse ! Sa colère et son orgueil avaient tout gâché, et il avait parlé sans réfléchir.

Il tenta de rester sourd au jugement. Hélas, ses propres pensées n'étaient pas moins pénibles. Combien de temps faudrait-il à Zoé pour qu'elle se résigne à l'idée qu'X lui avait fait défaut et ne reviendrait jamais ?

Un neuvième « non » – ou était-ce le dixième ? – retentit dans la salle.

X espéra que Zoé savait qu'il l'aimait. Avait-il réellement prononcé ces mots ? Il n'aurait pu en jurer. Quand il l'avait embrassée, son corps tout entier avait frissonné d'émotion. S'en était-elle aperçue ? S'en souviendrait-elle ? Ou déciderait-elle qu'il n'avait jamais éprouvé le moindre sentiment envers elle ? Serait-ce mieux ainsi ?

Il avait mal à la tête. Chaque question explosait comme du bois sec jeté dans le feu.

Il pourrait demander à Banger de transmettre un message à Zoé quand on l'enverrait chasser sa prochaine âme. Banger était un ami loyal, cela ne faisait aucun doute. Il accepterait. Mais que contiendrait le message ? Les mots « Je suis désolé » étaient si loin d'exprimer tout ce qu'il ressentait !

Régent vota en faveur d'X et celui-ci éprouva une absurde bouffée d'espoir.

Trois « non » s'enchaînèrent. X fut étonné de constater à quel point cela l'affectait, encore maintenant.

Il fallait que cela cesse. C'était de la torture.

Les seigneurs s'étaient lassés de la procédure. Ils commencèrent à se lever pour se diriger vers l'allée. L'homme-enfant derrière la tribune les rappela à l'ordre. L'ignorant, ils jouèrent des coudes de plus belle. X se demanda comment cette horde d'adolescents pouvait gouverner les Terres du Bas.

Soudain, une idée le frappa : ils ne gouvernaient pas les Terres du Bas. Pas vraiment. Les paroles de Ripper lui revinrent à l'esprit : les seigneurs répondaient à un Pouvoir supérieur.

Tout à coup, X entendit une voix s'exclamer :

– Je remets en cause votre autorité !

Il fut choqué de s'apercevoir que c'était la sienne.

Régent secoua violemment la tête pour rappeler à X qu'il lui était interdit de reprendre la parole.

Mais X n'entendait pas garder le silence. Zoé ne l'aurait pas fait.

– Je remets votre autorité en cause !

Toutes les têtes se tournèrent vers lui.

– Pour quelle raison ? demanda le petit seigneur.

X regarda Régent à la dérobée, espérant un encouragement de sa part. Le seigneur lui décocha un signe de tête presque imperceptible.

– Pour la raison que…, commença-t-il lentement, pour la raison que vous n'avez pas le droit de me juger, car je suis fils de seigneur.

Le silence s'abattit dans la caverne. Ripper avait été de bon conseil.

– Il existe quelqu'un qui vous gouverne tous, poursuivit X. *Lui seul* a le pouvoir de me punir. *Lui seul* peut décider de mon sort. Demandez-Lui de me juger – si vous l'osez.

Banger buvait chaque parole d'X comme du petit-lait. Les gardes l'avaient reconduit dans sa cellule, et eux non plus ne se lassaient pas de son récit. Agglutinés devant les barreaux, ils admiraient ouvertement le courage d'X (« Il en a une sacrée paire ! Imagine un peu ! ») et se délectaient de chaque détail. Ripper dansait bruyamment dans sa cellule, feignant la folie – mais X savait qu'elle écoutait et qu'elle était fière de lui.

Quant à X lui-même, il naviguait entre l'extase et la stupeur. Il s'efforça de garder la tête froide en se rappelant que son sort demeurait incertain.

– « Je remets votre autorité en cause », c'est ça que tu as dit ? demanda Banger une fois de plus. Tu as *vraiment* dit ça ?

– Le désespoir m'y a poussé, reconnut X.

– Et ensuite, il s'est passé quoi ? dit celui des gardes dont le visage flétri ressemblait à une pomme ratatinée. La pagaille, je suppose ?

– Les seigneurs se sont tous mis à parler à la fois, répondit X. Le bruit était assourdissant. Ils me tournaient autour, scandalisés par mon insolence. Ils m'ont menacé de tortures médiévales. Dervish a collé son nez tout près de mon visage en me demandant si je savais combien il existait de façons différentes d'écorcher le corps d'un homme. Mais ma soif de justice était si forte qu'il ne me faisait pas peur, et je le lui ai fait comprendre en répondant, aussi calmement que possible : « Sept ? »

Tous éclatèrent de rire.

– Malgré la fureur des seigneurs, reprit X, personne n'a affirmé qu'ils avaient bel et bien l'autorité pour me juger. Je me suis enhardi et j'ai commencé à m'exclamer : « Demandez-Lui de me juger ! Lui seul peut me juger ! » À un moment donné, il me semble même avoir crié : « Nous entend-Il en cet instant ? Nous écoute-t-Il ? Dites-Lui de répondre ! » J'étais dans un état proche de la démence. Et puis, soudain, au beau milieu du chaos, il est arrivé quelque chose de tellement étrange que j'ignore comment l'expliquer.

X marqua une longue pause, arrachant des gémissements frustrés à son public.

– La caverne elle-même a semblé se réveiller, dit-il enfin. Le fleuve qui coulait au-dessus de nos têtes s'est obscurci. Les murs se sont mis à briller comme une peau moite. Ensuite, ils ont commencé à vibrer. Au début, ce n'était qu'un léger frémissement. Mais le tremblement s'est accru et, bientôt, il s'est accompagné de… Là encore, j'ai du mal à décrire ce phénomène. Il s'est accompagné d'un *bourdonnement*. Au début, ce son évoquait les grognements produits par le ventre d'une bête. Mais il est devenu de plus en plus aigu, jusqu'à se transformer en un sifflement perçant. Je ne peux exprimer à quel point ce bruit était désagréable, comme un pieu qu'on nous aurait enfoncé dans les oreilles.

– Moi aussi, j'l'ai entendu ! dit la pomme rabougrie. Ce bruit, exactement !

– C'est faux, arrête ton char ! rétorqua le chef trapu.

– J'ai vu le visage des seigneurs se transformer – même celui de Régent, poursuivit X. Il a ordonné aux sentinelles de me faire sortir de la salle. J'ai résisté car les seigneurs ne m'avaient pas encore informé de mon sort. Mais il régnait un tel tumulte que je ne pouvais plus rien faire pour plaider ma cause. Tandis qu'on m'emmenait en toute hâte, je me suis retourné un instant vers les seigneurs. Sans doute ne me croirez-vous pas, mais j'ai vu que les colliers dorés qu'ils portent autour du cou s'étaient mis à briller. Soudain, les seigneurs ont retiré leurs mains de leurs oreilles pour empoigner ces colliers, comme s'ils étouffaient. Les sentinelles et moi avons dû pousser l'un des seigneurs pour quitter la salle et la dernière chose que j'ai vue, c'est un filet de sang s'écouler de son cou.

Un long silence accueillit ses dernières paroles. Pourtant, la pomme rabougrie se sentit bientôt obligée de faire un nouveau commentaire :

– Moi aussi, j'l'ai vu ! Exactement comme ça !

Le garde trapu se retourna.

– Menteur, dit-il d'un air las.

– D'accord, p'têt'bien, concéda la pomme. N'empêche que j'ai souvent vu leurs seigneuries tripoter et tirer ces colliers d'or, comme s'ils les tracassaient.

Dans la cellule voisine, Ripper cessa son manège et les surprit tous en intervenant :

– M. Vilaine-Trogne a vu juste. Ces colliers dorés ne sont pas un signe de pouvoir – du moins, pas seulement. Ce sont des chaînes.

– Bien dit, approuva la pomme. C'est pas qu'ça m'plaît de m'faire appeler M. Vilaine-Trogne, mais j'vais laisser passer pour cette fois, vu qu'on sait tous que t'es timbrée.

Avant que Ripper puisse répondre, Banger leur signala qu'il y avait du mouvement sur la plaine en contrebas. Régent arpentait la saillie rocheuse. X ne distinguait pas ses traits, mais sa fébrilité était visible.

– Bon, dit le chef des gardes. On f'rait mieux de décarrer d'ici, dans ce cas. Viens, m'sieur Vilaine-Trogne.

X contempla la plaine tandis que les gardes s'éloignaient. Régent, tête baissée, tournait en rond, formant un cercle si étroit qu'on avait l'impression qu'il allait creuser un sillon dans la roche. X savait qu'il viendrait le voir – et sous peu. Pour autant, il se demandait quelles nouvelles il allait lui apporter.

Rien de bon, lui soufflait un sombre pressentiment.

Enfin, Régent cessa de marcher. Se tournant vers l'immense mur noir, il bondit en direction d'X pour atterrir devant sa cellule dans un bruit de tonnerre, projetant une rafale de vent dans le couloir. D'un geste, il invita X à se rapprocher des barreaux.

– On m'a mandaté pour te dire que tu dois rapporter une dernière âme dans les Terres du Bas, dit-il. Si tu échoues à trouver cette ultime proie, si tu la prends en pitié et la relâches, comme tu as relâché Stan – ou si tu fais un seul détour pour voir ton nouvel amour –, tu ne quitteras plus jamais les Terres du Bas. Tu ne sortiras même pas de cette cellule.

– Et si j'exécute précisément les ordres ? demanda X. Si je rapporte cette âme à genoux ? Pourrai-je rester chasseur de têtes ?

– Non, dit Régent.

Il marqua une pause qui sembla durer des heures avant de reprendre :

– Si tu obéis aux ordres, tu seras libre.

X en resta sans voix.

– *Libre ?* répéta-t-il enfin. Pour toujours ? Jamais je n'ai entendu parler de pareille chose.

– Moi non plus, dit Régent. Mais tu es innocent et fils de seigneur. Ta destinée n'est pas d'être enfermé. Les Terres du Bas essaient peut-être de te rendre justice.

– Je ne voudrais pas vous paraître ingrat, car vous avez été un précieux allié, observa X. Mais je crains qu'il ne s'agisse d'un piège.

– Alors prie pour que ce ne soit pas le cas. Et je prierai avec toi.

S'assurant que personne ne les regardait, le seigneur glissa la main entre les barreaux pour serrer fermement celle d'X.

– Ce que je vais te révéler, tu ne dois en souffler mot à personne, dit-il alors. Ai-je ta parole ?

– Oui. Bien sûr que oui. Je vous dois tant !

– Fort bien, dit Régent. Mon véritable nom est Tariq.

Troisième partie
Promesses

12

Zoé essaya des dizaines de positions pour s'endormir, comme si elle inventait un alphabet avec son corps. Dehors, les arbres bruissaient paisiblement et une brise caressait la fenêtre. Les choses revenaient à la normale, même si le mot « normal » ne voulait plus rien dire.

Des jours entiers s'étaient écoulés depuis le départ d'X. Demain, il faudrait retourner en cours. Les cours, le lycée… C'était absurde ! Chaque fois que Zoé était submergée par une vague de tristesse, elle se revoyait en chaussettes sur la neige de l'allée – X l'avait enveloppée de son manteau, il l'avait attirée à lui. Sa bouche était si chaude qu'elle avait senti ses lèvres brûler comme la plaque d'un fourneau.

À minuit, la porte s'ouvrit en grinçant et Jonah se faufila dans sa chambre, entraînant avec lui un cône de lumière jaune provenant du couloir.

Zoé fit semblant de dormir. S'occuper de son frère ne figurait pas dans ses priorités.

Elle émit un ronflement sonore.

– Arrête, je sais que t'es réveillée, dit Jonah.

Zoé ronfla plus fort.

– Menteuse, dit Jonah.

Au bout d'un moment, il ajouta :

– Où est X ? Pourquoi il est pas revenu ? J'aimais bien quand il était là.

Zoé se redressa en grognant.

– Il fallait qu'il s'en aille, dit-elle. Tu le sais bien, microbe.

– Mais partir, genre, pour de vrai ? demanda Jonah. Pour toujours ?

Sa voix tremblait.

La réalité de la situation submergea Zoé à son tour. Peut-être ne reverrait-elle jamais X. Et si leur baiser avait été si ravageur et si particulier, c'était peut-être parce qu'il n'y en aurait jamais d'autre.

– Pour toujours, je ne sais pas, dit-elle. Tout ce que je sais, c'est qu'il *veut* revenir et qu'il est aussi têtu que nous.

L'air satisfait de cette réponse, Jonah s'approcha du lit de Zoé. Comme il s'apprêtait à se glisser sous les couvertures, elle l'arrêta :

– Non, microbe. Tu ne peux pas dormir ici. Pas cette nuit.

Jonah ne parut pas la prendre au sérieux. Il souleva la couette.

– *Non*, microbe, dit-elle en tirant sur les draps.

Jonah quitta la chambre sans un mot, l'air profondément vexé. Zoé se laissa retomber sur le matelas. À travers le mur, elle entendit son frère ouvrir la porte de leur mère et dire :

– Zoé est nulle. Je peux venir dormir avec toi ?

Zoé changea une nouvelle fois de position. X lui manquait. À la place de son cœur, il n'y avait plus qu'un océan de douleur. En plus, maintenant, elle se sentait coupable. Sur le toit, un amas de neige s'effondra. Il glissa le long des bardeaux, passa devant la fenêtre comme un corps en chute libre et atterrit sur le sol avec un bruit sourd.

Elle n'arriverait jamais à fermer l'œil.

Exaspérée, Zoé s'assit et balança son oreiller à travers la pièce. Il heurta l'étagère au-dessus de son bureau, envoyant valser quelques trophées qui s'abattirent par terre avec fracas. Elle tenta d'évaluer les dégâts mais, dans l'obscurité, elle ne parvint à identifier que la coupe du meilleur tondeur de moutons. Ce trophée représentait un mouton doré à demi tondu. C'était l'un des préférés de Zoé car il lui faisait penser à Val qui se rasait la moitié de la tête (elle était tellement belle qu'elle pouvait se le permettre). Zoé avait acheté la coupe dans une brocante de Columbia Falls. L'homme derrière le comptoir somnolait, et elle avait dû le réveiller en faisant tinter une sonnette d'hôtel. Il était tellement étonné qu'on puisse vouloir acheter cet objet qu'il avait dit : « Pour de vrai ? »

Frustrée, Zoé se cogna la tête contre le mur. Une fois, deux fois, trois fois. Sa mère devait penser qu'elle avait frappé, car elle toqua à son tour contre la cloison. Ce bruit était réconfortant.

Zoé prit conscience qu'elle n'avait pas vraiment envie d'être seule.

La porte de la chambre voisine était ouverte. Zoé entra d'un pas hésitant, se demandant si on allait la chasser. Sa mère et Jonah étaient pelotonnés sous les couvertures, murmurant avec des airs de conspirateurs. En entendant Zoé, Jonah leva la tête.

– Cette chambre est réservée aux gens tristes, dit-il.

Il avait pleuré.

– Je suis triste, moi aussi, dit Zoé. Je te jure.

Jonah plissa le nez, plongeant dans une longue réflexion. Enfin, il hocha la tête.

Zoé s'approcha du pied du lit et se fraya un chemin sous les draps comme une taupe pour faire rire Jonah. Quand elle ressortit la tête, elle le vit réprimer un sourire.

Elle se cala du côté du mur pour qu'elle et sa mère encadrent Jonah comme des parenthèses.

– Tu es chaud, remarqua-t-elle.

– Je suis toujours chaud quand je suis triste, expliqua-t-il. C'est scientifique.

Zoé et sa mère se relayèrent pour caresser les cheveux de Jonah. Un gros ventilateur métallique vrombissait dans un coin comme les pales d'un vieil avion.

Jonah s'endormit quelques minutes plus tard, et leur mère ne tarda pas à sombrer elle aussi. Allongée sur le côté, Zoé avait des pensées plein la tête. Alors c'était ça, l'amour – un tiers de plaisir, deux tiers de souffrance ? Zoé songea à l'obsession de Val pour Gloria. À présent, elle comprenait mieux. Elle n'avait jamais rien ressenti de tel pour Dallas – jamais il ne lui serait venu à l'idée de faire un Tumblr de ses pieds. Pour commencer, elle était presque sûre qu'il se les épilait.

Elle étouffa un petit rire. Son corps se détendit, muscle après muscle. Elle sentait enfin le sommeil la gagner à son tour.

C'est alors que Jonah qui, manifestement, ne dormait pas du tout, annonça dans le noir :

– J'irai pas à l'école demain.

Zoé se crispa.

– Chut, dit sa mère d'une voix ensommeillée. On en parlera demain matin.

– D'accord, mais j'irai pas, rétorqua Jonah d'une voix défiante. Et tu peux pas me forcer.

– On en parlera *demain*.

– Je sais que tu vas essayer de me forcer. Mais j'irai pas. Je déteste l'école.

Zoé savait qu'elle aurait dû se taire. Mais l'idée que Jonah détestait l'école était ridicule. Il adulait sa maîtresse, Mlle Noelle. Un jour, il avait dessiné son portrait sur son propre bras, comme un tatouage.

– Tu ne détestes pas l'école, microbe, lança-t-elle. Ne dis pas ça.

– Si je dis que je la déteste, c'est que je la déteste, s'obstina-t-il.

S'asseyant d'un bond, il rejeta les couvertures au pied du lit.

Zut, pensa Zoé. *On va avoir droit à une crise.*

– Jonah, contrôle-toi, dit sa mère. S'il te plaît.

– Y a que moi pour savoir si je déteste l'école, objecta-t-il. Alors Zoé devrait pas dire que je la déteste pas. Je la déteste si *moi* je dis que je la déteste.

Zoé sortit du lit, s'autorisant elle aussi un caprice. Elle avait déjà assez de chagrin comme ça, inutile d'y ajouter celui de son frère. Pas cette fois. Ce n'était pas juste. Jonah ne comprenait-il pas qu'X lui manquait, à elle aussi ? Ne savait-il pas qu'elle pensait à lui comme elle respirait ?

Alors qu'elle se dirigeait vers la porte, elle renversa ce stupide ventilateur d'un coup de pied. Dans son dos, Jonah lança :

– Tu vois comme elle est partie ? *Personne* ne dit jamais au revoir.

La matinée fut un cauchemar. Zoé évita Jonah tandis qu'elle imprimait son devoir d'anglais, mais elle entendait ses cris résonner dans toute la maison : « Je la déteste si *moi* je dis que je la déteste ! » Il refusait de manger, de se brosser les dents, de s'habiller. Zoé sentait que sa mère était à bout de patience. En passant devant la chambre de Jonah, elle la vit tenter de l'habiller elle-même. Jonah refusait de coopérer. Son corps était aussi raide qu'un manifestant protestant contre la guerre.

Zoé fit signe à sa mère de la rejoindre dans le couloir.

– Je n'arrive pas à croire qu'il soit aussi pénible, dit-elle.

– Il est triste, Zoé, expliqua sa mère. Chacun exprime son chagrin d'une manière différente.

– Tu peux te permettre de prendre ta journée ?

– Non, mais je n'ai pas non plus les moyens de payer une baby-sitter. Et qui je pourrais appeler ? Elles vont toutes être à l'école – c'est là que les enfants sont *censés* être.

Jonah avait dû l'entendre.

– Peut-être que Rufus pourrait être mon baby-sitter ? cria-t-il de sa chambre. Avec Rufus, je serai jamais pénible.

Cette suggestion ne plaisait pas à sa mère. Sans doute ne voulait-elle pas tirer parti du faible que Rufus éprouvait pour elle. Mais Zoé trouvait que c'était une idée de génie, et elle tenait par-dessus tout à en finir avec cette matinée et la crise de Jonah.

Elle appela elle-même Rufus. Il sembla surpris de sa requête – on demande rarement à des sculpteurs à la tronçonneuse de faire du baby-sitting – mais, avant qu'elle ait pu lui dire de laisser tomber, il déclara que cette idée *déchirait*.

– Dieu merci, dit Zoé. J'avais peur que tu trouves que ça craignait.

– Je sais que tu te moques de moi, lança Rufus en riant. Mais dis à mon pote Jonah de se préparer à une fête du tonnerre !

Vingt minutes plus tard, la camionnette de Rufus rugissait sur le flanc de la montagne. Zoé vit apparaître l'ours de bois au-dessus des arbres, saluant la forêt comme une reine.

Enfin, elle était libre. Au volant de sa vieille Poussette poussive, elle fonça au lycée pied au plancher, les nerfs à fleur de peau. À la radio, toutes les chansons semblaient lui parler d'X.

Le lycée de Zoé et l'école de Jonah étaient nichés l'un à côté de l'autre dans la vallée de Flathead près d'un groupe de chaînes de magasins (Target, Walmart, Costco) et de restaurants de viande que la mère de Zoé appelait la Cour des cannibales (Sizzler, Five Guys, la Maison des Huns). Les élèves étaient autorisés à y déjeuner à partir de la première. Pour les secondes, le centre commercial constituait une terre promise inaccessible, un mirage scintillant de l'autre côté de la route. Zoé était en première mais la Cour des cannibales avait perdu de son attrait, en partie parce que les principes de sa mère avaient fini par la contaminer au fil des années – Zoé n'était pas végétarienne, mais elle éprouvait une bouffée de culpabilité chaque fois qu'elle mangeait de la viande – et en partie parce que c'était à la Maison des Huns qu'elle avait annoncé à Dallas qu'elle ne voulait plus sortir avec lui.

Dès le début, Val avait supplié Zoé de ne pas fréquenter Dallas. Elle le jugeait prétentieux et un peu bête. Mais Val entretenait avec Gloria une relation si passionnée qu'elle avait une image faussée de ce que vivaient généralement les élèves de première. Zoé adorait le fait que Dallas, comme elle et son père, soit féru de spéléologie. Elle le trouvait drôle et facile à vivre, et puis il fallait avouer que sa musculature était impressionnante. Quand elle dit à Val qu'elle allait tenter sa chance, son amie se contenta de dire : « Je te plains. »

Ils avaient commencé à sortir ensemble en septembre, et Zoé découvrit rapidement que Dallas avait beaucoup de côtés touchants : sa couleur favorite était l'orange. Il dormait toujours en pyjama. Il avait une photo de sa mère en fond d'écran sur son ordinateur portable. Val refusait d'en entendre parler. Une fois, en passant avec Dallas dans le couloir, Zoé avait lancé à Val : « On sort encore ensemble ! », et Val avait répondu sur le même ton : « Je te plains toujours ! »

En novembre, son père était mort. Zoé pleurait en permanence, et tout lui semblait si douloureux et confus qu'elle avait l'impression d'avoir été éjectée d'une voiture en marche. Elle avait alors décidé de se détacher de tous les gens qui n'étaient pas essentiels dans sa vie. Dallas ne l'était pas du tout. Elle lui avait annoncé la nouvelle à la Maison des Huns, un restaurant de type Benihana[1], où des hommes, torse nu, grognaient comme des barbares devant un immense gril rond. Au début, Dallas avait refusé qu'elle le quitte. Il affirmait que Zoé était trop perturbée pour prendre des « décisions super importantes

1. Chaîne américaine de restaurants japonais.

pour sa vie ». Zoé s'était frappé le front (elle n'avait pu s'en empêcher) en lançant :

– Mec, ça n'a rien d'une décision-super-importante-pour-ma-vie. Je sais ce que c'est qu'un évènement qui change une vie, d'accord ? Mon père vient de mourir !

– Pardon, avait dit Dallas. Je ne voulais pas comparer ça à… *ça*. À ton père. Je trouve juste que t'assures grave. Et que t'es canon. Et ça, c'est, genre, les deux meilleurs trucs possibles.

Avec simplicité et sincérité, Dallas lui avait demandé s'ils pouvaient continuer de se voir de temps en temps – en amis. Bien sûr, lui avait dit Zoé. Avec un grand sourire, il lui avait déclaré que, de toute façon, il y avait une autre fille pour qui il craquait au lycée, et qu'elle ne pourrait pas lui dire non. Il affirma que, quoi qu'il en soit, Zoé était sans doute « trop compliquée » pour lui. L'ambiance s'étant détendue, Dallas avait reporté son attention sur la fiche de commentaire et le petit crayon qu'on avait déposés sur leur table : *Avez-vous apprécié votre repas ? Dites-nous tout !* Dallas avait réfléchi un moment avant d'écrire : *Super buffet !* Quand Zoé était partie, il était allé poser sa candidature à un poste de cuisinier.

Zoé gara la Poussette poussive dans le parking adjacent au lycée. Grâce à la crise de Jonah, elle avait une heure de retard. Après avoir rassemblé ses livres et ses sacs, elle ferma la portière de la voiture – un procédé complexe qui impliquait de tirer la poignée vers le haut et sur la droite depuis que ladite portière avait été défoncée par un chasse-neige et s'était affaissée de quelques centimètres.

Dans l'école de Jonah, personne ne broncha quand Zoé annonça qu'il était malade. Tout le monde savait que sa famille traversait une passe difficile. Elle avait toujours été une excellente élève mais, récemment, ses notes avaient baissé. Après le drame qui s'était produit dans sa vie, elle avait de plus en plus de mal à croire qu'il y ait réellement une grosse différence entre un A et un B, ou même entre un B et un C. Ce jour-là, l'assistante de la maîtresse de Jonah, Mlle Didier, demanda à Zoé comment elle allait. Elle lui posa cette question avec une telle compassion, et en la regardant si franchement dans les yeux, que Zoé comprit aussitôt que des rumeurs devaient circuler sur ce qui s'était passé au lac avec Stan. Dieu seul savait à quel point cette histoire avait été déformée à force d'être racontée.

– Je vais bien, oui, dit Zoé. Mais Jonah… Pas trop.

– Écoute, dit la femme, tout ça, c'est incroyablement terrifiant et bouleversant. Il n'y a pas de méthode pour affronter ce genre de choses. Mais nous ferons notre possible pour aider ta famille. Dis à Jonah qu'on pense à lui. Qui est avec lui, en ce moment ?

– Notre ami Rufus, dit Zoé.

– Le type à la tronçonneuse ?

– Oui, mais il est…

– Oh non, non, j'adore Rufus ! coupa Mlle Didier. Je ne voulais pas avoir l'air de critiquer. Il m'a sculpté un élan.

Quand Zoé entra dans le lycée, il ne restait plus qu'une heure d'espagnol avant le déjeuner. Elle s'assit entre Val et une fille nommée Mingyu, qui se dessinait de petites ailes au coin des yeux, s'habillait exclusivement en noir et dessinait des pentagrammes et des 666 sur l'intérieur de ses poignets pendant les cours. Mingyu jouait de la basse dans un groupe de punk uniquement constitué de filles, Slim Reaper[1], et se prétendait sataniste. Zoé ne la voyait pas du tout adorer le diable. Pourtant, en s'asseyant près de Mingyu ce matin-là, elle aurait aimé que cette fille soit réellement sataniste, histoire de la faire flipper.

Eh, Mingyu, devine d'où vient mon petit copain !

La professeure d'espagnol, une femme élancée qui s'appelait Mme Shaw et possédait selon Zoé et Val les plus beaux cheveux de tout le lycée, tapota son alliance contre le tableau électronique pour obtenir l'attention de la classe. Zoé leva la main quatre fois au cours des huit premières minutes pour pouvoir passer le reste du cours à regarder les montagnes et à penser à X sans être interrogée.

Elle se demandait où il était, à présent. Avait-il trouvé Stan, ou était-il encore à ses trousses ? Tout ce qu'elle arrivait à voir, c'était la maquette des Terres du Bas qu'il avait construite avec Jonah. Elle l'imagina donc en train de parler à un soldat de la Révolution pendant qu'un orque du *Seigneur des anneaux* agitait sa massue non loin de là.

1. Littéralement, la « Faucheuse mince ».

Malgré la peur qu'elle éprouvait pour X, elle se dit qu'elle le reverrait. C'était certain. Sa rencontre avec lui l'avait convaincue que des choses étaient possibles. Quelles choses, elle l'ignorait, mais peu importe : des choses !

Elle l'emmènerait au lac Tally – pas juste pour aller sur la plage de galets balisée, mais pour nager dans l'eau bleue et profonde. Ils iraient ensemble cueillir des myrtilles. Ils partiraient en randonnée sur la Highline, dans le parc national de Glacier. Elle lui citerait le nom de toutes les fleurs sauvages. Elle lui demanderait la signification de ses tatouages. Et s'il avait déjà embrassé quelqu'un d'autre qu'elle – elle était presque sûre qu'il n'en était rien, parce que ses lèvres avaient tremblé un peu lors de leur baiser.

Ses lèvres à lui étaient si chaudes. Les siennes étaient-elles trop froides ? L'avait-il remarqué ? Était-il déçu ?

Zut, elle commençait à divaguer sérieusement. Quand elle sortit de sa rêverie, Dallas et Val lui faisaient les gros yeux en désignant son bureau. Zoé baissa les yeux et vit que la prof y avait posé un questionnaire auquel elle était censée répondre.

Dès que la sonnerie retentit, Val fondit sur elle mais Zoé l'ignora et passa le reste de la journée dans un état second.

Après les cours, dans la Poussette poussive, Val remit le sujet sur le tapis :

– Bon, qu'est-ce que t'avais sniffé, en espagnol ? Tu sais que ce questionnaire compte, non ?

– Il compte comment ? dit Zoé. Il compte pour quoi ? Le score de ma vie ? *Esta quiz no es me importa para mi !*

– Ouais, même ça, c'est pas espagnol, tu vois.

Zoé éclata de rire.

– *Sí, usted eres razón*, dit-elle.

– Ah, arrête de massacrer cette belle langue ! se plaignit Val.

Elles traversaient des terres agricoles en suivant une route aussi tortueuse que des montagnes russes. La voiture tremblait en émettant un bruit de ferraille. Le pare-brise était largement étoilé – il y avait toujours une pierre, de la taille d'une mûre, incrustée en son centre – et le sol du côté passager avait rouillé de telle sorte qu'en soulevant le tapis, on voyait la route défiler sous ses pieds.

Quand la Poussette entra en bringuebalant dans l'allée, Zoé avait raconté à Val tout ce qu'elle pouvait sur X, bien qu'elle ait remplacé « chasseur de têtes surnaturel » par « musicien amateur ». C'était aussi ce qu'elle avait dit à Rufus quand il était arrivé à l'improviste l'autre jour. Ce mensonge semblait plausible tant que personne n'insistait pour savoir ce que faisait un musicien amateur sur un lac gelé au milieu d'un blizzard – et pourquoi il avait affronté un meurtrier.

C'était la première fois que Zoé cachait quelque chose à Val. Elle se dit qu'il ne s'agissait pas d'un gros mensonge. Les origines et la fonction d'X importaient moins que *qui* il était et la façon dont il avait chamboulé sa vie, l'aidant à oublier une partie de son chagrin. Alors que lui-même n'avait jamais rien reçu de sa vie.

Elle s'arrêta devant la maison et coupa le contact. La Poussette continua à trembler et tousser même après qu'elle et Val eurent claqué les portières.

Elles n'avaient même pas monté les marches que Rufus apparut sur le seuil. Il semblait étrangement sérieux. Était-il arrivé quelque chose à Jonah ? Zoé dut se retenir pour ne pas le pousser et se précipiter à l'intérieur.

– Je voulais juste te prévenir, commença Rufus. Oh, salut, Val, quoi de neuf ?

– Salut, répondit Val.

– *Parle*, Rufus, le pressa Zoé. Tu me fais peur.

– Non, non, non, tout va bien, tout va bien ! Enfin, en gros. Non, en fait, c'est pas terrible. Le petit bonhomme est carrément super déprimé. Genre traumatisé. J'ai pas réussi à lui faire mettre le pied dehors. Il s'est tétanisé. Franchement, il va pas bien du tout.

Zoé étouffa un grognement.

– Il refusait de sortir après la mort de papa, dit-elle. Je ne tiens pas à revivre ça. Il va apprendre ce que c'est, l'amour vache.

– En fait, objecta Rufus, je crois que ça risque d'être encore pire.

Zoé l'ignora. Elle aimait bien Rufus, mais ce n'était pas à lui de lui expliquer ce qui était le mieux pour son frère.

– C'est bon, je m'en occupe, reprit-elle. C'est juste que Jonah s'est beaucoup attaché à X, le type que je t'ai présenté l'autre jour.

Val ne put s'empêcher d'intervenir :

– Rufus a eu le droit de voir X, mais pas moi ? C'est quoi, ce plan pourri ?

– Le musicien ? demanda Rufus. Super cool, le type. Des cheveux de dingue. Et je comprends qu'il veuille pas parler de ses inspirations musicales et tout ça. Je suis artiste, moi aussi. Chacun sa voie.

Rufus gratta la barbe rousse qu'il se laissait pousser l'hiver. Elle était tellement broussailleuse qu'elle menaçait de lui cacher les yeux.

– Mais tu vois, ça ne concerne plus X, je crois pas, déclara-t-il.

– Mais si ! s'exclama Zoé avec impatience. Je connais mon frère.

Rufus secoua vivement la tête, entraînant dans le mouvement ses embryons de dreadlocks. Son obstination étonnait Zoé. Elle le connaissait assez pour savoir qu'il détestait les conflits et suivait le courant où qu'il l'emporte.

– Écoute, on a parlé d'X, d'accord ? dit-il. Et tu veux mon avis ? Je crois que quand il s'est barré, ç'a été bien plus dur pour toi que pour Jonah. Jonah l'aimait bien, c'est clair. Ça le mine qu'il se soit cassé, c'est sûr. Mais tout ça – les larmes, le traumatisme, le refus de sortir de la maison –, ça vient d'autre chose. D'un truc qui a des racines aussi grosses qu'un séquoia.

La porte s'entrouvrit derrière Rufus, et Jonah apparut. Il portait ses chaussures, ce qui pouvait signifier tout et son contraire.

– Je veux te parler, murmura-t-il à l'adresse de Zoé. J'ai une question.

Il n'était qu'à un pas du monde extérieur. Une bourrasque secoua la porte dans son cadre.

– Je ne t'entends pas, rétorqua Zoé. Approche.

Secouant la tête, Rufus se pencha vers elle.

– Te fais pas d'illusions, dit-il. J'ai essayé cette ruse.

Zoé l'ignora. Pourquoi était-il encore là ? Elle attendit que son frère réponde.

– Non, lança Jonah. Je sais ce que t'essaies de faire.

– Je n'essaie rien du tout, microbe. C'est juste que je ne t'entends pas.

Rufus se détourna comme s'il refusait de voir la scène.

– Il n'est pas prêt, dit-il. Tu joues avec le feu.

– Arrête, Rufus, souffla Zoé. Tu n'es pas sa sœur.

Jonah les dévisageait d'un air soupçonneux.

– Il faut que je parle à Zoé, répéta-t-il. À cause de ma question.

– Alors viens sur les marches, insista-t-elle. Après, tu pourras rentrer directement.

Val posa la main sur l'épaule de Zoé.

– Peut-être que Rufus a raison ? suggéra-t-elle.

Zoé adressa à son amie un regard qui signifiait : *Tu ne vas pas t'y mettre, toi aussi ?* Elle reporta son attention sur

Jonah. Il était appuyé contre l'encadrement, les cheveux ébouriffés par le vent.

Il ouvrit la porte de quelques millimètres.

Allez, c'est bien, pensa Zoé. *Allez, vas-y, fais-le, sale morpion.*

Jonah referma la porte aux trois quarts.

– Tu essaies de me rouler, accusa-t-il.

– Pas du tout, microbe.

– M'appelle pas microbe alors que t'essaies de me rouler.

– Écoute, si tu n'es pas capable de sortir pendant *deux secondes*, on discutera plus tard. Ta question ne doit pas être bien importante.

– Je veux savoir...

– *Plus tard*, Jonah.

Elle détestait se montrer cruelle, mais il fallait que quelqu'un se montre un peu ferme avec ce gamin, sinon il allait finir neurasthénique. Quand quelqu'un avait peur de l'eau, on était censé le jeter dans la piscine, non ? C'était bien comme ça qu'on faisait ? Quoi qu'il en soit, Zoé trouvait que la méthode avait du bon.

– Tu as arrêté de m'appeler microbe, dit Jonah. Ça veut dire que tu essayais bien de me rouler. Avant, tu faisais pas ça.

Zoé avança vers la porte – lentement, comme quelqu'un qui s'efforce de ne pas effrayer un chat.

Derrière elle, la voix inquiète de Val la retint un instant :

– Qu'est-ce que tu essaies de faire ?

Elle l'ignora et monta les marches. Elle entendit Rufus gémir :

– Je veux pas voir ça.

Là encore, elle l'ignora. Elle allait mettre un terme à ce cirque avant que ça ne devienne ingérable.

Elle ouvrit la porte. Jonah recula. Dans son regard, elle lut de la peur et de la méfiance.

Zoé sourit. Du pied, elle maintint la porte ouverte.

– Un câlin ? demanda-t-elle.

Jonah eut une grimace perplexe. Le vent se glissa à l'intérieur, le faisant frissonner. Au bout de quelques secondes, il s'avança à petits pas et tendit les bras.

Zoé l'imita.

Refermant fermement les bras autour de son frère, elle se rua dehors.

Jonah se mit à paniquer. S'agitant en tous sens, il hurla et tira les cheveux de Zoé. Elle tint bon, convaincue d'avoir fait le bon choix. Plus tard, il comprendrait.

Val et Rufus la regardaient comme si elle avait perdu la tête. Elle s'éloigna d'eux sur le sol inégal et couvert de neige et faillit tomber. Jonah était plus lourd que dans son souvenir. Elle tenta de l'apaiser en lui murmurant à l'oreille :

– Je sais qu'X te manque. À moi aussi ! Mais il reviendra, je te promets, je te promets, je te promets.

– Et *alors* ? brailla Jonah en la rouant de coups de poing. Je m'en fiche, d'X ! Il me manque même pas !

– Mais si, dit Zoé. Et ce n'est pas grave.

– C'est pas vrai, je le jure sur la tête de Dieu ! hurla Jonah. C'est papa qui me manque !

Il lui donna un coup de pied dans le genou. Les jambes de Zoé se dérobèrent sous elle, et elle s'effondra dans la neige.

Jonah s'enfuit dans la maison.

Rufus parvint à se faufiler derrière lui avant qu'il ferme la porte à clé.

Appuyée contre la Poussette, Zoé pleura longuement, mortifiée par ce qu'elle venait de faire. Un bras passé autour de ses épaules, Val tenta de consoler son amie en lui décrivant par le menu tout ce qu'elle-même avait fait d'idiot et d'embarrassant dans sa vie, ce qui prit presque un quart d'heure. Rien n'était aussi grave que traumatiser son petit frère alors qu'il vous réclamait de l'aide. Rien n'était aussi grave que laisser son obsession pour un garçon vous faire oublier que votre père était mort, qu'il avait été abandonné dans un trou, et que tous vos proches étaient encore écrasés de chagrin.

Enfin, Zoé rentra et appela Jonah. Elle ne s'attendait pas à obtenir de réponse, et elle n'en reçut pas. Elle jeta un coup d'œil dans l'escalier menant aux chambres. Jonah avait renversé une pile de linge que leur mère avait plié avant de partir travailler. Des tee-shirts, des soutiens-gorge et de petits caleçons à carreaux étaient éparpillés sur les marches. Tête basse, Zoé monta.

Rufus était assis devant la porte de Jonah, racontant tout ce qui lui passait par la tête pour que le petit garçon lui ouvre. En voyant Zoé, il se leva, la serra dans ses bras et – sans lui dire, *Je t'avais prévenue*, que Dieu le bénisse – descendit l'escalier d'un pas lourd.

Zoé s'assit et gratta à la porte. Jonah ne répondit pas. Elle l'entendait sauter sur le lit coccinelle.

– Je te demande pardon, Jonah, dit-elle. Je suis un très mauvais exemple, en ce moment, je le sais.

Les sauts s'interrompirent. Le lit grinça tandis que Jonah en descendait. Zoé l'entendit approcher de la porte. Au lieu de l'ouvrir, il s'assit de l'autre côté sans rien dire. Mais au moins, c'était un premier pas.

– Je n'aurais pas dû essayer de te rouler, dit-elle d'une voix douce en écoutant la respiration de son frère derrière le battant. Et je n'aurais jamais dû dire que ta question n'était pas importante. Et surtout, je n'aurais jamais, mais alors jamais, dû acheter une voiture aussi moche.

Silence.

Il y avait un jour entre le bas de la porte et la moquette. Elle y glissa les doigts et les agita. À son tour de faire un pas vers lui. Elle allait retirer sa main quand elle sentit celle de Jonah l'attraper.

Comme elle ne voulait pas lui faire peur, elle resta immobile. Bientôt, Jonah lâcha ses doigts, se leva et se retira plus loin dans sa chambre. Une minute plus tard, il glissa sous la porte une feuille de papier qu'il avait pliée un nombre incalculable de fois.

– Tu es un plieur hors pair, observa Zoé. Tout le monde le dit.

Ouvrant le papier, elle le lissa sur la moquette. Avant même de lire le message, elle sourit avec tendresse en voyant l'écriture de Jonah qui était pour le moins… excentrique. Par exemple, il écrivait toujours ses *r* en majuscule – ils dominaient fièrement la phrase avec leur grosse tête et leurs grandes jambes. Zoé ne se moquait jamais de Jonah à ce sujet car elle savait qu'à cause de son hyperactivité, il avait du mal à écrire – le stylo n'allait pas assez vite pour son cerveau – et qu'il avait honte du retard considérable qu'il avait pris sur ses camarades de classe dans ce domaine.

Elle lut son message :

PouRquoi supeRpapa t'a pas emenée dans cette gRote ? Il t'emenait toujouR.

Zoé ne savait pas quoi dire.

Elle gagna un peu de temps en répondant :

– J'ai rien pour écrire, microbe.

Jonah s'éloigna puis revint aussitôt. Il fit rouler quelque chose sous la porte – un mince stylo noir relié à une chaîne perlée. Il avait dû l'arracher au guichet de la banque. Zoé décida de laisser sa mère s'expliquer avec lui à ce sujet.

Elle plaqua la feuille de papier contre la porte.

Je ne sais PAS pourquoi il ne m'a pas emmenée. Je me suis posé la question TRÈS SOUVENT – encore plus souvent que je me suis demandé pourquoi j'avais acheté UNE VOITURE AUSSI

MOCHE. Peut-être que papa était triste ? Ou peut-être qu'il croyait que la galerie était trop difficile pour moi ?

Ils continuèrent de se faire passer le papier sous la porte. Jonah avait cessé de le replier, ce qui signifiait peut-être qu'il s'ouvrait à elle.

PouRquoi supeRpapa était tRiste ?

Peut-être à cause de trucs d'argent. PAS à cause de toi, moi ou maman. Il nous AIMAIT. BEAUCOUP BEAUCOUP.

Pendant un long moment, il n'y eut pas de réponse. Zoé se demanda si la conversation était finie. Elle éprouvait un sentiment d'inachevé.

Enfin, le papier réapparut. De nouveau, Jonah l'avait plié un million de fois. À cette vue, Zoé eut l'impression que son cœur aussi se repliait sur lui-même.

PouRquoi on l'a laissé LA-BA ? J'aime pas ça & j'ai peuR qu'il ai fRoid.

Zoé retourna le papier. Le verso était vierge mais menaçait de se déchirer à force d'avoir été plié. Elle écrivit un autre message. C'était une promesse qu'elle faisait à Jonah autant qu'à elle-même. Elle l'écrivit sans prendre le temps de réfléchir.

Microbe,

Je vais OBLIGER la police à trouver le corps de papa – sinon j'irai dans cette grotte et je le trouverai moi-même. Je le jure sur la tête de Dieu. J'ai toujours voulu prouver que j'en étais capable. Et si je n'arrive pas à sortir papa de là toute seule, je ferai au moins en sorte qu'il n'ait pas froid. JE LUI APPORTERAI UNE COUVERTURE.

Elle avait écrit ce message en lettres gigantesques, et elle l'avait même signé et daté avant d'ajouter un petit dessin qui la représentait en superhéroïne portant une cape et gonflant le biceps.

Jonah ouvrit la porte, l'air heureux et timide à la fois. En regardant derrière lui, Zoé, vit qu'il avait sauté si fort que son lit s'était écarté du mur.

De retour en bas, Zoé demanda à Rufus s'il pouvait garder Jonah deux heures de plus. Elle avait tellement honte de son comportement qu'elle avait du mal à le regarder en face. Ensuite, elle sortit rejoindre Val qui faisait des acrobaties dans la neige (le mot « ennui » ne faisait pas partie de son vocabulaire).

Quand Val, après une dernière pirouette, se fut remise sur ses pieds, Zoé lui tendit la feuille de papier où figuraient ses échanges avec Jonah. Val s'essuya les mains sur son jean et étudia la conversation en tournant et retournant la feuille.

– Jonah est trop génial, dit-elle. J'ai envie de le serrer dans mes bras jusqu'à ce qu'il éclate.

Zoé hocha la tête et se dirigea vers sa voiture.

– Je vais au poste de police, dit-elle. Je vais leur dire qu'ils sont *obligés* d'aller chercher le corps de mon père. Tu veux venir ?

– Il va y avoir du spectacle ? demanda Val.

– C'est possible.

– Alors je veux pas manquer ça !

Dans la voiture, elles ne parlèrent pas, se bornant à tripoter les boutons de la radio tour à tour. Zoé était en plein dans une phase country, et Val avait un faible pour une station qui passait quatre tubes en boucle, comme dans une expérience psychologique. Le paysage, qui leur paraissait clair et porteur d'espoir en rentrant du lycée, semblait à présent morne et gris derrière les vitres.

Zoé se gara devant le poste de police. Elle prit l'une de ces inspirations « profondes et purifiantes » dont lui parlait toujours sa mère.

– Qu'est-ce que tu veux que je fasse ? demanda Val. Je peux jouer un rôle ? Improviser ?

– Contente-toi d'être mon amie – et ne me laisse pas me faire arrêter.

Val fit la moue.

– Et si je veux me faire arrêter, moi ?

– On reviendra une autre fois pour ça, dit Zoé. Avec des costumes et des accessoires. Cool ?

– Super.

Les deux amies se tapèrent dans la main. Elles feignaient de le faire par jeu mais, en vérité, elles adoraient ça. La seule fois où elles avaient échangé un vrai check, aucune d'elles n'avait voulu faire le bruit d'explosion idiot qui allait avec.

Le poste était bondé mais le flic que Zoé aimait bien, Brian Vilkomerson, se leva de derrière son bureau en voyant les filles entrer. Il avait dû sentir la tension qu'elles dégageaient, aussi visible qu'un nuage de vapeur.

– C'est au sujet de Stan Manggold ? demanda-t-il avant même que Val et Zoé arrivent à sa hauteur. Parce que...

Stan Manggold ! Zoé n'avait pas pensé à ce malade depuis des jours. En entendant son nom, Zoé perdit tout son aplomb.

– Non, dit-elle. Son cas est réglé.

Heureusement, Brian ne lui demanda pas ce qu'elle entendait par là. Qu'aurait-elle pu répondre ? *Vous autres, les flics, vous avez laissé passer votre chance. À présent, mon petit ami l'emmène en enfer*.

– C'est plus important que ça, reprit vivement Zoé. C'est au sujet de mon père.

Elle expliqua à Brian qu'elle ne voulait pas traiter avec le chef Baldino, auquel elle fit référence comme « le méchant – celui qui a l'air d'être enceint ».

Brian pinça les lèvres pour ne pas sourire.

– Pourquoi vous ne vous asseyez pas une minute, toi et ton amie ? dit-il en désignant deux chaises vertes près de sa table.

Zoé entendait Baldino dans son bureau, qui déballait un sandwich à grand bruit tout en riant au téléphone à propos de quelque chose qui n'avait sans doute rien à voir avec le travail de la police.

Brian tendit la main à Val. Tout le monde n'était pas aussi respectueux vis-à-vis des adolescents. En outre, Brian n'avait pas adressé à Val les trois regards effarés dont presque tous les adultes la gratifiaient quand ils la rencontraient pour la première fois. D'abord, en voyant ses cheveux à moitié rasés et striés de mèches orange, ils grimaçaient comme s'ils dépassaient une épave sur l'autoroute. Ensuite, ils remarquaient combien elle était sexy. Enfin, ils fronçaient les sourcils en se demandant pourquoi diable une fille aussi jolie... Val ne s'en offusquait pas. Elle avait des gens la même opinion que Zoé au sujet des trophées : il y en avait des ridicules et des géniaux, et le mieux était de collectionner les plus sympas.

Zoé fut donc reconnaissante à Brian qui se contenta de serrer la main de Val sans la traiter comme si elle était un être bizarre. À côté de l'étoile qu'elle avait décernée à Maerz, elle en ajouta une pour Brian.

– Bonjour, dit-il. Je suis le sergent Vilkomerson.

– Moi, c'est Val. Je suis l'avocate de Zoé.

Brian eut l'air un peu surpris mais ne releva pas.

Maintenant qu'elle était assise face à un auditeur compatissant, Zoé s'aperçut qu'elle n'avait plus envie de crier et de proférer des menaces. Elle voulait juste qu'on l'écoute et la prenne au sérieux. Elle s'efforçait de ne pas se laisser perturber par les bruits du commissariat – le grésillement de la radio, les pleurs des bébés, le cliquetis des claviers. Le plus difficile à ignorer, c'était la voix de Baldino au téléphone, en train de faire des imitations qu'il jugeait manifestement hilarantes. Ce son la révulsait.

– Il y a des mois que mon père est mort, dit-elle.

Elle marqua une pause, stupéfaite de sentir combien cette simple phrase la bouleversait.

Val lui passa le bras autour des épaules. Sans savoir pourquoi, Zoé se sentit encore plus triste, et elle se dégagea.

Elle expliqua à Brian que sa famille était rongée par l'idée que le corps de son père pourrissait dans une grotte. Elle lui raconta que Jonah s'était reclus dans la maison, évoqua les messages qu'ils s'étaient fait passer sous la porte. Brian parut chagriné. Zoé se rendit compte qu'il s'efforçait de ne pas regarder les photos de sa fille qui trônaient comme des icônes sur son bureau.

– Écoute, dit-il quand elle eut achevé. Tout ça est tellement, tellement compliqué ! Et pas seulement parce que cette galerie est particulièrement dangereuse.

Zoé attendit qu'il lui dise pourquoi c'était tellement, tellement compliqué mais, alors que Brian cherchait ses mots, le chef Baldino sortit de son bureau, la démarche aussi lourde que celle d'un ours. L'estomac de Zoé se noua. Elle pria pour qu'il ne la voie pas. S'il lui disait un seul mot de travers, elle allait péter les plombs.

Du coin de l'œil, elle le vit froisser son sac de déjeuner pour former une boule compacte, avec l'air bravache d'un homme qui accomplit un tour de force. Ensuite – et bien que Zoé compte au moins quatre poubelles à portée de main –, il tendit la boule à l'agent Maerz en lui disant :

– Jette ça, Stuart, tu veux ? Et apporte-moi une cannette de Coca Zero sur mon bureau.

Le chef bâilla et s'étira tout en contemplant son royaume.

C'est alors qu'il remarqua la présence de Zoé.

Avec une grimace, il se dirigea vers elle. De toute évidence, il n'avait pas oublié cette désagréable soirée chez les Bissell. Il était tout aussi clair qu'il la détestait autant qu'elle le haïssait. Zoé pria pour qu'il ne lui dise rien qui déclencherait sa colère.

Baldino s'avança si près qu'elle ne voyait plus que son gros ventre. Des miettes tombèrent de sa chemise jusque sur les genoux de Zoé.

– Je me disais bien que ça sentait l'ado, dit-il.

Zoé bondit de sa chaise. Elle se mit à parler très fort, les mains agitées de tremblements, comme si elles cherchaient à se détacher de son corps. Autour d'elle, le silence s'abattit d'un coup. Tout le monde avait les yeux rivés sur elle.

Au moment où Zoé s'arrêta de crier, elle entendit le tintement ridicule du micro-ondes résonner dans le silence. Le burrito de monsieur était servi.

Baldino, dont le visage furieux avait gonflé comme une outre, se mit à hurler à son tour :

– Espèce de sale gamine insolente, ton père peut bien rester dans son trou, pour ce que j'en ai à faire !

Val et Brian étaient debout, eux aussi. Quand s'étaient-ils levés ? Tout se mélangeait dans la tête de Zoé. Ils l'avaient tous les deux prise par le bras et la guidaient vers la porte. Refusant de coopérer, elle se raidit, comme Jonah quand il ne voulait pas s'habiller. Enfin, Val lui murmura :

– Je t'aime, mais arrête ça, sinon tu vas vraiment finir par te faire arrêter. Je te le dis en tant qu'avocate.

Baldino sembla remarquer Val pour la première fois. Les trois regards effarés qu'il lui adressa étaient les moins subtils que Zoé ait jamais observés.

Val lui adressa un large sourire.

– Je pourrais vous montrer comment avoir ce look, si vous voulez, dit-elle.

Val aussi avait des hoquets de cerveau fabuleux.

Baldino émit un reniflement de mépris.

– Fais dégager ta petite copine d'ici.

Zoé détendit son corps d'un coup.

À la porte, des touristes la dévisageaient ouvertement. Brian les écarta.

– Tout va bien, dit-il avec douceur à Zoé.

La porte s'ouvrit et elle sentit l'air froid sur son visage. Elle entendait les pneus des voitures crisser sur l'asphalte mouillé de la rue. Elle avait déjà oublié ce qu'elle avait dit au chef Baldino. Certes, elle avait crié, mais s'était-elle montrée claire ? Et l'avait-il *entendue* ? Lui avait-elle dit ce qu'elle avait promis à Jonah ?

Elle se retourna vers le chef. Brian secoua la tête, désireux d'en finir avec cette scène. Mais Zoé n'avait pas encore dit son dernier mot.

– Si vous et vos hommes n'allez pas chercher mon père, j'irai moi-même, lança-t-elle à Baldino. Comme ça, ce n'est pas un corps que vous devrez aller repêcher au fond de cette grotte, mais deux.

Val s'empara des clés de la voiture et escorta son amie jusqu'au siège passager. Zoé était tellement chamboulée que Val dut l'aider à boucler sa ceinture.

Brian se pencha par la vitre.

– On va tous prendre le temps de respirer un coup, dit-il.

Les mains dans les poches et le visage levé vers le ciel, il s'appuya contre la Poussette.

Zoé attendit que se dissipe la tension accumulée au cours des dix dernières minutes, que le vent la balaie et la transforme en pluie, ou n'importe quoi d'autre. Peu à peu, elle retrouva son sang-froid. Sa vision s'éclaircit lentement.

Brian donna deux tapes sur le toit de la voiture, l'air de dire *maintenant, on passe aux choses sérieuses*. De nouveau, il se pencha par la vitre de Zoé.

– D'abord, les bonnes nouvelles, commença-t-il.

Il agita un sachet de sucreries – des bonbons gélifiés en forme de vers, apparemment – et l'offrit aux filles.

– Je les ai confisqués à ma fille ce matin, expliqua-t-il.

Comme elles souriaient, il ajouta :

– C'était une fouille de routine.

Zoé et Val prirent chacune une poignée de vers et Brian frémit en voyant la quantité qu'elles étaient sur le point d'ingurgiter. Elles les engloutirent un par un. L'amertume des friandises sur leur langue les faisait grimacer.

– F'est affreux, fe truc ! s'exclama Val.

– F'est fuper mauvais, confirma Zoé.

Quand elles se furent calmées, Brian tapota de nouveau le toit.

– On peut parler une seconde ?

– Bien fûr, dit Zoé.

– Fa roule, confirma Val.

Brian jeta un coup d'œil en direction du poste pour s'assurer qu'aucun de ses collègues ne traînait dans le coin.

– Je sais que le chef n'a pas l'air d'être le type le plus cool du monde, reprit-il. Et je ne vais pas te mentir, Zoé : ce n'est effectivement pas le type le plus cool du monde. Entre nous, sa femme est en train de le quitter, et ça le perturbe pas mal. En tout cas…

Il marqua une pause, sourcils froncés.

– En tout cas, poursuivit-il, ce n'est pas par méchanceté gratuite qu'il refuse d'aller chercher ton père. Il voulait vraiment retrouver son corps, crois-moi. Il y a d'excellentes unités de secours spécialisées dans la spéléologie, par ici. Il les a contactées.

De nouveau, Brian s'interrompit, cherchant ses mots.

– Mais on lui a recommandé de laisser tomber, reprit-il, l'air torturé. Enfin, pas *recommandé*, en fait, ce n'est pas comme ça que je le formulerais. En réalité, on lui a *ordonné* de laisser tomber.

– Mais qui ? demandèrent Val et Zoé en même temps.

– Ce n'est pas à moi de le dire.

Brian baissa la tête, comme un chien conscient d'avoir fait une bêtise.

– Je suis désolé, murmura-t-il.

Zoé voulait une réponse. Elle força Brian à soutenir son regard. Ses yeux, elle le savait, étaient pleins de larmes et injectés de sang. Tant mieux. Qu'il voie combien elle souffrait.

– Qui ? répéta-t-elle.

Brian poussa un grognement. Il se passa la main dans les cheveux, décoiffant au passage sa tignasse déjà passablement hirsute.

– Je *sais* que je vais regretter de te dire ça.

En guise d'au revoir, il donna un ultime coup sur le toit de la voiture avant de lancer :

– Ta mère.

Zoé s'affaissa sur le siège passager comme une poupée de chiffon. Son humeur s'assombrissait d'instant en instant. Devant elles, une masse de nuages noirs approchait. On aurait dit le dessous d'un énorme vaisseau spatial.

– Tu devrais appeler ta mère, suggéra Val d'une voix calme.

– Ouais, répondit Zoé. Mais on peut rester un peu ici d'abord ?

– Tout ce que tu voudras. Je peux rester assise ici toute ma vie si c'est ce que tu veux. Je resterai jusqu'à ce qu'ils emmènent cette bagnole à la décharge. Et je mourrai écrasée dans le compacteur avec toi s'il le faut.

– Merci, dit Zoé.

– En fait, j'aimerais autant éviter le compacteur.

Zoé éclata de rire malgré elle.

– Tu veux entendre un truc bizarre ? demanda-t-elle.

– À ton avis ? rétorqua Val.

– Quand les flics sont venus nous questionner au sujet de Stan, je les ai traités d'imbéciles parce qu'ils n'étaient même pas allés chercher le corps de mon père dans la grotte. Et ma mère m'a lancé un regard qui disait quelque chose comme « ça ne sert à rien de remuer tout ça ». Maintenant, je sais pourquoi – parce qu'elle leur a demandé de le laisser là-bas. Parce qu'elle était contente qu'il soit parti.

– Elle avait peut-être d'autres raisons, opposa Val.

– Comme quoi ?

Val réfléchit un instant, sourcils froncés.

– Aucune idée, dit-elle enfin.

Quand Zoé fut prête à appeler sa mère, Val descendit de voiture pour lui laisser un peu d'intimité. En partant, elle lui décocha une bourrade d'encouragement.

Zoé regarda Val disparaître dans un magasin de brocante de l'autre côté de la rue, puis elle se décida à composer le numéro de sa mère. Même la sonnerie du téléphone lui semblait hystérique. Sa mère mit une éternité à décrocher.

– Zoé, qu'est-ce qu'il y a ? Ça va ? Je travaille.

De grosses gouttes de pluie avaient commencé à s'écraser bruyamment sur le pare-brise.

– Zoé ? Tu es là ? Qu'est-ce qui ne va pas ?

Zoé durcit sa voix pour ne pas pleurer.

– Ce qui ne va pas, c'est que tu as dit aux flics de ne pas aller chercher le corps de papa. Et que tu m'as *menti*.

Un long silence s'ensuivit. Zoé attendit. Elle entendait les bruits des Sources chaudes de Piping en fond sonore – le tintement des portes qui s'ouvraient, les bips de la caisse enregistreuse, le crissement des sandales de bain sur le sol cimenté.

– Écoute, on ne va pas régler ça en deux minutes, dit sa mère. Et je ne peux pas en parler pour le moment. J'ai des gens qui exigent d'être remboursés, ils ne veulent pas se baigner dehors parce qu'il pleut – comme si c'était de ma faute !

Zoé se glissa sur le siège conducteur et alluma les essuie-glaces pour y voir dehors. La pluie tombait déjà à verse, frappant le toit comme une poignée de clous.

– Je me fiche que cette conversation prenne du temps, dit-elle. Je veux en parler *maintenant*.

En face, Val lui faisait de grands signes derrière la vitrine du magasin. Elle était en train d'essayer une veste de daim rouge et demandait son avis à Zoé. Celle-ci secoua la tête – cette couleur jurait avec les mèches orange de Val.

– J'ai dit à la police de le laisser parce que je ne voulais pas que quelqu'un d'autre se fasse tuer, expliqua la mère de Zoé. Et c'est la vérité.

Zoé réfléchit un instant.

– Tu dis des conneries.

– Zoé ! s'exclama sa mère.

– Désolée, mais je le pense. C'est peut-être une partie de la vérité, mais il y a sûrement autre chose.

– Alors pourquoi j'aurais fait ça, à ton avis ?

– À cause de tous ces trucs que tu m'as racontés sur lui et Stan, affirma Zoé. Parce que papa n'était jamais là. Parce que tu trouvais que c'était un raté, ou quelque chose dans le genre. Parce que tu le *détestais*.

– Tu te trompes, objecta sa mère. Jamais je n'ai détesté ton père. Je n'aurais pas pu passer vingt ans avec quelqu'un que je n'aimais pas. Ne serait-ce que pour éviter de vous donner un mauvais exemple, à toi et à Jonah. Il va falloir que tu trouves mieux, comme explication.

– J'en ai marre de jouer aux devinettes, protesta Zoé. Avant le départ d'X, je t'ai dit que je voulais tout savoir.

– Et moi, je t'ai dit que tu n'avais *pas* besoin de tout savoir.

Un nouveau silence s'installa. Elles étaient au point mort.

– Écoute, finit par reprendre sa mère, il y a encore des choses que j'essaie de comprendre. Des choses que je m'efforce de pardonner à ton père. Je ne suis pas tout à fait prête à en discuter avec toi – et je crois que tu n'es pas prête non plus à les entendre. Je suis désolée.

Val apparut de nouveau derrière la vitrine. Elle brandissait une gigantesque mouffette en plastique. *Et ça, alors ?*

Zoé rit sans bruit pour ne pas que sa mère l'entende.

Une voiture la dépassa, éclaboussant les vitres au passage. Sa mère attendait toujours qu'elle dise quelque chose.

Zoé n'était pas disposée à lui accorder son pardon. C'était au-dessus de ses forces.

– Tu sais quoi ? demanda-t-elle. Je me fiche pas mal de ce que tu pensais de papa. Jonah et moi, on l'aimait, même s'il était un peu nul, parfois. J'ai averti la police et maintenant, c'est ton tour : papa m'a appris la spéléologie, et tu sais ce que ça veut dire ? Que je vais aller le chercher moi-même.

Val la rejoignit en courant sous la pluie. Elle traversa la rue sans regarder et, quand un chauffeur de camion la klaxonna, elle répondit par une brève révérence. En montant dans la voiture, elle tendit un sac à Zoé. Elle lui avait acheté un trophée à la brocante. Un drôle de cercle doré figurait au sommet.

– Tu as remporté la coupe du meilleur donut, expliqua-t-elle.

Zoé sortit de sa morosité. Souriante, elle accepta son trophée avec la grâce d'une star recevant un oscar.

– Il y a tellement de gens que je voudrais remercier, dit-elle.

Elle déposa la coupe sur le siège arrière et fit démarrer la Poussette poussive. Le moteur toussa longuement, ennuyé qu'on le réveille. Mais, bientôt, elles étaient sur l'autoroute détrempée, en direction de Kalispell. Zoé informa Val qu'elles allaient devoir faire un autre arrêt avant de rentrer. Pour aller voir Dallas. Quand elle commença à expliquer pourquoi, Val l'interrompit :

– Tu veux le voir parce qu'il est spéléologue, dit-elle. Tu veux qu'il t'aide à t'entraîner au cas où tu devrais aller à la Larme noire.

Comme Zoé la regardait en ouvrant de grands yeux, Val ajouta :

– Allô ? C'est *moi*, Zoé. Tu n'as pas besoin de m'expliquer les trucs.

La pluie s'était un peu calmée. Les nuages se dissipaient, laissant apparaître des lambeaux de ciel bleu. Zoé eut l'impression de pouvoir respirer de nouveau. Elle avait un plan et, cerise sur le gâteau, elle avait gagné le trophée du meilleur donut. Devant elles, il y avait un gros pick-up noir aux pneus bicolores. Il arborait un autocollant qui disait : « Le Montana est complet, mais il paraît qu'ils ont de la place dans le Dakota du Nord ! »

Dix minutes plus tard, Zoé se gara dans l'immense parking de la Maison des Huns où Dallas avait décroché son boulot de rêve derrière les grils. Val n'était toujours pas une grande fan de Dallas. Il ne s'était jamais déclaré auprès de la fille-qui-ne-pourrait-pas-dire-non, et Val était convaincue qu'il craquait toujours pour Zoé.

Elle annonça à son amie qu'elle allait s'installer chez FroYoLo[1].

– Je ne peux pas supporter de voir Dallas te baver dessus, déclara-t-elle.

– Dallas et moi, on est juste copains, opposa Zoé. C'est clair pour lui.

– Ouais, si tu le dis. En fait, je me fiche que tu lui fasses du mal – ce type porte quand même un nom de série télévisée.

– Il a dit que ça venait des Cowboys de Dallas[2], objecta Zoé.

– Tu m'étonnes. Moi aussi, je dirais ça si on m'avait donné le nom d'une série télé.

Sitôt qu'elle eut franchi le seuil de la Maison des Huns, Zoé sentit l'air saturé de graisse lui coller à la peau. Dallas et trois autres cuisiniers poussaient des grognements de barbares autour du gril géant qu'ils avaient surnommé le Cercle de la mort. Ils étaient tous tellement musclés que c'en était comique. Ils étaient armés de lances en plastique et portaient des chapeaux de cuir pointus bordés de fausse fourrure. De larges bandes de cuir étaient enroulées autour de leur torse nu. La chaleur les faisait

1. Boutique de yaourts glacés.
2. Équipe de football américain.

transpirer en permanence et, de temps à autre, une goutte de sueur venait s'écraser en grésillant sur le gril.

Celui-ci consistait en un imposant cercle noir doté en son centre d'un trou destiné à recueillir les déchets. Les clients donnaient aux cuisiniers la liste des viandes et légumes surgelés, ainsi que des sauces choisies au buffet – les panneaux affichaient cinq sortes de sauces différentes et proposaient plusieurs combinaisons. Puis ils poussaient leur plateau sur les rails cernant le gril pendant que les cuisiniers faisaient cuire leurs ingrédients en marmonnant des inepties, prétendument dans la langue d'Attila. Tout près, il y avait un gong miniature que les clients pouvaient frapper avec un maillet s'ils déposaient un pourboire dans la coupelle prévue à cet effet. Chaque fois que le gong résonnait, les cuisiniers s'interrompaient pour contracter leurs biceps.

Dire que Dallas aimait ce boulot aurait été un énorme euphémisme.

En voyant Zoé, son visage s'illumina – puis il se rappela qu'il était censé être un barbare.

– Quoi vouloir ? aboya-t-il théâtralement.

– Je peux te parler ? s'enquit Zoé.

– Pas parler. *Manger*.

Zoé baissa les yeux sur le gril. Il était couvert de lanières grisâtres de bœuf ou de poulet. Une poignée de petits pois surgelés roulaient tout autour comme des billes.

– Je ne mange pas de ces trucs, dit-elle.

Elle regretta ses paroles en voyant qu'elle l'avait blessé.

– Si toi pas manger, nous pas parler, déclara-t-il. Mrgh !

– Sérieux ?

Pendant un instant, Dallas redevint Dallas.

– Allez, Zoé ! gémit-il. Mets-y un peu du tien !

Un autre cuisinier – le chef des Huns ? – s'avança d'un pas lourd jusqu'à eux en abattant son poing sur ses pectoraux luisants de sueur et d'huile corporelle.

– Fille pas manger ? demanda-t-il à Dallas.

Zoé leva les yeux au ciel.

– D'accord, fille manger, fille manger. Mrgh !

Un peu plus tard, Dallas profita de sa pause pour rejoindre Zoé qui enroulait des nouilles autour de sa fourchette.

Il avait retiré son chapeau de Hun et enfilé un tee-shirt dont le col en V était légèrement déchiré à la base. Il s'éventait avec un menu plastifié.

– Quoi de neuf ? demanda-t-il avec gaieté. Je ne t'ai pas vue depuis que tu m'as largué.

Zoé sourit.

– Ouais, désolée pour ça, dit-elle.

– Tu m'as un peu brisé le cœur, meuf.

– Je sais, soupira Zoé. Je ne m'étais pas aperçue…

– De quoi ? coupa Dallas. Que j'avais des sentiments ?

– En quelque sorte.

Zoé fut surprise d'entendre Dallas éclater de rire, et elle se remémora alors ses séances de pelotage avec ce beau garçon sans prétention dans les toilettes pour handicapés du Target.

– Tu veux que je te dise franchement ? reprit-il. Moi non plus, je ne savais pas que j'avais des sentiments. Mais c'est cool, pas de soucis. Je veux dire, je vais demander à une fille de sortir avec moi, de toute façon.

– La fille-qui-ne-pourra-pas-dire-non ?

– Elle *va* dire oui, affirma Dallas.

– J'en suis sûre, approuva Zoé. Au fait, moi aussi, je sors avec quelqu'un.

Le visage de Dallas se décomposa.

– Aïe. Tu étais vraiment obligée de me dire ça ?

– Tu viens juste de m'annoncer que tu étais sur le point d'avoir une nouvelle copine ! protesta Zoé.

– Mais quand même !

En signe de bonne volonté, Zoé mâchonna un bout de porc carbonisé. Elle entrevit une lueur de fierté dans les yeux de Dallas.

– C'est meilleur que tu pensais, hein ? demanda-t-il.

– Franchement ? Non.

Derrière elle, un autre cuisinier se mit à frapper le gong sur un rythme régulier pour signaler à Dallas la fin de sa pause. Comme celui-ci ne se levait pas aussitôt, le cuisinier ajouta un marmonnement inintelligible qui se perdit dans le vacarme ambiant. Par-dessus l'épaule de Zoé, Dallas considéra les barbares à moitié nus qui lui servaient de collègues.

– Il va falloir que j'y aille avant que mes frères s'énervent, dit-il.

– Je vais faire bref, déclara Zoé. Je veux retourner faire de la spéléo, et je veux que tu m'accompagnes. Je ne sais pas descendre dans la neige et tu es le seul spéléologue que je connaisse à être aussi doué que mon père.

Dallas secoua la tête.

– Sûrement pas.

Zoé sentit la déception la submerger – jusqu'à ce que Dallas ajoute :

– Ton père était bien meilleur que moi.

– C'est là que ça devient tordu, dit-elle. J'ai dit à Jonah que si les flics ne voulaient pas descendre à la Larme noire, j'irais moi-même. En fait… C'est bizarre, mais peu importe : je lui ai dit que j'apporterais une couverture à mon père.

Dallas prit le temps de digérer l'information. À présent, les cuisiniers chantaient à tue-tête. Dallas leva la tête et cria quelque chose qui ressemblait à « Furg ! ».

– Pourquoi ton père aurait-il besoin d'une couverture ? demanda-t-il à Zoé. Il est… mort.

– Jonah pense qu'il a froid.

– La vache !

Zoé laissa passer quelques secondes avant de demander :

– Tu vas m'aider ?

– C'est carrément un truc de dingue, Zoé. Et franchement glauque.

– Tu sais ce qui serait encore plus glauque ? Si je me fichais complètement de ce qui est arrivé au corps de mon père.

Dallas afficha une expression pensive.

– Pas faux, dit-il.

– Et puis, peut-être que les flics vont faire leur boulot, et que moi, je n'aurai pas besoin de descendre.

– Sinon tu iras vraiment, observa Dallas. Ce n'est pas du bluff ?

– Non, dit Zoé.

– Cette grotte, c'est une tuerie. Enfin, tu vois ce que je veux dire.

– Oui.

– La Larme noire n'est qu'à deux cents mètres de la Larme d'argent, c'est un parcours un peu moins casse-gueule, dit-il. On pourrait faire une sortie là-bas pour s'entraîner et voir comment tu t'en sors.

Il marqua une pause avant d'ajouter :

– Ce nouveau petit ami que tu préfères à moi… C'est un spéléo ?

La question prit Zoé de court.

– Euh, plus ou moins. Mais c'est à *toi* que je demande. Tu vas m'aider ?

– En tout cas, je ne te laisserai pas y aller seule, dit Dallas. Mais il va falloir faire vite parce que, quand la neige commencera à fondre, ces galeries vont se transformer en toboggans. Et si on passe trop de temps à s'entraîner, tu vas tomber amoureuse de moi et, là, ça va poser un gros problème.

– Pas faux ! dit Zoé en riant.

Dallas se leva et, coiffant son chapeau de Hun, se glissa de nouveau dans son rôle avec l'aisance d'un comédien de l'Actor Studio. Puis, avec un cri sonore, il empoigna son tee-shirt à deux mains et l'arracha d'un coup sec (la déchirure à la base du V lui facilita la tâche, et Zoé soupçonnait qu'elle avait été pratiquée exactement dans ce but). Une femme d'un certain âge assise non loin de là poussa un cri ravi à la vue des biceps de Dallas. Celui-ci lui lança son tee-shirt avant de se pencher sur Zoé.

– Ils sont offerts par la maison, murmura-t-il fièrement.

Zoé resta à table un moment, piochant quelques nouilles dans son assiette. Ce plan la rendait nerveuse – ce qui était normal –, mais elle faisait tout cela pour Jonah, et elle ne comptait pas le laisser tomber.

À l'autre bout du restaurant, il y eut un soudain mouvement de foule. Levant les yeux, Zoé s'aperçut que Val, qui avait fini son yaourt glacé, se trouvait de l'autre côté de la vitrine. Comme elle en avait marre d'attendre, elle enchaînait des sauts carpés pour attirer son attention.

Une étrange pensée assaillit Zoé tandis qu'elle se dirigeait vers la sortie : elle allait entrer sous terre pour trouver son père alors qu'X tentait d'en *sortir* pour la rejoindre.

13

Zoé et Dallas organisèrent leur descente à la Larme d'argent avec une rigueur militaire. Dans le grand hall clair du lycée, ils se transmirent des notes sur les amarrages, les longes et les mousquetons. Ils se demandaient s'ils devaient utiliser des cordes de 11 millimètres, plus solides, ou de 9 millimètres, plus légères à porter. Dallas était trésorier d'un club de spéléologie baptisé du nom douteux de « Grotte des mecs ». Devant son enthousiasme, Zoé avait l'impression de revoir son père et, parfois, quand Dallas partait dans de grandes tirades en agitant les mains, elle sentait les larmes lui monter aux yeux.

On était vendredi, et il était près de minuit. Le lendemain matin, ils descendraient à la Larme d'argent. Zoé était allongée sur le canapé du salon, une liste de matériel et une carte du parcours dans les mains. Son corps n'était qu'un paquet de nerfs, et son esprit ne valait guère mieux. La lune, brillante et pleine, lançait ses rayons blafards par la fenêtre voisine. Un mélèze griffait la vitre de ses doigts squelettiques.

La Larme d'argent ne serait qu'un galop d'essai. Ce parcours était moins redoutable que celui de la Larme noire où son père avait trouvé la mort, mais Zoé n'avait jamais fait de descente en hiver. Jamais elle n'avait dû affronter la neige ou la glace. Et jamais elle n'était descendue sans son père.

Celui-ci considérait les cavernes comme des terres sacrées. Zoé trouvait que certains des graffitis qui ornaient les parois étaient plutôt cool, surtout ceux qui avaient l'air anciens. Quant à son père, ça le rendait fou. Il braquait sa calebombe sur un mur où quelqu'un avait gravé *Phineas* et secouait la tête : « Même dans les années 1800, il y avait des crétins. » Il avait montré à Zoé des grottes couronnées d'incroyables plafonds voûtés, des cavernes qui recelaient des lacs si bleus qu'ils semblaient phosphorescents, ou d'autres ornées d'énormes stalactites qui évoquaient des orgues.

– Écoute-moi bien, Zoé, lui disait son père. Il reste un million de lieux inexplorés dans le monde – des endroits où aucun être humain n'a jamais mis les pieds. C'est cool, non ? *Tu ne trouves pas ça franchement cool* ?! Et ces endroits se trouvent tous sous terre !

Le père de Zoé était toujours un mètre devant elle pour jauger les galeries, les dénivelés et les rivières souterraines. Elle pouvait toujours compter sur lui, avec son sourire un peu niais. Se retournant à demi, il lui criait :

– Tu es carrément géniale ! Tu vas y arriver, bravo ma fille !

Mais c'était fini, maintenant. Ça n'arriverait plus jamais.

Attrapant son portable sur la table basse, elle envoya un texto à Dallas pour se remonter le moral :

Demain, demain, DEMAIN !!!!!

Dallas lui répondit aussitôt, comme s'il n'attendait que son message pour appuyer sur la touche Envoi :

À fond ! Viens de sortir du travail. Les Huns sont super CHIANTS. Reste à l'écoute.

QUOI ? répondit Zoé. *Tu ne vas pas me laisser tomber ?*

Jamais ! Je suis À FOND !!! Faut que j'y aille – je me rase (pas le visage).

BEURK. Dis aux Huns que s'ils te laissent pas partir, je leur donnerai un coup dans les MRGH et leur enfoncerai une lance dans le FURG.

Ah !

C'est trop ?

Carrément pas ! PTDR !

Hein ?

Pété de rire, Zoé !

Zoé reposa son téléphone sur la table et examina la carte de la caverne. Une inscription figurait en haut, à droite :

Larme d'argent. Découverte le 2 mars 2005 par Bodenhamer & Balensky. Température de l'eau : 0-1 °C.

Dessinée à la main, la carte ressemblait à l'illustration d'un système digestif telle qu'on en voyait dans les cours de biologie de troisième. L'entrée de la galerie (la bouche) consistait en un étroit boyau. L'espace y serait confiné, et ils allaient devoir être harnachés car, au bout de quinze mètres, le passage débouchait sur un puits de cinquante mètres (l'œsophage). L'eau coulait en permanence sur l'une des parois. En quelle quantité ? Auraient-ils affaire à un simple filet, ou carrément à une cascade ? C'était la seule question qui taraudait Zoé et Dallas. Ils espéraient que la neige à l'extérieur de la galerie n'aurait pas commencé à fondre pour se répandre sous terre.

Les yeux de Zoé se posèrent en bas de la carte. Au fond du puits se trouvait une vaste salle en forme de cloche (l'estomac) où la cascade venait frapper un immense rocher avant de venir s'écouler sur le sol. Elle et Dallas allaient atterrir dans un lac glacial. Il leur faudrait porter une combinaison de plongée sous leurs vêtements.

C'était pour voir cette salle que les spéléologues descendaient. De spectaculaires formations glaciaires devaient descendre de sa voûte, car on l'appelait la Salle des chandeliers.

Zoé laissa tomber la carte par terre et se frotta les yeux.

Elle entendait sa mère tourner en rond à l'étage. Elles ne s'étaient pas adressé la parole depuis des jours. Zoé était toujours en colère, mais sa mère lui manquait. Elle se sentait détachée du monde, comme si elle flottait dans l'espace sans être reliée à rien. L'absence d'X n'arrangeait rien. Zoé écouta le sol craquer sous les pas de sa mère. Chaque son accentuait sa solitude.

Elle allait faire cette sortie parce que Jonah en avait besoin – pourquoi sa mère ne le comprenait-elle pas ? Pensait-elle qu'il s'agissait d'un simple caprice ? Ou qu'elle avait besoin de se distraire en attendant le retour d'X ? Jonah se sentait encore trop mal pour sortir de la maison. Il attendait que Zoé ou la police descende au fond de la Larme noire. Il avait pâli et il n'arrêtait pas de geindre. Il se rongeait sans cesse les ongles. Chaque matin, en semaine, Rufus déboulait dans sa camionnette coiffée de l'ours à la patte levée. Malgré son imposant répertoire de blagues idiotes, même lui ne parvenait pas à égayer le petit garçon. Quand ils jouaient à cache-cache, Jonah se réfugiait dans le vieux congélateur de la cave, comme il le faisait avec leur père, mais on sentait bien que le cœur n'y était pas. Rufus refusait d'être payé pour s'occuper de lui. Au début, Zoé pensait que cela faisait partie d'une stratégie pour séduire sa mère. Et puis, un après-midi, elle vit Rufus qui tenait la main de son frère et la massait délicatement. Alors, elle prit conscience qu'il éprouvait une véritable affection pour Jonah. Ce jour-là, Zoé décida que ce type était un saint.

Dans la soirée, avant que Jonah aille se coucher, Zoé lui avait dicté la liste du matériel qui lui manquait encore pour son expédition et, manifestant une énergie qui devenait rare chez lui, Jonah l'avait consignée de son mieux dans un carnet à spirale.

Zoé parcourut la liste une fois de plus :

H2O
BaRRes pRotinées, 3 ?
Élastiques pouR atacheR cheveux
Résins secs
Lampes, 2
Couto suisse
Piles
Chaussètes en laine tRès tRès épèsses
Gants de vaissèle (BIZARE !)
genouyèRes pouR les genous
sac poubèle pouR faiRe un poncho, juste au cas ou !

À présent, tout était emballé dans les sacs à dos. Zoé laissa choir le papier. Il n'y avait plus qu'à attendre.

À 2 heures du matin, elle n'avait toujours pas fermé l'œil. Elle s'extirpa à grand-peine du canapé pour se diriger vers le placard de l'entrée et en retira le pardessus d'X – pourquoi n'y avait-elle pas pensé plus tôt ? Il scintillait même dans la lumière pâle de l'entrée. Les cintres de métal tintèrent en s'entrechoquant.

Zoé enfouit son visage dans le manteau. Il dégageait un arôme de feu de bois, de pin, et un léger parfum de sueur. Elle fut assaillie du souvenir d'X sur le lac, de son corps s'effondrant sous le sien, de son odeur qu'elle sentait pour la première fois. Elle étreignit le manteau, comme si X était à l'intérieur. Dallas était mignon. Il avait un joli sourire en coin, mais X… X était stupéfiant. Zoé frotta l'un des boutons du vêtement. Il était en pierre. Il se réchauffa sous sa main.

Elle emporta le pardessus jusqu'au canapé et s'en enveloppa. Comme X mesurait quinze bons centimètres de plus qu'elle, le manteau la couvrait tout entière, cascadant autour d'elle. Ainsi, elle se sentait sûre d'elle et en sécurité. Elle imagina qu'X était enfin de retour. Elle le vit monter les marches de l'entrée. D'abord, il serait trop nerveux pour la regarder. Elle lui dirait… Que dirait-elle ?

Elle dirait : *Tu as oublié ton manteau*.

À 3 heures du matin, elle décida d'écrire une lettre à X, même si elle n'avait aucun moyen de la lui faire parvenir et qu'il ne savait pas lire. Le stylo à la chaîne perlée, celui que Jonah avait subtilisé au guichet de la banque, reposait sur la table basse. Elle s'en empara puis ramassa la liste de matériel qu'elle avait jetée par terre. Elle se fichait qu'X ne voie jamais cette lettre. Elle avait seulement *besoin* de figer certaines des pensées qui tournaient en rond dans sa tête.

Elle écrivit sans s'arrêter jusqu'à avoir rempli la page. À 3 h 15, elle plia la lettre et la glissa dans une des poches du manteau d'X, comme s'il s'agissait d'une boîte aux lettres surnaturelle. Quelques secondes après, elle s'était endormie, le stylo toujours à la main, le manteau étalé sur elle comme une coulée d'eau chaude.

À 8 h 58, Zoé s'éveilla au son du Klaxon de Dallas. Il avait deux minutes d'avance et, depuis la dernière fois qu'elle était montée dans sa voiture, il semblait avoir personnalisé son avertisseur qui jouait à présent les cinq premières notes du thème des *Simpson*. Zoé tituba jusqu'à la fenêtre de la cuisine. Elle fit mine de se trancher la gorge pour lui signifier de cesser son boucan – sans résultat. Elle réitéra son geste : *sérieux, si tu n'arrêtes pas de klaxonner, je te tue !*

Elle était éreintée, et sa nuit sur le canapé l'avait laissée courbaturée. Elle n'était pas du tout en état de partir explorer une grotte. Il allait lui falloir une bonne dose d'adrénaline pour tenir le coup.

Elle monta à l'étage pour enfiler sa combinaison de plongée puis, par-dessus, autant de couches de vêtements qu'elle pouvait en superposer sans marcher comme une momie. Ensuite, elle vérifia rapidement le contenu de son sac à dos et celui du sac de voyage renfermant son matériel. Parfait. De retour dans le couloir, elle jeta un coup d'œil dans la chambre de Jonah, espérant qu'il serait réveillé pour pouvoir étreindre son petit corps tout chaud avant de partir. Il dormait encore profondément – le visage tout rose, à 20 000 lieues sous les mers.

En bas, sa mère errait comme une âme en peine dans la cuisine en remuant son thé.

– J'y vais, dit Zoé.

Sa mère ne répondit pas et lui tourna le dos.

Zoé refusait de partir comme ça.

Dehors, Dallas avait mis un rap de Kendrick Lamar à fond dans son 4 × 4.

– Je serai prudente, dit Zoé en gage de réconciliation.

Sa mère fit volte-face.

– Si tu voulais vraiment être prudente, dit-elle d'une voix pleine de colère, tu n'irais pas du tout.

– Maman, écoute…

– Non, Zoé, je n'écoute pas. Va-t'en, si tu y tiens tant que ça.

Après cela, refusant d'ajouter un mot, elle s'empara d'une boîte de thé orange et se mit à lire ce qui était écrit dessus, comme si c'était prodigieusement intéressant.

En montant dans le 4 × 4, Zoé était anéantie. Dallas, gêné, ne savait pas quoi dire, et elle se sentait coupable. Il était À FOND, À FOND, À FOND ! pour l'expédition, et voilà qu'elle lui faisait le coup de la pauvre fille empêtrée dans ses sentiments. Ce n'était pourtant pas son genre.

Avec une prévenance touchante, Dallas avait apporté à Zoé un cappuccino de Coffee Traders et calé la radio sur sa station de country préférée. Le son des violons et des guitares acoustiques remplissait l'habitacle. Manifestement, Dallas détestait cette musique, mais il s'abstint d'en faire la remarque. Dans sa tête, Zoé épingla une étoile à son nom.

– Les Huns t'ont laissé venir, finalement, dit-elle. C'est cool.

– Les Huns me soûlent, rétorqua Dallas, soulagé de pouvoir parler. T'imagines même pas à quel point.

Il s'arrêta à un feu rouge.

– Tiens, écoute ça, reprit-il. Tu vois mon chef ? On est censé l'appeler Roi Rugila. C'est débile et en plus, c'est super dur à prononcer. En fait, il s'appelle Sandy. Et donc, le Roi m'a fait un sermon pas possible sur le code sacré des Huns, comme quoi ils ne laissent jamais tomber leurs frères pour une fille… Au fait, la fille, c'est toi.

– J'avais compris, dit Zoé.

– Alors je suis allé sur Wikipédia, tu vois ? Avant, je n'avais rien lu sur les Huns parce que je voulais créer mon propre personnage. Sauf que, tiens-toi bien, les Huns n'avaient *aucun* code ! C'était ça, le truc – ils se contentaient d'attaquer tout ce qui bougeait !

Le feu passa au vert. Dallas laissa une file de voitures tourner devant lui avant de démarrer. Étrangement, au volant, il était très courtois.

– Désolé d'en faire toute une histoire, dit-il. Le Roi me rend dingue.

– Je ne veux pas que tu aies des ennuis à cause de moi, observa Zoé. Tu ne vas pas te faire virer, n'est-ce pas ?

– Non, je ne vais certainement pas me faire virer. Parce que j'ai démissionné.

– Dallas ! s'exclama Zoé. À cause de moi ?

– Ouais, à cause de toi, confirma-t-il d'un air embarrassé. Laisse tomber.

Il était mal à l'aise. Qui aurait cru que Dallas pouvait l'être ?

– D'ici lundi, ils me supplieront de revenir, ajouta-t-il. Toutes ces mères sexy, elles ne viennent pas pour la bouffe

– d'ailleurs, je parie que ce n'est même pas de la vraie cuisine hun. Je ne dis pas que je suis le mec le plus canon de l'équipe, ça serait présomptueux. Mais je suis carrément dans le top trois. Le Roi, il a des *poils dans le dos*, t'imagines !

Zoé éclata de rire, heureuse qu'envers et contre tout, Dallas reste Dallas.

Après avoir dépassé Columbia Falls, ils mirent le cap sur le nord en direction de Polebridge. Les traces de civilisation disparurent d'un coup. Ils n'avaient plus de réseau et les derniers magasins et restaurants cédèrent la place à des pistes défoncées et désertes qui sinuaient à travers les bois. Le long de la route, des panneaux fixés aux pins indiquaient « Propriété privée » et « Attention aux ours ». De temps à autre, ils passaient devant un chalet de bois dont la cheminée crachait un épais panache de fumée. À part ça, c'était le vide absolu. Zoé sentait cet isolement jusqu'au fond de son ventre. Plus ils approchaient de la Larme d'argent, plus elle appréhendait cette expédition.

– Nerveuse ? demanda Dallas qui avait perçu son angoisse.

– Ouais.

– Sérieux ? Parce que cette caverne, on va la *mater*. Nous deux, on assure grave. Répète après moi : *on va la mater !*

– On va la mater, dit Zoé.

– Pas terrible, objecta Dallas. C'est pas en disant « mater » comme ça que tu vas mater quoi que ce soit.

– Il n'y a pas que la caverne, avoua Zoé.

Dallas fronça les sourcils.

– Tu veux… Tu veux parler de tes *sentiments*, ou un truc comme ça ?

Zoé le dévisagea sans parvenir à masquer sa stupéfaction. Le Dallas avec qui elle était sortie n'aurait jamais posé une question pareille.

– Tu t'es entraîné à parler aux filles, *mec* ? demanda-t-elle.

– Peut-être. Peut-être avec ma mère – elle est psychologue. J'ai bien dit, *peut-être*.

– En tout cas, c'est gentil à toi de me poser la question, déclara Zoé. Mais je *sais* que tu n'as pas vraiment envie de m'écouter parler de mes sentiments.

Ils abordèrent un virage serré. Une autre voiture arrivait en sens inverse. Dallas ralentit et roula sur le bas-côté pour qu'elle puisse passer.

– Encore un truc que les filles ne comprennent pas, soupira-t-il.

– Sans rire, rétorqua Zoé. Je t'en prie, raconte-moi ce que les filles ne comprennent pas, parce que je me le suis toujours demandé.

Dallas ne perçut pas le sarcasme dans sa voix – à moins qu'il ait choisi de l'ignorer.

– Ce que les filles ne comprennent pas, expliqua-t-il avec sérieux, c'est qu'en fait, les garçons ont vraiment envie qu'elles leur parlent de leurs sentiments, mais pas de *tous*. Juste de *certains* sentiments.

– Et on parle de combien, à peu près ? s'enquit Zoé. Genre, trente pour cent ?

Dallas réfléchit un moment.

– Cinquante ? dit-il. On veut juste qu'au bout du compte, il reste du temps pour discuter d'autre chose. Mais avec vous, les mecs – je veux dire, les *filles* –, tout est connecté, alors quand vous commencez à parler d'*un* sentiment, ça mène à *un autre* sentiment, qui mène *encore* à un autre.

Il tourna vers elle son visage plein de fossettes. Il semblait absolument sincère.

– Tu comprends ? On n'a jamais assez de temps pour le reste.

À présent, ils étaient tout près de Polebridge. Dallas emprunta la route menant vers ce hameau perdu au milieu de nulle part, qui évoquait les relais de poste du Far West. Il devait y avoir une douzaine de bâtiments – un café, une épicerie, quelques chalets, des toilettes publiques dont la porte était percée d'un croissant de lune. Sans les antennes satellites, on se serait cru en 1912. Il y avait même une rampe pour attacher les chevaux.

Dallas se gara en face de l'épicerie, coupa le moteur et se tourna vers Zoé. Manifestement, il attendait toujours qu'elle lui confie ses sentiments.

Et pourquoi pas, après tout ? songea Zoé.

– D'accord, dit-elle. Alors, en gros, ma mère m'en veut à mort que je fasse cette descente, Jonah refuse de sortir de la maison, et je n'ai pas vu X – mon petit ami – depuis *des jours*. Pardon, je sais que tu n'as pas envie d'entendre parler de lui. Quoi d'autre ? Mon père me manque. Je n'ai jamais fait de spéléo sans lui. Je ne sais même pas comment on fait.

Elle s'obligea à marquer une pause.

– Voilà ce que je ressens, reprit-elle plus posément. Tu veux entendre cinquante pour cent de quelle partie de tout ça ?

À son grand soulagement, Dallas répondit exactement ce qu'il fallait :

– Tu as besoin de sucre.

Il s'engouffra dans l'épicerie et en ressortit cinq minutes plus tard chargé d'un sac de pâtisseries qu'il déposa comme un trésor de pirate sur le siège entre eux. Il contenait des cookies aux pépites de chocolat, des gâteaux à la cerise et des pattes d'ours aux myrtilles. À eux deux, jamais ils ne pourraient avaler tout ça. Zoé déballa une patte d'ours et entreprit de la dévorer tout en léchant le glaçage sur ses doigts. Elle ne s'était pas aperçue qu'elle avait si faim.

– Quand on aura fait la Larme d'argent, on va voir la Larme noire, d'accord ? dit-elle. Je n'y suis pas allée depuis…

Elle laissa sa phrase en suspens, et Dallas l'acheva à sa place :

– Depuis les recherches pour retrouver ton père ?

– Oui.

– Tu as vraiment envie de retourner là-bas ?

Sans savoir pourquoi, Zoé éclata de rire. C'était peut-être un effet du sucre.

– Qui sait ? dit-elle.

Laissant Polebridge derrière eux, ils parcoururent les seize derniers kilomètres sur une piste cahoteuse. Dans cette partie de la montagne, un incendie avait ravagé la forêt. Les arbres calcinés émergeaient de la neige, aussi nus que des aiguilles. Bien entendu, Zoé pensa aux bois près de la maison de Bert et Betty – ce qui lui rappela le soir où elle était partie à la recherche de Jonah et des chiens dans le blizzard, et sa rencontre avec Stan. Comme Dallas l'avait dit : tout était connecté.

La Larme d'argent se trouvait sous un ruisseau gelé qui courait le long de la route. Comme il n'y avait nulle part où se garer, Dallas fit cinq cents mètres de plus, jusqu'à ce que la route s'élargisse suffisamment pour qu'il puisse se ranger sur le côté. Pendant les cinq minutes suivantes, il passa « Monster » de Kanye West à plein volume – apparemment, c'était son rituel avant de faire une descente. Zoé sortit de la voiture et regarda avec amusement Dallas reproduire à la perfection la gestuelle du clip. Enfin, la chanson prit fin et Dallas sortit du véhicule, empourpré et radieux.

– Waouh-ouh ! hurla-t-il, s'adressant à l'univers entier plutôt qu'à Zoé.

Il fit signe à celle-ci de le suivre puis, contournant son 4 × 4, il en ouvrit le coffre avec un geste théâtral.

– Et voilà ! s'exclama-t-il.

Zoé en resta bouche bée : pour un spéléologue, c'était une véritable caverne d'Ali Baba. Il y avait de superbes rouleaux de longes accrochées à des mousquetons. Il y avait des forets, des goujons, des harnais, des assureurs, des descendeurs, des sacs percés au fond pour que l'eau puisse s'en écouler. Il y avait des pelles pliantes et des marteaux étincelants. Il y avait des boîtes pleines de Clif Bar[1] et des poches à eau bien remplies. Tout était flambant neuf. Le père de Zoé n'emportait toujours que le strict minimum : il aimait improviser, et il était assez négligent. Dallas avait quatre casques orange identiques. Il avait même une pile de combinaisons d'un orange plus pâle, qui semblaient avoir été repassées.

– Je suis un peu maniaque sur les bords, avoua-t-il.

Zoé ne voulait pas le mettre mal à l'aise.

– Non, tu es plutôt du genre tueur en série, plaisanta-t-elle.

Dallas s'empara d'une combinaison, l'ouvrit et l'enfila. Elle était normalement équipée d'une poche de poitrine, mais Dallas l'avait enlevée pour éviter qu'elle se remplisse de boue quand il rampait. À l'emplacement de la poche, on distinguait une série de trous minuscules en forme de U.

Ensuite, Dallas examina les casques. Zoé se demandait comment il arrivait à les distinguer les uns des autres. Pour finir, il en choisit un, l'équipa d'une lampe à LED

---

1. Marque de barre nutritive pour sportifs.

puis le fixa sur sa tête. Il était très beau, avec sa mâchoire carrée, dans son ensemble orange.

– À quoi je ressemble ? demanda-t-il.

– À un Lego, répondit Zoé.

Elle enfila sa propre combinaison, roulée en boule au fond de son sac de voyage. Elle était d'un blanc sale, et tellement tachée de boue qu'elle évoquait une peinture abstraite. Ensuite, elle coiffa le casque bleu foncé que son père lui avait offert pour ses quinze ans, tout cabossé à force d'avoir frotté contre les parois des boyaux et essuyé des chutes de pierres. Il était un peu trop grand pour elle, et mal rembourré. Chaque fois qu'elle bougeait la tête, il tanguait.

Zoé et Dallas mirent dix minutes à s'équiper. Tout ce que Dallas possédait semblait avoir été conçu par des spécialistes – même ses gants paraissaient tout droit sortis d'une station spatiale. Le matériel de Zoé était vieux et hétéroclite, mais Dallas ne la jugeait pas et puis, de toute façon, ce n'était pas le genre de chose qui lui faisait honte. Elle enfila ses gants de vaisselle jaunes comme s'ils étaient en soie.

Ils vérifièrent une deuxième fois leurs lampes frontales, les piles, les piles de secours, les forets. Dallas s'énerva en s'apercevant qu'il avait oublié d'apporter des talkies-walkies. Heureusement, Zoé avait pensé à en amener. Elle les sortit de son sac et lui en confia un.

– Sois un peu plus prévoyant, la prochaine fois, ironisa-t-elle.

Dallas verrouilla son 4 × 4 – *biiip ! biiip !* –, et ils revinrent sur leurs pas d'une démarche raide, engoncés dans toutes leurs couches de vêtements. Au bout de quelques minutes, arrivés à un virage, ils aperçurent des chevreuils dans la neige. Leurs yeux étaient humides et nerveux. Leur pelage, fin et roux en été, avait grisonné et s'était épaissi pour survivre à l'hiver – et à la saison de la chasse. Ils regardèrent Zoé et Dallas avant de s'enfuir, bondissant comme des chevaux de manège.

Avec le silence, l'angoisse de Zoé refit surface. Elle tenta de s'éclaircir les idées, en vain. Il lui revint une histoire que son père lui avait racontée quand elle avait dix ou onze ans, et qu'elle fut incapable de chasser de ses pensées. Cette histoire parlait de spéléologues britanniques qui s'étaient fait piéger sous terre lors d'une tempête monstrueuse qui avait inondé leur galerie.

Elle n'avait jamais oublié les détails de la tragédie : des hommes étaient venus à la rescousse, quittant leur pub à la hâte. Ils avaient construit un barrage, mais il ne cessait de s'effondrer. Pour finir, ils avaient dû le maintenir à l'aide de leur corps, et ils s'étaient acharnés toute la nuit à pomper l'eau. Enfin, ils s'étaient faufilés dans un étroit tunnel en quête de survivants. Au fond du boyau, le chef des secouristes avait trouvé les corps de deux spéléologues qui obstruaient la voie. Il avait dû ramper par-dessus pour localiser les autres. Eux non plus n'avaient pas survécu. Le dernier d'entre eux s'était glissé à l'intérieur d'une mince fissure dans une tentative désespérée pour trouver de l'air. Sachant que tout était perdu, le chef des secouristes avait rejoint les autres volontaires, qui pleuraient et vomissaient dans le tunnel. Au premier d'entre eux, il avait dit : « Rentre, Jim. Ils sont morts. »

Le mutisme de Zoé n'échappa pas à Dallas.

– À quoi tu penses ? demanda-t-il.

– Aux spéléologues anglais.

– Ceux qui sont morts dans un tunnel ? Ces Anglais-là ?

Dallas connaissait toutes les histoires de spéléologues par cœur.

– Mais c'est horrible de penser à des trucs pareils, meuf ! Arrête ça tout de suite. Sérieux.

Zoé rangea le terrible évènement dans la boîte *Ne pas ouvrir*. D'abord, il lutta pour en ressortir mais, pour finir, Zoé s'imagina assise sur la boîte, et l'histoire y resta enfermée.

Pourtant, tandis qu'ils arpentaient la nature sauvage, elle se sentait inquiète. Entre le silence, la neige et les arbres carbonisés autour d'eux, elle avait l'impression qu'elle et Dallas étaient les personnages d'un film post-apocalyptique – les derniers survivants d'un virus contre lequel ils étaient les seuls à être immunisés.

Dallas ne semblait pas nerveux le moins du monde. Il ne l'était jamais. Il paraissait gonflé à bloc, insouciant, presque euphorique. Ils avaient beau n'être séparés que de quelques mètres, ils étaient à des kilomètres l'un de l'autre.

– C'est par là, dit Dallas, qui consultait son GPS, avant de lever le poing. *Waouh-ouh !*

Il la guida vers le bas-côté, puis en bas de la berge abrupte. S'il y avait eu un sentier, il avait disparu depuis longtemps. La pente était jonchée d'arbres morts que les chasse-neige avaient évacués de la route. Leurs troncs étaient charbonneux et boursouflés.

Zoé les escalada à grand-peine, déséquilibrée par le poids de son sac à dos.

C'était pourtant censé être la partie la plus aisée de l'expédition.

Dallas était juste devant elle. Elle essayait de marcher exactement dans ses traces, transpirant sous ses couches de vêtements. Elle arrivait en bas de la pente quand sa raquette se posa sur un tronc pourri.

Elle eut soudain le sentiment de tomber dans le vide, comme si le sol se dérobait sous ses pieds.

C'était bien le cas.

Elle bascula en avant, les bras battant l'air.

Dallas continuait de parler tout seul, sans se rendre compte de rien. Zoé lui tomba dessus, bras tendus, sans rien pour freiner sa chute. Une branche fila devant son visage, manquant son œil de peu.

Elle s'écrasa contre Dallas.

Avec un grognement de surprise, il bascula à son tour. Tout se déroula en une fraction de seconde, peut-être même moins.

Le ciel se mit à tournoyer au-dessus de la tête de Zoé. Elle atterrit dans la neige, sur le flanc. Au même moment, elle entendit un craquement sec – le bruit d'un os qui se brise. Elle attendit que la douleur surgisse, mais rien ne se passa.

Dallas était roulé en boule à quelques pas de là. Il avait essayé d'amortir sa chute des deux mains. Il se tenait le poignet, la bouche grande ouverte sur un cri.

Dallas insista pour que Zoé aille *mater* la Larme d'argent sans lui. Pas question qu'il lui ruine son expédition, c'était trop important. Il avala un comprimé d'Advil et s'assit en bas de la pente, le poignet plongé dans la neige pour empêcher son poignet d'enfler. Il lui jura qu'il allait bien, que ce n'était sans doute qu'une entorse, et que c'était juste le choc qui l'avait fait crier. Zoé chercha à lui faire entendre raison, mais en vain.

Ils suivirent le lit du ruisseau sur quelques dizaines de mètres et bientôt, le GPS les informa qu'ils étaient arrivés à destination. Zoé ne voyait rien qui ressemblait à l'entrée d'une caverne. Elle devait être profondément enfouie sous la neige.

Retirant leurs raquettes, ils descendirent dans le ruisseau gelé. Un peu plus en amont, le cours d'eau pénétrait dans une colline rocheuse, poursuivant sa course sous terre. Zoé aida Dallas à retirer son sac à dos, sortit une pelle pliante et commença à dégager l'entrée de la galerie. Dallas insista pour l'aider. Il avait plongé sa main droite dans sa poche remplie de neige et se servait de la gauche pour casser la glace à l'aide d'un marteau. Ils travaillaient lentement pour ménager leurs forces et parlaient peu. Pourtant, à un moment donné, Dallas posa les yeux sur les gants de plastique jaune que portait Zoé et secoua la tête.

– S'il te plaît, laisse-moi t'en donner de plus adaptés. Je te promets de te rendre les tiens si on a de la vaisselle à faire.

Zoé avait les doigts tellement gelés qu'elle avait l'impression qu'ils brûlaient. Elle acquiesça si vigoureusement que Dallas éclata de rire.

Quand ils eurent évacué la neige, ils tombèrent sur un épais mur de glace bloquant l'entrée, comme pour le défendre des intrus. Ils s'y attaquèrent pendant une demi-heure. Zoé commençait à avoir mal aux bras. Les éclats de glace lui giflaient le visage. Pourtant, quand l'ouverture de la grotte apparut, elle s'aperçut qu'elle souriait comme une idiote. Elle planta son regard dans celui de Dallas. Même blessé, il gardait son expression béate.

– T'as vu ça ? demanda-t-il gaiement.

Sur la carte, on ne se rendait pas compte de l'étroitesse réelle de l'entrée. En forme de trou de serrure, elle mesurait à peine plus de soixante centimètres de large.

– Bon sang, c'est serré, observa Dallas. Je n'aurais pas pu rentrer là-dedans sans m'arracher les bijoux de famille.

– Merci pour cette image, dit Zoé.

Ils s'accroupirent, et le faisceau de leur lampe inonda la galerie. Le plafond brillait de condensation, le sol était criblé de morceaux de roche et de bulles de calcite que les spéléologues appelaient pop-corn. Mais le plus troublant dans tout cela, c'est que le tunnel ne semblait pas s'élargir. Zoé allait devoir ramper sur au moins quinze mètres dans un couloir, et sur le flanc, pour ne rien arranger. Zoé et Dallas se taisaient, et un énorme rat profita de leur silence pour émerger dans la lumière et les contempler avec indifférence.

– Tu vas y arriver, dit Dallas.

– Je sais, répondit Zoé en songeant au tatouage qu'il avait sur l'épaule. « N'arrête jamais plus loin ! », c'est ça ?

– Exactement. « N'arrête jamais, *jamais* plus loin ! »

Il sembla réfléchir.

– Sauf si...

Zoé n'avait jamais vu Dallas hésiter.

– Ne m'embrouille pas alors que je suis sur le point d'entrer là-dedans, l'avertit-elle. Sinon je t'arrache tes bijoux de famille moi-même.

– Non, non, non, tu vas y arriver, répondit précipitamment Dallas. Mais si tu entres et que tu tombes sur trois tonnes d'eau, tu dégages tout de suite. Promets-moi de ne pas jouer les héros.

Zoé promit, mais ils savaient tous deux qu'elle mentait.

Elle enfila son baudrier et son descendeur. Dallas mit tant de soin à vérifier le tout qu'elle se sentit encore plus nerveuse. À le voir, on aurait dit qu'elle s'apprêtait à sauter d'un avion en plein vol.

Zoé testa son talkie-walkie. À présent, il suffisait de se lancer.

Elle aspira une grande bouffée d'air.

Les trois premiers mètres étaient tapissés de glace. La voix de son père surgit dans sa tête comme une bulle de bande dessinée : « C'est du *givre*, Zoé ! On appelle aussi ça de la *gelée blanche*. Allons, sers-toi de ton vocabulaire ! »

Elle s'enfonça dans le tunnel en se couchant sur le côté. Alors, elle s'y insinua comme un serpent en poussant un gros rouleau de longes et un petit sac à dos devant elle.

Le passage était incroyablement confiné. Les parois formaient un étau autour d'elle.

Au bout de deux mètres à peine, sa nuque était trempée de sueur. Elle entendait déjà le martèlement de la cascade devant elle. Elle pensa aux spéléologues anglais qui s'étaient noyés – comment s'en empêcher ? – et aux hommes qui s'étaient précipités à leur secours.

« *Rentre, Jim. Ils sont morts.* »

Il fallait qu'elle se concentre. C'était la première chose qu'on apprenait en spéléologie : concentre-toi, ou tu vas te faire mal. À vrai dire, la *première* chose qu'on vous enseignait, c'est qu'il fallait être fou pour faire une descente sans être accompagné par deux personnes au moins. Ainsi, si quelqu'un se blessait, l'une pouvait l'assister et l'autre courir chercher de l'aide.

Poussant des deux pieds pour avancer, elle se traîna sur les cailloux et la calcite. Elle les sentait mordre dans sa chair malgré sa combinaison de plongée et quatre couches de vêtements.

Comme la galerie rétrécissait encore, elle emplit ses poumons d'air puis les vida pour réduire la taille de sa cage thoracique et continuer de ramper. Elle parcourut ainsi deux ou trois mètres de plus. Elle devait tendre la nuque pour voir devant elle. Son casque tremblotait et frottait contre la paroi. De temps à autre, une pierre tombait sur la visière et elle devait secouer la tête pour s'en débarrasser. Au loin, le bruit de la cascade s'amplifiait. Elle avait oublié combien ce son était assourdissant dans un espace clos – elle n'avait pas peur, mais son cœur battait la chamade.

Soudain, une pensée la frappa : elle n'avait pas *besoin* d'avoir peur. Elle avait froid, son corps était tendu comme un arc, elle avait l'impression de ramper à l'intérieur de la gueule d'un animal, mais il ne fallait pas qu'elle ait peur : elle savait ce qu'elle faisait. Et elle adorait ce qu'elle était en train de faire.

En outre, elle n'était pas seule, pas vraiment. Elle avait toute une équipe de soutien dans la tête : Dallas, Jonah, X. Et même son père, en quelque sorte.

Surtout son père.

« Tu es carrément géniale ! Tu vas y arriver ! Bravo ma fille ! »

Elle atteignit un coude dans le tunnel et se tortilla pour le franchir, s'imaginant qu'elle était une superhéroïne capable de se transformer en eau ou en acier fondu, de s'insinuer dans la roche, puis de reprendre sa forme initiale à volonté.

De nouveau, un sourire idiot naquit sur ses lèvres.

Tout à coup, le talkie-walkie grésilla. Le temps que Zoé vienne à bout de l'épreuve consistant à retirer son gant et à extraire l'appareil de son sac, le bruit avait cessé. Agacée, elle rappela Dallas.

– Je coule comme de l'acier en fusion ! dit-elle. Qu'est-ce que tu veux, à la fin ?

Il y eut un silence durant lequel Dallas se demandait sans doute ce qu'elle racontait. Lorsqu'il répondit, sa voix était tellement déformée que Zoé dut se creuser la cervelle pour combler les vides dans ses phrases.

– Où (tu) es ? demanda-t-il. Tu la mates, (cette) galerie ? Tu (entends) l'eau ?

– Évidemment que je la mate. Raccroche, maintenant !

Elle rangea le talkie-walkie dans son sac, s'essuya le nez et remit son gant. Leur conversation avait été brève, mais sa main avait eu le temps de se raidir de froid, et elle dut plier les doigts à plusieurs reprises pour retrouver un peu de sensations.

Devant elle, un millier de faucheux pendaient en grappes du plafond, les pattes si étroitement emmêlées qu'on aurait dit une masse de poils sales. Zoé était habituée aux araignées, mais elle fut surprise d'en voir à cette époque de l'année. Se glissant sous les bestioles, elle leur jeta un bref coup d'œil. De nouveau, elle entendit la voix de son père : « Les faucheux ne sont pas des araignées, Zoé ! Ce sont des opilions. Enfin, c'est la base de l'entomologie ! »

Quand elle était petite – cinq, peut-être six ans –, son père lui avait fait un cours enthousiaste à ce sujet. Il y avait deux choses qu'elle n'oublierait jamais. La première, c'était l'expression euphorique du visage de son père. La seconde, c'était un truc répugnant qu'il lui avait dit, comme quoi un faucheux était capable de faire le mort en se débarrassant d'une de ses pattes pour tromper les prédateurs. Ils l'abandonnaient – encore frétillante ! – avant de fuir dans la direction opposée. Seul son père pouvait imaginer que c'était une anecdote susceptible de ravir une petite fille. Cela dit, d'une certaine façon, c'était le cas.

Zoé sourit et secoua la tête, faisant osciller son casque.

Depuis quand était-elle dans ce boyau ? Sous terre, on perdait facilement la notion du temps. La cascade rugissait de plus en plus fort. Elle continua de ramper dans le noir en s'efforçant de se concentrer.

Enfin, le tunnel s'élargit avant de s'interrompre au bord d'un immense précipice menant à la Salle des chandeliers. Zoé roula sur le ventre. Baissant la tête, elle expira longuement, comme un nageur qui atteignait la rive. Elle avait mal au cou. Le côté gauche de son corps lui paraissait à vif, et elle frémit à l'idée des bleus qui devaient être en train de se former sur sa peau. Les superhéros étaient-ils censés se sentir aussi fatigués ?

Lentement, elle tourna la tête pour éclairer les parois. Il y avait des amarrages qu'un autre spéléologue avait laissés dans la roche – un primaire et un secondaire. Elle déroula sa corde et y pratiqua deux boucles en forme d'oreille de lapin. Elle accrocha un mousqueton à chaque amarrage et tendit l'oreille pour entendre le *clic* rassurant de la fermeture.

Presque deux mètres séparaient encore Zoé du puits géant menant à la Salle des chandeliers. Elle s'accroupit dans une position à la Gollum et se rapprocha lentement du bord, espérant que la cascade ne serait pas aussi violente que le laissait supposer le bruit.

Le puits était relativement circulaire. Ses parois irrégulières et incrustées de poches de glace scintillaient dans le faisceau de sa lampe frontale. Sur sa droite, une rivière souterraine jaillissait d'un trou gelé dans la paroi avant de dégringoler dans le vide comme la chevelure de Raiponce. Rien à voir avec le filet d'eau qu'elle et Dallas escomptaient. Elle était contente qu'il ne soit pas là pour dire, *Laisse tomber, meuf, ça craint carrément trop*. Elle était certaine qu'en descendant directement en rappel, elle pourrait éviter l'essentiel des éclaboussures.

De nouveau, elle testa les amarrages dans le mur, mais leur solidité apparente ne constituait pas une garantie de sécurité : s'ils devaient s'arracher, ça se passerait au moment où elle était dans le vide. Elle s'arrima à la longe, prit une grande inspiration et se retourna.

Elle recula jusqu'au bord du précipice.

Quand les semelles de ses bottes touchèrent la paroi, elle retint un cri de joie. Puis elle entama sa descente.

Lentement, avec précaution. Cinquante centimètres à la fois. Sa main droite restait rivée sur le frein. Un nuage de brume glacée provenant de la cascade l'enveloppa. Le bruit était intense, mais moins que celui des battements de son cœur. Elle avait l'impression qu'on la poursuivait.

Zoé tenta d'ignorer la cascade, mais elle jaillissait de la paroi avec la force d'une lance de pompiers. L'eau éclaboussait ses bottes et remontait le long de son corps, lui trempant les jambes, les bras et la poitrine. Zoé se félicita d'avoir enfilé sa combinaison de plongée sous ses vêtements. Elle se retint de descendre plus vite, plus loin, en chute libre jusqu'au fond.

À présent, l'eau s'insinuait dans son cou, lui coulait sur le visage, si froide qu'elle lui griffait la peau. Zoé s'en écarta. Il fallait qu'elle revoie ses plans, qu'elle s'éloigne de la cascade.

Elle se mit à s'éloigner de l'eau, centimètre par centimètre. À présent, elle descendait en biais, comme un pendule. Les muscles de ses jambes protestaient et se crispaient douloureusement. La longe frottait contre la roche. Zoé avait progressé de deux mètres sur le côté, mais l'eau continuait de la gifler. Si seulement elle pouvait faire un mètre de plus… Elle tendit la pointe de son pied droit vers la paroi.

Il atterrit sur la glace.

Elle glissa. Son cœur lui remonta dans la gorge.

Elle se sentit tirée violemment vers la cascade, le corps tournoyant comme une toupie. Elle était incapable de trouver une prise pour s'arrêter. Au-dessus d'elle, la longe raclait le bord du précipice.

Zoé se balançait si fort qu'elle fut projetée sous la cascade. L'eau s'abattit sur elle, furieuse et glacée. Elle ricocha sur son casque branlant, la trempant de la tête aux pieds. Zoé s'efforça de bouger, de pousser des deux pieds sur la paroi, de faire quelque chose, n'importe quoi, mais son corps était sous le choc, inerte. Soudain, une pensée effroyable fleurit dans sa tête.

C'est comme ça que mon père est mort – pendu à une corde, terrifié.

Enfin, la longe la tira hors de l'eau, comme si la gravité n'avait trouvé que ce moyen de lui dire que la seule façon de descendre, c'était tout droit. Zoé resta suspendue un moment, les yeux remplis de larmes. Elle se sentait secouée, stupide, humiliée. Le talkie-walkie vibra dans son sac. Dallas avait-il deviné ce qui venait d'arriver ? Avait-elle hurlé sans s'en rendre compte ? L'avait-il entendue ? C'était impossible.

Elle ne répondit pas. En percevant le tremblement dans sa voix, Dallas lui dirait de remonter. Elle allait bien, à présent. *Bien*. Mais pendant une fraction de seconde, elle avait eu l'impression que le fond du gouffre l'avait happée et qu'elle dévissait.

Zoé retira le gant de sa main droite en détachant la bande Velcro avec ses dents, puis le lâcha dans l'obscurité.

Elle inspecta son harnais et son frein. Le métal était si froid qu'il semblait électrifié. Elle retira la glace de son matériel du mieux qu'elle put. Son cœur battait la chamade.

Elle n'arrivait pas à s'arracher l'image de son père de la tête.

C'est comme ça qu'il est mort.

Elle s'aperçut alors qu'elle fixait sa main droite avec une étrange fascination, comme si elle ne lui appartenait pas.

Il y avait du sang et des fragments de peau sur la longe de son père. Provenaient-ils de ses mains ? De sa *gorge* ? La corde s'était-elle enroulée autour de son cou ? L'avait-elle étranglé – asphyxié – comme le cordon ombilical d'un bébé en train de naître ?

À présent, elle sanglotait. Mais ses pleurs, sonores, étaient étouffés par la cascade.

Le talkie-walkie se manifesta de nouveau, et elle répondit avec colère :

– Tu peux me laisser tranquille, *s'il te plaît* ?

– Je peux (quoi) ? demanda Dallas.

Il y avait de plus en plus de parasites.

– Tu peux juste me laisser tranquille pendant une seconde ? s'écria-t-elle.

– Je peux *quoi* pendant *quoi* ?

Et merde, pensa-t-elle.

Le talkie-walkie rejoignit le gant au fond du gouffre. Elle ne l'entendit pas atterrir, mais elle se l'imagina heurter la pierre en contrebas, avec les piles qui jaillissaient et les débris qui se répandaient sur le sol de la caverne. Elle éteignit sa frontale. Elle voulait juste rester suspendue dans le noir quelques instants. Tant pis pour les éclaboussures de la cascade. De toute façon, elle ne pouvait pas être plus mouillée qu'elle ne l'était déjà.

L'obscurité était absolue. Elle ne sentait plus rien. C'était comme si le fracas assourdissant de l'eau avait annihilé tous ses sens.

Elle pensa à son père, et à X. Elle se dit que tous deux seraient *extrêmement* inquiets de la savoir embarquée dans cette aventure insensée. Elle songea qu'ils ne se rencontreraient jamais. L'un était sorti de sa vie au moment où l'autre y entrait. Ils s'étaient frôlés, se ratant de peu.

Toujours dans le noir, Zoé tourna lentement au bout de sa longe. Elle se concentra sur le bruit de l'eau, tâchant de le disséquer, d'entendre le moindre son au milieu du rugissement. Elle laissa l'implacable fracas noyer toutes les pensées dans sa tête – les éteindre comme des flammes, les unes après les autres. Son cœur se mit à battre moins vite. Sa respiration se fit plus profonde.

Plus tard – elle n'aurait pu dire combien de temps s'était écoulé –, elle ralluma sa frontale et reprit sa descente. La glace sur la roche scintillait jusqu'en bas.

La Salle des chandeliers était d'une beauté à couper le souffle – Zoé ne savait plus où donner de la tête. Au milieu de la caverne, il y avait un énorme rocher enchâssé dans la glace translucide. La cascade le frappait en son centre avant de rebondir dans toutes les directions, comme une fontaine prise de folie. Les murs étaient eux aussi recouverts de glace, mais ici elle était aussi épaisse et ondulante qu'un glaçage de gâteau, et elle émettait la lueur bleu-vert et falote d'un aquarium. Tous les trois mètres environ se dressaient des colonnes de pierre qui semblaient presque en fusion (la voix de son père retentit une fois de plus dans sa tête, intraitable : « Ce ne sont pas des *colonnes de pierre*, Zoé ! Ce sont des *pilastres calcaires* ! Allons, les roches, ça se respecte ! »).

Zoé fit quelques pas prudents sur le sol glacé, passant la main sur toutes les surfaces à sa portée avant de les enfouir sous sa veste pour les réchauffer. Elle était hypnotisée. Tout, dans cette caverne, avait l'air aussi vieux que la Terre elle-même et semblait pourtant en pleine évolution, en pleine formation. Et à l'instant où Zoé pensait que la Salle des chandeliers ne pouvait pas la fasciner davantage…

Elle leva la tête.

La voûte était constellée de stalactites de toutes les tailles imaginables. On aurait dit une forêt à l'envers, ou un énorme instrument de musique restant à inventer. C'était sublime. Son regard parcourut avec avidité les formations calcaires qui scintillaient sous le faisceau de sa lampe frontale.

Ce n'est qu'en entendant quelque chose craquer sous sa semelle – un bout de plastique du talkie-walkie – que Zoé se souvint de Dallas. Il devait être en train de tourner en rond là-haut, sa main blessée au fond de sa poche, se rongeant les sangs. Le talkie-walkie était irréparable, mais elle ramassa néanmoins tous les morceaux qu'elle put trouver pour les fourrer dans son sac à dos.

Elle retourna à l'endroit où la longe pendait le long de la faille, couverte de glace. Elle la frappa contre la paroi comme si elle battait un tapis. En levant les yeux, elle voyait les perles et les jets d'eau tomber dans la lumière de sa lampe.

De nouveau, elle se harnacha à la longe. Elle entama sa remontée.

Vingt minutes plus tard, Zoé rampait hors du boyau, grisée et trempée. Les cristaux de glace à l'entrée lui plurent sur les épaules, comme un cadeau d'adieu.

Elle se mit péniblement debout, lâcha son sac sur la neige et aspira l'air à grandes goulées, autant que ses poumons pouvaient en contenir. Ses jambes flageolaient. Elle avança en vacillant, comme un poulain nouveau-né qui faisait ses premiers pas. Malgré cela, elle se sentait plus légère. Elle avait l'impression de flotter.

Dallas la rejoignit, radieux, et sortit une serviette orange de son sac pour la lui offrir. Il semblait se demander s'il devait la serrer dans ses bras, aussi Zoé se jeta-t-elle sur lui en l'étreignant avec reconnaissance.

– Merci de m'avoir amenée ici, dit-elle.

Comme elle craignait que cela ne suffise pas, elle ajouta, dans la langue de Dallas :

– Tu assures grave, t'es un vrai boss ! Merci !

Elle se sentait euphorique. L'air du dehors lui fouettait le sang.

– OK, OK, dit Dallas en se libérant de son étreinte. TU commences à me kiffer. Je t'avais *prévenue*.

– Je suis restée combien de temps en bas ? s'enquit-elle. Une demi-heure ?

– Deux heures et demie.

– Deux *heures* et demie ? répéta-t-elle. Je suis vraiment désolée.

– Pas de quoi, meuf, dit Dallas. Ce genre de truc, c'est spécial.

Zoé se prit en photo avec lui devant l'entrée de la caverne pour pouvoir l'envoyer à Val sur Snapchat quand elle aurait du réseau. Au-dessus de l'image, elle écrivit, en jaune :

Site : Larme d'argent ! Maté par : Zoé !

Dallas avait toujours le poignet enfoui dans sa poche. Comme il refusait de le montrer à Zoé, elle supposa qu'il était enflé et violet. Il lui assura qu'il allait bien et insista pour qu'ils aillent quand même à la Larme noire. C'était peut-être égoïste de sa part, mais Zoé avait besoin de voir l'endroit où son père était mort, et peu importe qu'elle soit trempée – il fallait qu'elle y aille maintenant, tant qu'elle avait encore assez d'adrénaline dans le sang.

– On va juste jeter un coup d'œil, aujourd'hui, hein ? demanda Dallas. Juste dire salut, un truc comme ça ? Tu ne vas pas me faire un sale coup et descendre ?

– Pas de sale coup, promit Zoé. Mais tu dois me promettre qu'on reviendra si la police ne fait pas son boulot.

– Avec une couverture, dit Dallas. Pour Jonah. Je me souviens.

– Tu promets ?

– Je promets.

– Parce que maintenant, tu sais qu'aucune caverne ne me fait plus peur, dit Zoé.

Les après-skis de Dallas crissaient doucement derrière elle.

– Je le savais déjà, répondit-il.

La marche jusqu'à la Larme noire était courte, mais épuisante. La neige s'élevait devant eux en immenses congères immaculées. Zoé sentait son dos et ses jambes protester à chaque pas, prêts à se rebeller.

Son corps reconnut la caverne avant son cerveau. Elle sentit son estomac se nouer de plus belle tandis qu'ils escaladaient un dernier amas de neige. En contrebas, elle aperçut une faille rocheuse dans la terre. La Larme noire était désormais cernée d'un grillage orné de panneaux avertissant du danger. La clôture mesurait presque trois mètres de haut, mais elle ne suffirait pas à les tenir à distance : le vent l'avait tellement malmenée que des panneaux entiers de grillage vacillaient comme des dents sur le point de tomber.

Zoé fut surprise par l'apparence banale de l'entrée de la caverne. C'était un simple trou dans le sol. Pourtant, plus elle le regardait, plus il semblait être entouré non seulement d'une clôture, mais aussi d'une sorte de champ de force. Elle le contempla longuement, immobile.

Dallas l'avait rattrapée et se tenait à ses côtés, silencieux. La caverne était à une trentaine de mètres devant eux. Zoé avait du mal à se décider à avancer.

– Je t'aurais bien accompagnée, dit Dallas, mais avec ma main, je ne peux pas passer le grillage.

– Pas de problème, dit-elle. Je gère.

Zoé descendit la colline d'un pas lourd. La neige était poudreuse et profonde. Elle s'arrêta devant la clôture. Elle ignorait ce qu'elle était censée ressentir, mais elle éprouva une vague d'émotions confuses et conflictuelles : tristesse, fureur, peur.

Elle essaya d'accorder dans son cœur un moment à chacun de ces sentiments. Des bouffées d'air chaud enfermé depuis des mois dans la galerie s'échappaient de l'entrée. On aurait dit une bouche exhalant de la fumée, comme si là, en bas, il y avait un dragon au lieu du corps de son père.

Elle lâcha son sac, détacha ses raquettes et escalada la clôture. Une fois de plus, elle sentit que les muscles de ses jambes rechignaient à cet exercice. Pourtant, elles lui obéirent et, bientôt, elle sautait de l'autre côté. Le problème, maintenant, c'est qu'elle ne savait pas pourquoi elle était venue, ni ce qu'elle avait l'intention de faire.

Elle se força à avancer. Par terre, près de l'entrée, deux objets dépassaient à peine de la neige. Elle s'agenouilla et les dégagea.

Un Jésus en croix. Un bouddha de pierre. Ils étaient posés à plat, leurs yeux fixant le ciel.

Quelqu'un était venu depuis qu'ils avaient découvert que son père était mort dans cette grotte. Quelqu'un qui avait laissé ces objets comme une offrande.

Sa mère.

Sa mère était la seule à pouvoir apporter un bouddha *et* un crucifix. Lorsqu'elle avait affirmé à Zoé qu'elle n'avait jamais cessé d'aimer son père, elle ne mentait pas. Alors pourquoi refusait-elle que la police ramène son corps à la maison ?

Les statuettes semblaient être tombées d'un piton rocheux au-dessus de l'entrée de la grotte. Zoé ramassa le crucifix, surprise par son poids. Elle le nettoya avant de grimper sur les rochers pour le remettre en place, puis répéta son manège avec le bouddha.

Les statuettes dégageaient un sentiment de calme et semblaient exhorter Zoé à trouver la paix à son tour. Elle aurait voulu dire quelque chose. Mais quoi ? L'imprudence de son père continuait de la mettre en colère. En tombant dans cette caverne, il les avait en quelque sorte tous entraînés avec lui dans sa chute. Pourtant, elle l'aimait. Peut-être y avait-il un moyen d'exprimer tout cela ?

Fermant les yeux, elle s'efforça de trouver les mots qu'il fallait.

– Je t'aime pour tout ce que tu étais, papa, finit-elle par dire. Je te pardonne pour tout ce que tu n'étais pas.

Après un instant, elle ajouta :

– P.-S. : Jonah devient fou sans toi, et je suis amoureuse de quelqu'un qui n'est pas du coin.

Elle ouvrit les yeux, regrettant de ne pouvoir en faire plus.

Une idée germa soudain dans son cerveau. En fouillant autour d'elle, elle trouva un morceau d'écorce dans la neige. Alors, se tournant vers Dallas, elle lui demanda de lui lancer le couteau suisse qu'elle avait mis dans son sac.

Zoé gratta et incisa l'écorce pendant cinq minutes. Quand elle eut fini, elle était en nage, son bras lui faisait mal, et elle sentait à peine ses mains. Mais elle était fière de son œuvre. Elle la posa sur l'affleurement rocheux avec les statuettes et prit un selfie pour l'envoyer plus tard à Jonah. Elle mettrait même la photo sur Instagram pour que la police la voie et qu'ils sachent qu'elle avait bel et bien l'intention de descendre dans la caverne s'il le fallait.

Dans l'écorce, elle avait gravé un message à l'intention de son père :

JE REVIENDRAI.

14

Dallas lui jura ses grands dieux qu'il était capable de passer les vitesses de la main gauche, mais Zoé déclara qu'elle avait suffisamment flirté avec la mort pour aujourd'hui. Elle prit donc le volant du 4 × 4 pour quitter cet endroit perdu.

Dès qu'ils rejoignirent Columbia Falls et la civilisation, leur téléphone capta de nouveau, comme s'ils sortaient tout droit de l'espace. Zoé s'arrêta pour envoyer un message. En voyant le bouddha et la croix laissés à l'entrée de la grotte par sa mère, sa colère envers elle s'était un peu apaisée. Elle n'était pas encore prête à tout lui pardonner, mais elle se dit que sa mère méritait de savoir qu'elle était saine et sauve. Elle écrivit donc les mêmes mots que le soir du blizzard : *Tout va bien.* En appuyant sur la touche Envoi, elle eut un sentiment de déjà-vu auquel se mêlait la stupéfaction d'avoir vécu tant de choses depuis qu'elle avait vu X se ruer sur Stan au milieu du lac gelé.

Sa mère répondit avant que Zoé ait eu le temps de reposer son appareil sur le tableau de bord.

Dieu soit loué ! écrivait-elle. *Merci à TOUS les dieux ! BZZ !*

« BZZ », ça voulait dire « Bisous », dans le langage de sa mère. Zoé l'avait suppliée de cesser d'utiliser cette abréviation parce que, chaque fois qu'elle apparaissait sur son écran, elle avait l'impression, pendant une fraction de seconde, que sa mère se prenait pour une mouche.

Je suis toujours pas mal en colère contre toi, répondit Zoé.

Une paire de guillemets apparut sous ses yeux, lui indiquant que sa mère était en train d'écrire. Comme toujours, cela promettait d'être sérieux.

Je sais, Zoé. Je comprends & je ne t'en veux pas. J'étais très mal, j'avais tellement peur qu'il t'arrive quelque chose que je n'ai pas pu manger / respirer / faire fonctionner la machinerie. Suis à la station thermale. Tu viens me faire un câlin ?

Peut-être. Pas sûr, répondit Zoé. *Si j'arrive à me dé-mettre en colère.*

S'il te plaît s'il te plaît s'il te plaît ?

OK, OK, je viens – mais juste pour t'empêcher de m'envoyer des émojis. BZZ (comme tu dis).

Merci. Et ne te moque PAS de mes mouches ! ;)

Les Sources chaudes de Piping étaient un établissement miteux niché sur une colline au-dessus de la vallée de Flathead, et qui s'enorgueillissait de posséder deux bassins (littéralement : une banderole affaissée à l'entrée affirmait : « Nous avons deux bassins ! »). Tous deux étaient situés en extérieur et alimentés par une eau revigorante et riche en minéraux qui jaillissait de la terre. Le premier était une piscine d'apparence ordinaire où la température était maintenue à 29 °C. Dans l'autre, beaucoup plus grand et en forme de haricot, l'eau était toujours précisément à 40 °C. La mère de Zoé était une gérante consciencieuse, mais les propriétaires vivaient loin ; ils parlaient sans cesse de revendre les Sources et refusaient d'injecter davantage de capitaux dans leur entreprise. Aussi, à chaque saison, les Sources chaudes de Piping paraissaient un peu plus délabrées et un peu plus glauques. Les énormes pendules digitales dans le style des années 1970 étaient toutes en panne, de sorte qu'au lieu d'indiquer l'heure, elles semblaient afficher des annonces en chinois.

Aujourd'hui, les riches touristes fréquentaient tous des spas où on leur fournissait des peignoirs en microfibres et des paniers en acier brillant remplis de lotions et d'éponges en loofah. Les plus aventureux d'entre eux se rendaient au Canada où des bassins d'eaux chaudes et tourbillonnantes apparaissaient comme par magie dans les rivières gelées. Les Sources de Piping attiraient essentiellement des couples âgés qui s'asseyaient contre la paroi de la grande piscine en se tenant tendrement par l'épaule. On y croisait également quelques touristes européens et des gamins d'une vingtaine d'années, généralement soûls, qui trouvaient l'endroit *mortel*. Zoé aurait eu honte de Piping si elle ne les avait pas tous vus quitter les lieux l'air béat et la peau rosie. Elles marchaient bien, ces sources.

Le soir tombait quand Dallas y déposa Zoé. Entretemps, ils s'étaient arrêtés dans un service d'urgence sur l'autoroute pour faire plâtrer son poignet.

En arrivant devant l'entrée, Zoé aperçut son reflet dans les portes vitrées : elle avait piètre allure. Sous le pardessus d'X, ses vêtements étaient froissés et déchirés. Quant à ses cheveux, ils étaient tout aplatis par le casque.

Sa mère trônait sur un tabouret derrière le guichet, occupée à plier des serviettes en l'attendant. Dès que Zoé franchit la porte, elle se leva. Elles s'approchèrent timidement l'une de l'autre, comme un couple qui a oublié ses pas de danse.

Zoé laissa sa mère la serrer dans ses bras, mais elle mit un point d'honneur à ne pas lui rendre son étreinte. Sa mère décida d'ignorer la maladresse de leur échange.

– Oh, seigneur, ce manteau ! s'exclama-t-elle. Il est à X ?

– Ouais, confirma Zoé. Il a des pouvoirs de guérison. Dès que tu l'enfiles, les bleus disparaissent et les os se ressoudent.

– Sérieusement ? demanda sa mère en ouvrant de grands yeux.

– Non, c'est juste un manteau. Mais il est super chaud.

Sa mère éclata de rire et lui donna une tape sur l'épaule.

– Écoute, je te dois des excuses, dit-elle. Tu veux bien venir les écouter en pliant des serviettes avec moi ?

Elles s'assirent, le panier de linge propre posé entre elles sur le comptoir. Zoé se souvint avoir plié des serviettes avec Bert après qu'il était devenu sénile. Il était obsédé par leur tiédeur et leur moelleux, par leur odeur de propre. Elle avait dû l'empêcher d'y enfouir son visage.

– Bon, dit sa mère. Mes excuses, tu les veux en version courte, moyenne ou longue ?

– Commence par la version courte, proposa Zoé.

– Je t'aime, et je te demande pardon.

– Ça ne me fait rien, rétorqua Zoé en lissant une serviette crépitante d'électricité statique. Essaie la version moyenne.

– Je t'aime, je te demande pardon, et j'ai eu tort de dire aux policiers de laisser le corps de ton père dans la grotte.

– Pourquoi tu as fait ça ? demanda Zoé. Je ne comprends pas.

Sa mère soupira.

– Je vais te le faire façon hoquets de cerveau, comme toi, d'accord ? dit-elle. Je pense que ton père s'est peut-être suicidé, Zoé.

Celle-ci demeura silencieuse.

– Vers la fin, il était vraiment malheureux, reprit sa mère. Il avait le sentiment d'être un raté. Il se détestait. Et il croyait que j'avais cessé de l'aimer, et ça… Ça me tue de savoir qu'il pensait une chose pareille.

Elle marqua une pause avant d'ajouter :

– Si je te dis tout ça, c'est seulement parce que tu m'as posé la question cent fois et que je pense que tu es capable d'encaisser.

– Je peux, dit Zoé. Continue.

– Écoute, je n'y connais rien en spéléo, mais j'ai l'impression qu'il était trop intelligent pour mourir dans un accident de ce genre. Alors je me suis dit qu'il s'était peut-être suicidé, et je ne…

Elle s'interrompit de nouveau pour se frotter longuement les yeux.

– Je ne voulais pas que les flics descendent et me montrent que j'avais raison, reprit-elle.

Zoé se pencha en avant. Cette fois, elle serra fort sa mère entre ses bras.

– Je *sais* que papa n'aurait jamais fait ça, dit-elle. Il a juste déconné. Il s'est arrêté pour prendre une photo, quelque chose comme ça… Et il est tombé. Quand je suis descendue dans la grotte aujourd'hui, je me suis représenté exactement tout ce qui est arrivé. Je l'ai *senti*.

Sa mère hocha la tête.

– Je suis sûre que tu as raison, dit-elle. Je veux que tu aies raison.

– Mais j'ai raison ! insista Zoé. Alors tu vas dire à la police d'aller le chercher, maintenant ? Aujourd'hui, j'ai assuré, mais c'était vraiment flippant – et la Larme d'argent, ce n'est rien comparé à la grotte de papa. Je n'ai pas super envie de mourir en descendant là-bas.

Avant que sa mère puisse répondre, un couple âgé qui parlait avec un accent allemand entra dans le hall. La mère de Zoé encaissa leur paiement et leur remit des sandales, des serviettes et les clés des vestiaires. Zoé et elle les regardèrent descendre l'escalier main dans la main, et elles attendirent qu'ils aient disparu pour reprendre leur conversation.

– Je parlerai à la police, dit la mère de Zoé. Je te promets de le faire. Et je suis désolée de ne pas t'avoir dit tout ça plus tôt. Être adulte, c'est affreux. Tu seras meilleure que moi dans ce rôle. Ça se voit déjà.

Sa mère était censée finir son service à 18 heures mais, à 17 h 58, un employé qu'elle surnommait le Lâcheur appela pour lui annoncer qu'il avait des taches bizarres sur la langue : ça *ne te dérange pas si je ne viens pas ce soir ?* La mère de Zoé était éreintée – elle n'avait même pas la force de repousser ses cheveux en arrière quand ils lui tombaient sur la figure. En apprenant la nouvelle, ses épaules s'affaissèrent. Zoé était encore euphorique d'avoir maté la Larme d'argent, et elle proposa d'assurer elle-même le remplacement du Lâcheur. Sa mère commença par protester, affirmant qu'elle ne pouvait pas lui demander une chose pareille, mais Zoé coupa court à ses objections :

– Tais-toi, je m'en occupe. Tais-toi, je m'en occupe !

Et ainsi de suite, jusqu'à ce que sa mère accepte.

Celle-ci lui expliqua que les piscines étaient pratiquement désertes : il y avait ce couple allemand en train de se tripoter dans le grand bassin et, dans le petit, un père célibataire qui organisait une fête d'anniversaire pour sa fille de six ans – une peste. Elle rappela à Zoé qu'il y avait un maître-nageur en faction au bord de chaque piscine et que, si elle ne trouvait pas Lance, l'agent de sécurité, il était sans doute dans les vestiaires en train de faire du Pilates. Si les lieux se vidaient, Zoé pouvait fermer plus tôt. Il fallait aussi qu'elle surveille les écrans de contrôle, parce qu'il y avait eu des intrusions, récemment. Zoé trouva cela un peu glauque.

– Encore une chose, dit la mère de Zoé en ouvrant son ordinateur portable posé sur le comptoir. Je pensais que ça attendrait demain parce qu'après la caverne et le reste, je n'étais pas sûre que tu pourrais le supporter. Mais ça va t'intéresser.

Elle se connecta sur un site d'actualités, fit pivoter l'écran vers Zoé, puis recula d'un pas.

– On dirait qu'X a retrouvé Stan, dit-elle.

Zoé parcourut l'article à toute vitesse :

Un homme assassiné au début de la semaine dans un salon de coiffure de Wheelwright, Texas, vient d'être identifié. Il s'agit de Stan Manggold. M. Manggold, quarante-sept ans, était originaire de Virginie. Il était recherché par la police. Le rapport du médecin légiste indique que M. Manggold est décédé suite à un violent traumatisme au cou après avoir été projeté tête la première dans un miroir mural. Les employées du salon décrivent l'assaillant comme un homme blanc aux cheveux noirs, qui pourrait avoir entre dix-huit et vingt et un ans. Selon elles, il était vêtu d'un pantalon noir, d'une chemise de cow-boy rouge et de bottes noires. La police a diffusé un portrait-robot de cet homme mais, à l'heure qu'il est, aucune piste n'a été trouvée.

Une chemise de cow-boy rouge? pensa Zoé.

Elle cliqua sur le lien menant au portrait-robot.

Ils avaient complètement raté sa bouche, et le regard n'était pas assez profond. Malgré cela, quelque chose dans ce dessin – peut-être les longs cheveux ondulés et les marques sur les pommettes – évoquait X avec une telle force que Zoé sentit le rouge lui monter aux joues.

Elle ferma l'ordinateur et le repoussa.

– C'est fini, maintenant, murmura sa mère. Cette folie est finie. X, la caverne, tout ça. Tout ira bien pour nous.

Mais Zoé ne voulait pas que la folie finisse. Elle voulait revoir X. Elle ne pouvait s'empêcher de penser que, maintenant que les seigneurs avaient mis la main sur Stan, ils allaient peut-être permettre à X de repartir capturer d'autres âmes.

La mère de Zoé annonça à sa fille qu'elle reviendrait la chercher plus tard, et elle la laissa assise derrière le comptoir, à grignoter des bretzels au yaourt tout en regardant les images neigeuses des écrans de surveillance obsolètes. Le père célibataire escorta bientôt son troupeau de jeunes enfants hors des lieux. Puis ce fut le tour du vieux couple allemand de partir – la femme avait la main plaquée sur les fesses de son mari. Pendant des heures, il ne se passa rien.

Pour tuer le temps, Zoé envoya dix textos à Val. Trois d'entre eux évoquaient son expédition à la Larme d'argent, cinq parlaient d'X, et deux des bretzels au yaourt. Val devait être avec Gloria (le week-end, elles se mettaient souvent au lit avec une tonne de provisions, pirataient le compte Tinder du frère de Val et passaient en revue toutes les filles qu'elles trouvaient canon), car Val répondit *Peux pas te parler* puis, comme Zoé refusait de la laisser tranquille, *Nouveau tél ki C ?*

Après cela, on aurait dit que le temps lui-même, mort d'ennui, avait décidé de faire la sieste. Zoé descendit à pas feutrés dans le couloir humide menant aux piscines pour aller dire à l'un des maîtres-nageurs qu'il pouvait rentrer chez lui. C'était toujours dix minutes de gagnées. Revenue à la réception, elle fit quelques étirements pour soulager ses jambes douloureuses. Huit minutes de plus.

Alors qu'elle se traînait vers le comptoir, elle posa les yeux sur les écrans de surveillance. Tout était désert. Les couloirs et les escaliers étaient lavés de frais. Les distributeurs silencieux diffusaient une lueur pâle. Un nuage de vapeur fantomatique flottait au-dessus des bassins.

Elle était sur le point de s'asseoir quand son œil détecta un mouvement.

L'écran en haut, à gauche. La grande piscine.

Quelqu'un venait de s'y glisser.

L'homme lui tournait le dos. Il était dans l'eau, mais il portait un bonnet de laine enfoncé jusque sous les oreilles, qui ne laissait dépasser que quelques mèches de cheveux emmêlés.

Zoé appela Lance sur le téléphone des vestiaires – comme sa mère l'avait prédit, il faisait du Pilates, et il était hors d'haleine. Elle lui demanda de mettre l'intrus dehors. Quand elle se tourna de nouveau vers l'écran, elle vit Lance entrer dans le cadre et héler le type dans l'eau. Celui-ci ne bougea pas, l'ignorant superbement. Pas du tout le genre d'attitude que Lance risquait de laisser passer.

Incroyablement grand et massif, Lance ne vivait que pour les confrontations. Il n'avait qu'un reproche à faire à son travail d'agent de sécurité : personne n'avait le cran de lui tenir tête. Plus d'une fois, Zoé l'avait vu chasser une mouche en grommelant : « Ouais, t'as intérêt à te barrer. »

Elle le vit s'approcher du bord du bassin et poser un genou à terre, comme l'ancien footballeur qu'il était. Elle ferma les yeux. Elle avait juste envie de rentrer à la maison, pas de regarder Lance administrer une raclée à un paumé.

Quand elle ouvrit les paupières, elle sursauta – Lance la regardait, droit dans l'objectif de la caméra. Son visage remplissait presque l'écran. Il lui fit signe de descendre le rejoindre à la piscine.

Zoé sentit son estomac se nouer. Elle enfila le manteau d'X, verrouilla la porte d'entrée et descendit les marches aussi lentement qu'elle le put.

Le temps qu'elle arrive dehors, l'inconnu avait nagé à l'autre bout du bassin. Dans la pénombre et la vapeur d'eau, elle ne distinguait que sa silhouette – une tête, des épaules et un bonnet au-dessus de l'eau.

Lance se tenait près de la porte, l'air ennuyé.

– Qu'est-ce qui se passe ? demanda Zoé.

– Ce type dit qu'il te connaît, répondit Lance.

Zoé scruta l'homme dans la piscine. Étrangement, la brume formait des volutes autour de son corps, comme si elles émanaient de lui. Elle ne connaissait pas l'intrus. Certainement pas. Elle s'apprêtait à ordonner à Lance de se débarrasser de lui quand l'inconnu parla.

Il ne prononça qu'une phrase, mais cela suffit pour qu'elle se fige :

– Tu t'appelles Zoé – et tu es amoureuse d'X.

Zoé fit lentement le tour de la piscine.

Elle s'approcha de l'homme. Il avait posé ses vêtements près du bord. Dans l'ombre, elle les distinguait mal. Ils étaient emmêlés comme un nid de serpents.

Elle chercha quelque chose à dire, mais l'inconnu parla de nouveau, la paralysant une seconde fois.

– C'est le manteau d'X, pas vrai ? demanda-t-il. Un peu grand pour toi.

Elle s'accroupit pour voir son visage. Il devait approcher de la trentaine. Plutôt mignon, mais les traits tirés. Il tremblait légèrement, il avait l'air malade. Le blanc de ses yeux était injecté de sang.

Il lui sourit. Cette marque de sympathie ne contribua qu'à lui donner l'allure plus menaçante.

Elle l'examina de près, sans parler.

Près de ses yeux, il y avait des marques sombres en forme de croissant.

Comme celles d'X.

– Qui êtes-vous ? demanda-t-elle.

– Éric, répondit-il. Ça roule ?

L'insouciance de son ton lui donna le frisson.

– X ne m'a jamais parlé de quelqu'un qui s'appellerait Éric, dit-elle.

– X n'utilise pas mon vrai nom.

Sortant un bras de l'eau – orné de tatouages hétéroclites presque semblables à ceux d'X –, il souleva son bonnet. Zoé eut un mouvement de recul. Son front était couvert d'affreuses ecchymoses.

– Il m'appelle Banger.

Il était venu lui transmettre un message d'X, affirma-t-il.

Zoé essaya vainement de deviner à son expression s'il s'agissait d'une bonne ou d'une mauvaise nouvelle. Le suspense était insoutenable.

Elle informa Lance et le dernier maître-nageur qu'ils pouvaient partir. Ils parurent choqués. Pourtant, ils obtempérèrent, à contrecœur.

Zoé attendit que Banger se décide à parler, mais il semblait se repaître de son impatience. Dans l'eau, il offrait un étrange spectacle. Il avait retiré sa chemise mais portait encore son bonnet et son jean, qui lui collait aux jambes. Nageant sur le dos, il dériva jusqu'au milieu de la piscine, les yeux rivés sur le canevas d'étoiles dans le ciel.

– C'est quoi, le message ? demanda Zoé. Dis-le-moi.

Banger sourit et s'éloigna dans l'ombre, sans quitter le ciel des yeux. Son ventre blanc brillait.

Elle le suivit sur le bord de la piscine tout en ramassant les serviettes sales et les sandales qui se trouvaient sur son chemin.

– Ne m'énerve pas, Banger, dit-elle. Tu as beau être mort, tu vas le regretter.

– Je peux juste nager encore *une* minute ? demanda-t-il. Tu sais depuis combien de temps j'ai pas trempé dans l'eau chaude ?

Zoé éprouva un élan de compassion. Après avoir réaligné une rangée de chaises longues qui avaient fait leur temps, elle retourna à l'intérieur.

Dix minutes plus tard, Banger se hissa enfin hors du bassin, enfila ses chaussures et sa chemise, puis la rejoignit. Il avait de nouveau enfoncé son bonnet sur son front abîmé. Il semblait toujours aussi fiévreux. Soudain, Zoé comprit : il souffrait du Tremblement.

– Tu es censé chasser quelqu'un ? demanda-t-elle.

Il se tourna vers elle, surpris.

– Oui, dit-il à mi-voix en essuyant la sueur sur son visage du revers de la main. Un type qui conduisait un bus scolaire alors qu'il était défoncé au crack. Je te fais grâce des détails.

Il déambula dans le hall d'accueil, examinant les affiches, les meubles et le moindre bibelot susceptibles de lui raconter l'histoire des années écoulées depuis qu'il avait été happé par les Terres du Bas. Zoé regrettait que tous ces objets soient aussi miteux et anciens. Elle lui demanda s'il voulait voir son téléphone portable. Aussitôt, le regard de Banger s'illumina. Il passa dix minutes à jouer avec l'appareil avant de le lui rendre à regret en disant :

– J'avais un BlackBerry. Ce truc *craignait*.

Zoé lui demanda s'il avait faim.

– Non, dit-il. Parce que je suis mort, si tu veux des explications techniques. Mais tu as quoi à me proposer ?

– Du seitan et du quinoa préparés par ma mère.

Banger leva un sourcil perplexe.

– Ces mots n'existent pas, observa-t-il.

– Il y a aussi des cochonneries à grignoter dans les distributeurs automatiques, dit Zoé.

À présent, les yeux de Banger lançaient des étincelles.

– Ça existe toujours, les Skittle ? s'enquit-il.

Zoé ouvrit la caisse pour en sortir une poignée de pièces avant d'entraîner Banger en bas. Les machines ronronnaient d'impatience dans le hall désert. Le distributeur de boissons était le seul objet récent dans tout le bâtiment : un engin aux allures futuristes pourvu d'un ascenseur miniature qui allait chercher le produit sélectionné. Banger le regardait, fasciné. Pendant cinq minutes, il se creusa la tête, incapable de choisir. Zoé trouva cela touchant. Ils retournèrent à l'accueil, les bras chargés : ils avaient acheté pour quatorze dollars de boissons énergisantes, de bonbons, de chips et de chewing-gums.

Ils s'assirent sur le sol de pierre, leur butin entassé entre eux. Le ciel nocturne était passé du bleu au noir. Zoé n'avait pas particulièrement faim. Pourtant, elle était fascinée de voir Banger engloutir ses sucreries. Penchée en arrière et appuyée sur ses mains, elle observait le spectacle. Il allait bien finir par se décider à lui transmettre le message d'X.

– Désolé de t'avoir fait poireauter, dit-il enfin, le visage encore rougi par l'eau chaude et la bouche maculée de chocolat. Je sais que tu veux des nouvelles d'X, mais je sais aussi qu'une fois que je t'aurai tout raconté, tu vas te lasser de moi et me jeter dehors.

– Pas du tout, le détrompa Zoé d'une voix douce. Je n'ai nulle part où aller. Je veux dire, mon petit copain est *en enfer*.

Banger lui décocha un sourire conspirateur.

– Peut-être plus pour longtemps.

Zoé sentit son cœur bondir dans sa poitrine.

Quand Banger daigna enfin tout déballer, Zoé eut du mal à assimiler tous les détails de son récit tellement son cerveau était focalisé sur une question, et une seule : allait-elle revoir X ?

Les seigneurs avaient fait son procès, affirmait Banger. X leur avait crié dessus – il avait remis leur autorité en cause !

Banger était encore stupéfait par l'audace d'X.

– Je le pensais pas capable d'un truc pareil, dit-il. Je veux dire, ce type ne parle *jamais*. Je me trompe ?

– Arrête, rétorqua Zoé, sur la défensive. Il est timide, mais il parle !

– Oooh, taquina Banger. J'en connais une qui le kiffe !

Zoé rougit, mais elle se ressaisit très vite.

– Je t'interdis de te moquer de mon amour surnaturel maudit, dit-elle.

Banger lui adressa un large sourire. Zoé ne put s'empêcher de remarquer que ses dents étaient grises et ébréchées.

– En tout cas, X parle, *maintenant*, reprit Banger. Tu dois lui avoir appris à se défendre. On voit tout de suite que t'es beaucoup plus cool que lui.

Il versa la moitié d'un sachet de Skittle dans sa bouche – drôle de décision dans la mesure où il était déjà en train de mâcher du chewing-gum. Zoé le regarda, étrangement subjuguée. Comment pouvait-il engloutir les bonbons sans avaler le chewing-gum ? Elle n'avait jamais vu personne tenter ça.

– Tu manges toujours aussi salement ? demanda-t-elle.

– Non, d'habitude, c'est encore pire.

Il continua de mastiquer ses aliments tout en poursuivant son récit.

Le procès s'était achevé dans un véritable chaos, lui apprit-il. Pour finir, l'un des seigneurs avait annoncé le verdict à X.

Arrivé au paroxysme de son exposé, Banger, apparemment grisé de sucre, se lança dans une digression qui mit Zoé à la torture.

– Et le seigneur en question, devine qui c'était ? Le seul mec un peu cool dans ce trou à rats. On l'appelle Régent. Il traite X comme son fils, ou presque. En tout cas... Désolé. J'ai perdu le fil de mes pensées.

Il s'esclaffa un instant avant de reprendre :

– Je me suis emmêlé. Emmêlé... Fil... Tu piges ?

Zoé lui décocha un regard noir.

– Dis-moi ce qui s'est passé, ou je te confisque tes bonbons.

Banger ouvrit largement la bouche.

– Relax, Max !

– Plus personne ne dit ça, observa Zoé.

– Ouais, même quand j'étais encore vivant, dit Banger. Mais ça en jette, comme expression. Au fait, Taylor Swift est toujours au top ? Et Chipotle aussi ?

Il marqua une pause puis demanda :

– Et dire « au top », c'est toujours au top ?

Agacée, Zoé tendit le bras pour ramasser les friandises une par une. Une barre de Reese. Un Twix. Une barre protéinée.

– Pas le Twix ! protesta Banger. C'est du chocolat *et* du biscuit !

Il débita le reste de son histoire d'un trait :

– Ils ont dit à X qu'il devait ramener une dernière âme. S'il ne déconne pas, s'il ne revient pas directement pleurer dans tes jupes ou un truc comme ça, ils le libéreront. Il pourra quitter les Terres du Bas pour toujours.

Zoé l'écoutait, le cœur battant à se rompre.

– *Pour toujours ?* répéta-t-elle. Je ne savais pas que c'était possible.

– Moi non plus. J'ai toujours pas pigé la moitié des règles. Ils devraient faire un site Internet pour ça.

Submergée d'émotions, Zoé bondit sur ses pieds et se réfugia à l'autre bout du hall, presque en courant. Elle ne voulait pas que Banger voie son visage.

– Je n'arrive pas à y croire, dit-elle. C'est tellement… Tellement *juste*. Parce qu'il n'aurait jamais dû se retrouver là-bas. C'était un enfant innocent et ils l'ont traité comme une sorte de monstre. Comme…

Elle laissa sa phrase en suspens.

– Comme moi ? suggéra Banger.

– Pardon, dit Zoé. Je ne te juge pas. Tout ce que je sais, c'est que tu étais barman et que tu as poignardé quelqu'un. Je ne sais même pas pourquoi. Je suis juste heureuse qu'X n'ait plus à souffrir.

Ils gardèrent un moment le silence. Zoé s'efforçait de digérer ces nouvelles stupéfiantes. La seule chose qui l'empêchait de danser de joie, c'est qu'elle se sentait désolée pour Banger. Lui ne serait jamais libre. À présent, il était en train de ramasser les restes de victuailles – elle entendait les chips craquer tandis qu'il les tassait au fond de ses poches – et de jeter les emballages vides dans la poubelle.

– Tu n'es pas obligé de partir, si ? demanda Zoé. Tu peux rester un peu ?

Banger sembla touché par cette invitation. Il sourit et se rassit par terre. Zoé désigna un tatouage sur son bras droit : un étrange animal tacheté doté d'une queue fourchue et d'un long cou tordu qui touchait presque le sol.

– X a le même, remarqua-t-elle. Je ne lui en ai jamais parlé. Vous avez des animaux différents d'ici dans les Terres du Bas, hein ?

Banger s'esclaffa.

– En fait, non. Le gars qui tatoue les chasseurs de têtes, c'est un vieux croulant qui est mort depuis l'époque de Pompéi, et il se rappelle même plus à quoi ressemblent les vrais animaux. Ça, c'est censé être une girafe.

– J'y crois pas.

– Si, à donf !

– Ça non plus, plus personne ne le dit, observa Zoé.

– Je m'en doutais, reconnut Banger. En tout cas, quand j'ai vu le tatouage, j'ai halluciné. Ce truc avec les cornes, là, c'est supposé être un singe.

Zoé éclata de rire. Elle pensa au *N'arrête jamais plus loin* de Dallas. Sortirait-elle jamais avec un garçon qui avait des tatouages normaux ?

– X est au courant que ce ne sont pas de vrais animaux ? demanda-t-elle.

– Je ne lui ai jamais avoué, répondit Banger. Ça lui briserait le cœur, et j'ai envie de le protéger. Parce que, comme tu l'as dit, il est innocent. Mais ne le lui répète pas, OK ?

– Promis, répondit Zoé en souriant. Moi aussi, j'ai envie de le protéger.

Elle consulta sa montre. Presque 22 heures. Bientôt, sa mère allait arriver en klaxonnant devant le bâtiment. Elle ne voulait pas que Banger parte. Il était son seul lien avec X, et elle l'aimait bien. Mais il avait un chauffeur de bus criminel à traquer. Le sucre ayant cessé de produire son effet, le regard de Banger avait perdu de sa vivacité. Il paraissait éreinté, et une fine pellicule de sueur s'était formée sur son front.

Banger s'était mis en danger en perdant ne serait-ce qu'une heure à lui remettre le message d'X. Il s'était mis à la merci du Tremblement, mais aussi des seigneurs. Zoé était tellement obnubilée par ses propres sentiments qu'elle avait oublié tout cela.

– Tu vas avoir des ennuis à cause de cette visite ? demanda-t-elle.

Banger haussa les épaules.

– Ouais, peut-être. Mais avec le foutoir que j'ai mis dans ma vie, je mérite tout ce qu'ils pourront me faire.

Il baissa les yeux sur ses mains, histoire d'avoir quelque chose à regarder. Elles étaient calleuses, meurtries, et vides.

– Tu te rappelles quand tu as dit que tu ne me jugeais pas ? demanda-t-il.

– Oui.

– Tu devrais, dit-il. Je ne suis pas du tout comme X. Mais j'aimerais bien.

Zoé ne savait pas quoi dire. Elle attendit qu'il poursuive.

– Tu sais pourquoi j'ai poignardé ce type ? demanda Banger. Parce qu'il se comportait comme un connard et que j'étais de mauvaise humeur… La mauvaise humeur, c'est l'histoire de ma vie.

Zoé n'avait pas envie d'en entendre davantage.

– Tu n'es pas obligé de me raconter tout ça, dit-elle.

– J'en ai envie, dit Banger. Après l'avoir tué, j'ai vidé la caisse du bar et j'ai décampé. Je n'ai plus jamais reparlé à ma femme ou à ma fille – pour leur dire quoi ?

Il marqua une pause avant de reprendre :

– Ma fille était autiste. Elle avait ce truc qui faisait qu'on pouvait pas la serrer dans ses bras. Genre, ça la faisait bugger. Elle pétait les plombs. Elle doit avoir huit ans, aujourd'hui. Elle sait sans doute même pas si je suis vivant ou mort.

Il détourna le regard et conclut :

– Alors, tu vois, tu as le droit de me juger.

Ce fut au tour de Zoé de baisser les yeux.

– Tu regrettes ? parvint-elle à articuler.

– Putain, oui, dit Banger.

Il retira son bonnet, révélant les affreuses blessures qu'il s'était infligées.

– Je t'ai présenté mon front ?

Zoé fronça les sourcils – voir ces plaies une deuxième fois n'était pas plus facile que la première.

– Regretter, ça compte, dit-elle.

– Vraiment ? demanda Banger en remettant son bonnet. J'en suis pas si sûr. C'est facile de dire qu'on regrette – surtout une fois qu'on s'est fait prendre.

Zoé lui demanda s'il avait déjà pensé à aller voir sa femme et sa fille quand il sortait des Terres du Bas.

– J'ai trop honte, avoua-t-il. J'ai eu pas mal de temps pour réfléchir, et j'en suis arrivé à cette conclusion : on ne peut pas faire ce que j'ai fait à ma famille et s'attendre à être pardonné. Un cœur, c'est fragile – du moins, quand c'est un *bon* cœur. Le mieux, ce serait qu'elles décident que je n'étais qu'un mauvais rêve.

Avec un tressaillement de douleur, Banger déplia ses longues jambes pour se lever et se diriger vers la porte. Les sachets de friandises dans ses poches crissaient à chacun de ses gestes. Zoé lui emboîta le pas.

Dehors, le vent soulevait des gerbes de neige. Après l'air chaud et humide des sources de Piping, le froid était saisissant. Il y avait une lampe au-dessus de la porte. Banger se tint un instant dans le mince cône de lumière, comme pour se réchauffer. Frottant ses bras nus, il regarda au loin.

– Tu ne peux pas te promener dans le Montana sans manteau, dit Zoé.

– Tu crois que ça va me tuer ? ironisa Banger.

Sa plaisanterie arracha un grognement à Zoé. Elle retourna à l'intérieur chercher le pardessus d'X et le tint ouvert devant Banger.

– Sérieux ? demanda-t-il en glissant les bras dans les manches avant qu'elle change d'avis. Tu es vraiment chic !

Zoé leva les yeux au ciel – mais sans animosité. Où ce type allait-il chercher son vocabulaire ?

– Tu diras à X que je l'aime ? dit-elle. Et tu lui donneras quelques bonbons ?

– Je lui dirai que tu l'aimes, confirma Banger. Mais pas question qu'il me pique mes bonbecs.

Il s'écarta de la lumière et fit un pas sur la neige.

– Quoi qu'il vous arrive, à toi et à X, dit-il, je suis content qu'il t'ait rencontrée. C'est un brave type – et tu lui as donné un petit peu de vie.

– Tu crois que les seigneurs vont vraiment le libérer ? dit Zoé. Sois franc, je peux encaisser. Non, attends – ne sois surtout pas franc. Je ne peux *pas* encaisser.

Elle poussa un long soupir de lassitude.

– Les probabilités ne sont pas très bonnes, non ?

À présent, Banger n'était plus qu'une voix dans l'obscurité.

– On s'en fiche, des probabilités, dit-il. Quelles chances avait-il de rencontrer un jour quelqu'un comme toi ?

Quatrième partie
Un cœur divisé

15

Une dernière âme.

Ces mots étaient imprimés au fer rouge dans le cerveau d'X.

Allongé dans sa cellule, il se tourna sur le côté. Malgré les soins de Ripper, ses blessures n'étaient pas encore complètement guéries, et elles palpitèrent douloureusement au contact du sol. Peu importait. À présent, il vivait dans son esprit. Son corps n'existait que pour soutenir celui-ci.

Une. Dernière. Âme.

Il ne pourrait revoir Zoé que s'il apportait aux seigneurs une ultime proie. Il pensa au Monde du Haut – aux chasseurs avec leurs colliers d'oies, aux cannibales qui se paraient de crânes enfilés sur une corde. Combien pouvait-on en porter avant que le poids des morts vous mette à genoux ?

Il allait leur ramener cette âme. Évidemment, qu'il le ferait. La seule chose qui le tracassait, c'est que cela semblait trop simple. Il retourna les mots en boucle dans sa tête, « Une dernière âme », cherchant où était le piège. Et s'ils lui réclamaient un innocent ? S'ils exigeaient qu'il leur rapporte un *enfant* ? L'idée de revoir Zoé l'obsédait. Le simple fait de penser à elle, à Jonah, ou même à leur mère malgré la froideur qu'elle lui avait manifestée, l'emplissait d'euphorie. Pourtant, il y avait des actes qu'il ne commettrait pas, même si les seigneurs l'exigeaient. Ce n'était pas par excès de noblesse, mais il se refusait à décevoir Zoé. Elle serait horrifiée qu'il perpètre un crime en son nom.

X décida que le seul véritable danger, c'était lui-même. Lorsque Régent – l'appeler Tariq, même en pensée, lui semblait trop périlleux – l'enverrait dans les Terres du Haut pour chasser sa dernière âme, X fuirait-il sa mission pour retrouver Zoé ? Allait-il s'attirer les foudres des seigneurs et anéantir son unique espoir de bonheur ? Pourrait-il s'en empêcher ? En ce moment même, il sentait les doigts de Zoé à trois endroits spécifiques de son corps : ses lèvres, ses hanches, ses épaules. Il frissonna – il avait l'impression qu'elle était avec lui dans la cellule, l'enserrant comme la tige d'un lierre, respirant dans son cou. Comment quelque chose pouvait-il le rendre à la fois si fort et si fragile ?

Un bruit soudain brisa le cours de ses pensées. Le garde russe escortait quelqu'un dans le couloir. X entendit une voix lancer :

– Relax ! C'est pas comme si j'avais oublié où se trouvait ma putain de cellule, mec.

Banger.

X bondit sur ses pieds. Il fallait qu'il sache si son ami était allé voir Zoé, comme il le lui avait demandé – comme il l'en avait supplié, à vrai dire. Il dut prendre sur lui pour ne pas hurler sa question devant le Russe. En silence, il attendit que les deux hommes apparaissent. Le garde marchait en tête. Il avait remplacé son éternel survêtement bleu pastel par un autre de couleur rouge vif. Il était si grand et si large – et déambulait si fièrement dans son nouveau costume – qu'X distinguait à peine Banger derrière lui. Mais il était bien là. Et lui aussi arborait une nouvelle tenue. Un manteau d'un bleu tellement profond qu'il en était presque noir.

Pendant un instant, X ne le reconnut pas.

L'instant d'après, il comprit.

C'était son propre pardessus – Banger avait vu Zoé.

Le garde enfonça sa clé dans le verrou de la cellule voisine. Il attendit que Banger le rattrape en reniflant et en avalant paresseusement sa morve.

Banger se glissa dans sa cellule. X tendit le cou, avide de capter son regard, mais le Russe lui bloquait la vue. X pesta intérieurement. Il était sur le point de se retirer au fond de son propre réduit quand Banger se pencha vers l'extérieur pour regarder X droit dans les yeux. Il releva le col de son manteau et lui adressa un clin d'œil.

Le Russe n'était pas pressé de partir. Il paradait d'un air viril, faisant des allées et venues devant Ripper qui prenait un malin plaisir à flirter avec lui.

– Toi remarquer nouveau costume, oui ? demanda le garde.

– Mais comment donc ! dit Ripper. Il vous fait une silhouette remarquable. Vous allez être la coqueluche des Terres du Bas !

– Toi peux toucher costume, dit le garde. Pas dire aux autres. Eux, pas toucher costume !

Le garde tendit le bras entre les barreaux. X contemplait la scène en secouant la tête. Il ne fut pas surpris le moins du monde quand Ripper mordit le Russe.

– Toi monstre ! s'écria le garde en retirant vivement son bras pour vérifier que sa manche rouge vif n'était pas abîmée. Tu as dents d'animal !

Malgré cela, il s'attarda encore une bonne demi-heure devant la cellule de Ripper. X était sur le point d'exploser de frustration quand il entendit Banger murmurer :

– Viens devant la porte. Vite.

X obéit.

– Un, deux, *trois*, dit Banger.

Il lança le pardessus à travers les barreaux. X l'attrapa et le tira dans sa cellule.

– Zoé est géniale, dit Banger. Elle dit qu'elle t'aime et j'ai dit que toi aussi tu l'aimais, etc., etc. C'est dans la poche, mec.

Après une pause, il ajouta :

– Et à propos de poche, il y a une barre de chocolat pour toi dans celle de ton manteau.

– Comment puis-je te remercier ? demanda X.

– C'est juste du chocolat, mon pote.

– Tu te méprends sur le sens de ma question. Comment puis-je te remercier d'être un tel ami pour moi quand j'ai moi-même été un si piètre compagnon ?

Ces paroles semblèrent frapper Banger, car il demeura silencieux un long moment.

– C'est rien du tout, dit-il enfin.

– Tu te trompes. Au contraire, c'est *beaucoup*.

Une pensée le traversa.

Il retira la chemise violette brodée de volutes blanches et la plia soigneusement, la lissant du mieux qu'il pouvait. C'était un vêtement criard, mais il avait vu Banger loucher dessus avec envie.

X s'accroupit près des barreaux.

– Un, deux, *trois*, dit-il.

Il fit passer la chemise à Banger. L'instant d'après, il l'entendit pousser un petit rire ravi en l'enfilant.

– Mec, dit Banger, je suis carrément *canon*, dans ce truc.

Quand le Russe s'éloigna enfin, Banger avait sombré dans un sommeil profond, épuisé par son équipée dans les Terres du Haut. X était assis contre le mur. Son pardessus étalé sur ses genoux était encore trempé du passage de Banger dans le fleuve. Pourtant, quand X y enfouit son visage, il perçut d'infimes traces de l'odeur de Zoé. Tous ses sens s'enflammèrent.

Grâce à Jonah, X savait ce qu'était une barre chocolatée. Pour se distraire de ses pensées, il glissa la main dans l'une des poches.

Au lieu de chocolat, il trouva un morceau de papier.

Les deux côtés étaient recouverts de marques qu'il ne put déchiffrer. Ce mystère était insoutenable. Peut-être s'agissait-il d'un message de Zoé ?

Il demanda à Ripper si elle était réveillée, juste assez fort pour être sûr de ne pas la tirer de son sommeil si ce n'était pas le cas.

– Je suis toujours éveillée, dit Ripper. Tu devrais le savoir, depuis le temps, non ? Mon cerveau est une véritable fabrique de feux d'artifice.

– Pourrais-tu me lire quelque chose ? demanda X. Quelque chose que j'ai découvert dans mon manteau ?

– Fais-le-moi passer, dit Ripper. Vite. Cet imbécile de Russe ne va pas tarder à revenir se faire mordre.

X lui donna le papier à travers les barreaux. Le cœur battant, il écouta Ripper le déplier.

– C'est une sorte de liste, annonça-t-elle enfin. Qui en est l'auteur ? La jeune fille qui hoquette du cerveau ? Seigneur, mais elle écrit comme un enfant illettré ! Elle est incapable d'épeler correctement « raisins », et son goût pour les *R* majuscules confine à l'obsession.

Elle se remit à étudier la feuille de papier.

– Attends, dit-elle. Au verso, l'écriture est beaucoup moins effarante.

– Tu peux me le lire ? demanda X.

Ripper s'éclaircit la voix et commença :

Cher X : ceci est une lettre pour toi. Tu dois sans doute te dire que a) je n'ai aucun moyen de te la faire parvenir et b) de toute façon, tu ne sais pas lire. Alors, oui, cette lettre n'est pas d'une grande utilité. Je le sais. On peut passer à autre chose, s'il te plaît ? Il faut que je m'extirpe ces mots du cerveau - ils me torturent. Tant pis s'ils restent cantonnés à ce morceau de papier. Ça m'aidera peut-être quand même. En tout cas, voilà ce que je voulais te dire avant tout (je prends une super grande inspiration - imagine-moi en train de faire ça, d'accord ?)... À la seconde où tu es parti, j'ai compris que je t'aimais. Zut, je n'ai déjà plus de place. J'aurais dû écrire plus petit.

Ripper interrompit brusquement sa lecture.

– Je dois avouer qu'elle a des habitudes épistolaires fort peu conventionnelles, commenta-t-elle.

– Il n'y a rien de plus ? demanda X.

– Si, si, mon tourtereau. Refrène tes ardeurs.

Elle poursuivit :

Chaque fois que je me réveille, mes pensées filent droit vers toi, comme si elles étaient soumises à la gravité. Tu as dû prendre sur toi pour ne pas emporter Stan. Tu m'as fait confiance quand j'ai dit que c'était mal. Te regarder souffrir pour défendre ce qui était juste a été la première chose qui m'a fait tomber amoureuse de toi, je crois. Ensuite, il y en a eu une foule d'autres, mais je n'ai pas assez de place pour les énumérer. Je déteste ta tristesse, X - encore plus que je hais la mienne. Quand tu reviendras (s'il te plaît, reviens), débarrassons-nous de cette tristesse, OK ? Quand tu reviendras (s'il te plaît, s'il te plaît, reviens), enterrons cette tristesse sous cinq mètres de neige. Je t'aime, Zoé.

X resta silencieux. Les paroles de Zoé flottaient dans l'air. Il se pencha, tendant l'oreille, comme s'il pouvait les matérialiser.

– Pourrais-tu me la relire ? demanda-t-il.

– Bien sûr, dit Ripper. Moi-même, je trouve cette lettre charmante, à sa façon. Mais puis-je savoir combien de fois tu vas me demander de la lire ?

– Jusqu'à ce qu'elle soit gravée dans ma mémoire et que je puisse t'en réciter chaque mot, répondit X.

Après une douzaine de lectures, X laissa enfin Ripper se reposer. Elle lui rendit le papier et se retira au fond de sa cellule, se plaignant d'avoir mal à la gorge. X fit courir ses doigts sur la lettre, s'efforçant de relier les signes qui y étaient inscrits aux mots qu'il avait mémorisés. Il apprit ainsi « je t'aime », « Zoé », mais aussi « super » et « zut ».

Ensuite, il resta assis pendant des heures, serrant contre lui la lettre et le manteau. Il se demanda quand Régent allait l'envoyer chercher sa dernière âme. Et s'il allait survivre à cette terrible attente.

Il murmura à Ripper que Régent lui avait confié son véritable nom.

Ripper ne répondit pas aussitôt.

– Surtout, ne me le répète pas, chuchota-t-elle enfin. Il est fou de l'avoir révélé.

– Je ne le dirai jamais à personne, jura X.

Le flot de ses pensées finit par l'épuiser. Le sommeil le gagna de façon si inattendue qu'il s'effondra alors qu'il était assis contre le mur, la lettre de Zoé en équilibre sur sa paume comme un fragile objet de verre.

Il rêva qu'il était de retour dans l'immense salle des seigneurs. Elle était déserte. Il s'y était glissé sans qu'on le voie. Les marches de marbre luisaient, le fleuve grondait au-dessus de sa tête. Il ne disposait que de quelques secondes pour faire ce qu'il avait à faire. Il avança vers le mur où la carte des Terres du Bas était incrustée comme un énorme fossile, y cherchant des indices de l'endroit où ses parents étaient retenus. Il fit courir ses doigts sur les symboles. Il y en avait trop, et il ne pouvait pas les déchiffrer. La pierre se mit à brûler sous sa peau. Il n'était pas censé être là et, étrangement, la carte le savait. Une vague de chaleur frappa son visage.

Quand X s'extirpa de son rêve, les marques sombres sur ses pommettes brûlaient. Régent était arrivé, avec le nom de sa seizième âme.

X fut surpris de voir le seigneur dans sa cellule. Depuis combien de temps était-il là ? Pourquoi ne l'avait-il pas réveillé ? Pour quelle raison retardait-il l'accomplissement de cette ultime mission ?

X se frotta les yeux pour chasser les dernières traces de sommeil, mais cela ne fit qu'accentuer la douleur. Il inspira profondément pour se calmer puis leva les yeux vers Régent. Il vit que son regard était empli de tristesse. Quelque chose n'allait pas. Cette certitude s'abattit dans le cœur d'X avec la violence d'un coup de marteau.

Régent ne parlait pas, ne bougeait pas. Il se contentait de regarder X d'un air misérable. Ses bras sombres et musculeux pendaient le long de son corps, comme si le sang s'en était retiré. En cet instant, rien ne paraissait ordinaire. L'ordre des choses était bouleversé. X aurait voulu demander à Régent ce que signifiait son silence, mais ses pensées s'entrechoquaient tellement qu'il était incapable d'aligner deux mots.

X entreprit de se lever, avide de briser le calme effrayant qui régnait dans la cellule. Comme une statue qui prenait vie, Régent bougea enfin et secoua la tête en lui faisant signe de rester couché sur le dos. X aurait dû être soulagé de voir que le rituel allait commencer – le moment où il pourrait de nouveau toucher Zoé se rapprochait enfin, quelque chose qui ressemblait à la vie l'attendait. Pourtant, il eut la sensation de s'allonger dans sa tombe.

Régent s'agenouilla près de lui. Il ouvrit la main droite. X distinguait les lignes courant comme des rivières sur sa paume. Il ferma les yeux, attendant que la main se referme sur son visage. Cela n'arriva pas. Au bout d'un moment, X ouvrit les yeux. Il considéra le seigneur d'un air interrogateur. L'attente était insupportable.

Enfin, Régent parla.

– Les Terres du Bas réclament une nouvelle âme, commença-t-il comme chaque fois. C'est un homme mauvais – impénitent et impuni.

Au lieu de poursuivre, Régent s'interrompit et un silence affolant emplit de nouveau la cellule. Quand il reprit la parole, il ne prononça pas les paroles habituelles du rituel.

X n'avait jamais entendu un seigneur s'exprimer avec autant d'affliction.

– Ce nom, dit Régent, je ne l'ai pas choisi.

X ouvrit la bouche pour parler, mais, avant qu'il ait pu prononcer un mot, le seigneur avait abattu sa main sur son visage. Le nom pénétra dans le sang d'X.

Leo Wrigley.

Il ne signifiait rien pour X.

C'est alors que l'histoire de Leo afflua dans ses veines. X poussa un hurlement animal.

Il tenta de repousser Régent, d'attraper ses bras, son cou, n'importe quoi. Régent le regardait, les yeux pleins de pitié. Il resserra sa prise sur le visage d'X jusqu'à ce que ses os menacent de céder et le plaqua au sol.

L'instant d'après, X se trouvait quelque part sur une plage rocheuse, l'esprit empli de douleur et de rage. Il se mit à avancer en titubant le long de l'eau. Le vent soufflait en bourrasques froides dans son dos. La mer, écumante et grise, éclaboussait ses bottes.

Il avait prévu de ramener sa dernière âme aussi vite que possible pour pouvoir retrouver Zoé sans attendre. Maintenant qu'il connaissait l'histoire de cet homme, c'était devenu impossible. Il marchait d'un pas pesant, presque contre sa volonté, le cœur lourd comme du plomb. Autour de lui, le sol était jonché d'énormes morceaux de bois blanchis par le soleil. Ils ressemblaient à des os.

Le Tremblement s'accentua tandis qu'il progressait, le tirant en avant comme une chaîne. Pourtant, cette douleur n'était rien comparée à la colère qui secouait X.

Qui avait choisi Leo Wrigley ? Ce nom provenait-il du Pouvoir supérieur, ou était-ce un sale tour que lui jouait Dervish ? Les Terres du Bas n'avaient nul besoin de l'homme chétif qu'X avait été chargé de ramener, il en était persuadé. Certes, cet homme avait péché, mais était-il réellement impénitent ? X ne le croyait pas. Et si les Terres du Bas convoitaient cette âme, pourquoi ne pas avoir envoyé un chasseur de têtes des années plus tôt ? Non, ce que les seigneurs voulaient vraiment, c'était punir X. Il les avait défiés. Il leur avait tenu tête. Il leur avait dit qu'il valait mieux qu'eux, qu'il était pur et noble – qu'il méritait l'amour ! Et maintenant, ils allaient l'abattre, le dépouiller de tout ce qui lui importait.

X progressait d'un pas furieux sur les rochers. Au-dessus de lui, les nuages étaient denses et sombres, comme alimentés par sa propre fureur.

Quand il eut parcouru presque un kilomètre sur la plage, une pluie violente se mit à tomber, faisant bouillonner l'océan. Il n'y avait que de rares personnes en vue – de vieux hommes qui passaient d'étranges instruments métalliques sur le sable et s'accroupissaient de temps à autre pour déterrer une boîte ou une pièce de monnaie. À présent, ils se ruaient vers les passerelles entre les falaises. X continua de marcher, indifférent à l'orage. La pluie froide mouillait son visage.

Il ne pouvait pas prendre cette âme, il le savait. Les seigneurs le savaient aussi. Ils étaient convaincus qu'X renoncerait à tous ses espoirs de liberté plutôt que d'accomplir cette mission.

Pourtant, il voulait voir l'homme pour lequel il était sur le point de se sacrifier. Il continua à arpenter la plage. Il ne tarderait pas à rentrer dans les Terres du Bas. Sa cellule était une bouche de pierre prête à l'avaler pour l'éternité.

En approchant de l'extrémité de la plage, X sentit la douleur de son corps s'aviver. Levant les yeux, il vit sa proie se diriger vers lui sous la pluie. Il portait des lunettes et un bonnet de laine rouge qui oscillait au rythme de ses pas. C'était la seule tache de couleur en vue.

À présent, la pluie tombait à verse. La rive était déserte, hormis le chasseur de têtes et l'âme qu'il était venu capturer.

À mi-chemin se dressait une falaise creusée par les marées. Elle formait une vague géante recourbée au-dessus de la plage. L'homme se plia en deux pour se glisser sous l'affleurement rocheux, se mettant à l'abri de la pluie. Il s'assit sur le tronc d'un arbre mort. X s'arrêta à quelques dizaines de mètres, les bottes enfoncées dans le sable spongieux. Devait-il faire demi-tour ou continuer ? Il était assailli de possibilités, de pensées, d'émotions.

L'homme aperçut X debout sous la pluie battante. Il inclina la tête. *Que fais-tu ici ?* semblait-il dire. De la main, il lui fit signe de venir se réfugier sous la falaise, désignant le tronc sur lequel il s'était installé : *Il y a de la place, ici.* Malgré son tourment, X trouva touchante cette invitation innocente. L'homme était à mille lieues de penser qu'X avait été dépêché pour le tuer.

X s'avança jusqu'à l'homme et s'assit sans un mot. Au-dessus d'eux, la pluie martelait la vague rocheuse avant de s'écouler de chaque côté comme un rideau de perles. X fixait l'océan, le sol sous ses pieds, les parois de pierre autour d'eux – tout, sauf l'homme à côté de lui.

– Ça risque de durer un moment, dit celui-ci.

X aurait voulu se tourner, lui parler, mais il en était incapable. L'homme continua, imperturbable :

– Ce rocher est sacrément génial, dit-il en désignant la falaise derrière eux. C'est du grès. Le truc le plus cool que j'aie jamais vu.

X se tourna enfin vers lui.

L'homme lui parut aussi inoffensif qu'un chaton.

X se creusa la tête pour trouver quelque chose à dire, mais la violence qui se déchaînait dans son cerveau oblitérait toutes ses pensées.

L'homme sourit, dans l'expectative.

– C'est la première fois que tu viens au Canada ? demanda-t-il.

– C'est le Canada ? dit X en fronçant les sourcils.

L'homme éclata de rire et X comprit avec soulagement qu'il croyait à une plaisanterie. Leo Wrigley avait une quarantaine d'années. Il avait d'épais cheveux bruns et des yeux d'un vert étonnant qu'X trouvait étrangement familiers. Sous son blouson, il portait des vêtements défraîchis. Ses bottes, sa chemise et ses lunettes avaient toutes été rafistolées avec le même ruban adhésif d'un noir brillant. Il sentait le poisson. X fronça le nez.

– Je suis allé pêcher un peu sous la glace, expliqua l'homme. C'est pas facile de gagner sa vie, par ici.

X perçut l'immense solitude qui tenaillait sa proie. En temps ordinaire, il ne prétendait pas savoir ce qui se passait dans le cœur des gens, mais la solitude était l'une des rares émotions qu'il se sentait à même de reconnaître.

L'homme retira un gant et offrit sa main à X.

– Je suis Leo Wrigley, dit-il. Et toi ?

X regarda la main de l'homme, rose et marbrée par le froid. Il ne pouvait se résoudre à la serrer. Était-ce à cause de ce que l'homme avait fait ? Était-ce parce que X avait honte d'être venu l'assassiner ? Il l'ignorait, mais il avait l'impression d'avoir les bras liés dans le dos.

Le sourire de l'homme s'évanouit. Retirant sa main, il adressa à X un regard blessé.

Seulement alors, X comprit pourquoi les yeux de l'homme lui semblaient familiers : ils ressemblaient à ceux de Jonah.

X se leva. Il fallait qu'il s'en aille, la douleur était trop forte.

– Vous ne vous appelez pas plus Leo Wrigley que moi, dit-il. C'est peut-être le nom que vous vous donnez aujourd'hui, mais ce n'est pas le vrai.

X traversa le rideau de pluie qui coulait de la falaise et marcha en direction de la mer déchaînée. Il pensait à Zoé. Il voulait aller la voir, maintenant, une dernière fois avant de repartir dans le seul foyer qu'il ait jamais mérité. Il ignorait comment lui dire – ou même s'il allait lui dire – que son père était toujours en vie.

16

Quand Zoé s'éveilla, la tête lui tournait, et elle avait l'impression qu'on lui avait injecté de la lumière pure dans les veines. On était dimanche matin. Son expédition de la veille lui avait laissé d'affreuses courbatures. Mais c'était une bonne douleur – celle des sportifs. À 9 heures, sa mère entrouvrit sa porte pour lui demander si elle voulait descendre en ville avec elle. Zoé eut du mal à tourner la tête pour lui répondre :

– Seulement si tu fournis la civière.

– Génial, dit sa mère en se penchant pour lui caresser les cheveux. Maintenant, j'ai deux gosses qui ne peuvent pas quitter la maison.

– Arrête, arrête, arrête, gémit Zoé. Ça fait mal.

– Tu as mal aux *cheveux* ? s'étonna sa mère. C'est possible, ça ?

– Apparemment, dit Zoé.

Après le départ de sa mère, Zoé entreprit de sortir du lit. Ce simple mouvement fit protester ses muscles.

Une fois debout, elle sortit en boitant de sa chambre et traversa le couloir pour entrer dans la chambre de Jonah.

– Bouge, bouge, microbe ! cria-t-elle.

Il eut à peine le temps de jaillir de son lit qu'elle s'effondrait sur le matelas.

Jonah l'écouta geindre pendant cinq minutes puis il grimpa de nouveau sur la coccinelle, l'embrassa sur la joue et déclara :

– Tu n'es pas du tout en état de prendre les choses en main.

Il descendit à la cuisine où, à grand bruit, il lui prépara un petit-déjeuner à sa façon. Zoé entendait tellement d'engins claquer, vrombir et biper (le micro-ondes, le mixeur, le Vitamix, le déshydrateur, le *batteur à gâteaux* ?) qu'elle appréhendait de découvrir ce qui l'attendait. Pourtant, c'était la première fois depuis longtemps que Jonah donnait l'impression… d'être Jonah. C'était parce qu'elle était descendue dans la caverne. Si son corps n'avait pas été aussi meurtri, elle en aurait dansé de joie. L'ordinateur portable de Jonah était ouvert par terre. Il avait mis en fond d'écran sa photo intitulée JE REVIENDRAI.

À 9 h 30, Jonah poussa la porte d'un coup de son pied nu et entra, chargé d'un plateau qu'il déposa à côté de Zoé d'un geste cérémonieux. Zoé se redressa avec peine. En examinant le contenu du plateau, elle fut surprise de constater que Jonah avait passé une demi-heure à lui préparer un bol de céréales, un verre de lait de soja au chocolat, et un flacon d'Advil.

– C'était quoi, tout ce boucan, microbe ? demanda-t-elle.

Jonah la regarda, perplexe. Puis il sembla comprendre le sens de sa question.

– Je jouais juste, dit-il gaiement. Tu croyais quoi, que je te préparais des œufs Bénédicte ? J'ai que huit ans !

Zoé finit par réussir à se traîner en bas, jusqu'au canapé. Récemment, elle y avait passé tellement de temps que les coussins avaient pris la forme de son corps. Elle tenta de faire ses devoirs d'algèbre, mais même son manuel semblait comprendre qu'elle avait l'esprit ailleurs : « Déterminez la valeur de x », lui disait-il. Zoé fit la sieste. Elle lut et relut l'article concernant Stan (où X avait-il déniché une chemise de cow-boy violette ?). Puis elle déjeuna, grâce à Jonah qui lui avait préparé un sandwich au beurre de cacahuète et un autre à la banane avec du pain sans gluten en moins de 35 minutes. Quand l'après-midi arriva, elle s'ennuyait à mourir ; aussi harcela-t-elle Val pour qu'elle vienne la voir. Elle la culpabilisa en gémissant sur ses douleurs et ses courbatures, et lui envoya cinq selfies par Snapchat où elle affichait un visage de plus en plus affligé.

Val débarqua en pyjama : un bas en flanelle rouge et un tee-shirt rose qui disait « Je veux être femme au foyer ». Comme toujours, elle insuffla une bonne dose d'énergie dans toute la maisonnée. Elle gratouilla le ventre de Spock et d'Uhura, mit du vernis vert sur les ongles de pied de Jonah et chanta les louanges de sa copine Gloria avec une foule de détails qui semblaient tour à tour déments et attendrissants. Avec Val, le temps passait si vite que Zoé en pleurait presque de reconnaissance. C'était comme se laisser porter par une vague.

Alors que la nuit tombait, elles entendirent un bruit de moteur dans l'allée. Zoé avait les jambes si raides qu'elle faillit tomber en s'approchant de la fenêtre.

– C'est Dallas, annonça-t-elle.

– Ooh, dit Val. Ça promet d'être intéressant.

– Tu vas être gentille ?

– Ça m'étonnerait.

Jonah se rua sur la porte. Dallas avait le poignet plâtré suite à sa chute, et il portait un sac de courses, mais Jonah exigea malgré tout qu'il le porte sur son dos jusque dans le salon. Il obtint gain de cause. Zoé éprouvait toujours un pincement au cœur en voyant combien son frère aimait avoir une présence masculine à la maison. C'était comme le *bip* d'un sonar dans un sous-marin. Zoé savait que même la somme d'X, de Rufus et de Dallas ne comblerait pas l'espace vacant que leur père avait laissé.

Le sourire idiot de Dallas s'évanouit quand il s'avisa de la présence de Val. Il savait qu'elle ne le tolérait que pour faire plaisir à Zoé.

Timidement, il posa son sac par terre. Un cadeau en dépassait, soigneusement enveloppé dans du papier bleu et or. Les coins étaient parfaitement tendus, et Zoé songea que l'un des parents de Dallas avait dû confectionner le paquet pour lui. Il resta debout, car Jonah était toujours pendu dans son dos, comme une cape.

Zoé regarda le cou de Dallas virer au rose, puis au rouge.

– Jonah, descends, tu veux ? demanda-t-elle. Il va falloir qu'il respire, à un moment donné.

Son frère obtempéra mais, à peine Dallas se fut-il assis qu'il lui sauta sur les genoux.

Pendant quelques instants, le silence régna. Non seulement Val se réjouissait de ce malaise, mais elle s'en *repaissait*. Elle désigna le paquet aux pieds de Dallas.

– J'en peux plus de ce suspense, dit-elle. Qu'est-ce que tu m'as apporté ?

Le corps de Dallas s'affaissa. Il se tourna vers Zoé, gêné.

– C'est juste un truc pour fêter ta victoire à la Larme d'argent, dit-il. Tu pourras l'ouvrir plus tard. Tu vas sûrement trouver ça bête.

– Merci, Dallas, dit Zoé.

Puis, s'adressant à Val :

– Arrête de faire ta garce.

De toute façon, il était trop tard : Jonah avait réagi au quart de tour.

– Ouvre-le ! Ouvre-le ! S'il te plaît et merci ! S'il te plaît et merci !

Avec réticence, Dallas sortit le cadeau du sac.

– En fait, c'est Jonah qui m'a inspiré cette idée, alors c'est aussi un peu pour lui.

Il tendit le paquet à Jonah qui déchira aussitôt l'emballage.

Leur mère était rentrée de la ville, et le bruit l'attira dans la pièce. Elle vint s'appuyer au chambranle de la porte. À présent, la situation était devenue irrémédiablement embarrassante. Zoé éprouva un élan de compassion pour Dallas, qui était devenu rouge comme une pivoine.

Jonah souleva le couvercle de la boîte. À l'intérieur se trouvait quelque chose qui ressemblait à une couverture ancienne. Elle était parsemée d'hexagones de couleurs différentes. Malgré la distance, Zoé voyait combien elle était belle, même si elle ne voyait pas le rapport avec la spéléologie. Jonah considéra le cadeau, sourcils froncés. Lui aussi se posait la question.

– Quelle couverture magnifique ! s'exclama la mère de Zoé pour rompre le silence.

– Merci beaucoup, Dallas, dit Zoé. Je l'adore. Mais…

Elle était sur le point de dire qu'elle ne comprenait pas *exactement* son intention en lui offrant ce cadeau, mais elle craignit de le blesser. Heureusement, Jonah se révéla plus futé qu'elle.

– C'est une couverture pour papa, dit-il. Pour qu'il n'ait pas froid.

Trente secondes plus tard, le téléphone de Zoé vibra. En consultant son écran, elle vit que Val lui avait envoyé un texto depuis l'autre bout du canapé :

Ce mec est AMOUREUX. C'est TOI la garce, espèce de garce ! Dis-lui que c'est mort ! Parle-lui d'X !

Déjà fait, répondit Zoé.

Redis-le ! Fais-lui MAL s'il le faut – plus vite ça ira, mieux ce sera !

Zoé posa son portable avant que tout le monde s'aperçoive qu'elle et Val s'échangeaient des messages. Quelques minutes plus tard, elle avait éjecté tout le monde de la pièce – aussi poliment que possible. Elle demanda à Dallas de rester encore un peu pour qu'ils discutent.

Une fois que les autres furent partis – Val avait même serré Dallas dans ses bras, et même pas pour se moquer –, Zoé s'assit sur le canapé, cherchant ce qu'elle allait dire. Le soleil descendait derrière les montagnes et l'ombre gagnait du terrain dans le salon. Dallas la regardait d'un air maussade. Il sentait qu'il avait fait une bourde, mais il se demandait laquelle.

– Je veux savoir comment s'appelle la fille-qui-ne-pourra-pas-dire-non, dit Zoé. Et quand tu vas lui demander de sortir avec toi.

– Pourquoi ? demanda Dallas avec nervosité.

– Parce que j'ai besoin de savoir que ce n'est pas moi.

– Ce n'est pas toi, rétorqua Dallas. Arrête, avec ça.

– J'espère bien que non, mec, parce que je te jure que je dirai non. Je suis la-fille-qui-te-dira-toujours-non. Je veux dire, je te trouve génial. Je t'aime de plus en plus – en tant qu'*amie*. Mais…

Les yeux baissés, Dallas affichait un air misérable.

– Arrête ! coupa-t-il. Ne me fais pas le coup du bon pote. C'est Mingyu, d'accord ? Je veux sortir avec Mingyu.

Zoé était abasourdie.

– Mingyu du cours d'espagnol ? demanda-t-elle. Mingyu la sataniste ?

– Elle n'est pas vraiment sataniste, répliqua Dallas en daignant enfin lever les yeux vers Zoé. Elle est juste… compliquée. Et ça, j'ai compris que ça pouvait être une bonne chose. Grâce à toi.

Zoé rayonnait.

– Contente d'avoir pu t'aider.

Ce soir-là, après le départ de Dallas, Zoé abandonna enfin le canapé, les muscles encore endoloris. Elle errait comme une âme en peine dans la cuisine quand sa mère lui proposa de l'amener aux Sources pour qu'elle se détende un moment dans l'eau chaude. Elles essayèrent de convaincre Jonah de les accompagner, mais il refusa en menaçant de s'enfermer dans sa chambre si elles insistaient.

Jonah les regarda partir depuis la fenêtre du salon. C'était la première fois qu'il restait seul à la maison.

Les Sources étaient si calmes et si sombres qu'elles semblaient avoir été avalées par les montagnes. Quand sa mère l'eut déposée, Zoé entra dans le bâtiment en chantant à tue-tête et en allumant toutes les lumières qu'elle put trouver, y compris les guirlandes lumineuses de Noël qui n'avaient pas encore été retirées des fenêtres. Le vestiaire désert lui faisait un peu peur – la faute à tous ces films d'horreur tournés dans les lycées. Elle enfila rapidement son maillot de bain une-pièce noir de style rétro – qu'elle avait payé beaucoup trop cher et pratiquement jamais porté – avant d'attraper une serviette et de retourner dans le hall. Elle avait omis de prendre des sandales, aussi traversa-t-elle le couloir de ciment froid sur la pointe des pieds, évitant les flaques qui dessinaient une chaîne de petits lacs sur le sol.

Dehors, l'air était glacial. Zoé avait oublié combien le froid pouvait vous couper le souffle, et comme il vous électrisait la peau. Le temps de rejoindre la piscine, les poings serrés, elle tremblait de tout son corps.

L'eau était luisante et sombre. Elle y entra et s'y accroupit pour qu'elle recouvre ses épaules. Ses muscles se détendirent, mais son cerveau restait aux aguets. Elle n'aimait pas la façon menaçante dont les montagnes se dressaient au-dessus d'elle dans l'obscurité. Elle regrettait d'être venue seule.

S'allongeant sur le dos, elle pataugea jusqu'au centre du bassin. Son père lui avait appris les noms des constellations, mais elle les avait presque tous oubliés. Alors, elle contempla le ciel et, pour se distraire, en inventa de nouveaux – les Bras d'X et le Bonnet de Banger. Après cela, elle ferma les yeux et se laissa dériver paisiblement, jambes et bras largement ouverts, comme les rayons d'une roue.

Soudain, elle eut l'impression de n'être pas tout à fait seule.

Elle entendait un murmure qui ne ressemblait pas à celui du vent, et elle percevait de façon étrangement nette le bruissement des branches. Elle songea qu'elle était à des kilomètres de tout, cernée de montagnes noires. Elle avait laissé son téléphone dans les vestiaires et elle n'avait même pas de voiture. Elle garda les yeux fermés malgré son anxiété croissante. Elle avait l'impression que quelqu'un faisait glisser ses ongles le long de son corps.

Quand elle ouvrit enfin les yeux, ce qu'elle vit la stupéfia tellement que son cœur se mit à battre de façon désordonnée dans sa poitrine. L'eau sur laquelle elle flottait, qui la soutenait et lui éclaboussait bras et jambes en vagues minuscules, était devenue orange et rouge.

Elle flamboyait.

Elle pivota en direction du ruisseau qui alimentait le bassin. On aurait dit une rivière de feu – et quelque chose était en train d'en émerger.

Un homme avançait vers Zoé, dégoulinant d'eau. Elle attendit en retenant son souffle, s'efforçant de se convaincre qu'il s'agissait de Banger.

C'était X.

– Quel frimeur ! s'écria-t-elle. Tu m'as fichu la trouille de ma vie !

X ne répondit pas avant de l'avoir rejointe – une éternité. Enfin, il s'agenouilla au bord du bassin. Son beau visage diffusait une lumière pâle.

– J'avais tellement besoin de te voir que j'en ai perdu le sens commun, dit-il. Est-ce une excuse suffisante ?

Zoé sourit.

– Ouais, ça ira pour cette fois.

Lui tendant la main, elle demanda :

– Tu peux m'aider à sortir ?

X se pencha vers elle.

– Un peu plus près, dit-elle.

Obéissant, X s'inclina au-dessus de l'eau – et Zoé le fit basculer dans la piscine.

Quand il se fut remis sur pied, il avait de l'eau jusqu'à la taille. Ses cheveux et son pardessus dégoulinaient dans la piscine, et il semblait désorienté.

– Ça, c'est pour m'avoir fait peur, dit Zoé. Et au fait, si tu étais un type normal, tu ne te serais jamais fait avoir.

Il regarda le corps de Zoé, semblant le voir pour la première fois.

– Tes membres sont dénudés, observa-t-il.

Zoé s'attendait à ce qu'il détourne pudiquement le regard mais, au lieu de cela, il ajouta :

– Ils sont magnifiques.

– Merci. Personne ne m'a jamais complimentée au sujet de… mes membres.

X repoussa ses cheveux derrière ses oreilles. Son visage et son cou étaient couverts de gouttelettes d'eau qui scintillaient dans la lumière. Retirant son manteau, il le déposa au bord du bassin. Puis, attirant Zoé à lui, il posa une main en bas de ses reins. Elle la sentait palpiter sur sa peau. Toute la timidité d'X s'était évanouie. Il semblait plus avide d'elle que jamais.

– Tu es libre ? demanda Zoé. Les seigneurs t'ont relâché ?

– Ne me demande pas de répondre, dit-il. Laisse-moi profiter de ce moment.

Il prit les mains de Zoé pour les placer sur ses hanches.

Elle savait ce qu'il attendait d'elle.

Elle releva sa chemise, laissant glisser ses mains le long des flancs d'X. Sa peau était tiède au toucher. Sa chaleur traversa ses mains et remonta le long de ses bras. À présent, elle avait l'impression qu'elle et X partageaient un même corps. Elle soutint son regard mais, lorsque ses doigts effleurèrent les ecchymoses qui couvraient ses côtes, il détourna les yeux.

– N'aie pas honte, murmura Zoé dans un souffle. Je ne veux pas que tu aies honte, jamais, d'accord ? Tu n'as rien fait de mal.

X hocha la tête, mais elle n'était pas sûre qu'il la croyait.

Zoé jeta la chemise sur le bord de la piscine. Elle manqua son coup, et le vêtement se mit à flotter dans l'eau comme une méduse. Zoé n'y prêta pas attention. Avec un sourire, elle examina les tatouages qui couvraient les avant-bras d'X.

– Qu'y a-t-il ? demanda-t-il. Dis-moi.

– Rien.

Elle contemplait la « girafe » à la queue fourchue.

Attirant Zoé encore plus près, il prit son visage entre ses mains et lui souleva délicatement le menton.

– J'ai adoré ta lettre, dit-il.

Zoé avait oublié ce détail.

– Oh non, gémit-elle, affreusement gênée. Elle était dans le manteau !

– J'ai harcelé Ripper pour qu'elle me la lise jusqu'à ce que j'en aie retenu la moindre syllabe.

– Non ! s'exclama Zoé. Tu n'as pas fait ça !

X s'éclaircit la voix.

– « À la seconde où tu es parti, j'ai compris que je t'aimais », récita-t-il. « Zut, je n'ai déjà plus de place. »

– Arrête, arrête, arrête !

Debout dans l'eau, ils se regardèrent, souriant. Leurs corps refusaient de s'écarter l'un de l'autre – ils ne pourraient jamais être assez proches.

X fit courir son pouce sur les lèvres de Zoé. Elle les entrouvrit à son contact et attendit qu'il pose sa bouche sur la sienne – ce qu'il fit.

Une fois rhabillée, Zoé sortit des vestiaires. Elle vit qu'X tremblait, ce qui confirma ses soupçons : il n'avait pas encore attrapé son ultime proie. Au lieu de cela, il était venu la voir, défiant les seigneurs. Elle refusait d'imaginer quelles seraient les conséquences de cette rébellion. Sous la lueur crue des néons du hall, X semblait soudain effrayé. Que redoutait-il ? Avait-il peur pour lui-même ou pour elle ?

Maintenant, elle comprenait pourquoi il refusait de parler.

Elle n'avait pas envie de parler non plus.

En revanche, elle voulait lui montrer quelque chose. Mais c'était loin. Elle ignorait comment ils pourraient se rendre là-bas.

X comprit sans qu'elle ait prononcé un mot.

– Je t'amènerai là où tu veux, dit-il.

Zoé se rappela qu'X les avait portés, elle et Jonah, à travers les bois jusqu'à la maison. À l'époque, elle était tellement désorientée qu'elle ne se rappelait que deux choses : un sentiment de sécurité absolue et la ligne floue des arbres qui défilaient autour d'elle.

X forma un cercle avec ses bras, et elle noua ses mains autour de son cou. Elle se sentait réchauffée. Protégée. *Entourée.*

Son portable vibra. Elle le retira de sa poche. C'était un texto de sa mère.

Prête ? disait-il. *Je viens te chercher ?*

Zoé se laissa aller avec reconnaissance contre le torse d'X.

Non, répondit-elle. *Quelqu'un me ramène.*

Alors, X s'élança avec elle dans la nuit enneigée. Ce voyage fut moins agréable que le premier : les soubresauts et les accélérations donnaient la nausée à Zoé. Elle songea que s'accrocher à une comète semblait super cool, jusqu'à ce qu'on soit effectivement accroché à une comète. Agrippée au cou d'X, elle lui criait à l'oreille des instructions pour le guider. Ils progressaient à une allure incroyable. Le paysage défilait si vite qu'elle n'en distinguait que des rubans de lumière. Zoé voyait tout par flashs : les pistes de ski, les méandres noirs du fleuve, les épais nuages de fumée qui s'élevaient au-dessus des arbres comme si des géants allongés dans les montagnes tiraient sur un cigare.

Après plus de cent kilomètres, X regagna le sol et freina brutalement, projetant de la neige partout autour d'eux. Quand ils se furent enfin arrêtés, il déposa Zoé avec des précautions infinies.

Elle se pencha en avant pour vomir. Ensuite, elle passa cinq bonnes minutes à essayer de se déboucher les oreilles. X était mortifié, mais Zoé le rassura :

– Tout va bien, je t'assure, dit-elle. Je pensais juste que ce serait plus romantique.

Zoé l'avait guidée dans un lieu désert au cœur des montagnes. Elle s'aperçut alors que, la lune étant masquée par les nuages, ils n'allaient rien voir du tout.

X ne semblait pas s'en soucier.

– Où est notre destination ? demanda-t-il.

– Par ici, dit-elle en désignant un point vague dans l'obscurité. Enfin, je crois.

X s'agenouilla et posa les mains à plat sur la neige. Un tunnel de lumière de trois mètres de haut et six mètres de large surgit devant eux. Il illuminait les collines et les bois aussi loin que le regard portait.

Elle secoua la tête, incrédule.

– Tu es vraiment unique, dit-elle. Je te garde.

17

X emboîta le pas à Zoé qui se frayait un chemin dans la neige. Les congères étaient profondes, la pente était rude, et ils avançaient lentement. Il l'entendait, à quelques mètres devant lui, qui soufflait et pestait. De temps à autre, elle se retournait pour dire : « On y est presque » ou « OK, j'ai menti. *Maintenant*, on y est presque ».

Lui-même ne parlait pas. Il n'arrivait pas à s'extirper du cerveau l'image du père de Zoé. Il continuait de voir la main que lui tendait l'homme, rougie et gercée par le froid. Surtout, il revoyait ses yeux – ceux de Jonah.

Partout autour d'eux, il n'y avait que de la neige. Il en avait assez, de la neige.

Enfin, ils parvinrent sur l'autre versant de la colline. En bas, il y avait une clôture et un affleurement rocheux sur lequel reposaient une petite croix et un bouddha. X avait vu des âmes arriver dans les Terres du Bas avec de telles images en pendentif. Il avait aussi vu des étoiles dorées et des croissants de lune. Les nouvelles âmes se débattaient comme de beaux diables lorsque les gardes tentaient de leur voler ces colliers.

Sans un mot, Zoé se mit à escalader la clôture dans un tintamarre métallique. Inquiet, X se demanda s'il ne devrait pas l'arrêter. Au même moment, il se rappela que l'une des choses qu'il aimait le plus chez Zoé, c'était justement que personne n'était capable de l'arrêter.

Zoé bascula de l'autre côté de la clôture et atterrit avec un bruit sourd étouffé par la neige. Elle se tourna vers X.

– C'est la Larme noire, dit-elle. La caverne de mon père. C'est là qu'il est mort.

X sentit le cœur lui manquer.

Le moment était venu de lui annoncer que son père était toujours en vie. *Maintenant*.

Il n'y arrivait pas. Les mots refusaient de sortir de sa bouche.

Il voulait donner à Zoé encore une minute de bonheur, d'innocence – d'ignorance.

Était-il obligé de lui dire la vérité ? Et s'il se taisait ? Il pouvait emporter l'âme de son père dans les Terres du Bas et être libre – et Zoé pourrait continuer de croire que son père était mort dans une grotte. Elle n'avait pas à connaître les péchés de son père. Elle n'avait pas à savoir qu'il avait fui son passé aussi longtemps que possible, ni que, lorsque ce passé avait fini par le rattraper, il avait opté pour la solution la plus lâche : simuler sa propre mort et laisser femme et enfants pleurer toutes les larmes de leur corps au pied d'un arbre dans le jardin. Zoé pouvait ignorer tout cela sans s'en porter plus mal.

Elle le regardait, les yeux pleins de larmes. Il fallait qu'il dise quelque chose.

– Montre-moi la grotte, demanda-t-il.

Il bondit par-dessus la clôture pour rejoindre Zoé. Il y avait déjà des traces de pas à moitié enfouies dans la neige. Ils les suivirent jusqu'à l'entrée de la galerie puis grimpèrent sur le surplomb rocheux où étaient posés le crucifix et la statuette.

– Les pauvres, ils doivent avoir froid, dit Zoé.

X ne répondit pas. Son esprit et son cœur souffraient le martyre.

– Mais je suppose que Jésus et Bouddha doivent pouvoir supporter un peu de neige, ajouta-t-elle.

Elle s'assit sur le rocher, cernée de la lumière invoquée par X. Elle se mit à parler, d'abord timidement.

Elle lui parla de la caverne et de son père. X avait du mal à se concentrer sur ses paroles, elles lui faisaient l'effet d'une bourrasque. Elle expliqua qu'elle avait fait une sortie spéléo la veille. Que pendant la descente, à un moment donné, elle avait compris tout ce qu'avait éprouvé son père en mourant – pas seulement mécaniquement, mais psychologiquement. Elle dit qu'elle avait senti la longe enserrer le cou de son père comme si c'était le sien. Elle avait vu la flamme de sa lampe frontale entamer la corde et la consumer pendant qu'il se débattait.

Elle avait vécu la chute – la panique soudaine, absolue –, comme si c'était *elle* que la caverne engloutissait.

Elle s'interrompit et s'excusa de monopoliser la parole.

Elle le dévisageait, dans l'expectative : allait-il enfin dire quelque chose ? Mais X continuait de se taire. Et chaque seconde de ce mutisme lui semblait un mensonge. Pourrait-il lui mentir pendant le restant de leurs jours ? Seraient-ils capables de construire quoi que ce soit sur la base de ce mensonge et appeler ça de l'amour ?

Zoé désigna la statuette et le crucifix. Elle dit que sa mère les avait déposés là. En les trouvant, elle avait été bouleversée. Elle pensait que sa mère détestait son père mais, de toute évidence, elle n'était pas parvenue à le chasser de son cœur. Personne n'y était arrivé. Et Jonah, affirmait-elle, était en train de devenir *cinglé*.

Elle ramassa le morceau d'écorce au-dessus du bouddha et du crucifix.

– Tu vois ça ? dit-elle. « Je reviendrai. » J'ai gravé ça pour mon père. Je voulais qu'il sache qu'on ne va pas l'abandonner ici.

X sortit enfin de son silence.

– Qu'entends-tu par là ? demanda-t-il, alarmé. Qu'entends-tu par « on ne va pas l'abandonner ici » ?

– On va revenir et ramener son corps, expliqua Zoé.

Il lut dans son regard qu'elle était sérieuse. *Personne ne peut arrêter Zoé.* Cette fois, ce n'était pas de la tendresse qu'il ressentait à cette pensée, mais de la terreur.

– Désolée, je suis un vrai moulin à paroles, s'excusa-t-elle. Mais c'est parce que tu ne dis rien. Pourquoi tu ne parles pas ? Tu dois avoir un million de choses à raconter, non ?

– En effet, confirma X. Mais j'ignore par où commencer.

Zoé descendit des rochers, retira un gant et posa la main sur la joue d'X.

– Essaie, insista-t-elle. Essaie juste de me dire une seule de ces choses.

X repoussa sa main. La douceur de sa peau et la bonté de son geste ne faisaient que le blesser.

– Tu ne peux pas descendre dans cette grotte, objecta-t-il.

– Je n'irai pas. C'est la police qui s'en chargera.

– Eux non plus ne peuvent pas y aller, ajouta-t-il avec véhémence. Fais-moi confiance. Tu dois les en empêcher. *Personne* ne doit pénétrer dans cette grotte. Qu'ils la scellent pour l'éternité.

Zoé s'écarta de lui.

– Mais pourquoi ? s'étonna-t-elle.

Il se creusa la tête pour trouver une réponse.

– Pourquoi devrais-je les en empêcher ? insista-t-elle.

– Parce que je te le demande, Zoé. Parce que je t'en supplie. Parce que tout dépend de cela.

Il allait trop loin. Il en disait trop.

– Parce que je détruirai cette caverne de mes propres mains avant de laisser quiconque s'y aventurer.

Zoé eut un mouvement de recul.

– Mais qu'est-ce qui ne va pas chez toi ? s'écria-t-elle. *Pourquoi devrais-je les empêcher de descendre ?* Je vais continuer de te harceler jusqu'à ce que tu me répondes ! Et tu me connais – je peux y passer la nuit.

Cette fois, il l'interrompit avant qu'elle lui repose la question :

– Tu ne trouveras dans cette grotte que le chagrin le plus désespéré. Peut-être t'en remettras-tu, mais je ne suis pas aussi fort que toi, Zoé. Je ne pourrais pas supporter de voir ton cœur réduit en miettes.

Son accès de tendresse ne produisit aucun effet sur elle.

– Tu ne réponds pas à ma question, dit Zoé d'une voix pleine de colère. Pourquoi devrais-je laisser le corps de mon père au fond d'un trou ? Lui ne m'aurait jamais abandonnée. Pourquoi ne devons-nous pas descendre dans cette galerie ? Dis-moi pourquoi !

X sentit la réponse lui remonter au bord des lèvres, comme une nausée.

– Parce que ton père ne s'y trouve pas, dit-il. Et parce que tu as tort : il t'a bel et bien abandonnée. Il vous a tous abandonnés.

Zoé recula en titubant, le visage déformé par l'incompréhension.

– Mais de quoi tu parles ?

Il s'avança vers elle. Elle s'éloigna, comme apeurée.

– *De quoi tu parles ?* hurla-t-elle.

– Les seigneurs m'ont confié une ultime mission – pour recouvrer la liberté, je dois leur rapporter une dernière âme, dit-il.

– Je sais. Banger me l'a dit.

– L'âme qu'ils m'ont envoyé chercher, Zoé... C'est celle de ton père. Il est vivant. Je l'ai vu.

Le sang s'était retiré du visage de Zoé. X tendit de nouveau les bras vers elle. Elle refusa qu'il la touche.

– Tu... Tu as *vu* mon père ?

– Au Canada, expliqua-t-il. Sur une côte désolée. Il y a quelques heures à peine.

Zoé secoua la tête.

– Ça ne pouvait pas être mon père, dit-elle. Dis-moi ce qui te fait croire ça. Répète-moi exactement ce qu'il t'a dit.

– Nous avons peu parlé, dit X. Il dégageait une forte odeur de poisson. Il s'en est excusé auprès de moi. Il a dit qu'il pêchait dans la glace.

Une lueur d'espoir surgit dans le regard de Zoé.

– Mon père ne pêchait pas, dit-elle. Il ne savait pas pêcher. Sinon je saurais le faire, moi aussi. Il m'aurait montré.

– Peut-être a-t-il appris, dit X avec douceur. Il s'agit d'un homme qui a fui sa vie – il a même renoncé à son nom. Il se fait appeler Leo Wrigley.

Ce dernier détail sembla blesser Zoé plus profondément que tout ce qu'il lui avait révélé jusqu'alors.

– On avait un chat baptisé Wrigley, dit-elle d'une voix brisée. Et Leo… C'est le deuxième prénom de Jonah.

Pendant quelques instants, elle se tut.

– Qu'est-ce qu'il a dit d'autre ? reprit-elle. C'est *dément* !

X fouilla dans ses souvenirs. Il avait passé très peu de temps avec cet homme et, sur le moment, il était en piteux état.

– Il a fait l'éloge du rocher qui nous abritait de la pluie, dit-il enfin. Il a dit que c'était du grès, et que c'était « le truc le plus cool qu'il ait jamais vu ». Je suis sincèrement affligé de te le dire, Zoé, mais c'était bien ton père.

Zoé éclata en sanglots.

Une nouvelle fois, il essaya de la prendre dans ses bras et, une nouvelle fois, elle recula. Ne pas pouvoir la toucher était insupportable. X serra si fort les poings que ses ongles entaillèrent la chair de ses paumes.

– Est-ce que tu l'as… *pris* ? l'interrogea Zoé. As-tu emporté mon père dans les Terres du Bas ?

– Non, Zoé, dit X. Comment aurais-je pu ? Pour ce que j'en sais, il est toujours assis sur cette plage.

– Qu'a fait mon père ? demanda-t-elle. Quels étaient ses crimes ?

– Ne me le demande pas, supplia X. Épargne-toi au moins cela.

Zoé se frotta frénétiquement les yeux, mais ses larmes continuaient de couler.

– J'ai besoin d'en savoir au moins un peu, dit-elle.

Je veux dire… Ce qu'il a fait, c'était mal ? Aussi mal que ce que tu vois d'habitude ?

X tressaillit. Chacune de ses paroles le transperçait, mais celles qu'il devait prononcer en retour étaient encore plus douloureuses – parce que c'était à *elle* qu'elles faisaient du mal.

– L'essentiel s'est passé dans sa jeunesse, dit-il. Cependant…

Il laissa sa phrase en suspens.

– Cependant quoi ? le pressa Zoé.

– Il m'est arrivé d'emporter des âmes pour moins que cela. Il avait déjà du sang sur les mains alors qu'il n'était qu'un jeune homme. Et aujourd'hui, le sang qui les souille est frais.

Il observa Zoé, devinant à son expression qu'il venait de balayer ses derniers espoirs.

– Qu'est-ce qui va se passer, maintenant ? demanda-t-elle.

De nouveau, il tendit les bras vers elle. Cette fois, elle le laissa l'étreindre.

– Cette réponse me torture plus que toutes les autres, dit-il. Ce qui va se passer maintenant t'appartient, Zoé. Soit ton père disparaît – soit c'est moi qui m'en vais.

Il s'écoula une éternité avant que Zoé reprenne la parole.

– Emmène-moi jusqu'à lui, dit-elle. Amène-moi voir mon père.

Sa voix s'était durcie. X se détourna d'elle, les yeux baissés sur la fragile clôture de métal qui s'agitait à grand bruit dans le vent.

– *S'il te plaît*, ajouta-t-elle. Sinon j'irai moi-même. Je trouverai un moyen. Tu sais que je le ferai.

– Mais que pourrais-tu lui dire, Zoé ? objecta X, incapable de la regarder. Et que souhaites-tu que je fasse ? Que je recueille moi-même le dernier souffle de ton père ? Que j'enserre son cou de mes mains sous tes yeux ? Et, une fois que ce sera fait, seras-tu jamais capable de me regarder en face ?

Zoé demeura silencieuse un long moment.

– Je ne sais pas, dit-elle enfin. Mais je veux le voir de mes propres yeux. Je veux qu'il sache... Je veux qu'il sache que je sais ce qu'il a fait. Je ne veux pas qu'il pense qu'il s'en est tiré, pas une seconde de plus.

Posant la main sur l'épaule d'X, elle ajouta :

– Tu m'emmènes ? Même si je n'ai pas encore toutes les réponses à tes questions ?

Il se tourna vers elle. Malgré la détresse qu'il y lisait, son regard si familier continuait de le bouleverser.

– Tu sais bien que oui, dit-il.

Zoé envoya un texto à sa mère : *Je ne rentre pas cette nuit. Je vais bien, promis. S'il te plaît, fais-moi confiance une DERNIÈRE fois.*

Elle éteignit son téléphone pour éviter d'entendre les sonneries qui n'allaient pas manquer de retentir. Puis elle regarda X et hocha la tête. Elle était prête.

Il la souleva dans ses bras et la serra contre son torse. Au lieu de bondir par-dessus la clôture, il poussa un grand cri et l'abattit d'un coup de pied.

Il l'emporta sur les congères poudreuses puis le long de la route gelée qui serpentait dans les montagnes. La lune avait percé au travers des nuages. La neige diffusait une lueur bleutée. Zoé restait muette – sans doute était-elle sous le choc de toutes ces révélations. Ses yeux étaient ouverts, mais elle regardait dans le vide.

Il essaya de trouver une histoire à conter à Zoé pendant leur périple. Qui sait, le son de sa voix la consolerait peut-être ? Parler ne lui serait jamais naturel (combien de mots avait-il prononcés au cours de sa vie ?), et il s'aperçut qu'en réalité, il ne connaissait guère d'histoires – et aucune n'était plaisante.

Alors il lui raconta *leur* histoire.

Pour commencer, elle l'avait renversé sur la glace.

Il lui dit qu'alors, elle sentait le chien, ajoutant nerveusement que c'était un compliment, qu'il avait aimé cette odeur. Il lui dit qu'il avait changé à l'instant où elle s'était jetée sur lui, qu'en l'empêchant d'emporter Stan, elle l'avait réveillé – qu'elle l'avait poussé à cesser de se haïr lui-même, à se voir autrement que sous les traits d'un assassin. Parce qu'il n'était que cela lors de leur rencontre, non ? Peu importe qu'il n'ait puni que des hommes cruels, il n'en était pas moins un tueur. Même si, tous les deux, ils ne s'étaient jamais parlé (jamais touchés, jamais embrassés), il ne l'aurait pas oubliée. Il n'aurait pas pu. Il aurait conservé son souvenir d'elle enfermé entre ses mains en coupe, comme pour protéger une flamme d'un courant d'air.

Zoé l'écoutait-elle ? Il l'ignorait. Mais il aimait raconter cette histoire. Cela l'apaisait.

Il lui parla de leur dispute quand sa famille l'avait trouvé souffrant mille morts dans le garage. Il l'avait suppliée de l'abandonner tout en priant intérieurement pour qu'elle ne le fasse pas. Il lui décrivit leur course sur la luge de Jonah, lui parla de son lit en forme de gros insecte. Pourquoi avait-il la forme d'un insecte ? Craignant que cette question soit stupide, il n'avait jamais osé la poser.

X lui dit que, dans la chambre de Jonah, il restait allongé sans bruit en attendant qu'elle s'endorme. Il lui confia qu'elle ronflait très légèrement – mais peut-être n'aurait-il pas dû dire ça ? Il changea de sujet et parla de Jonah. Il dit qu'il sentait encore ses petits bras serrés autour de sa taille. Il avoua qu'une nuit, alors qu'il sortait à tâtons de la chambre, il avait marché sur l'un des petits animaux de Jonah et lui avait brisé les cornes. Comme il avait eu honte ! Il avait pensé s'excuser mais ne l'avait jamais fait. Il ignorait quel animal représentait cette figurine. Elle avait des cornes, c'était peut-être un âne ?

À ce moment précis du récit, les lèvres de Zoé frémirent – c'était presque un sourire.

Elle l'écoutait. Et elle semblait au chaud dans ses bras.

X parla encore pendant une heure. À présent, les montagnes étaient derrière eux. Ils se trouvaient sur une route bordée de conifères. X aperçut des poteaux entre lesquels étaient tendus des fils. Il eut l'impression que la civilisation venait à leur rencontre. Malgré cela, il faudrait encore des heures avant qu'ils rejoignent le père de Zoé.

Comme si elle avait lu dans ses pensées, Zoé bougea entre ses bras et parla :

– Pourquoi marches-tu ? demanda-t-elle.

Son ton était monocorde, mais il fut soulagé de l'entendre parler.

– Pourquoi on ne fonce pas à toute allure, comme avant ? dit-elle.

– J'ai vu l'effet que cela produisait sur toi tout à l'heure, répondit X, alors je ne *foncerai* qu'en dernier recours. En vérité, je suis heureux de marcher, parce que plus lentement nous irons, plus longtemps je pourrai te sentir contre moi.

Zoé se tut un long moment.

– Merci, murmura-t-elle enfin. Mais ça ne me dérange pas de foncer.

Un autre silence, et puis :

– Vous appelez vraiment ça *foncer* ? J'ai dit ça au hasard.

– Non, absolument pas.

Puis, craignant de l'avoir blessée, il ajouta vivement :

– Mais c'est un excellent terme.

Satisfaite, Zoé se replongea dans ses pensées. Comme pour l'accompagner, la lune disparut derrière les nuages. Même pour X, cette obscurité était inquiétante.

18

Dès que Zoé ouvrit l'œil, elle sut que son père n'était pas loin.

Elle était allongée dans une cabine de bois sur la plage, sans doute en Colombie-Britannique. L'océan s'agitait et soupirait tout autour d'elle. Elle sentait sa propre version du Tremblement s'insinuer sous sa peau. Son cœur, ses nerfs, ses poumons – tout son corps lui criait que son père était tout près.

X n'était pas à côté d'elle. Zoé ne se rappelait que des bribes de leur arrivée : la cabine était verrouillée, et X avait enfoncé son poing dans la porte pour qu'ils puissent entrer. Il avait réchauffé la pièce rien qu'en frottant ses deux mains. Malgré cela, ils avaient dormi serrés l'un contre l'autre, comme s'ils risquaient de mourir de froid. X lui avait confectionné un oreiller avec son pardessus.

Une heure plus tôt – ou peut-être davantage, elle n'était sûre de rien –, X avait ouvert la porte, et elle avait senti un rayon de soleil se poser sur son visage. Elle avait brièvement ouvert les yeux. Il lui avait dit qu'il revenait tout de suite, et de dormir encore un peu. C'était tellement mignon, « dors encore un peu ».

Le cerveau de Zoé avait dû continuer à cogiter pendant son sommeil parce qu'en se réveillant, elle savait exactement ce qu'elle et X devaient faire de son père. La réponse était là, dans sa tête, depuis des heures, attendant qu'elle l'entende. Elle savait que cela n'allait pas plaire à X. Il faudrait qu'elle trouve le bon moment – et la bonne façon – de le lui annoncer.

S'asseyant, elle s'appuya contre le mur. Elle se trouvait dans l'une de ces cabines où, l'été, les familles viennent se changer avant d'aller sur la plage. Elle était minuscule. Il y avait des crochets pour les vêtements et des tiroirs de bois brut. À part ça, l'intérieur était nu, blanc, et vide. Zoé entendait le vent siffler dehors. En regardant par les fentes entre les planches, elle vit une rangée d'arbres couverts de neige, inclinés presque à l'horizontale au-dessus du bord de la falaise.

Elle sortit son téléphone de sa poche. Il était 8 heures du matin. Sa mère lui avait envoyé une flopée de textos qui commençaient par *Comment ça tu ne rentres pas ?* Il y avait aussi un SMS de Dallas (*Tu aimes vraiment la couverture que je t'ai offerte ? J'ai gardé le reçu, au cas où*) et un autre de Val (*Pourquoi t'as pas ramené tes fesses en cours ? Elles sont malades, tes fesses ?!*)

À Dallas, elle écrivit : *J'adore ta couverture, ferme-la et laisse-moi tranquille.*

À Val : *C'est une loooooongue histoire. Qui t'a parlé de mes fesses ??*

Et à sa mère… Que pouvait-elle dire ?

Le regard rivé sur son écran, elle commença à pianoter :

Je suis au Canada, je crois.

AU CANADA ? TU CROIS ?!

Petite virée. Dur à expliquer. Je rentre vite. Stp ne flippe pas.

Trop tard. Avec qui tu es ?

…

Avec QUI tu es ?

…

Zoé ? Tu es là ?

Avec X.

Zoé ne pouvait pas lui expliquer la situation. Pas dans l'état où elle était. Si ça se trouve, en ce moment même, X était en train de la rejoindre avec son père.

Fourrant son portable dans sa poche, elle enfila le manteau d'X et poussa la porte.

Elle découvrit que la cabine était sur pilotis et, comme la marée était haute, elle reposait au-dessus de un mètre d'eau. Les murs extérieurs étaient peints en rouge vif. De chaque côté se trouvaient des cabines identiques, l'une jaune, l'autre bleu ciel. Zoé avait pensé marcher un peu sur la plage, mais l'échelle qui permettait d'y accéder flottait sur l'eau. Elle aurait aussi bien pu se trouver sur une péniche.

Elle s'assit sur le seuil, le soleil froid sur son visage, le vent jouant dans ses cheveux.

Elle essaya de ne pas penser à sa mère. Elle comprendrait – plus tard.

Elle essaya aussi de ne pas penser à son père. Quand elle songeait à lui, tout ce qui lui venait, c'était une fureur aussi noire qu'un orage. Tant mieux. Elle allait avoir besoin de cette colère.

Zoé aperçut X qui remontait la plage. Il avançait dans l'eau, le pantalon trempé, les pans de sa chemise flottant comme des voiles dans le vent. Il portait deux sacs en plastique. Quand il la vit assise à l'entrée de la cabine, il les souleva à bout de bras en criant la chose la plus surprenante qu'elle ait jamais entendu de sa bouche :

– Petit-déjeuner !

X grimpa à l'échelle en tendant les sacs à Zoé. Pendant un instant, il resta sur le seuil pour essorer son pantalon. Le vent avait rosi son visage. Il semblait étrangement heureux, presque grisé. Zoé l'avait vu soulever Stan comme un fétu de paille. Elle l'avait vu entrer dans une tempête de glace pour affronter les seigneurs. Mais jamais elle ne l'avait vu aussi fier qu'en ce jour où il avait réussi à commander des plats à emporter.

Elle le regarda transformer son manteau en nappe de pique-nique et vider les sacs.

Ils contenaient trois boîtes de polystyrène, encore assez chaudes pour être couvertes de condensation. Il y avait aussi un assortiment hétéroclite de cannettes : un Canada

Dry, un Big 8 Cola, un Jolt Cola, un RC Cola, un jus de tomate et un Dr Pepper light.

– J'exige que tu m'expliques cette étonnante victoire, dit-elle.

X la regarda d'un air un peu honteux.

– Nous avons certainement mieux à faire que de parler de cela, non ?

– Je ne vois pas quoi.

Comme X semblait dubitatif, elle ajouta :

– J'ai besoin d'entendre quelque chose d'agréable. Tout le reste est affreux. Alors si on parlait un peu de nourriture ? S'il te plaît ?

Il lui expliqua qu'il avait pris de l'argent dans les poches de Zoé pendant qu'elle dormait – il en était encore gêné – avant de remonter la route jusqu'à trouver un restaurant. C'était un endroit lumineux, bruyant, où les rires résonnaient et les couverts s'entrechoquaient. Quand il était entré, tout le monde s'était tourné vers lui – en partie, supposait-il, parce qu'il était en chemise et que sa coiffure n'était pas tout à fait présentable.

Zoé contempla les cheveux d'X et sourit. Ils pointaient dans toutes les directions, comme des panneaux à un carrefour.

X dit qu'il avait paniqué sous le regard inquisiteur des convives. Il avait envisagé de tourner les talons, mais une femme aux cheveux jaune vif armée d'un stylo lui avait souhaité la bienvenue et l'avait mis à l'aise. X avait fait semblant de ne pas savoir parler anglais. La femme aux cheveux jaunes avait trouvé cela charmant. Elle avait fait le tour du restaurant avec lui, lui faisant signe d'examiner chaque assiette et de lui montrer ce qu'il souhaitait.

– Ne me dis pas qu'elle te *draguait* ? s'exclama Zoé. Je vais être obligée d'avoir une petite discussion avec elle.

X, qui avait parlé d'un trait, presque sans respirer, s'interrompit brusquement, pris de court par ce commentaire.

– Peu importe, dit-elle. Continue. C'est la meilleure histoire de tous les temps.

Tous les convives, reprit X, voulaient qu'ils choisissent *leur* plat. Cela devint un jeu. Ils levaient leur assiette quand il passait devant eux en espérant son approbation. Chaque fois qu'il choisissait quelque chose, on l'acclamait et la serveuse griffonnait sur un petit rectangle de papier. La seule difficulté avait été de choisir les boissons, parce qu'il ne voyait pas ce qu'il y avait dans les cannettes. Il espérait qu'elle trouverait quelque chose d'acceptable dans ce qu'il avait ramené.

Zoé l'assura que c'était le cas. Elle ouvrit le Canada Dry et, quand X tendit la main vers le Jolt Cola, elle la détourna vers le jus de tomate en disant :

– Je crois que tu es assez excité comme ça.

Ensuite, ils ouvrirent cérémonieusement les boîtes. X observa Zoé tandis qu'elle découvrait leur contenu. Il semblait si nerveux qu'elle en aurait été émue aux larmes si elle n'avait pas été aussi morte de faim. Dans la première boîte, il y avait deux épaisses tartines de baguette beurrée saupoudrées de cannelle, et une pile de tranches de bacon dentelées et luisantes. Dans la deuxième, elle trouva des beignets d'oignon et de la sauce au roquefort. La troisième renfermait une part de fondant au chocolat si grosse qu'on avait ajusté un élastique autour de la boîte pour la maintenir fermée.

Le regard fixé sur Zoé, X attendait son verdict.

– Je ne prétends pas savoir comment est constitué un repas, dit-il avec appréhension.

Se penchant au-dessus des boîtes, Zoé le prit par le cou pour l'embrasser.

– Il n'y a rien de plus délicieux sur terre, le rassura-t-elle. Comment le savais-tu ?

X rayonnait.

– On devrait peut-être commencer par ça ? demanda-t-il en désignant le gâteau au chocolat.

– Évidemment.

La serveuse avait oublié de lui donner des couverts – ainsi que des assiettes en carton ou des serviettes. Ils mangèrent donc avec les doigts.

Ils se goinfrèrent jusqu'à être repus. Leurs mains, leurs vêtements, leur visage, et même leur cou, étaient couverts de graisse et de glaçage au chocolat. Ils mangèrent jusqu'à ce que la marée se soit retirée et que le soleil ait atteint son zénith, jusqu'à ce que le sirop et le gâteau montent à la tête d'X et qu'il se mette à sauter partout dans la minuscule cabine en imitant Ripper, Dervish et le garde russe. Zoé riait, se rappelant Banger et toutes ses barres chocolatées. *Venez à moi, hommes des Terres du Bas*, pensait-elle, *et je vous donnerai du sucre ! Et peut-être même de la caféine !*

En voyant X aussi heureux, elle se sentait étrangement apaisée. Elle n'aurait pas cru cela possible. Elle s'était habituée au chagrin, au deuil et aux questions sans réponses – et pourtant, juste devant elle, il y avait de l'amour, de l'espoir, des *réponses*.

Quand le sucre eut cessé de produire son effet, X dormit pendant des heures, ses longues jambes dépassant de la cabine. Zoé ne le quitta pas des yeux un seul instant, tout comme il avait veillé sur elle la nuit durant. Son père l'avait abandonnée, mais X ne ferait jamais cela. Pas de son propre gré. Du plat de la main, elle lui lissa les cheveux du mieux qu'elle put. Du bout des doigts, elle traça les contours des tatouages sur ses bras : la girafe, le singe, un couteau, un arbre, une rangée d'étoiles. Elle était un peu gênée de le toucher pendant son sommeil, mais elle ne pouvait s'en empêcher. Et puis, de toute façon, elle aurait juré qu'à son contact, son souffle se faisait plus profond. Elle posa les lèvres à l'intérieur de ses poignets et dans le creux délicat à la base de son cou. Elle embrassa ses doigts un à un et les prit dans sa bouche. Tout cela, elle le fit délicatement, pour ne pas le réveiller. Son visage s'était enflammé. Il avait le goût de sirop d'érable.

Ils étaient si proches du père de Zoé que le Tremblement revint pendant qu'X dormait. Son corps s'apaisait toujours quand il était avec Zoé, mais sans que sa fièvre disparaisse tout à fait. La peau de X était devenue brûlante et moite. Zoé ouvrit largement sa chemise pour le rafraîchir, s'octroyant le bref plaisir de poser la main sur son torse et de sentir son cœur battre sous sa paume. À mesure que les heures passaient, la fièvre monta. X tremblait et tournait la tête en tous sens.

Le téléphone de Zoé vibra dans sa poche.

L'écran indiquait qu'il s'agissait d'un appel de *MOI !!!* Jonah s'était lui-même inscrit sous ce nom dans son répertoire.

Elle descendit l'échelle branlante pour ne pas réveiller X puis s'assit en équilibre sur l'un des échelons. Des oiseaux venus du large volaient en cercle autour d'elle. Les vagues se déroulaient juste sous ses pieds.

Jonah commença à parler avant même qu'elle ait pu le saluer.

– Pourquoi t'es pas là ? demanda-t-il. Tu es où ? Tu fais quoi ?

Zoé répondit à la plus simple de ces questions :

– Je regarde l'océan, dit-elle.

– Où est-ce qu'il y a un océan ? s'enquit Jonah d'un ton suspicieux. On n'a pas d'océan chez nous.

– Je te raconterai tout en rentrant, microbe. Je ne peux pas parler, pas pour le moment.

– Ne raccroche pas ! s'écria-t-il. Si tu raccroches, je rappellerai seize fois ! Il faut que tu rentres à la maison, Zoé. Tout de suite ! Maman dit que tu rentreras quand tu seras prête, mais moi, je suis prêt maintenant !

– Je peux pas revenir tout de suite, dit-elle. Mais bientôt.

– Je suis tout seul ! s'exclama-t-il.

– Attends… Pourquoi ?

Jonah poussa un grognement exaspéré puis lui débita son explication d'un trait, sans prendre le temps de respirer :

– Rufus est en retard parce qu'il a eu un accident – je crois que l'ours est tombé de sa camionnette – et maman ne pouvait pas attendre parce qu'elle devait aller au travail et maintenant je suis tout seul et je *déteste* ça et j'ai peur et pourquoi tu regardes l'océan alors qu'on a des tas de trucs *ici* que tu peux regarder ?

Il fallut cinq bonnes minutes à Zoé pour qu'il consente à raccrocher.

Zoé rempocha son portable et remonta l'échelle. À présent, les oiseaux avaient senti la nourriture. Zoé les contempla avec inquiétude. Leur corps, leur bec, leurs petits yeux humides – tout chez eux était d'un noir de jais, à part leurs ailes, striées de blanc, et leurs pattes rouge vif (qui, étrangement, lui rappelaient les semelles des chaussures de luxe). Elle s'engouffra dans la cabine et commença à fermer les sacs contenant les restes de leur repas.

Elle ne fut pas assez rapide : l'un des oiseaux fondit à l'intérieur.

Dès qu'il fut dans la cabine, il s'affola. Il se cognait contre les murs et le plafond en essayant de s'échapper. Zoé vit que ce vacarme perturbait le sommeil d'X. Elle tenait à tout prix à ce qu'il se repose et voulait le protéger comme il l'avait protégée, mais elle ne parvenait pas à faire sortir l'oiseau. Elle était persuadée que ce volatile avait été envoyé pour leur rappeler qu'ils n'auraient pas de repos – pas de caresses, pas d'abandon, pas de *répit* – tant que les Terres du Bas les observaient.

Zoé finit par piéger l'oiseau dans le manteau d'X. Elle le porta jusqu'à la porte, le relâcha et le regarda disparaître au-dessus des vagues. Alors, elle s'assit sur le seuil. Toute cette agitation l'avait mise à bout. X, qui ne s'était pas réveillé pendant l'incident, ouvrit les yeux à l'instant où elle commença à pleurer. Elle trouva cela émouvant.

Il effleura son épaule.

– J'ai rêvé que tu m'embrassais, murmura-t-il. J'ai rêvé que tu embrassais mes doigts, mes mains, mon cou.

Zoé se retourna avec un sourire coupable.

– Bizarre, dit-elle.

Elle s'essuya les yeux du revers de la manche, honteuse qu'un simple oiseau l'ait mise dans cet état.

– Tu peux tenir debout ? s'inquiéta-t-elle.

Il hocha la tête et se leva.

– Tu peux marcher ?

X acquiesça.

– Il est temps d'aller voir mon père, déclara-t-elle. J'ai pris une décision.

X opina une troisième fois et lui prit son manteau des mains. Le seul fait de l'enfiler sembla requérir toutes ses forces.

– Quelle est ta décision ? demanda-t-il. Il faut que je sache.

Zoé se leva à son tour. Les oiseaux encerclaient la cabane.

– Les seigneurs t'ont donné son nom pour nous punir, n'est-ce pas ? questionna-t-elle.

– Pour me punir, moi, corrigea X. Tu n'as rien fait qui justifie qu'on te châtie. Crois-le, je t'en supplie.

– Pourquoi veulent-ils te punir ? Parce que tu es innocent, et pas eux ? C'est à cause de ça ? Parce que ce sont tous… des *salauds* ?

– Tu penses peut-être que je suis innocent, dit X, mais pas eux. Ils me jugent arrogant et vain car je leur ai tenu tête. Je t'ai placée au-dessus d'eux. À présent, ils entendent me montrer combien je suis faible, en réalité.

– Parce qu'ils ne te croient pas capable de le faire ? s'exclama Zoé. Ils te croient incapable de prendre mon père, quelles que soient les horreurs qu'il a commises ? Ils pensent que tu préfères retourner pour toujours dans les Terres du Bas plutôt que de faire quelque chose qui me blesserait ?

– Et je crains qu'ils n'aient raison, confirma X.

Zoé ouvrit la porte et commença à redescendre l'échelle.

– Ils se trompent, dit-elle. Tu vas bel et bien prendre mon père et, ensuite, nous pourrons être ensemble. Pas seulement parce qu'il mérite d'être puni, mais parce que, même si tu as du mal à le croire, tu mérites d'être libre.

Ils remontèrent la plage jusqu'à la route. Les rochers glissants claquaient sous leurs talons. L'après-midi était bien avancé et Zoé savait que la nuit ne tarderait pas à tomber. Ils marchèrent presque un kilomètre en silence, au grand soulagement de Zoé. S'ils parlaient, ils devraient évoquer le fait qu'X était de plus en plus malade, qu'il commençait à tituber et devait s'agripper à Zoé pour ne pas tomber. Jamais elle ne l'avait vu aussi faible. À présent, sa proximité ne lui était plus d'aucune aide.

Une fois de plus, Zoé sentit son propre corps lui indiquer que son père se trouvait tout près, comme X le lui avait dit. Elle voyait des présages et des métaphores partout. Pas seulement dans les oiseaux noirs sur la plage. Il y en avait dans le vent glacial qui les poussait dans le dos comme pour les aiguillonner. Il y en avait sur la route sombre et fissurée en son milieu, comme si quelque chose essayait de se libérer de la terre.

Au bout de dix minutes, X et Zoé passèrent devant une camionnette qui semblait bonne pour la casse, garée sur le bord de la route. Il y avait un chemin juste à côté. X l'indiqua à Zoé, et ils s'enfoncèrent dans la forêt dense et enneigée. Elle ressemblait à celle qui poussait juste devant chez elle. Les images terribles du jour où elle était partie à la recherche de Jonah et des chiens lui revinrent d'un coup, accompagnées des souvenirs de Bert et Betty, du tisonnier et du trou dans la glace. Et voilà qu'elle s'apprêtait à rencontrer une nouvelle âme destinée aux Terres du Bas.

Hormis le craquement des branches, la forêt était silencieuse. Certains pins étaient tellement couverts de neige que Zoé ne distinguait pas la moindre trace de vert. Ils penchaient dans toutes les directions, comme des silhouettes géantes encapuchonnées qui se faisaient des politesses. Elle avait entendu dire qu'on appelait ça des fantômes de neige.

Zoé pensa qu'autrefois, elle adorait les forêts. Elle se revit les traverser en courant l'été, la peau parsemée de taches de lumière vive. Elle se rappela qu'elle les parcourait en raquettes lors de journées d'un froid si mordant que respirer devenait douloureux. Elle se souvint du rire de Jonah qui éclairait ces bois, quelle que soit la saison. Mais il s'était passé trop de choses. Maintenant, elle craignait que les forêts ne lui soient à jamais hostiles. Un sentiment de claustrophobie l'étreignait, comme si les arbres attendaient qu'elle baisse sa garde pour pouvoir l'assaillir de toutes parts.

La fièvre d'X continuait de monter. Quand ils arrivèrent devant un mélèze abattu en travers du sentier, Zoé balaya une partie de la neige du tronc et cassa quelques branches étiolées pour lui permettre de s'asseoir.

– C'est encore loin ? demanda-t-elle.

Elle était impatiente d'arriver. Et terrifiée, aussi.

– Un peu plus de cinq cents mètres, répondit X d'une voix traînante.

Désignant devant eux le chemin parsemé de taches boueuses à intervalles réguliers, il ajouta :

– Ce sont les traces laissées par ton père.

Une douleur familière surgit dans le ventre de Zoé, comme si quelqu'un tirait sur son estomac pour l'enrouler autour d'une roue. Et cette fois, elle eut l'impression que sa peau venait avec.

– J'ai la gorge en feu, annonça X. J'ai l'impression qu'on y a jeté des charbons ardents. Mais j'aimerais te donner un conseil, si tu veux bien l'entendre.

– Bien sûr, dit Zoé.

Elle s'assit près de lui sur le tronc.

– Ton père n'est pas à proprement parler quelqu'un de méchant, dit X d'une voix rauque. Le problème, c'est qu'il est faible. Tu le comprendras à l'instant où tu poseras les yeux sur lui.

Il marqua une pause pour rassembler ses forces avant de reprendre :

– Tu verras également qu'il t'aime. Aujourd'hui, il ne s'agit pas d'occire un dragon, Zoé, seulement d'abréger les souffrances d'un animal blessé. Cela te paraîtra plus difficile que tu ne l'imagines. Je n'ai pas connu mes parents – et manifestement, je ne les connaîtrai jamais –, alors mes conseils n'ont sans doute aucune légitimité. Cependant, si tu t'aperçois que tu éprouves de la pitié pour ton père, tu n'auras qu'à me regarder, et je comprendrai. Et, dans ce cas, je ne le tuerai pas.

– Arrête, ordonna Zoé. Je t'en prie, arrête ça ! Il n'aime personne, à part lui-même. Je l'ai compris, maintenant. Tu seras bientôt libre. J'ai l'air de quelqu'un qui change d'avis comme de chemise ?

Ils marchèrent encore pendant ce qui leur parut une éternité. Peut-être parce que la forêt leur était étrangère. Peut-être parce que Zoé allait revoir son père. Elle avait les nerfs à fleur de peau, au point que le temps lui semblait s'étirer sans fin.

Je vais revoir mon père – ce constat avait l'air tellement innocent. Sauf qu'il était censé être mort. N'avait-elle pas prié pour son âme, dans la caverne ? Et pourtant, son père était *toujours vivant*. Il se trouvait là, tout près d'elle, derrière ces arbres, occupé à faire Dieu sait quoi. À faire semblant de n'avoir ni femme ni enfants – pas de Zoé, pas de Jonah, pas de passé. Signifiaient-ils si peu pour lui ?

Un élan de rage la submergea. Il y avait une chose qu'elle n'allait pas manquer de dire à son père : il avait bien fait de renoncer à son nom parce que, là où il allait, on ne le laisserait pas en avoir un, de toute façon.

Un écureuil sauta d'un arbre, projetant de la neige dans le cou de Zoé. Elle frissonna en la sentant fondre sur sa peau. Ils devaient être tout près, maintenant – mais tout près de *quoi* ? Connaissant son père, il pouvait tout aussi bien vivre dans une maison que dans une grotte, un igloo, ou n'importe quoi d'autre. Elle scruta à travers les arbres. Pas de panache de fumée, aucun signe de vie.

Soudain, son téléphone sonna de nouveau.

MOI !!! disait-il.

– Microbe, je ne peux pas te parler maintenant, dit-elle en espérant échapper à une nouvelle tirade de son petit frère.

– Pourquoi tu regardes un océan ? demanda Jonah d'une voix encore plus désespérée qu'avant. Tu n'aimes même pas les océans ! Il faut que tu rentres à la maison, Zoé ! Tout de suite, tout de suite, *tout de suite* ! Je suis toujours tout seul et en plus, maintenant... Il pleut ou il neige, je sais pas trop. Mais ça fait du bruit et ça fait peur. Même Spock et Uhura étaient fâchés contre toi quand je leur ai dit où tu étais.

Zoé n'écoutait que d'une oreille.

La forêt s'éclaircissant, la luminosité augmentait.

X se pencha sur elle en murmurant :

– Ton père est tout près, maintenant.

Zoé hocha la tête et lui étreignit la main.

– Il faut que j'y aille, microbe, dit-elle au téléphone. Je suis désolée. Je t'aime.

– Non, Zoé, *non* ! Si tu raccroches, je rappellerai ! Je rappellerai trente-deux fois !

– Arrête, microbe ! Je te promets de te rappeler et de te faire rigoler, d'accord ? Je ferai tout ce qu'il faut pour ça. Je suis même prête à te chatouiller par téléphone.

– Tu sais très bien que c'est pas possible, rétorqua-t-il. Sauf si, genre, je mets le téléphone sous mon bras, et c'est même pas sûr.

Elle raccrocha avec un sentiment de culpabilité. Jonah avait souffert encore plus qu'elle. Si elle avait pleuré cent fois sur la mort de son père, Jonah l'avait fait mille fois. À l'époque, ses yeux étaient tellement gonflés qu'il y voyait à peine, et jamais elle n'oublierait les hurlements qu'il avait poussés.

L'orée de la forêt était toute proche.

Ils entrevoyaient quelque chose à travers les arbres – un champ neigeux, peut-être. Et un ciel gris au-dessus.

Zoé prit le bras d'X, et ils suivirent le sentier qui serpentait entre les pins. La peur et la colère se mêlaient en elle. Les bois étaient si calmes qu'elle eut l'impression que le silence, au lieu d'être passif, était une créature vivante qui dévorait chaque son. Comme la neige, qui enterrait tout.

Juste devant eux, deux fantômes de neige se saluaient, empesés sous leur lourd manteau blanc. Ils formaient une arche étroite marquant la sortie de la forêt et l'entrée vers ce qui les attendait au-delà. Zoé plissa les yeux. Au loin, elle distinguait une tache noire sur la neige – peut-être un chalet. Encore trois cents mètres, et la forêt serait derrière eux.

Malgré sa hâte d'en finir, elle ne cessait de ralentir. Elle pensait encore au jour où elle avait vu Stan. À Spock et Uhura qui s'étaient couchés sur Jonah dans la neige et lui avaient sauvé la vie. À Stan qui jetait Spock dans l'eau glacée et l'y enfonçait avec son pied. À X qui faisait la même chose à Stan. Sa botte sur la tête de l'homme, l'eau glaciale qui s'insinuait dans la bouche du meurtrier – toutes ces images étaient gravées en elle comme des tatouages.

Ils se baissèrent pour passer sous l'arche enneigée. Les branches craquaient au-dessus d'eux. Zoé craignit qu'elles ne cèdent. Elle retint son souffle, s'attendant à être enterrée sous la neige. Elle pensa à l'oiseau qui s'était engouffré dans leur abri de fortune dans l'espoir d'y trouver de la nourriture. Mais à présent, au lieu d'être piégé dans la cabane, il était enfermé à l'intérieur d'elle. Elle sentait ses ailes affolées battre dans sa poitrine.

– D'abord, je veux parler seule à seul avec mon père, déclara Zoé.

X fit mine de protester, mais elle secoua la tête pour le faire taire.

– Donne-moi juste quelques minutes. Ensuite, tu pourras venir le prendre. Je veux qu'il sache ce qu'il nous a fait.

X acquiesça à contrecœur.

– Je vous regarderai depuis ces arbres, dit-il. Si tu as besoin de moi, je serai là avant même que tu aies formulé ta pensée.

Ils sortirent de sous l'arche. La forêt avait disparu et le monde s'étendait dans toutes les directions.

La tache qu'ils avaient vue n'était pas un chalet et ne se trouvait pas sur une plaine. C'était une cabane branlante, encore plus petite que celle qu'ils avaient investie sur la plage.

Elle était construite sur un lac gelé.

Zoé sentit l'oiseau se frayer un chemin dans sa gorge, la griffant et l'étouffant au passage, cherchant frénétiquement la sortie.

Devant eux, une petite colline descendait vers le lac. À présent, ils avançaient à découvert. Si le père de Zoé se trouvait dans la hutte, il pouvait la voir à tout moment. Elle songea à se cacher mais il n'y avait ni congères, ni buissons, ni rochers dans les parages. Sans compter qu'elle était paralysée. Elle n'arrivait pas à obliger son corps à bouger.

La porte de l'abri s'ouvrit à la volée. Le bruit lui parvint une seconde plus tard, comme un écho.

C'était son père.

C'était son père.

Il était plus mince que dans son souvenir, et elle ne reconnaissait pas ses vêtements en lambeaux. En revanche, sa démarche maladroite lui était familière – la façon dont sa tête se balançait, dont ses bras pendaient le long de son corps.

Il portait une canne à pêche.

Elle le regarda contourner la cabane, les yeux baissés pour examiner le lac gelé. Il lui fallut un moment pour comprendre, pour voir ce que lui voyait. Alors, l'oiseau dans sa gorge poussa un cri si soudain et si étrange qu'elle en fut elle-même choquée. X lui étreignit la main avec force.

Son père se retourna et les vit.

Il y avait une douzaine de trous dans la glace.

19

X regarda Zoé descendre la colline. Les bras fermement croisés sur la poitrine, elle se dirigeait droit vers son père.

X entendait des rumeurs derrière lui dans les bois. Quelque chose faisait crisser la neige. Supposant qu'il s'agissait d'un animal, il ne se retourna pas. Il ne voulait pas quitter Zoé des yeux.

À présent, qu'il était si proche de sa proie, le Tremblement était devenu presque insupportable. Sa peau brûlait de fièvre. Comme possédées d'une volonté propre, ses mains s'agitaient le long de ses cuisses. Elles étaient impatientes d'agir – de tuer –, même si cette pensée lui répugnait.

Il se répéta qu'en prenant cette dernière âme, il serait libre. Mais l'idée de la liberté lui semblait trop étrangère et trop vaste pour qu'il la garde bien longtemps en tête, et elle s'accompagnait d'une culpabilité écrasante. Pourquoi son bonheur avec Zoé dépendait-il de la mort d'une âme – et pourquoi fallait-il que cette âme soit celle du père de

Zoé ? Les seigneurs étaient parvenus à transformer cette liberté en péché. Il essaya de voir sa proie, non pas comme le père de Zoé, mais comme une créature anonyme et sans visage dont il fallait se débarrasser : un seizième crâne à suspendre à son cou, semblable aux quinze précédents.

Une branche craqua derrière lui. Le bruit était discret, mais X était tellement fébrile qu'il sursauta. Pourtant, il refusa de se retourner.

Zoé était désormais à mi-chemin de son père.

Avant de la rencontrer, X avait emporté des âmes dans les Terres du Bas sans que sa conscience s'en trouve affectée. Il se disait qu'il détestait cela mais, à l'heure de frapper, il était toujours parvenu à rassembler assez de colère pour abattre sa cible. Était-ce parce que le sang d'un seigneur courait dans ses veines qu'il était devenu un chasseur de têtes si féroce, ou seulement parce que, n'ayant jamais vécu de vie véritable, il ignorait la valeur d'une âme ?

Les bruits derrière lui reprirent. Ce n'était pas un animal, il le savait, à présent. C'était un être humain.

Un randonneur, peut-être, ou un chasseur.

X percevait la respiration de l'intrus.

Il ne pouvait pas laisser quelqu'un assister à la scène qui s'apprêtait à se dérouler. S'obligea à détourner le regard de Zoé, il pivota sur ses talons en direction des arbres. Il entrevit un éclair doré entre les branches d'un sapin.

Agacé par cette interruption, il retourna sur le sentier à grands pas, faisant voler la neige des arbres sur son passage. Il allait effrayer l'intrus et le faire partir en courant. Ce ne serait pas difficile. Il savait combien il pouvait paraître sinistre et cruel, avec son regard fou et ses cheveux hérissés comme des flammes.

L'éclat doré provenait d'un endroit situé à une trentaine de mètres en arrière, derrière les arbres. X fondit sur l'intrus. Quel qu'il soit, il allait certainement faire demi-tour et s'enfuir avant qu'il l'ait rejoint.

Mais il se produisit quelque chose d'étrange. Au lieu de reculer, la silhouette s'avança vers lui en courant sur la neige.

X était devenu la proie.

Avant qu'il ait pu réagir, Ripper apparut, le souffle court, l'air féroce.

– Les seigneurs arrivent, lança-t-elle vivement. Je suis venue t'avertir.

X était tellement stupéfait de la voir qu'il en restait muet. Voyant qu'il ne répondait pas, Ripper reprit d'une voix plus forte :

– Tu as perdu ta langue ? Il faut que tu accomplisses ta mission. Tu as suffisamment badiné avec ta bien-aimée. Ressaisis-toi, et vite ! Ne sais-tu pas que les seigneurs t'observent ? Ne sais-tu pas combien ton insolence les met en rage ? J'ignore quelles sont leurs intentions mais, si tu les trahis à nouveau, leur colère sera terrible !

Elle se tut, hors d'haleine. Elle portait de simples bottines et sa robe dorée qui, sur la neige, évoquait une décoration de Noël. Ses tatouages de chasseur de têtes dépassaient de ses manches en dentelle.

– Comment es-tu arrivée jusqu'ici ? demanda X.

– Est-ce là l'unique question qui te taraude ? s'exclama Ripper d'une voix irritée. Régent est ton allié, et ce Russe dégoûtant est le mien. Si tu tiens à le savoir, j'ai dû lui promettre un baiser, et je t'en voudrai sans doute éternellement pour cela. Je n'ai embrassé personne depuis cent quatre-vingts ans, et j'espérais ne pas tomber si bas.

Empoignant le bras d'X, elle le fit se tourner vers le lac gelé.

– Viens, dit-elle. Allons trouver cette âme qu'il te faut emporter. J'étranglerai moi-même cet homme si tu ne le fais pas.

– Je ferai ce qu'on me demande, dit-il. Mais tu dois retourner dans les Terres du Bas avant qu'on s'aperçoive de ton absence.

– Certainement pas. Pas avant d'en avoir fini.

– J'insiste, Ripper, dit X. Tu t'es suffisamment mise en danger pour moi.

– Et je l'ai fait avec joie, jeune imbécile ! De toute façon, je vais pourrir en enfer pour l'éternité. Je serai heureuse de me rappeler les rares fois où j'ai fait preuve de bonté.

X accepta son offre avec gratitude. Malgré le Tremblement qui l'étreignait, il se sentait plus fort avec Ripper à ses côtés.

Ils avancèrent entre les arbres qui se faisaient plus rares. Ripper regardait autour d'elle, fascinée. Elle admirait les pins énormes, les bandes de ciel au-dessus de leurs cimes, les flocons de neige qui voletaient comme des particules de poussière. Il y avait bien longtemps qu'elle avait ramené sa dernière âme, et elle n'avait pas mis le pied dans les Terres du Haut depuis des décennies.

Ils s'arrêtèrent au sommet de la colline et aperçurent les deux silhouettes en contrebas. Zoé venait juste d'arriver au lac.

– Est-ce la fille qui hoquette du cerveau ? demanda Ripper.

– Et son père.

Une fois de plus, un sentiment d'horreur le saisit à l'idée de prendre l'âme de cet homme.

– Ces missions qu'on nous confie, dit-il, n'en as-tu jamais éprouvé de honte ? Ce que nous appelons des « proies » sont des êtres humains, après tout.

Cette question sembla surprendre Ripper.

– Ne me dis pas que tu les considères encore comme des *humains*, rétorqua-t-elle. Étais-je humaine quand j'ai fracassé le crâne de cette servante – ou quand j'ai laissé son corps refroidir dans la rue ? Étais-je humaine lorsque j'ai privé mes enfants de leur mère ? Non, ces âmes que nous prenons ne peuvent plus prétendre à l'humanité. Ce sont des déchets, et nous sommes des balayeurs.

20

Le père de Zoé la regarda d'un air incrédule. Sa canne à pêche lui échappa des mains et tomba avec un claquement sonore sur la glace.

Zoé parcourut à grandes enjambées les derniers pas qui la séparaient de lui. Son corps tremblait de façon incontrôlable. Il vibrait presque. Elle détestait cela – ça la faisait paraître faible. Le seul sentiment que son père devait déceler chez elle, c'était le dégoût qu'il lui inspirait. Elle voulait qu'il sache, avant même qu'elle prenne la parole, qu'elle le haïssait, qu'elle avait vu clair dans son jeu, et qu'il ne l'emporterait pas au paradis – bien au contraire.

Pourtant, en le voyant, elle éprouva un élan de tendresse inattendu. Une partie d'elle avait envie de se jeter dans ses bras. C'était son père après tout. L'homme qui lui confectionnait des sandwichs de toutes les formes – un jour, il s'était servi d'un emporte-pièce à cookie pour en faire un en forme d'étoile. Il lui racontait des histoires pour l'endormir, dans lesquelles il lui attribuait le premier rôle – elle avait ainsi éradiqué la variole, supplié Decca Records d'accepter les Beatles et refusé d'embarquer à bord du *Titanic* en apprenant qu'il n'était équipé que de vingt canots de sauvetage. On ne pouvait pas compter sur lui mais, quand il vous serrait dans ses bras, c'était pour de vrai.

Non. Il était ignoble. Il était toxique. Elle n'avait pas besoin de savoir ce qu'il avait fait avec Stan dans sa jeunesse, pas besoin de connaître les raisons exactes pour lesquelles X devait le tuer. Elle savait ce qu'il avait fait à sa famille. Il les avait abandonnés. C'était le domino qui avait renversé tous les autres.

Le lac était bordé de roseaux morts qui pointaient à travers la neige. Zoé se fraya un chemin entre eux, sans quitter son père des yeux. Les émotions qui l'étreignaient lui donnaient le vertige : amour, haine, pardon, vengeance.

Soudain, son pied heurta un rocher dans les roseaux. Elle bascula en avant.

Elle atterrit à genoux sur la glace, furieuse de sa maladresse. Quand elle releva la tête, son père était sorti de sa stupeur et accourait pour l'aider.

– Zoé ! appela-t-il.

La vision de son visage couvert de larmes était insupportable, à la fois répugnante et touchante.

– Ne me touche pas ! hurla-t-elle. Tu te fous de moi ?

Jamais elle ne lui avait parlé sur ce ton – pas une seule fois dans toute sa vie.

Son père battit en retraite, paumes en l'air, lui signifiant qu'il ne lui voulait pas de mal. Il semblait abasourdi par la rage qui émanait de sa fille.

Il baissa la tête.

Il n'arrive même pas à me regarder en face, pensa Zoé. *Le lâche.*

Elle se remit debout et chassa la neige de ses vêtements.

– Comment m'as-tu trouvé – et qui sont ces gens ? demanda son père en faisant un geste vers la colline derrière elle.

Zoé fut stupéfaite de voir X accompagné d'une femme qu'elle n'avait jamais vue auparavant. À sa robe dorée – et à son air délicieusement féroce –, elle comprit cependant qu'il s'agissait de Ripper.

– Il vaut mieux que tu ne le saches pas, répondit-elle froidement.

Son père ramassa sa canne à pêche.

– Viens dans la cabane, il y fait plus chaud, dit-il. Ne restons pas dehors.

Il fit demi-tour.

Zoé songea à le planter là.

Son père dut lire dans ses pensées, car il lança :

– Ne pars pas. Tu as fait tout ce chemin pour me dire combien tu me hais – alors vas-y. Je le mérite.

La cabane grinçait dans le vent. Elle était construite de vieilles planches de contreplaqué – l'un des murs arborait encore la mention « Affichage interdit » peinte à la bombe noire – et reposait sur des patins pour que son père puisse la déplacer sur le lac. À l'intérieur, il y avait une bouteille Thermos, un tabouret de bois, un exemplaire d'un livre de développement personnel au titre ridicule, et un chauffage électrique alimenté par un petit générateur crachotant. Au centre des deux mètres carrés de glace qui tenaient lieu de sol, on distinguait un trou sombre qui évoquait l'œil d'une cible.

Le portable de Zoé sonna alors qu'elle entrait dans la cabane.

MOI !!!

À présent, Jonah essayait de la contacter par FaceTime.

Elle mit son appareil sur silencieux mais, un instant plus tard, un texto lui parvint.

Il pleut trop fort ! Je veux parler à quelqu'un ! Moi et Spock on est SOUS LE LIT. Et Uhura aussi, maintenant !

Fronçant les sourcils, Zoé rangea le téléphone dans sa poche. Elle allait discuter quelques minutes avec son père, puis elle rappellerait Jonah. Dans quelques minutes, tout serait différent. X serait avec elle.

– C'était… C'était Jonah ? s'enquit son père d'une voix mal assurée.

– Je t'interdis de prononcer son nom !

Son père acquiesça. Il se tenait dans un coin de la cabane, les bras serrés autour de son torse maigre, comme pour se réconforter. Il semblait sur le point de fondre en larmes. Il était tellement plus faible qu'elle !

– Comment m'as-tu trouvé ? demanda-t-il.

– Tu n'as pas le droit de parler, rétorqua-t-elle.

Sa proximité était insoutenable. Elle avait l'impression que l'air était empoisonné. Même le silence était terrible, la façon dont il se nourrissait de lui-même et enflait de plus en plus. Pourtant, une partie de Zoé – une partie qu'elle détestait et aurait aimé pouvoir écraser – avait envie de serrer son père dans ses bras.

– Zoé, dit-il. Je n'ai jamais voulu te faire de mal.

– Tu n'as pas le droit de parler ! Et surtout pas pour dire ce genre de conneries !

Mais il ne pouvait s'en empêcher.

– Si j'étais resté, ç'aurait été encore pire.

– Vraiment ?

Elle haïssait le son de sa voix.

– Ç'aurait été encore *pire* ? cria-t-elle.

Elle ouvrit la porte de la cabane à la volée.

– Je ne peux pas rester là avec toi.

Elle sortit en trombe, son père sur ses talons. Il avait pelleté la neige sur le lac, et sa surface était vitreuse et propre. Il y avait des trous partout.

Quand elle se fut éloignée de quelques mètres, elle s'arrêta et se retourna. Il s'immobilisa, comprenant qu'il devait garder ses distances.

– Jonah se donnait des coups de poing dans la poitrine pour empêcher son cœur de lui faire mal, dit-elle. Tu crois qu'il y aurait pu avoir pire que ça ?

– Non, répondit son père à mi-voix.

– J'ai failli mourir dans une caverne pour que les flics aillent chercher ton corps, poursuivit-elle. Ç'aurait pu être pire que ça ?

– Non, répéta-t-il.

– Maman n'avait pas de vie quand tu étais « vivant » et maintenant, elle en a encore moins. Ç'aurait pu être pire que ça ?

– Non, Zoé. *Non*.

– Ferme-la ! hurla-t-elle avant de psalmodier, tu n'as pas le droit de parler, pas le droit de parler, pas le droit de parler !

Son père joignit les mains et se cacha le visage derrière ses paumes en coupe. Il sanglotait. C'était pathétique. Zoé avança vers lui d'un air tellement déterminé qu'elle lut de la peur dans ses yeux. Il recula vers la cabane.

– Ton super pote Stan, dit-elle, tu sais ? Il a assassiné deux personnes que nous aimions, avec un tisonnier. Ç'aurait pu être pire que ça ?

Son père sembla stupéfait.

– Stan a tué qui ? demanda-t-il.

Zoé laissa sa question en suspens, ne sachant trop si elle avait envie d'y répondre. Il n'avait pas le droit de parler !

– Bert et Betty, finit-elle par dire.

Elle fut choquée d'entendre son père pousser un cri de douleur.

Il se détourna vivement d'elle.

Soudain, il semblait animé d'une énergie incontrôlable.

S'agenouillant sur la glace, il examina une ligne qui s'enfonçait dans le trou le plus proche. Quand il eut fini, il se traîna jusqu'au suivant, et ainsi de suite. Il ne pouvait pas, ou ne voulait pas, la regarder. Il demeurait à genoux, crapahutant comme un animal. C'était terrifiant.

– *Arrête* ! cria-t-elle.

Il l'ignora. Quand il fut à court de trous, il se releva enfin. Sans se retourner pour autant. On aurait dit qu'il avait oublié sa présence – ou qu'il essayait de la pousser à s'en aller.

Elle remarqua une espèce de tire-bouchon géant appuyé à la cabane. Son père s'en empara, les mains tremblantes, et se mit à forer un trou de plus dans la glace. Au-dessus d'eux, le ciel s'assombrissait. Zoé regarda en direction de la colline. Les arbres formaient une masse sombre et épaisse, comme une armée qui attendait les ordres. X et Ripper les regardaient, immobiles. Bientôt, tout serait fini.

Elle ignorait si elle était prête. Avait-elle dit tout ce qu'elle voulait ? Avait-elle obtenu ce qu'elle voulait ? Mais que voulait-elle ?

Son père maniait le vilebrequin avec frénésie. Le trou s'agrandissait. Zoé s'efforça de refréner tout élan de compassion, mais elle en fut incapable. On aurait dit un homme creusant sa propre tombe.

– C'est Stan que j'ai fui, pas vous, dit-il soudain.

Il jeta le vilebrequin et s'avança vers elle.

– J'ai grandi avec lui, tu le savais ? demanda-t-il.

Une lueur de folie brillait dans ses yeux. Cette fois, ce fut Zoé qui recula.

– Oui, dit-elle. Maman me l'a dit.

– Elle t'a dit que ce type était comme une maladie ? Qu'il... Qu'il était odieux et sans pitié et... et *seul*, même quand on était gosses ? Elle t'a dit qu'il polluait *tout* ? Quand on était enfants, il faisait des choses – *on* faisait des choses – que je ne me pardonnerai jamais. C'est à cause de lui que je suis parti de Virginie. Que j'ai épousé ta mère. Changé de nom. Changé de *cœur*. Vraiment. Je veux dire, pour être honnête, c'est *vous* qui avez changé mon cœur. Toi, Jonah et ta mère. Tu peux rire, si tu veux.

Zoé savait qu'elle était censée dire quelque chose. Elle serra les lèvres et se força à rester impassible.

Son téléphone vibra dans sa poche.

Encore des textos de Jonah. Ça ne pouvait être que ça.

– J'ai passé presque vingt ans à être sur mes gardes, dit son père. J'étais terrifié à l'idée que Stan me retrouve. On ne peut pas tourner le dos à des types comme ça. Ils ne l'acceptent pas. Ils... ils se nourrissent de vous. Mais avec Stan, je l'ai fait, je l'ai planté. J'ai essayé d'être un père, et de me pardonner. J'ai essayé de gagner un peu de fric pour qu'on puisse au moins *vivre*, nom d'un chien ! Vous vous moquiez de mes plans, mais chaque fois que je partais, chaque fois que j'étais sur la route, que je « disparaissais », j'essayais de trouver des solutions. Je ne suis pas aussi intelligent que toi, Zoé. Non, ne fais pas cette tête, c'est vrai, tu n'as qu'à voir où j'en suis. Mais j'ai suivi toutes les pistes qu'il était possible de suivre sans avoir à enfreindre la loi. Tu crois vraiment que j'avais envie que ta mère se tue à la tâche ? Ne tombe pas amoureuse de n'importe qui, Zoé. Tu as un cœur grand comme ça. Ne le gâche pas comme ta mère l'a fait avec moi.

Son père s'arrêta aussi abruptement qu'il avait commencé. Une fois de plus, il ramassa le vilebrequin et se remit à faire des trous, avide de s'occuper les mains.

– Pourquoi tu as crié comme ça quand j'ai parlé de Bert et Betty ? demanda Zoé. Tu ne les as jamais aimés autant que nous. Tu les connaissais à peine… parce que tu n'étais jamais là ! Alors qu'est-ce que ça peut te faire que Stan les ait tués ?

Son père sembla ne pas l'avoir entendue.

– Pendant *vingt ans*, je suis resté sur mes gardes, répéta-t-il.

– Tu l'as déjà dit. Réponds à ma question.

À présent, on aurait dit que son père se parlait à lui-même :

– J'ai fait tellement attention, dit-il. Parce que je savais que Stan ne cesserait jamais de me traquer.

Le téléphone de Zoé vibra encore une fois, comme une bombe prête à exploser. Elle était sur le point de lire les textos de Jonah quand quelque chose attira son attention au bord du lac : l'aspect de la glace avait commencé à changer.

Elle se colorait. La teinte était plus sombre qu'avec Stan, rouge plutôt qu'orangée. Elle s'étendait lentement, comme une infection.

Son père était trop obsédé par ses trous pour remarquer ce phénomène.

– Mais on ne peut pas se cacher toute sa vie, non ? dit-il en essuyant la sueur qui lui coulait sur le front. Je veux dire, tu m'as bien trouvé, ici, au milieu de nulle part. Alors Stan m'a retrouvé. Il m'a pisté jusque dans le Montana. Et il lui a fallu deux secondes pour voir que j'étais aux abois, que je n'avais plus un rond. Et combien j'avais honte de toutes ces années d'échecs à répétition. Je veux dire, sous terre, j'étais doué, la spéléo, ça me connaissait mais, voyons les choses en face, sur le plancher des vaches, je ne valais pas grand-chose.

Zoé se retourna vers la colline.

X et Ripper étaient en train de la descendre. Les cheveux sombres de Ripper étaient attachés en chignon. Son cou dénudé scintillait.

Le père de Zoé ne les avait toujours pas vus.

– Pourquoi tu as réagi comme ça quand j'ai parlé des Wallace ? demanda-t-elle de nouveau. Réponds.

X et Ripper arrivèrent en bas de la colline et, comme s'ils s'étaient concertés, bondirent en même temps pardessus les roseaux. Ils étaient tout proches, à présent. La marée rouge sous la glace ne se trouvait plus qu'à quelques pas devant eux, elle se déroulait comme un tapis.

– *Réponds à ma question !* hurla Zoé.

Mais son père l'ignora. Il refusait même de la regarder. Il devait achever son histoire, s'en libérer – tout comme il voulait finir le trou qui s'agrandissait à ses pieds.

– Stan avait quelques plans pour se faire du fric, reprit-il. Ils étaient sans danger, personne ne serait blessé mais – je ne vais pas te mentir –, ce n'était pas vraiment légal. Le premier a marché, le deuxième aussi. C'était fabuleux d'avoir un peu d'argent. *Excitant*. Je ne peux même pas le décrire. J'ai acheté ce lit coccinelle à Jonah, même s'il était trop grand pour ça. Tu te rappelles ? Et puis la troisième fois, quelqu'un a bel et bien été blessé. Une personne innocente, je veux dire. Ce n'était pas très grave, mais quand même. Stan a dit que c'était un « dommage collatéral acceptable ».

Son père pleurait toujours. Il manipulait le vilebrequin avec violence, comme pour se punir lui-même.

À présent, Zoé pleurait, elle aussi.

– Réponds à ma question, supplia-t-elle.

– Pour finir, Stan était à court d'idées pour se faire de l'argent. Il m'a dit que c'était à mon tour de trouver un bon plan.

Un tremblement irrépressible agitait Zoé, envahissant son corps comme la marée rouge sur la glace.

Elle comprit soudain ce que son père s'apprêtait à lui révéler, et elle se demanda si elle allait pouvoir supporter de l'entendre.

– Je n'avais pas d'idées, reprit-il. Mais Stan... il était devenu presque enragé. Il exigeait que je trouve quelque chose.

Le trou devenait plus large et plus profond. La sueur ruisselait dans le cou de son père.

– Je lui ai parlé d'un vieux couple qui vivait près du lac, dit-il.

La glace rougissait de plus en plus vite. Le portable de Zoé vibrait. Son père refusait toujours de la regarder.

– Je lui ai dit qu'ils avaient peut-être de l'argent, reprit-il.

Il posa son front sur le vilebrequin en sanglotant, perdu dans son chagrin.

– J'avais peur pour ces gens, je le jure devant Dieu. J'ai dit à Stan qu'il était hors de question que je fasse du mal à Bert et Betty. Mais il a pété les plombs, il m'a hurlé dessus. On ne dit pas non à quelqu'un comme Stan. Il m'a menacé de tout révéler à ta mère. De s'en prendre à toi et à Jonah. De dire au monde entier qui j'étais réellement. Je me fichais bien que le monde le sache – le monde n'en a jamais rien eu à foutre de moi –, mais il fallait que je vous protège, ta mère et vous. Je refusais que vous sachiez la vérité, plutôt mourir. Alors je me suis mis à chercher une façon de disparaître.

Se redressant, il se remit à forer la glace. Le trou était presque fini.

– Bert et Betty n'avaient pas d'argent, dit Zoé. Stan les a tués pour rien ! Il les a tués à cause de *toi* !

Son père effectua une dernière rotation avec le vilebrequin, puis il se jeta en arrière, abasourdi.

L'eau qui surgissait du trou était rouge sang.

21

X avançait vers eux, Ripper à ses côtés. Il était si proche de sa proie que le Tremblement avait pris l'ascendant sur son corps, respirant presque à sa place. Jamais il ne s'était senti plus inhumain, plus monstrueux qu'en cet instant. Il avait honte que Zoé le voie dans cet état pour la seconde fois. Elle allait le voir trembler, hurler et aboyer des imprécations ; toute la tendresse qu'elle avait éveillée chez lui serait balayée par la rage.

Pourrait-elle vraiment le choisir, lui, plutôt que son père ?

X la regarda, en quête d'un signe, mais elle lui tournait le dos. Il n'arrivait pas à se convaincre qu'il la méritait. Le sentiment d'être aimé était encore trop étrange et nouveau. Il voulait s'y fier, s'en envelopper, s'y abandonner complètement, mais la colère qui courait dans ses veines était empoisonnée. Il était indigne d'elle, et même du nom qu'elle lui avait donné. L'amour était une couverture, un drap qu'il fallait rejeter un jour ou l'autre. Plus il aurait chaud maintenant, plus il aurait froid plus tard.

Il avait besoin de voir le visage de Zoé, d'être sûr qu'elle n'avait pas changé d'avis.

Se tournant vers son père, il s'aperçut qu'il le regardait bouche bée. Il tenait un étrange morceau de métal dans ses mains. À ses pieds, une eau sombre coulait.

Il sembla reconnaître X, qu'il avait rencontré quelques instants la veille sur la plage. X le vit repasser leur conversation dans sa tête :

– C'est la première fois que tu viens au Canada ? avait-il demandé.

– C'est le Canada ?

X fit signe à Ripper de rester en arrière. Elle émit une petite exclamation boudeuse et s'arrêta sur place. Le volant de sa robe se balançait au-dessus de ses bottines. X continua d'avancer seul.

De nouveau, il regarda Zoé – enfin, elle se retourna.

Son visage était déformé par la colère. Jamais X ne l'avait vue dans cet état. Elle semblait prête à tuer son père de ses propres mains.

Elle se rua vers lui.

Elle l'étreignit mais, pour la première fois, il la trouva froide et raide. À l'opposé de ce qu'elle était habituellement. Elle serra si fort son bras qu'il sentit ses ongles s'enfoncer dans sa chair à travers son manteau.

– C'est à cause de lui que Stan a tué Bert et Betty, dit-elle en désignant son père.

– Oui, confirma X d'un air sombre. C'est exact.

– *Prends-le*, ordonna Zoé.

X fut surpris par sa fureur. Était-ce lui qui avait provoqué cette transformation chez elle ? Pendant qu'elle lui enseignait la bonté, lui avait-il appris la rage ? Il tenta de chasser cette crainte nouvelle, mais elle s'était enracinée, et ces racines croissaient.

Pourtant, il acquiesça.

– Rejoins Ripper, dit-il. Marchez jusqu'à la forêt. Ne te retourne pas.

Ripper avança d'un pas. X ignorait quel accueil elle allait réserver à Zoé (il pria pour qu'elle ne se montre pas sarcastique ou folle, pour qu'elle ne se mette pas à danser de manière excentrique) ni comment celle-ci allait réagir dans l'état où elle se trouvait.

Après quelques hésitations de part et d'autre, elles semblèrent reconnaître quelque chose en l'autre. X ne pouvait s'empêcher de les observer. Il songea que c'étaient les deux seules personnes qui l'aient jamais étreint, félicité, *aimé*. Il pouvait lire toute sa vie – tout ce qu'elle avait de décent et d'humain – sur leur visage. Quand X était plus jeune, il n'avait pas compris que Ripper s'occupait de lui comme s'il avait été l'un de ses enfants perdus. C'était clair, à présent. Il vit la colère de Zoé s'apaiser en présence de Ripper. Il regarda Ripper passer un bras autour de ses épaules, comme une grande aile chaude.

– J'ai déjà l'impression de te connaître, ma chère enfant, lui confia-t-elle. Peut-être parce qu'X m'a fait lire ta lettre à voix haute au moins vingt-cinq fois d'affilée.

Zoé eut un sourire timide.

X les vit traverser le lac bras dessus, bras dessous, presque tête contre tête. Il entendit encore Ripper dire à Zoé que les seigneurs étaient en route.

– Mais ils nous laisseront tranquilles quand X aura pris mon père, avança Zoé. N'est-ce pas ?

– C'est possible, dit Ripper.

– Et s'il décide qu'il ne peut pas le prendre ? demanda Zoé.

– Dans ce cas, je suppose qu'ils obligeront X à les regarder te massacrer d'une manière très inventive, expliqua Ripper d'une voix trop douce pour ses propos. À moins que ce ne soit trop simple pour eux ? Les seigneurs restent un mystère pour moi, je l'avoue. On ne sait jamais à quel moment ils éprouveront le besoin de se montrer créatifs.

X se retourna enfin vers sa proie. Le père de Zoé était recroquevillé contre l'abri et s'accrochait à son morceau de métal comme s'il pouvait le protéger. X essaya de se convaincre que cet homme ne signifiait rien pour lui, qu'il avait mérité le sort qui l'attendait, qu'il n'était rien d'autre que sa seizième âme.

Mais quand il le regardait, tout ce qu'il voyait, c'était le père de Zoé.

Et les yeux de Jonah.

Il lui prit le vilebrequin des mains et le jeta loin sur la glace. L'outil glissa jusqu'à l'autre rive du lac avant de s'arrêter dans un bouquet de roseaux morts.

– Avez-vous un autre jouet dont nous devrions nous débarrasser ? demanda X.

Le père était trop terrifié pour parler. Il jeta un regard suppliant à X – puis s'enfuit en courant.

Pourquoi couraient-ils toujours ? Ils avaient tous fait cela, les uns après les autres ! Pourquoi croyaient-ils pouvoir lui échapper ?

X regarda le père de Zoé se précipiter vers la rive, trébuchant et glissant sur la glace. Le spectacle était pathétique. Il se rappela avoir confié à Zoé que son père n'était pas méchant, seulement faible. Ne l'avait-elle pas cru ? Pouvait-elle sincèrement haïr une personne aussi pitoyable ou était-elle seulement sous le coup du choc et de la colère ? Allait-elle en vouloir à X, demain – et pour l'éternité – à cause de ce qu'elle lui avait demandé de faire aujourd'hui ?

D'un simple mouvement du poignet, X attira l'homme à lui, comme s'il maniait une laisse invisible. Il le projeta sur la cabane de bois et le laissa suspendu contre le mur, les pieds pendant au-dessus du sol. Une série d'autres gestes lui permit de faire progresser la glace comme une plante vénéneuse en direction des bras et des jambes de l'homme.

– Qu'est-ce que tu me veux ? demanda celui-ci d'un air misérable. Vous pouvez prendre tout ce que j'ai. Tout ce que vous voulez.

– Oui, dit X d'un air sombre. Je sais.

– Alors qu'est-ce que tu veux ?

X déboutonna son manteau et le laissa tomber en tas sur la glace.

– Seulement votre âme, répondit-il. Vous en avez fait un piètre usage.

Il balaya le lac du regard.

– Lequel de ces trous choisissez-vous pour tombe ? demanda-t-il.

Le père de Zoé se débattit avec acharnement, mais la glace le retenait prisonnier.

Ignorant son manège – il était habitué à ces manifestations de désespoir –, X retira sa chemise. Les péchés de cet homme étaient tellement impatients d'apparaître au grand jour que sa peau brûlait.

Il fallait qu'il ferme son esprit, qu'il oblitère les questions de l'homme, qu'il cesse de regarder ses yeux.

Son corps savait ce qu'il avait à faire.

X lâcha sa chemise qui tomba lentement, gonflée comme un parachute.

Alors, il tourna le dos au père de Zoé et ouvrit largement les bras. Les muscles de son dos et de ses épaules lui faisaient mal. L'air glacial agressait sa peau.

Il invoqua les péchés de l'homme et sentit les terribles images ramper sous sa peau.

Le père de Zoé laissa échapper un sanglot.

– Je sais ce que j'ai fait ! cria-t-il à travers ses larmes. Pas la peine de me le montrer, je sais *tout* ce que j'ai fait !

X était si perturbé que ces paroles le pénétrèrent comme la lame d'un couteau. Certes, il ne faisait qu'obéir aux ordres des seigneurs mais, que le châtiment soit juste ou non, il sentait plus profondément que jamais qu'il était en train de briser le cœur d'un homme. Ripper avait dit qu'ils étaient des balayeurs, mais c'était un pieux mensonge. Elle connaissait la vérité, et lui aussi : ils étaient des tueurs. Pire : il était un tortionnaire.

Il baissa les bras avant que les images aient fini de défiler.

Son dos redevint blanc.

Derrière lui, le père de Zoé émit un sanglot de soulagement. Il essaya vainement de s'arrêter de pleurer.

Quand X se retourna, la poitrine de l'homme était secouée de spasmes, et son visage noyé de larmes. Il semblait épuisé et terrifié. On aurait dit un oiseau sans défense.

– Attends, arrête, s'il te plaît ! supplia-t-il. Il faut qu'on parle, juste une seconde. Juste une seconde, d'accord ? Tu aimes ma fille, n'est-ce pas ? Je le vois. J'ai vu comme tu l'as serrée dans tes bras. J'ai vu la façon dont tu la regardes. C'est comme ça… comme ça que je regardais sa mère.

X refusait d'écouter. Cet homme n'était rien pour lui, juste la seizième âme.

– Tenez votre langue, ordonna-t-il, ou je vous l'arrache de mes propres mains.

Le père de Zoé resta sourd à sa menace. Il savait que c'était sa dernière chance de parler.

– Mais si tu aimes Zoé, pourquoi tu fais ça ? demanda-t-il. Pourquoi tuer son propre père ?

X savait qu'il n'aurait pas dû répondre, mais les mots lui échappèrent avant qu'il ait pu les retenir.

– Je le fais parce qu'elle me le demande ! hurla-t-il. Je le fais parce que vous lui avez fait du mal et qu'elle est ce que j'ai de plus cher au monde ! Je le fais parce que l'un de nous deux doit être banni dans les Terres du Bas et que j'ai enduré cette horreur pendant trop longtemps !

À présent, il se justifiait non seulement auprès du père de Zoé, mais de lui-même.

– Si je n'emporte pas votre âme, je ne reverrai jamais Zoé. Je ne sentirai plus jamais sa peau, n'entendrai plus jamais sa voix, n'enroulerai plus jamais ses cheveux autour de mon doigt. Mon cœur est né en hiver, monsieur, et je ne retournerai *pas* dans le froid.

Le père de Zoé ne répondit pas.

Comme tous les autres avant lui, il était à court de reparties.

Mais au moment où X était sur le point d'arracher la seizième âme au mur de la cabane pour la plonger dans le lac, celle-ci se mit à hurler.

Sa voix étonnamment puissante déchira l'air glacé.

– Zoé ! cria-t-il. Zoé, je t'en supplie !

Se retournant vivement, X vit que Ripper et Zoé étaient en train de monter le flanc de la colline. Elles s'arrêtèrent. Ripper serrait le bras de Zoé pour l'empêcher de se retourner.

– Zoé ! hurla son père. Écoute-moi, Zoé !

X fondit sur lui et le gifla.

– Je me suis montré indulgent avec vous, bon sang ! s'exclama-t-il. J'aurais pu vous forcer à contempler le moindre de vos péchés, mais je ne l'ai pas fait ! Et pourtant, vous mendiez la pitié de votre fille ? Elle ne vous sauvera pas. Ce n'est plus votre fille !

– Je ne veux pas qu'elle me sauve, dit le père de Zoé avant de se remettre à crier. Zoé, Zoé ! Tu n'es pas obligée de me regarder, je veux juste que tu écoutes. Zoé, je te demande pardon. S'il te plaît, s'il te plaît, je veux que tu saches que je suis désolé, j'ai été un très mauvais père. Un mauvais homme aussi. J'ai tout raté, je me dégoûte moi-même. Je ne mérite pas de vivre. De toute façon, vivre sans toi, sans Jonah, sans ta mère – ce n'est pas vraiment vivre. Je t'aime, d'accord ? Je t'aime, putain ! Si tu ne dois croire qu'une chose de tout ce que j'ai dit dans ma vie, je t'en prie, crois ça !

Sa respiration était si courte qu'il dut rassembler ses forces avant de poursuivre :

– Si ça peut t'aider que je meure, alors d'accord, hurla-t-il avec le peu d'énergie qu'il lui restait. Je veux dire, je suis déjà mort une fois. Ça doit être plus facile la deuxième, non ? Je sais que tu n'as aucune raison de me croire, mais je pense que tu es géniale, Zoé – et tu seras toujours ma petite fille chérie.

Alors, il s'adressa à X.

– Si tu veux mon âme, prends-la. *Prends-la.*

X allait obéir quand, au sommet de la colline, Zoé se tourna enfin vers eux. Elle redescendit jusqu'au lac d'un pas lourd et mal assuré. Ripper ne put l'arrêter. Ensemble, elles traversèrent les roseaux morts qui crissèrent sous leurs pieds.

Ce n'était pas son père que regardait Zoé, mais X.

Tout près, un groupe de dindes sauvages, noir et rouge sur la neige, tendirent le cou en direction d'X. Même elles semblaient dans l'expectative.

D'une main, X enserra le cou maigre de l'homme. Le père de Zoé poussa un cri étouffé, mais il ne résista pas, ne parla pas, ne détourna pas les yeux.

Il se contenta de regarder X – avec les yeux de Jonah.

X commença à refermer le poing autour de sa trachée.

Et puis il s'arrêta, sans savoir pourquoi.

Il sentit un frémissement dans son cerveau – une sorte de courant d'air, comme si quelqu'un avait ouvert une porte ou une fenêtre.

C'était Zoé. Elle s'insinuait dans ses pensées.

Elle lui avait interdit d'explorer les siennes. « Pas question de fouiller dans les cerveaux – si c'est bien ça que tu fais », avait-elle déclaré. Pourtant, voilà qu'elle essayait de comprendre ce qu'il pensait, pourquoi il hésitait.

Ripper sur ses talons, elle traversait le lac en évitant les trous. Elle semblait savoir où ils se trouvaient sans même baisser les yeux. Tout en marchant, elle pénétrait de plus en plus profondément l'esprit d'X. Elle le dépliait délicatement, comme une feuille de papier qui risquait de s'émietter entre ses mains. Elle savait certainement ce qu'elle allait trouver. Après tout, c'était elle qui lui avait enseigné ce mot.

Clémence.

Aussi brusquement qu'elle avait commencé, l'intrusion dans son esprit cessa. Le vent se retira. La fenêtre se referma. La porte claqua.

X regarda Zoé. Elle s'était arrêtée à quelques mètres de lui. Elle pleurait à chaudes larmes. Ses cheveux étaient couverts de neige.

Elle lui adressa un signe de tête, comme pour le rassurer, l'apaiser, lui faire sentir qu'elle l'aimait.

Dans ses yeux, il lut : Ça *va, c'est bon. Lâche-le.*

Attrapant le père de Zoé par le cou, il l'arracha à sa gangue de glace, puis il le jeta au sol. Derrière lui, les planches de la cabane grincèrent et se fendirent.

Zoé se rapprocha pour venir s'agenouiller auprès de son père.

X vit une lueur d'espoir naître dans le regard de l'homme, comme s'il s'attendait à ce que sa fille se jette dans ses bras.

X savait que ce ne serait pas le cas.

– Nous te libérons, dit calmement Zoé à son père. Parce qu'on ne veut pas devenir comme toi.

Son père voulut répondre, mais elle secoua la tête.

– Tu n'as pas le droit de parler, tu te rappelles ?

Elle marqua une longue pause avant de poursuivre :

– J'allais laisser X te noyer dans le lac, mais je l'aime trop pour l'obliger à faire ça. Alors je vais te laisser fuir et te cacher et pêcher dans la glace... Sauf que, franchement, tu n'as pas l'air d'être très doué.

Zoé considéra le vilebrequin, les cannes à pêche, les trous. Son père n'avait rien attrapé du tout.

– Je ne veux plus jamais te revoir, papa, dit-elle. Je le pense vraiment. Et c'est la dernière fois que je t'appelle « papa ». Je vais essayer de te pardonner, mais seulement parce que je ne veux pas que tu gâches ma vie comme Stan a gâché la tienne. Je vais essayer de me souvenir des belles choses. Il y en a eu.

Zoé s'interrompit et se releva.

– Bon, ça suffit. J'ai assez discuté avec toi. Je vais partir et... et mener ma vie. Avec X, maman et Jonah. X et moi, on ne renoncera pas. Ça va être une bonne vie, et tu ne seras pas là pour voir ça.

Zoé se dirigea vers X. Il passa son bras autour de ses épaules, l'attira contre lui et lui parla à mi-voix.

Ripper s'approcha du père de Zoé.

– Je te conseille de courir, petit lapin, dit-elle. Ton âme ne fait peut-être pas envie à X, mais moi, elle me met en appétit.

Le père de Zoé se redressa. Il sanglotait mais semblait avoir compris que sa fille n'écouterait pas un mot de plus de sa part.

Il s'enfonça dans la forêt sans se retourner. Pendant quelques instants, les arbres frémirent, se dépouillant de leur neige sur son passage, puis tout redevint immobile.

X n'avait ressenti aucune joie lorsque Zoé avait affirmé vouloir faire sa vie avec lui, car il savait combien il était improbable que cela arrive. Il avait laissé son père partir et les seigneurs allaient certainement le ramener de force dans les Terres du Bas. Il soupçonnait que Dervish les épiait en ce moment même depuis les bois. Il se l'imaginait en train d'enfoncer ses griffes dans le tronc d'un arbre, contenant mal sa jubilation.

X tendit l'oreille. Il attendait. En regardant Zoé et Ripper, il vit qu'elles aussi attendaient. Mais tout était silencieux. Il n'y avait que le son de leur respiration et les minuscules nuages que formait leur souffle.

Il se pencha pour ramasser ses vêtements qu'il enfila.

Personne ne parlait, de crainte que cela ne déclenche quelque chose. Tous les yeux fouillaient la forêt assombrie.

Rien.

Peut-être les seigneurs ne viendraient-ils pas ? Peut-être Régent les avait-il convaincus qu'X avait été assez puni ? Plus les secondes passaient, plus X était persuadé que c'était possible. Il était toujours en proie au Tremblement, étourdi et fiévreux. Son corps ne lui appartenait pas. Mais

Zoé l'avait déjà soigné et il était certain que, s'il pouvait seulement poser sa tête sur sa poitrine et sentir son souffle frais sur son front, ils pourraient triompher définitivement du Tremblement. Son père serait libre, et X aussi. Il n'appartiendrait plus aux seigneurs.

C'est alors que les vibrations s'élevèrent. Tous les entendirent. Elles étaient faibles mais insistantes. On aurait dit le bourdonnement d'une mouche volant en cercles rapprochés autour d'eux.

X tourna la tête vers le bruit.

Il provenait de Zoé.

Elle fouilla dans ses poches. C'était son téléphone.

Ce n'était que son téléphone !

Zoé et Ripper baissèrent la tête pour voir ce qui était inscrit sur l'écran. Dans la lumière jaune, leur visage avait un aspect fantomatique.

X allait détourner le regard quand Zoé poussa un cri qui lui fit l'effet d'un coup de poing dans le ventre. Elle semblait incapable de parler, et Ripper le fit à sa place.

– Les seigneurs sont en train de frapper, dit-elle.

X connaissait Ripper depuis toujours. Il l'avait vue se battre, jurer, flirter et chanter. Il l'avait vue s'arracher les ongles et supplier qu'on la frappe. Il l'avait littéralement vue dans tous ses états, mais jamais il ne l'avait vue effrayée.

Et, à cet instant, elle avait peur.

Il fit un tour complet sur lui-même. Le ciel, les bois, le lac, tout défila devant ses yeux. Mais il n'y détecta aucune présence hostile. Tout était désert, ils étaient seuls ici, cela ne faisait aucun doute.

– Je ne vois aucune menace, dit-il.

Zoé tendit son portable, comme s'il était capable de déchiffrer ce qu'il affichait. Sa main tremblait.

– Je… Je ne crois pas qu'ils s'en prennent à nous, dit-elle d'une voix mal assurée. C'est… c'est après Jonah qu'ils en ont.

22

X et Ripper plongèrent dans deux trous du lac gelé. Zoé les avait suppliés de l'emmener, mais ils l'avaient laissée sur place – elle n'aurait fait que les ralentir.

Ils traversèrent l'eau, puis la terre, puis de nouveau l'eau pour rejoindre le ruisseau qui coulait derrière la maison des Bissell. X était un nageur énergique et Ripper n'était pas en reste. Son chignon s'était défait, et X voyait ses cheveux se déployer sous l'eau, flotter un instant, puis plonger de nouveau. Il ignorait ce qu'il allait trouver chez Zoé, mais il était content que Ripper l'accompagne. Il avait le sentiment qu'elle ferait tout pour lui. Et lui pour elle. Alors qu'ils approchaient de la surface, la lumière apparut, posant ses rayons sur sa robe. Elle scintillait comme un poisson iridescent.

L'eau glaciale résistait à leurs efforts. Elle semblait presque solide, comme si elle leur refusait le passage. X avait promis trois choses à Zoé : qu'il sauverait Jonah, que ni lui ni sa mère n'apprendraient jamais que leur père était encore vivant, et que lui-même reviendrait la voir encore une fois. Mais, à présent, X ne se sentait plus sûr de rien. Il s'imagina Jonah dans sa chambre, entouré de figurines d'animaux et d'elfes. Il se le représenta assis sur son lit coccinelle, tremblant, étreignant Spock et Uhura, s'efforçant de les calmer avec cette voix chevrotante qu'il semblait tenir de son père : *N-n'ayez pas p-peur, les copains. Parce que… parce m-moi, que je n'ai pas p-peur.*

Quand X et Ripper atteignirent la poche d'air sous la glace, leurs poumons menaçaient d'exploser. Il lui fit un signe de tête. Ensemble, ils levèrent les poings et firent éclater la couche de glace translucide qui retomba sur eux en échardes acérées.

Ripper sortit la première de la rivière, les cheveux plaqués sur le crâne, la robe chiffonnée comme du papier. Elle aida X à s'extraire de l'eau. La lune brillait déjà dans le ciel.

Pendant un instant, ils restèrent immobiles, frissonnant et tapant du pied pour se réchauffer. X sentait derrière lui une présence qui lui semblait écrasante. Elle respirait, palpitait – et les observait. De tout son être, il aurait voulu ne pas avoir à se retourner. Il le fit pourtant.

Une centaine de seigneurs formaient une chaîne autour de la maison de Zoé.

La bâtisse était couverte d'une couche de glace si épaisse qu'X parvenait à peine à discerner les fenêtres, le toit, les portes. Tout autour, le jardin était ravagé. Des arbres avaient été arrachés du sol et jetés comme des brindilles. Le plus troublant, c'est que tout était gelé, produisant un scintillement qui conférait une beauté sinistre à ce désastre : c'était un terrain vague parsemé de diamants. Le saule sous lequel Jonah avait enterré le tee-shirt « papa ninja » reposait sur le flanc, brisé et déformé, comme si on lui avait tordu le cou.

Depuis leur poste autour de la maison, les seigneurs lancèrent à X et Ripper des regards lourds de menaces. Ils semblaient les défier d'avancer et de se confronter à eux. Leurs vêtements soyeux – violets, verts, jaunes et rouges – contrastaient de façon écœurante avec la désolation des lieux. Autour de leur cou, leur collier étincelait sous la lune.

– De toute évidence, dit Ripper, il n'y aura pas d'effet de surprise.

X émit un rire sans joie.

– Tu as été un excellent professeur, dit-il à mi-voix. Puis-je te demander de me conseiller une dernière stratégie ? Si cela peut t'aider, je veux bien servir de monnaie d'échange avec Jonah, et plutôt cent fois qu'une.

– Eh bien, nous pourrions le leur demander gentiment, dit Ripper. Mais le fait que les seigneurs ne t'aient pas déjà attrapé par la peau de ton joli cou pour te traîner dans les Terres du Bas laisse supposer qu'ils ne souhaitent pas se contenter de te ramener à la maison. Ils veulent te briser le cœur. Ils veulent te regarder pendant que tu écouteras les hurlements de ce malheureux garçon.

Ripper se tut. En voyant l'expression chagrinée sur le visage d'X, elle sembla regretter d'avoir parlé aussi crûment.

– En tout état de cause, reprit-elle, je propose une lutte à mort, purement et simplement. J'ai toujours beaucoup apprécié ce genre d'activité – même si, avouons-le, c'est moins gratifiant quand les combattants sont immortels.

Ensemble, ils firent le tour de la maison à distance respectable, en quête de faiblesses dans la chaîne que formaient les seigneurs. Ils n'en trouvèrent aucune. Les seigneurs ne bougeaient pas, mais même leur immobilité avait quelque chose de sinistre. Ils étaient tendus, prêts à frapper. X regarda leur visage, l'un après l'autre. Certains étaient beaux, d'autres très vieux. Certains étaient charmants, d'autres desséchés ou brûlés. Tous le considéraient avec dégoût. X avait remis leur autorité en cause. Il les avait humiliés. On lui avait offert une chance inouïe de quitter les Terres du Bas à jamais – une chance que les seigneurs eux-mêmes auraient sans doute rêvé d'avoir un jour –, et il l'avait dédaignée. Il avait refusé de rapporter une dernière âme – une seule ! À présent, X et les seigneurs évoquaient les deux pôles d'un aimant, et l'air autour d'eux vibrait de haine.

Tandis que la chaîne serpentait devant la porte d'entrée de la maison, X aperçut Régent dans sa robe d'un bleu profond.

Tête baissée, il regardait la neige à ses pieds.

Une minuscule bouffée d'espoir traversa X mais, presque aussitôt, elle se dissipa dans l'air comme un nuage de brume. Car Régent ne voulait pas lui parler. Il ne voulait même pas lever la tête. Il avait les mains serrées derrière son dos, comme si on les avait liées – comme si son corps lui-même affirmait : ça me dépasse, je ne peux rien faire.

Une voix aiguë et nasillarde s'éleva un peu plus loin dans la chaîne :

– Même ton fidèle chaton ne veut plus t'aider, maintenant. Tu l'as trahi trop souvent !

C'était Dervish.

Il sourit à X, une expression de jubilation sur ses traits de rongeur.

– Tu l'as même frappé au visage, tu te souviens ? poursuivit-il. Seigneur, quelle farce !

X l'ignora, et Ripper décocha un regard meurtrier à Dervish.

La glace recouvrant la maison craquait et palpitait, chacun de ses spasmes produisant un claquement assourdissant. Jonah était quelque part à l'intérieur.

X posa la main sur l'épaule de Régent.

– Il y a un enfant dans cette maison, dit-il.

Régent serra les dents sans répondre.

– Vous *devez* l'épargner, insista X.

De nouveau, pas de réponse, mais les muscles du cou de Régent se contractèrent violemment.

– Par pitié, Tariq !

À ces mots, un cri indigné s'éleva dans la foule des seigneurs, parcourant la chaîne comme une étincelle le long d'une mèche. Régent ferma les yeux, secoué d'un frisson d'effroi. Même Ripper était bouche bée. Elle éloigna X de Régent tandis que Dervish, avec un cri de triomphe, s'approchait d'eux à grands pas.

– Le chaton T'A RÉVÉLÉ SON VRAI NOM, n'est-ce pas ? Votre histoire est une véritable romance, dis-moi ! Avez-vous flâné le long d'une rivière en effeuillant des marguerites ?

Dervish bomba le torse et contempla la chaîne, s'attendant à des rires. Il n'y en eut aucun.

Ravie de son humiliation, Ripper lui adressa un sourire narquois.

– Tu ne veux pas fermer ton clapet, pour une fois ? dit-elle. *Personne* ne t'aime.

Dervish rougit violemment et ses lèvres minces frémirent tandis qu'il s'efforçait de trouver une repartie cinglante. Pour finir, il se tourna vers X :

– Tu choisis bien mal tes amis. Mais je suppose que seule une folle accepterait de t'aider dans pareille quête. Elle sera punie, elle aussi – tout comme la carcasse inutile que vous appelez Banger, puisqu'il t'a servi de messager.

Un nouveau claquement retentit. La glace s'était contractée de nouveau. Elle étranglait la maison.

Jonah est quelque part à l'intérieur.

X se souvint comment, durant la première tempête de glace, ils s'étaient tous rassemblés dans le salon. Il se rappela ce qu'on éprouvait à être piégé dans une maison qui se resserrait sur vous en grinçant. Il espéra que Jonah le voyait, en ce moment – qu'il savait qu'il était venu à son secours. Mais X ne distinguait rien derrière la glace opaque. Jonah était peut-être en train de frapper sur les vitres, un petit dinosaure à la main. Peut-être hurlait-il. Mais X ne pouvait pas l'entendre.

– Vous devez épargner Jonah, répéta X, cette fois à l'adresse de Dervish. Il n'est pour rien dans tout cela.

– Ah ! s'exclama Dervish d'une voix forte. Tu as refusé de me rapporter le père, alors je prendrai le fils ! C'est un marché équitable, non ? Je regrette de devoir ravir l'âme d'un si gentil petit garçon – ce n'est pas dans les usages des Terres du Bas, tout comme il n'est pas dans nos usages de parader ainsi dans les Terres du Haut –, mais tu m'y as forcé. C'est toi qui es la cause de toutes ces souffrances, pas moi. C'est TOI qui as dévasté ces montagnes, TOI qui as emprisonné ce garçon dans ce tombeau. Si tu ne t'étais pas montré si insolent, rien de tout cela ne serait arrivé ! Mais tu t'es cru trop bien pour les Terres du Bas – tout comme ton infâme mère avant toi. Alors que tu n'es rien ni personne. Cette lettre stupide que tu as prise pour nom n'y changera rien. Ton bien-aimé Tariq n'aurait jamais dû te faire confiance. Il a laissé tellement de mou sur ta laisse que tu t'es étranglé toi-même, et avec toi, toute une famille innocente !

Ces paroles firent à X l'effet d'une gifle. Il savait qu'elles contenaient une part de vérité.

– Relâchez l'enfant, dit-il, et je rentrerai avec vous à la maison.

Aucun mot ne lui avait jamais paru aussi amer que ce « maison » qu'il prononçait à présent.

– Je ne relâcherai PAS l'enfant, et tu reviendras quoi qu'il advienne, rétorqua Dervish. Et si tu t'attardes ne serait-ce qu'un instant, nous reviendrons régler son compte à cette Zoé qui te sert de jouet. Combien de sang feras-tu couler avant d'obéir aux ordres ? Je suis curieux de le découvrir. À présent, j'en ai assez de parler. Regardons ensemble cette maison mourir, veux-tu ? Si tu te tiens bien, je te laisserai ramasser les os du garçon dans les ruines pour les offrir à sa mère.

Dervish tourna les talons en faisant flotter sa cape comme un danseur. La maison se mit à trembler. De longues fissures commencèrent à s'étendre sous la glace. Le bois ploya. Les fenêtres explosèrent. Ni X ni Ripper n'avaient le pouvoir de défaire ce qu'avaient déclenché les seigneurs. Ils restèrent là, contemplant le toit qui céda comme la couture d'un vêtement. Le bruit résonna dans la montagne, produisant une série d'échos de plus en plus faibles, mais qui semblaient ne jamais vouloir cesser.

Les seigneurs lançaient des regards menaçants à X et à Ripper, espérant encore qu'ils seraient assez fous pour se battre.

– Tu es prêt ? demanda Ripper, tirant brusquement X du silence où l'avait plongé le choc.

Il lui adressa un regard désespéré.

– Avons-nous réellement une chance contre plus de cent seigneurs ? demanda-t-il.

– Bonté divine, certainement pas, répondit-elle avec ce sourire dément qui avait conduit tant d'habitants des Terres du Bas à la croire folle.

Sur ces mots, Ripper s'élança. Elle frappa un seigneur au visage avant de bondir au-dessus de lui et, tel un éclair doré dans la lueur pâle de la lune, d'atterrir sur le toit de la maison. Presque aussitôt ses bottines glissèrent sur la glace. Elle dévala la moitié de la pente avant de retrouver son équilibre. X la regarda remonter en rampant, s'efforçant de s'agripper malgré ses ongles arrachés, puis se pencher sur la crevasse dans le toit.

– Jonah, tu es là ? hurla-t-elle. Je m'appelle Olivia Leah Popplewell-Heath et, autrefois, j'ai eu un petit garçon comme toi !

Les seigneurs s'étaient figés, tête levée. Enfin, deux d'entre eux bondirent à leur tour sur le toit pour prendre Ripper en chasse.

– Il ne leur faudra qu'un instant pour la maîtriser, dit Dervish à X avec un sourire sarcastique. Mais, au moins, elle est entreprenante – pas comme toi, pauvre agnelet tremblant.

X acquiesça presque respectueusement.

Et puis il le frappa à la gorge.

Dervish tomba en arrière.

Un groupe de seigneurs se rua sur X, l'assaillant de toutes parts. Il se défendit bec et ongles, mais même le plus frêle d'entre eux était bien plus puissant que lui. Pour chaque seigneur qu'il frappait, il semblait s'en matérialiser cinq de plus, venus de nulle part comme si des renforts arrivaient en masse des Terres du Bas. X fut roué de coups, bousculé et jeté à terre. Quelqu'un avait plaqué sa main sur son visage, il suffoquait, la poitrine agitée de spasmes. Régent se tenait immobile à quelques mètres de là, les yeux toujours baissés.

X écarta la main de son visage, la tordant en arrière jusqu'à ce que les os craquent. Leur propriétaire lâcha une bordée de jurons.

X aspira une grande goulée d'air. Les seigneurs continuaient à arriver en masse, et il était incapable de se lever. Le poids sur sa poitrine s'accroissait. Il avait la sensation que, non seulement on le maintenait au sol, mais qu'en plus on l'enfonçait dans la terre.

Derrière lui, il entendait la maison grincer, éclater, imploser. Il entendait Ripper qui continuait d'appeler Jonah. Elle ne l'avait donc pas encore trouvé ? Combien de temps allait-il pouvoir résister ? À travers l'entrelacs de membres au-dessus de lui, X distinguait la lune. Elle lui évoquait un œil froid fixé sur lui, lui rappelant qu'il avait échoué. Il entendait les seigneurs le maudire dans une douzaine de langues.

Mais il y avait autre chose : une sorte de ronronnement lointain, provenant du pied de la montagne. Il devenait plus fort, se rapprochait. Dans la folie de l'instant, X mit un long moment à comprendre ce que c'était.

La voiture entra dans l'allée comme une fusée.

X était toujours plaqué au sol, le corps tellement brisé que certains seigneurs, lassés de le frapper, s'étaient éloignés. Il parvint à tourner la tête et distingua la conductrice de la voiture – la mère de Zoé. En la voyant, il éprouva une honte qui éclipsa toute sa douleur. Elle lui avait ordonné de se tenir loin de sa famille. Aussitôt après, un nouveau sentiment l'étreignit : il avait peur pour elle. Les seigneurs n'allaient pas s'enfuir parce qu'une simple mortelle venait d'apparaître. La tragédie était en marche, et rien ne l'arrêterait.

X savait ce qui allait se passer : la mère de Zoé allait arrêter la voiture. Elle en sortirait en trombe. Elle hurlerait sur les seigneurs – en vain. Alors, elle les supplierait. Les seigneurs fondraient sur elle. Ils la pousseraient, la feraient tournoyer comme un fétu de paille. Ils se moqueraient de sa faiblesse. S'ils étaient d'humeur clémente, ils la tueraient rapidement. Sinon ils la feraient asseoir avec X et Ripper et les obligeraient tous trois à regarder Jonah mourir. Dans tous les cas, ce drame les anéantirait.

Mais la mère de Zoé ne s'arrêta pas. Elle ne ralentit même pas. Le véhicule fonçait en rugissant sur les seigneurs. Certains d'entre eux n'avaient jamais vu de voiture, et tous furent interloqués par l'audace de la femme. Pendant un instant, elle eut l'avantage sur eux.

X la vit renverser l'un des seigneurs et l'aplatir contre la maison. Il la vit reculer. Les pneus tournaient à toute allure, laissant des traces noires dans la neige. Elle renversa un deuxième seigneur. Il entendit le bruit étouffé des roues passant sur son corps.

Abandonnant X sur place, les autres fondirent sur la voiture. Il se releva, humilié par son inutilité. En se tournant vers la maison, il vit que la façade avait été arrachée. À présent, on aurait dit une maison de poupée. Il voyait des meubles, des jouets, des vêtements, des chaussures et des cadres qui glissaient et s'empilaient en se fracassant.

Il voyait aussi Ripper. Les seigneurs l'avaient capturée. Ils la tirèrent jusqu'au bord du toit puis la poussèrent dans le vide. Sa robe dorée était déchirée, ses bras et ses jambes ensanglantés, mais elle atterrit avec la souplesse d'un chat.

– Je n'ai pas trouvé le garçon, dit-elle à X.

Des larmes se mirent à couler sur son visage. X ne l'avait jamais vue pleurer et, à ce spectacle, il sentit ses propres yeux s'embuer.

– Soit il avait trop peur pour répondre quand je l'ai appelé, poursuivit Ripper, soit ses petits poumons ont déjà été écrasés.

Ils se tournèrent vers la voiture. Un seigneur l'avait immobilisée d'un simple geste de la main. Une demi-douzaine d'autres l'encerclaient, leur robe flottant autour d'eux. Ils fracassèrent les vitres avec leurs poings, puis leurs bras se tendirent comme les tentacules d'un monstre pour attraper la mère de Zoé. Pourtant, elle refusait de se rendre. Elle fit vrombir le moteur, klaxonna comme une furie, et mit même les essuie-glaces en marche à toute vitesse.

Ripper se sécha les yeux.

– Oh, mais elle me plaît ! s'exclama-t-elle.

X tituba en direction de la mère de Zoé. Il savait que la bataille était perdue. Il la supplia de sortir de la voiture. Il supplia les seigneurs de ne pas lui faire de mal. Entretemps, Dervish s'était relevé, un gros hématome sur la gorge. En voyant X s'abaisser à les implorer, sa rage se dissipa et il jubila de nouveau. D'un signe de tête, il intima aux autres seigneurs de s'emparer de la mère de Zoé.

Elle ouvrit la portière. Comme Régent, elle refusait de regarder X. Repoussant les seigneurs, elle se précipita vers la maison en criant le nom de Jonah. Mais la bâtisse était à l'agonie. Chaque mur, chaque poutre, chaque clou ne demandait qu'à céder.

X se dirigea à son tour vers la maison. Personne ne fit un geste pour l'arrêter, car tous savaient qu'il était trop tard. À chaque pas qu'il faisait, un autre mur s'abattait, un autre plafond s'effondrait. La chambre où il avait dormi, le salon où il avait répondu aux questions dans le bol de métal – tout était dévasté, méconnaissable, anéanti.

En esprit, il ne voyait que Zoé. Il se souvenait de son visage, sur le lac où son père pêchait – la peur qui avait agrandi ses yeux. *Je ne crois pas qu'ils s'en prennent à nous. C'est après Jonah qu'ils en ont*. Il la vit tendre les bras pour l'étreindre, aussi clairement que si elle se trouvait en face de lui en ce moment. Il se souvint de ce qu'ils s'étaient dit au cours de ces derniers instants, la façon dont le cœur de Zoé avait flotté au-dessus du sien pendant une fraction de seconde avant de s'y poser délicatement, comme pour s'y amarrer. Il l'avait embrassée si longuement qu'elle avait fini par le repousser, affolée.

– Tu m'embrasses comme si je n'allais plus jamais te revoir, avait-elle dit. *Arrête* ça !

Elle l'avait regardée sévèrement.

– Si tu ne reviens pas, je commettrai un crime horrible rien que pour être envoyée dans les Terres du Bas.

Elle essayait d'être drôle, mais ses larmes coulaient.

– Ripper viendra me chercher – n'est-ce pas, Ripper ? Et quand j'arriverai là-bas, je te trouverai, X. Je te retrouverai où que tu sois. Je me comporterai de façon odieuse et je m'habillerai comme une traînée, et je raconterai à *tout le monde* que je suis ta petite amie.

Elle s'était interrompue, s'efforçant de se ressaisir – en vain.

– Promets-moi encore que tu reviendras, avait-elle repris. Promets-moi comme tu l'as fait avant. Je veux entendre encore ce truc sur les « deux mondes ».

– Je reviendrai, avait dit X. Et si je ne reviens pas, c'est parce que non pas un, mais *deux* mondes auront conspiré à m'arrêter.

Alors, seulement, elle avait consenti à le laisser partir.

La mère de Zoé était à genoux sur la neige, pliée en deux. Elle hurlait. X essaya de rester sourd à ce son affreux – son cœur ne pouvait pas le supporter.

– Jonah ! Jonah ! Jonah ! Maman est là, mon bébé ! Maman est là !

Ripper s'agenouilla près d'elle, l'entoura de ses bras et la serra contre elle, comme pour partager sa douleur. X détourna les yeux. Même cette tendresse était insoutenable. Il se haïssait pour ce qu'il avait fait. Auparavant, il y avait un mur qui séparait deux mondes – et ce mur ne se trouvait pas là par hasard. Il l'avait réduit en cendres.

Autrefois, il était innocent. C'était fini. Désormais, il méritait sa cellule.

Dans un ultime gémissement, la maison s'effondra sur elle-même. Le bruit était terrifiant, mais le silence qui s'ensuivit était pire. La mère de Zoé se leva d'un bond et se rua vers les ruines, désespérée, pour trouver le corps de son fils et le serrer dans ses bras.

Dervish se dirigea vers elle d'un air bravache.

– Dis-moi, femme, lança-t-il, sais-tu qui est la cause de ton chagrin ? Sais-tu qui a détruit ta famille et ta maison ?

La mère de Zoé fouillait frénétiquement les décombres. En l'entendant, elle s'arrêta, se redressa, et se retourna.

– C'est *lui*, affirma-t-elle en pointant le doigt sur X.

Dervish sourit. Ses petites dents pointues étincelèrent sous la lune.

– Voilà une réponse sage, dit-il. Peut-être pourras-tu le convaincre de retourner dans les Terres du Bas avant que je sois obligé d'arrêter aussi le battement de ton cœur.

– Pourquoi vous ne l'emmenez pas vous-même ? cria la mère de Zoé. Pourquoi vous ne l'emmenez pas tout de suite au lieu de... de *tout ça* ?

– Excellente question ! s'exclama Dervish. ENFIN quelqu'un d'intelligent ! Notre ami X doit venir de son plein gré pour que je sois sûr qu'il a bien appris sa leçon – et qu'il est bien rentré dans le rang. En outre, madame, je ne vous mentirai pas : « tout ça », comme vous dites, est beaucoup plus amusant.

Dervish fit un signe aux autres seigneurs. Ils s'approchèrent de lui en masse. Puis ils se mirent à courir sur la neige, en direction des arbres dévastés qui constituaient autrefois une forêt. Un par un, ils disparurent.

X s'approcha de Ripper, les traits déformés par le chagrin.

– Je ne serai pas la cause de nouvelles barbaries, dit-il. Je vais rentrer dans les Terres du Bas, comme l'exigent les seigneurs, mais auparavant, je dois te demander un dernier service.

– Je ferai tout ce que tu me demanderas, même s'il faut semer le chaos et la mort, répondit Ripper.

Après un instant, elle ajouta :

– *Surtout* dans ce cas.

– Je souhaite simplement que tu apportes un message à Zoé, dit X. Dis-lui que les Terres du Bas ne me retiendront pas longtemps. Dis-lui que, pendant que je me traîne aux pieds des seigneurs, je ferai en secret des choses dont on m'a juré qu'elles étaient impossibles. Je trouverai mes parents – et je trouverai un moyen de lui revenir. Quelle que soit la portion d'éternité qu'on m'a octroyée, je compte la passer avec elle.

X ajouta encore quelques mots, puis Ripper le gratifia d'une accolade attristée.

Derrière eux, la mère de Zoé continuait de chercher le corps de Jonah. Chaque minute qui s'écoulait sans résultat était une torture. Elle gémissait comme un animal. Une fois de plus, X tenta de chasser ce son de sa tête, de se concentrer sur autre chose, n'importe quoi d'autre. Il entendit un oiseau qui voletait autour d'un tronc abattu. Puis un chevreuil qui broutait tranquillement l'herbe sous la neige.

Et puis, alors qu'il tendait l'oreille, il perçut une sorte de bruissement sous les ruines. Il était si ténu que la mère de Zoé ne l'avait pas remarqué.

Le bruit provenait d'en bas, à l'endroit où le sous-sol se trouvait auparavant.

X se précipita en direction du bruit.

Ripper le suivit. Elle l'avait entendu, elle aussi.

Enfin, la mère de Zoé se retourna à son tour. Dans sa confusion, elle avait ramassé un cintre tordu et un skateboard cassé. Elle sembla se demander pourquoi elle tenait ces objets.

Les lâchant, elle se fraya un chemin à travers les décombres jusqu'à l'escalier du sous-sol – ou ce qu'il en restait. Il était bloqué par des gravats, des chaises de cuisine, un lampadaire brisé et une centaine d'autres fragments de la vie des Bissell.

Elle et Ripper écartèrent tout ce fatras pour descendre. Elles se trouvaient au milieu du sous-sol quand elles identifièrent la source du bruit.

Il provenait du vieux congélateur vide renversé par terre.

Elles regardèrent le couvercle s'ouvrir. Trois créatures tremblantes en émergèrent : deux chiens noirs, et le petit garçon livide qui les avait sauvés.

23

Zoé émergea des bois et remonta la route qui serpentait jusqu'à la plage. Elle était trop engourdie pour sentir le froid, et tellement sous le choc qu'elle n'arrivait plus à réfléchir. Une seule pensée la traversait : comme toujours depuis qu'elle était petite (encore plus jeune que Jonah), elle regrettait que les mois d'hiver soient si neigeux et si longs. Après que Bert était devenu sénile, à l'époque où il sortait de ses gonds pour un oui ou pour un non, il aimait à répéter que l'hiver ne savait jamais quand fermer son clapet.

Elle passa devant l'emplacement où, à l'aller, ils avaient vu la camionnette garée sur le bord de la route. À présent, elle avait disparu, ne laissant derrière elle que deux traces boueuses dans la neige. C'était sûrement celle de son père. Tout en marchant, elle pria en silence pour ne jamais le revoir. Elle se rappela ce que Banger lui avait dit aux Sources : « On ne peut pas faire ce que j'ai fait à ma famille et s'attendre à être pardonné…

Le mieux, ce serait qu'elle décide que je n'étais qu'un mauvais rêve. »

Jonah et sa mère méritaient de guérir.

Et Zoé aussi.

Quand elle atteignit la plage, elle resta plantée là un moment à contempler la rangée de cabines sur leurs pilotis : jaune, rouge, bleu. La mer s'était retirée et le paysage avait un aspect désolé. Les oiseaux avaient disparu. Ils avaient tiré les sacs en plastique de la cabine rouge sur les rochers avant de les déchirer et de se repaître des restes du petit-déjeuner d'X et de Zoé : tartines, beignets d'oignon et gâteau au chocolat.

Un vent agressif soufflait de l'océan. Zoé remonta la fermeture de son blouson jusqu'au menton et se dirigea vers l'eau dans l'obscurité. Ses semelles claquaient sur les rochers branlants. Elle rassembla au pied de la cabane les déchets éparpillés. Ils étaient détrempés et glacés. Les sacs gonflés d'air avaient filé sur la plage. Elle parvint à en rattraper un et le fourra dans sa poche. L'autre s'envola sur l'eau avant qu'elle puisse s'en saisir. Elle n'avait pas envie de marcher dans les vagues, même avec ses bottes, aussi le regarda-t-elle s'éloigner.

Elle éprouva une sensation étrange en remontant dans la cabine rouge. Ce n'était qu'une minuscule boîte délabrée, mais elle avait l'impression que c'était leur maison, à X et à elle. C'était idiot, elle le savait. Pourtant, c'est là qu'il lui avait apporté le petit-déjeuner – au lit, en quelque sorte. Et elle l'avait embrassé pendant son sommeil. Le simple fait de pénétrer dans la cabine la rendait follement nostalgique. Et une surprise l'y attendait car la présence d'X – sa magie, peut-être – ne s'était pas encore dissipée : il y faisait encore chaud.

Zoé s'assit, dos contre un mur. Elle tendait l'oreille, à l'affût de pas sur les rochers. Elle attendait. Une fois, X lui avait dit qu'il essayait de ne pas ressasser trop souvent ses souvenirs d'elle parce qu'il craignait de les user et de les voir disparaître au lieu de les conserver pour toujours. Ne pas penser à lui était atrocement douloureux, mais elle s'y efforça, se concentrant uniquement sur les bruits autour d'elle. En définitive, cela revenait au même que penser à X, parce que ce qu'elle écoutait, c'était lui. La chaleur silencieuse de la pièce, c'était un peu la respiration d'X. Elle lui donnait la sensation d'être aimée. Elle eut la certitude qu'il allait revenir de chez elle en compagnie de Ripper, même si ce n'était que pour lui dire au revoir.

Le sommeil la prit par surprise, et dans son rêve elle regardait X se baigner dans le ruisseau.

Une heure plus tard, des aboiements la réveillèrent.

Il régnait un froid mortel dans la cabine.

Toute trace d'X avait disparu. Zoé essaya de se rappeler son rêve, de se raccrocher à ses filaments fragiles, les caressant une dernière fois avant de les laisser s'envoler.

Elle aperçut sa mère et Jonah qui s'approchaient sur la plage sombre, accompagnés de Ripper. Spock et Uhura ouvraient la marche. Dès qu'elle la vit, debout près de la cabine, sa mère courut vers elle. Ripper ne se pressait pas. Elle portait Jonah dans ses bras. Bras et jambes serrés autour d'elle comme un bébé koala, il l'écoutait lui murmurer des choses à l'oreille en hurlant de rire.

Zoé fouilla l'obscurité du regard pendant un long moment, bien après s'être rendue à l'évidence : X n'était pas là. Un sentiment de tristesse creusa son cœur pour s'y reposer un moment.

Quelques instants plus tard, ils étaient tous tombés dans les bras les uns des autres. Jonah demanda à rester cinq minutes de plus pour pouvoir lancer des cailloux dans l'océan.

– D'accord, dit sa mère, mais *seulement* cinq minutes.

– Oh, je peux en avoir cinq ? répondit Jonah. Et dix, alors ? Non ? Bon, sept – ou *huit* ?

Il y avait si longtemps qu'il n'avait pas mis le pied dehors !

Ripper courut vers la rive avec Jonah tandis que Zoé et sa mère les suivaient en marchant, bras dessus, bras dessous. Elles avaient tant à se dire. Par où commencer ?

Zoé distinguait à peine le visage de sa mère dans le noir, mais, manifestement, celle-ci ignorait la vérité au sujet de son père. Elle n'avait aucune envie de lui dire qu'il était vivant et qu'il les avait tous abandonnés. Elle voulait protéger sa mère de cette sordide réalité.

Pourtant, les mots lui échappèrent sans qu'elle puisse les retenir :

– Papa ne s'est pas tué, comme tu le pensais. Ce n'est pas ce qui s'est passé.

Sa mère la regarda d'un air perplexe, attendant la suite.

Alors, sur la plage obscure, elle raconta tout à sa mère, tout bas pour ne pas que Jonah l'entende. L'océan rugissant et noir avalait presque ses paroles.

Près de l'eau, Jonah examinait les mains de Ripper.

– Tu te ronges les ongles, comme moi !

– On peut dire ça, oui, répondit Ripper. Mais si tu arrêtes, j'arrête. Marché conclu ?

Enfin, ils quittèrent la plage et partirent à la recherche d'un endroit chaud où organiser leur retour dans le Montana. Spock gémit pendant tout le trajet. Uhura se retournait en aboyant comme pour dire *Allons, du cran, mauviette* ! La mère de Zoé était tellement choquée que son mari soit encore en vie, tellement perdue dans ses pensées, que Zoé devait marcher près d'elle et la guider au fil des virages de la route.

Quant à Zoé, elle avait l'esprit plus clair, à présent, comme si, au fond de sa tête, la boîte *Ne pas ouvrir* avait cédé et que toutes les pensées moroses qu'elle renfermait avaient été emportées par l'océan, tel un sac plastique.

Après trois kilomètres dans la forêt glaciale, ils trouvèrent un restaurant dont les lumières brillaient dans l'obscurité. C'était sans doute là qu'X avait acheté leur petit-déjeuner. Sur la porte était affichée une photo plastifiée représentant du bacon et de la baguette beurrée à la cannelle. Pendant que les autres se précipitaient à l'intérieur, Zoé caressa l'image du bout des doigts.

Alors qu'ils attendaient une table, les gens autour d'eux regardaient Ripper à la dérobée – sa robe dorée en lambeaux, ses membres ensanglantés, ses hautes bottines de cuir noir. Bientôt, leur curiosité fit place à la peur. Ripper annonça alors à mi-voix qu'il était temps qu'elle parte.

Zoé l'accompagna dehors et l'étreignit longuement. C'était une véritable épreuve de dire adieu à la seule personne qui comprenait X aussi bien qu'elle. Elle se mit à pleurer à chaudes larmes.

– Il a dit qu'il reviendrait, dit-elle entre deux sanglots. Il a dit qu'il reviendrait… Sauf si deux mondes conspiraient contre lui.

Ripper la serra contre elle.

– Mais deux mondes ont bel et bien conspiré, ma chère enfant, dit-elle. Deux mondes ont fait tout ce qu'ils pouvaient pour se dresser entre vous. Mais les Terres du Bas ne pourront pas retenir X bien longtemps. Il m'a demandé de te dire qu'il allait retrouver ses parents, puis qu'il te reviendrait. Et je crois qu'il tiendra parole car c'est moi qui lui ai tout appris, et je suis une excellente professeure. La dernière chose qu'il m'a confiée, c'est qu'il veut être digne de toi, Zoé – parce que tu lui as appris ce qu'était la dignité.

Zoé sourit.

– C'est un petit peu exagéré.

Ripper la lâcha et essuya une larme sur la joue de Zoé.

– Quand tu le verras, reprit Zoé, dis-lui s'il te plaît que je l'aime que je me souviens de toutes les fois où il m'a touchée. Toutes, toutes, toutes.

– Je lui dirai.

– Et aussi, aide-le à trouver ses parents. Il a raison : il faut qu'il sache qui ils étaient. Il le mérite, même si ça risque de le blesser, comme moi avec mon père.

– Je le ferai, dit Ripper.

– Et par pitié, dis-lui de laver ses vêtements ! ajouta Zoé. Ils commencent à sentir.

Ripper éclata de rire.

– Quand je serai rentrée dans les Terres du Bas, je lui répéterai tout cela. Mais je dois dire que je ne suis pas pressée de revoir ces lieux fétides.

Elle marqua une pause, et une lueur espiègle s'alluma dans son regard.

– J'ai décidé de ne pas rentrer tout de suite. Je vais d'abord m'accorder quelques vacances.

– C'est vrai ? demanda Zoé, qui avait cessé de pleurer et contemplait Ripper avec admiration. Tu déchires !

– C'est possible, dit Ripper. Un jour, X m'a demandé si j'étais jamais allée voir mes enfants lors de mes missions – ne serait-ce que pour les observer depuis le trottoir d'en face.

– J'ai demandé la même chose à Banger, admit Zoé.

– À ma grande honte, je ne l'ai jamais fait. Les seigneurs s'attendent assurément à ce que je m'enfuie et ils trouveront rapidement un moyen de me rattraper mais, au moins, je n'ai plus de famille sur terre qu'ils puissent châtier pour mes méfaits. Il semble qu'il y ait des avantages à être morte depuis 1832.

Ripper se tut. Glissant la main dans son décolleté, elle en retira un morceau de papier plié qu'elle y avait caché.

– X voulait t'écrire une lettre, dit-elle. Comme tu l'as fait pour lui.

Elle la tendit à Zoé. Elle était écrite sur une page blanche arrachée à un livre dans la maison de Zoé.

– Il te demande de lui pardonner la brièveté de cette missive, dit Ripper. Il affirme que c'est toi qui lui as appris à écrire ceci, et sa signification.

Zoé savait exactement ce que dirait la lettre. Elle regarda le bout de papier froissé et sale. À ses yeux, il était aussi envoûtant qu'une fleur sur le point d'éclore. Rien qu'à le toucher, sa main tremblait.

Elle ne voulait pas lire la lettre devant Ripper. Elle voulait être seule. Alors, elles se dirent adieu et Zoé regarda sa nouvelle amie s'éloigner sur la route dans sa robe déchirée mais toujours scintillante. Une petite bruine tombait malgré l'absence apparente de nuage – les gouttes semblaient provenir des étoiles.

Soudain, Ripper disparut sans que Zoé sache à quel moment précis elle s'était évanouie. Sûrement alors qu'elle marchait entre deux réverbères.

Zoé déplia la lettre. Elle sentit son cœur s'ouvrir en même temps.

Elle était écrite au crayon, et la mine avait presque déchiré le papier.

Comme elle l'avait deviné, c'était une lettre magnifique.

« X », disait-elle simplement.

Remerciements

J'aimerais remercier Jodi Reamer, qui *déchire* vraiment – non seulement elle est agente littéraire, mais elle a un diplôme de droit *et* une ceinture noire. La voir défendre ce roman m'a tour à tour passionné et rendu humble. Son instinct n'a pas de prix, tout comme son caractère imperturbable. Quant à moi, il en faut peu pour me perturber.

J'aimerais aussi remercier Cindy Loh, éditrice inspirée, qu'il fait bon avoir dans son équipe quand il s'agit de trouver un titre et/ou de commander du vin. Cindy est triathlète et participe à ce genre de compétitions dingues où il faut franchir des obstacles tout en lançant des javelots et en escaladant des murs de boue. Je pourrais dire qu'elle est multitâche, mais je pense que tout ce qu'elle entreprend fait partie d'une seule et unique tâche : vivre pleinement.

Le bras droit de Jodi s'appelle Alec Shane. Celui de Cindy, Hali Baumstein. Alec, Hali : dans votre dos, elles disent du bien de vous.

Merci à toute l'équipe futée, drôle et accueillante de Bloomsbury. Cristina Gilbert, qui s'occupe du marketing, de la publicité et des ventes aux États-Unis, est une personne incroyable qui s'entoure d'autres personnes incroyables. Merci à Lizzy Mason et Erica Barnash pour m'avoir présenté à la communauté Jeunes Adultes avec chaleur et patience (Erica : Dallas dit que lui aussi, il t'aime bien !). Merci à Courtney Griffin, Emily Ritter, Beth Eller, Linette Kim, Shae McDaniel, Eshani Agrawal, Alona Fryman et Ashley Poston. Merci à ceux qui m'ont sauvé la vie dans l'équipe éditoriale : Melissa Kavonic, Diane Aronson, Chandra Wohleber et Patricia McHugh. Merci aux designers Donna Mark et Colleen Andrews, et à la fantastique équipe des ventes avec qui j'ai eu ma réunion préférée en 2016.

L'équipe internationale de Bloomsbury a été essentielle dans cette aventure. Merci à Emma Hopkin, directrice des ouvrages jeunesse pour le monde entier ; à Rebecca McNally, directrice de la publication des ouvrages jeunesse pour le Royaume-Uni ; et à Kate Cubitt, directrice en Australie.

Merci à Cecilia de la Campa, directrice des droits étrangers chez Writers House, et à Kassie Evashevski, d'UTA, pour leur ingéniosité et leur dévouement.

Pendant que j'écrivais ce livre, de nombreux amis m'ont offert un lieu où travailler et leur soutien moral pendant les périodes difficiles, et je les en remercie : Missy Schwartz, Carla Sacks, John Morris, Michael & Sonja

O'Donnell, Valerie Van Galder (& Bella !), Stephen Garrett, Maureen Buckley, James Wirth, Chris Mundy et Nilou Panahpour.

Je suis immensément reconnaissant à mon équipe d'élite de premiers lecteurs : Darin Strauss, Susannah Meadows, Radhika Jones, Melissa Maerz, Sara Vilkomerson et Anthony Breznican.

Pour leur gentillesse sans faille, sincères remerciements à Tina Jordan, Kami Garcia, Breia Brissey, Andrew Long, Bonnie Siegler, Jessica Shaw, Kerry Kletter et Kathleen Glasgow.

Merci à Erin Berger et Jennifer Besser qui ont lu les tout premiers chapitres et m'ont fourni des encouragements indispensables. Erin et Jen ont trop de qualités pour que je les énumère, mais leur générosité me confond.

Merci à Hans Bodenhamer, professeur de sciences dans le Montana, qui a répondu à toutes mes questions sur la spéléologie et m'a emmené à une sortie avec le club de spéléologie du lycée de Bigfork. Hans et l'un de ses collègues, Jason Balensky, m'ont demandé d'être aussi précis que possible – et respectueux de la nature – pour tout ce qui concerne la spéléologie. S'il y a des erreurs dans ce livre, elles sont de mon fait.

Merci aux amis fidèles qui ont toujours été là pour moi : Jill Bernstein, Meeta Agrawal, Kristen Baldwin, Sara Boilen, Sabrina Calley, Veronica Chambers, Betsy Gleick, Devin Gordon, Barrie Gruner, Chris Heath, Carrie Levy, Rick Porras, Brian & Lyndsay Schott, Lou Vogel et mes collègues auteurs jeunesse dans les collections Sweet Sixteens et the Swanky Seventeens. Coup de chapeau à Karen Valby qui a proposé le nom de Zoé pour mon personnage principal alors que d'autres insistaient pour que j'utilise leur prénom (note de mon amie Kate Ward : « Je me contenterai du méchant »).

Je dois beaucoup à deux articles passionnants : l'analyse des sensations éprouvées quand on meurt de froid (magazine *Outside*) et le récit de Ray Kershaw sur la tragédie de Mossdale, une expédition de spéléologie (*The Independent*).

Ma famille et moi avons déménagé en 2014 dans le Montana pour nous rapprocher de mon beau-père, Dick Bevill. Ce livre a essentiellement été écrit sur un bureau d'occasion surplombant le ranch de Dick et il renferme, je l'espère, un peu de sa curiosité et de son respect pour la nature.

Merci également à mon intrépide beau-frère, James Peterson, qui est allé faire de la spéléologie avec moi pour que je ne me défile pas, et à mon neveu, Max McFarland, qui a inventé l'expression « Poussette poussive » que j'ai empruntée pour la Taurus de Zoé. Max s'en sert pour décrire la Vieille Toyota Corolla de son ami Nick, qui ressemble à une voiture uniquement à cause de sa forme et de ses pneus.

Enfin, je voudrais remercier mes enfants fabuleux et génialement bizarres, Lily et Theo, ainsi que ma sœur, Susan Heger, la personne la plus généreuse que je connaisse.

Cet ouvrage a été mis en pages
par DV Arts Graphiques à La Rochelle

Imprimé par Grafica Veneta
en juillet 2018
pour le compte des Éditions Bayard

Imprimé en Italie